Max Müller

Ritter vom BKA

#1

pinguletta

Max Müller

Ritter vom BKA

ISBN 978-3-9817678-7-2

2. Auflage 2018

Titelfoto: © Robbie Wilhelm
Covergestaltung: © Sabrina Furrer
Satz: Helmut Speer

Lektorat:
Kolibri Lektorat Sabine Wagner,
Silke Boger, Helmut Speer

Druck: www.druckterminal.de
KDD Kompetenzzentrum Digital-Druck GmbH
Leopoldstraße 68 * D-90439 Nürnberg

Printed in Germany 2018

www.pinguletta-verlag.de

#1

Dienstag, 25. Februar 2014

Max Ritter setzte sich an einen der vielen Tische in seinem Stammlokal im Berliner Stadtteil Wedding. Er hatte gerade einen Kaffee bestellt, als sein Telefon klingelte. Das Handydisplay zeigte den Namen Hans Rühle an. Rühle war sein ehemaliger Chef der Mordkommission LKA1 in Berlin gewesen, bevor Ritter suspendiert worden war.

»Hallo, Hans. Das ist ja eine Überraschung. Wie geht es dir?«, fragte Max Ritter.

»Danke der Nachfrage, alles okay bei mir. Und wie geht es dir denn? Du warst fast zwei Jahre krankgeschrieben.« Ritter überlegte kurz und antwortete dann: »Es geht mir ganz gut, aber inzwischen vermisse ich schon längst meine Arbeit. Nur den Stress, den vermisse ich natürlich nicht. Ich kann ausschlafen, entspannt frühstücken, Zeitung lesen und den Rest des Tages genießen. Aber vielleicht wäre eine Aufgabe auch mal wieder was Schönes.«

»Gut, dann komm heute Nachmittag gegen fünfzehn Uhr bei mir im Büro vorbei. Du findest mich jetzt allerdings im Polizeipräsidium in Tempelhof. Zimmer 307. Ich habe viele Neuigkeiten zu berichten.« Ritter horchte auf. Neuigkeiten? »Okay, Hans, ich komme. Bis später.«

»Sehr gut, tschüss.«

Damit war das Gespräch beendet. In diesem Moment kam der Kellner mit einem frischen heißen Kaffee. »Noch ein kleines Frühstück dazu?«, fragte er. Kellner John war vor Jahren nach Berlin gekommen, stammte ursprünglich aus Birmingham. Er arbeitete schon seit einigen Jahren hier im ›Café Lichtburg‹. »Nein danke, heute ausnahmsweise mal kein Frühstück.«

Ritter wollte wie jeden Morgen erst mal die Tageszeitung lesen, doch nach diesem Telefonat konnte er sich nicht konzentrieren und so legte er die Zeitung beiseite. Seine Gedanken fingen an, sich selbstständig zu machen.

Zwei Jahre waren nun seit seiner Krankschreibung vergangen. Sollte es etwa endlich mit der Warterei vorbei sein? Könnte er nun wieder arbeiten? Endlich wieder Mörder jagen und überführen?

Hans Rühle hatte eigentlich nicht negativ, sondern eher leicht euphorisch am Telefon geklungen. Demnach konnten es keine wirklich schlechten Neuigkeiten sein.

Ritter stand auf und ging an die Bar, um zu bezahlen. »Ich wünsche dir einen schönen Tag«, sagte John, drehte sich um und war schon wieder an der großen Kaffeemaschine zugange.

Als Ritter den Bürgersteig betrat, hatte es endlich aufgehört zu regnen. Seine Wohnung in der Grüntaler Straße war nur zehn Minuten Fußweg entfernt und so lief er doch leicht beschwingt ob der vielleicht guten Neuigkeiten, die ihn zu erwarten schienen, nach Hause.

Er wohnte in einer Dreizimmerwohnung. Hier im Wedding waren die Mieten noch so billig wie vor zwanzig Jahren in Kreuzberg, das ja jetzt unglaublich schick und teuer geworden war.

Nach einer ausgiebigen heißen Dusche und einer Rasur zog er sich seine neuen Jeans, seine brandneuen Sportschuhe, ein dunkelblaues Sweatshirt und seinen neuen grünen Parka an. Er wollte gesund und erholt aussehen, einen guten Eindruck beim ehemaligen Chef machen. Im Spiegel betrachtete er sich genauer. Seine Haare waren inzwischen etwas länger über die Schultern gewachsen und komplett weißgrau geworden, und das, obwohl er doch erst fünfzig Jahre alt war. Seine JFK-Brille passte gut zu seinem Outfit. Sie verlieh ihm einen gewissen intellektuellen Anstrich. Ritter war schlank, gut trainiert und eins achtundachtzig groß. Am liebsten spielte er Tennis oder ging im Park joggen.

Noch drei Stunden bis zum Termin. Was sollte er nur so lange machen? Plötzlich war sie wieder da, diese unterschwellige Anspannung und Nervosität. Und das Kribbeln im Bauch, das sonst wohl eher Frischverliebte hatten, nahm ebenfalls zu.

Und plötzlich kam noch wie aus dem Nichts der Hunger dazu. Er hatte heute Morgen noch nichts gegessen. Der Kühlschrank war ziemlich leer.

Seinen Wagen hatte er schon vor Jahren verkauft, denn er war es schnell leid geworden, ständig ewig lang nach einem nicht vorhandenen Parkplatz zu suchen. Und so machte er sich auf den Weg zur Straßenbahn und fuhr zum U-Bahnhof Seestraße. Von dort aus nahm er die U6 weiter nach Tempelhof. Im ehemaligen Berliner Flughafengebäude war das Polizeipräsidium untergebracht.

Beim Verlassen der U-Bahn-Station sah er auf die große Bahnhofsuhr und stellte fest, dass er noch immer gut neunzig Minuten Zeit hatte. Deshalb beschloss er, endlich etwas zu essen, und lief ein wenig herum, als er kurz darauf eine kleine Pizzeria entdeckte. Er trat ein und setzte sich an einen der Tische. Das Lokal war gut gefüllt. Als er sich eine Pizza und eine große Apfelschorle bestellt hatte, war er froh, doch noch etwas Zeit zu haben.

Wie würde ihn Hans Rühle als ehemaliger Chef begrüßen und ansehen? Distanziert vielleicht? Sie waren eigentlich sehr gute Arbeitspartner gewesen, ein starkes, erfolgreiches Team.

Es war vor knapp zwei Jahren gewesen, als alles aus dem Ruder gelaufen war. Max Ritter ließ die Geschehnisse mal wieder Revue passieren. Zum gefühlt tausendsten Mal.

Er war im Einsatz mit seiner Kollegin Katja gewesen. Als sie damals an der Wohnungstür eines eventuellen Zeugen geklingelt hatten, öffnete ein circa zwei Meter großer Mann die Tür und fragte mit gebrochenem Akzent: »Was wollen hier?« Sie sagten ihm damals, dass sie einen Zeugen suchten und gerne mit ihm sprechen wollten. Ob er denn Oleg Belanow sei? Er nickte kurz und sie traten in die kleine Wohnung ein. Oleg Belanow ging voraus. Im Wohnzimmer drehte er sich plötzlich um und zog blitzschnell eine Pistole. Er schoss Katja Reuss direkt in den Kopf. Sie fiel zu Boden, zuckte kurz und blieb regungslos liegen.

Ritter war so geschockt und überrascht gewesen, dass er für einige Sekunden starr gestanden und nichts hatte tun können. Warum der Russe nicht auf Ritter geschossen hatte, blieb unklar. Dann bemerkt er, wie Belanow über den Balkon flüchten wollte, zog seine Pistole und schoss. Der Schuss traf den Russen in den Oberschenkel. Der knickte ein, drehte sich blitzschnell um und schoss dreimal in seine Richtung, ohne ihn zu treffen. Anschließend feuerte Ritter sechs Kugeln auf ihn, bis er auch wirklich tot war. Sechs Kugeln waren wohl doch zu viel gewesen. Schnell sprach man von einer Hinrichtung.

Die Staatsanwaltschaft ermittelte und er wurde suspendiert. Er hatte damals stundenlange Verhöre über sich ergehen lassen müssen. Ritter erzählte es immer wieder so, wie es wirklich gewesen war. Nach sechs Wochen wurde das Verfahren eingestellt. Denn die Forensik und Autopsie bewiesen eindeutig, dass der erste Schuss von Ritter gleichzeitig der tödliche war. Und damit blieb es Notwehr. Wenn der erste Schuss nicht der tödliche gewesen wäre – Mord! So lautete das Gesetz.

Natürlich hatte in Berlin dann schnell ein Kollege die Story der Presse gesteckt. Und so war er von heute auf morgen plötzlich in sämtlichen Medien vertreten. In fast allen Talkshows wurde darüber diskutiert. Er hatte einige Einladungen bekommen, aber alle abgelehnt. Zunächst verkroch er sich in seiner Wohnung. Nach zwei Wochen allerdings hatte sich alles beruhigt, die Medien hatten wieder neue Themen auf der Tagesordnung.

Der Kellner der Pizzeria unterbrach ihn in seinen Gedanken und servierte eine heiße frische Pizza Hawaii. Pizza zum Frühstück? Auch gut. Nach dem ersten Stück, das Ritter sich in den Mund schob, ging es ihm bereits besser. Doch die Erinnerungen kamen erneut zurück.

Katja Reuss war damals nicht nur eine seiner Kollegen gewesen, sondern auch zu einer guten Freundin geworden. Sie gingen zusammen in Restaurants und manchmal in einen der vielen Clubs tanzen oder unternahmen schöne Ausflüge und Badetouren im Sommer. Er hatte sie liebgewonnen, ohne sich in sie zu verlieben. Zudem hatte sie einen Freund und war glücklich vergeben. Dass sie mit sechsundzwanzig Jahren so früh sterben musste, hatte Max Ritter nur schwer verkraftet. Lange gab er sich selbst die Schuld dafür.

Bei ihrer Beerdigung flippte Ritter aus und schrie herum, dass es seine Schuld sei. Ein Polizeipsychologe stellte daraufhin eine Posttraumatische Belastungsstörung bei Ritter fest. Er wurde anschließend aus gesundheitlichen Gründen fast zwei Jahre beurlaubt. Nun sah er die Dinge klarer als damals. Dennoch, er würde es immer wieder so tun, auch wenn es von ihm eine unbedingt gewollte Tötung aus Rache und Hass gewesen war. Gleichzeitig war es eben auch Notwehr gewesen.

Erneut brachte ihn der Kellner zurück in das Hier und Jetzt. »Hat es Ihnen geschmeckt? Darf es noch ein Nachtisch sein?«

»Danke, es war wirklich sehr lecker, aber ich muss los und möchte gerne bezahlen«, lautete Ritters Antwort.

Als er das kleine Lokal verließ, kam der Regen wieder und ein kühler Wind dazu. Allerdings war es erst Ende Februar und Berlin war mal wieder total grau und trostlos. Bald kommt der Frühling, dachte er und dann wird es hier auch wieder grün und bunt. Am ehemaligen Flughafen Tempelhof angekommen, betrat er mit einem leicht mulmigen Gefühl das Gebäude des Berliner Polizeipräsidiums. Ritter lief die Treppen hinauf und im dritten Stockwerk bog er nach rechts ab, klopfte an die Tür und trat ein. Hans Rühle saß an seinem Schreibtisch und blickte auf, als er Max Ritter erblickte. Er stand auf, kam auf Ritter zu, und dann fielen sich die beiden wie gute alte Freunde in die Arme und klopften sich gegenseitig auf den Rücken. Wie Männer das meistens so machten. »Es ist schön, dich zu sehen. Du siehst richtig gut und erholt aus. Setz dich«, sagte Rühle und deutete auf den Stuhl vor seinem Schreibtisch. Dann setzte er sich wieder hinter seinen Tisch, auf dem sich wie früher schon die Akten stapelten. Hans Rühle dagegen sah nicht so erholt aus, er hatte tiefe Augenringe bekommen und zudem mindestens fünf Kilo abgenommen. Er wirkte recht müde. »Es ist schon etwas merkwürdig, hier im Polizeipräsidium zu sein, aber ich freue mich natürlich, dich endlich mal wieder zu sehen«, antwortete Ritter.

»Folgendes«, fing Rühle ohne Vorgeplänkel nun mit einem kleinen Monolog an. »Du bist ja jetzt wieder gesund, du kannst wieder arbeiten. Allerdings nicht in unserer ehemaligen Abteilung beim LKA1. Man möchte dich gerne morgen beim BKA in Wiesbaden sprechen.« Rühle holte einen Umschlag aus seiner Schreibtischschublade und legte ihn auf den Tisch. »Hier ist ein Flugticket für den morgigen Mittwoch nach Frankfurt und zurück«, fuhr er fort. »Beim BKA wirst du dich mit einem gewissen Kiep, Walter Kiep treffen. Er wird dir erklären, wie es weitergeht.« Rühle machte eine kleine Pause und schaute, ob er eine Reaktion im Gesicht von Ritter wahrnehmen konnte. Der jedoch wartete auf die Fortsetzung und ließ keinerlei Regung erkennen.

»Und weiter?«, fragte Ritter.

»Nichts weiter«, nuschelte Rühle nun leicht gereizt.

»Okay. Das bedeutet wohl, dass ich nach Wiesbaden ziehen soll, oder wie?« Die Frage von Ritter klang nun ebenfalls aggressiv. Er wollte auf keinen Fall nach Wiesbaden ziehen. Von Berlin nach Wiesbaden! Never ever!

»Nein, du musst nicht nach Wiesbaden ziehen. Aber ich darf, verdammt noch mal, nicht mehr erzählen. Außerdem weiß ich auch nicht alles. Ich wurde nur stundenlang über dich befragt. Deine Stärken, deine Schwächen, Erfolge, Misserfolge, Charakter, blah«, versuchte Rühle, ihn zu beruhigen, was ihm gelang. Er konnte fast sehen, wie es in Max Ritters Gehirn anfing zu arbeiten. »Und außerdem musst du dieses Angebot nicht annehmen, falls es dir nicht gefällt«, fuhr Rühle fort.

»Ja, ich weiß. Vielen Dank. Ich werde morgen da erscheinen und mir alles anhören. Dann sehen wir weiter. Wollen wir morgen Abend was essen gehen und die Neuigkeiten besprechen?«, fragte Ritter.

»Hört sich gut an. Morgen Abend passt. Ruf mich an, wenn du wieder in Tegel gelandet bist, dann treffen wir uns. Ab Donnerstag bin ich nämlich mit Karla im Kurzurlaub. Wir fliegen nach Rom und schauen uns die Ewige Stadt an. Das wollte Karla schon immer, und es wäre wohl ein Scheidungsgrund für sie, wenn ich da absagen würde.« Rühle grinste breit.

»Okay, dann sehen wir uns morgen Abend. Ich freue mich und grüß die gute Karla ganz lieb von mir.« Dann stand Max Ritter auf, verabschiedete sich und trat aus dem Zimmer. Als er das Gebäude verlassen hatte, regnete es immer noch und der Wind war noch kälter geworden.

Mittwoch, 26. Februar 2014

Am nächsten Morgen klingelte der Wecker um sechs Uhr und Ritter fluchte erst mal heftig. Schlagartig wurde ihm bewusst, warum er so früh aufstehen musste, was er überhaupt nicht mehr gewohnt war. Nach einer heißen Dusche rief er ein Taxi und ließ sich zum Flughafen Tegel fahren. Dort trank er einen Kaffee nach dem Einchecken und genehmigte sich noch eine Zigarette vor dem Gebäude. Er hatte das Rauchen ziemlich runtergefahren, seit er keinen Stress mehr hatte. Nur noch vier bis sechs Stück am Tag, früher dagegen waren es zwanzig bis vierzig Kippen und auch mal mehr gewesen.

Gegen zehn Uhr landete die Maschine in Frankfurt. Am Ausgang stand ein junger Mann in schwarzem Anzug mit einem Pappschild und der Aufschrift ›Herr Max Ritter‹. Ritter begrüßte ihn und signalisierte ihm damit, dass er der zu erwartende Fahrgast sei. »Willkommen in Frankfurt«, sagte der junge Mann. »Ich bin Ihr Fahrer. Folgen Sie mir bitte.«

Schnellen Schrittes liefen sie zusammen zur Parkgarage und fuhren vom Flughafen direkt auf die A3 nach Wiesbaden. Die Fahrt dauerte knapp dreißig Minuten, dann hielten sie vor dem Hauptgebäude des BKA in der Thaerstraße.

»Sie müssen in die fünfte Etage, Zimmer 503, dort wartet dann ein Herr Walter Kiep auf Sie«, sagte der Fahrer zu Ritter. Der antwortete: »Vielen Dank für den Fahrservice. Und einen schönen Tag noch.«

Ritter stieg aus und betrat das Gebäude. Er war zum ersten Mal hier. Es fühlte sich irgendwie merkwürdig an.

BKA. Das waren die Jungs, die ihn häufig bei früheren Fällen mit ihrer Besserwisserei genervt hatten. Er fuhr mit dem Fahrstuhl in die fünfte Etage und stieg aus, sah sich um und entdeckte schon bald das Schild mit der richtigen Zimmernummer. Ritter klopfte an die Tür und nach einigen Sekunden öffnete ihm ein älterer kleiner, magerer Herr mit grauem, kurzem Haarschnitt die Tür. »Angenehm, Kiep«, sagte dieser mit rauchiger Stimme und reichte ihm die Hand. »Sie sind sicher der berühmte Herr Ritter«, fuhr er nun fort. »Kommen Sie herein und nehmen Sie bitte Platz. Möchten Sie einen Kaffee oder ein anderes Getränk?« »Ja, ein Kaffee wäre jetzt gut«, antwortete Ritter und setzte sich auf den Stuhl vor dem schlichten Schreibtisch. Links im Raum befand sich eine Tür zu einem weiteren Zimmer, rechts gab es zwei große Fenster. Der Himmel war heute hier in Wiesbaden strahlend blau.

Kiep öffnete die linke Tür, bestellte Kaffee bei seiner Sekretärin und setzte sich dann auf seinen Stuhl. Ein paar Sekunden lang blätterte er in einer Akte. Dann kam schon die Sekretärin und brachte zwei große Kaffeepötte mit Milch und Zucker. »Danke, Frau Zuske. Ich möchte in den nächsten ein bis zwei Stunden nicht gestört werden, wir haben hier einiges zu besprechen«, sagte Kiep. Frau Zuske nickte und ging zurück in ihr Büro. Ritter nahm seinen Pott und trank einen ersten Schluck. Kiep legte ohne Umschweife los: »Zunächst einmal vielen Dank, dass Sie gekommen sind. Ich möchte Ihnen zu Beginn sagen, dass ich kein großer Fan von Hinrichtungen bin, aber Sie sind ja rehabilitiert worden. Und ich weiß auch nicht, wie ich selbst reagiert hätte, deshalb möchte ich hier nicht den Moralapostel spielen.« Er legte eine kleine Pause ein und nahm nun einen weiteren Schluck Kaffee. »Wir haben im Auftrag der Bundesregierung eine Sonderkommission gegründet, deren Chef Sie sein könnten, wenn Sie denn wollen. Es geht darum, verlorenes Vertrauen der Bürger in die Justiz zurückzugewinnen.«

Dann hob er beide Hände, um zu signalisieren, dass er die Antwort von Ritter bereits kennen würde und fuhr fort: »Ich weiß, ich weiß, wir haben nichts mit der Gerichtsbarkeit zu tun, aber wir sollen prekäre, nicht gelöste Mordfälle bearbeiten. Und zwar so, dass sie dann zur Anklage kommen und die Beweise und Indizien so eindeutig sind, dass die Justiz gar nicht anders kann, als ein klares Urteil zu sprechen. Am besten natürlich noch mit einem Geständnis.«

Erneut machte er eine kleine Pause und nahm einen weiteren Schluck des leckeren Kaffees. »Ich weiß, dass Sie eine unglaubliche Aufklärungsquote Ihrer Mordfälle hatten. Deshalb denken wir, dass sie der richtige Mann für diese Aufgabe sind. Sie werden dabei mit vielen schwierigen, wichtigen und auch reichen Menschen in Konflikt geraten. Sie werden mit dem BND, Verfassungsschutz, Staatsschutz und anderen lokalen Behörden und Politikern so Ihre Schwierigkeiten bekommen. Aber Sie erhalten eine Befugnis, die es Ihnen erlaubt, über all diesen Dingen zu stehen. Damit wären Sie sozusagen der mächtigste und gefährlichste Mordermittler dieses Landes. Ich werde Ihre direkte Kontaktperson sein. Ihr Chef wird der Innenminister. Sie können uns beide jederzeit anrufen, wenn jemand Probleme machen sollte.« Walter Kiep legte erneut eine Pause ein und schaute, ohne eine Miene zu verziehen, zu Ritter hinüber.

»Sie bekommen zwei oder drei Mitarbeiter, und wir haben bereits eine kleine Zweizimmerwohnung angemietet, die schon in eine Art Büro und Zentrale umgestaltet wurde. Ihr Büro befindet sich im Berliner Stadtteil Steglitz. Dort warten bereits Ihre neuen Mitarbeiter auf Sie. Da wäre ein junger Mann namens Kevin Wagner.«

»Kevin?«, murmelte Ritter vor sich hin und zog die Augenbrauen hoch. Kiep fuhr ohne Regung fort: »Der Herr Wagner ist sechsundzwanzig Jahre alt und kam als Quereinsteiger zum BKA. Er war als Jugendlicher in der Hacker-Szene tätig und begann dann bei unseren Cyber Cops. Das ist eine Abteilung, die sich mit Verbrechen im Internet beschäftigt. Derzeit haben wir rund zweihundert Cyber Cops hier beschäftigt. Er war im letzten Jahr gesundheitlich etwas angeschlagen. Wir haben ihn zunächst Ihnen zugeteilt. Für den einen oder anderen Spezialauftrag werden wir ihn uns allerdings ausleihen müssen. Zudem hat er ein phänomenales Gedächtnis. Er wird Ihr ständiger Begleiter sein.

Dann haben wir noch eine junge Frau, die zunächst das Büro leiten wird und für die Koordination aller Dinge zuständig ist. Sie hat nach ihrem Abitur hier bei uns studiert. Mit dem Schwerpunkt unauffällige Observation.« Ritter unterbrach ihn nun und fragte etwas arrogant: »Heißt die junge Frau zufällig Mandy oder Sandy?« Rühle schaute ihn erstaunt an und sagte: »Ja, woher wissen Sie das denn? Kennen Sie diese Frau etwa oder sind Sie doch ein Hellseher?«

»Entschuldigung für die Unterbrechung, war geraten. Fahren Sie bitte fort«, antwortete Ritter nun sehr sachlich und kleinlaut.

»Ja, also, wie dem auch sei, Frau Mandy Probst jedenfalls ist bereit, alles zu geben. Sie ist ledig, will keine Kinder und ist deshalb sehr auf ihre Arbeit fokussiert. Sie hatte allerdings einen sehr harten Einsatz vor einigen Wochen. Und bis noch eine weitere Bürokraft eingestellt wird, kann sie zur ihrer Erholung erst einmal Ihr Büro organisieren. So, ich muss jetzt mal schnell auf die Toilette, Sie können diese Infos derweil sacken lassen.«

Kiep verließ das Büro. Max Ritter stand auf, ging zum Fenster und schaute in die Ferne. Ein toller Ausblick.

Das waren ziemlich unglaubliche Neuigkeiten. Der mächtigste Ermittler des Landes? Mann, Mann, Mann. Damit hatte er überhaupt nicht gerechnet, er hatte eher daran gedacht … ja, an was eigentlich? Er kam mit seinen Gedanken nicht weiter, denn Kiep kam mit schnellen Schritten zurück ins Büro. Beide Männer nahmen erneut auf ihren Stühlen Platz.

Kiep setzte wieder an: »Ich weiß, das ist jetzt alles etwas heftig, aber Sie haben ein paar Tage Zeit zum Nachdenken. Nächsten Montag allerdings benötigen wir Ihre Entscheidung. Sind noch Fragen bei Ihnen offen?« Max Ritter geriet etwas ins Schwimmen und fragte zunächst einmal: »Was sind denn da die dringlichsten unaufgeklärten Fälle?«

»Das sind Morde an einem Bürgermeister an der Nordsee in der Gegend um Sankt Peter-Ording, zwei Nazis in Thüringen bei Suhl, ein Polizist im Schwarzwald in Bad Wildbad, ein Banker in Köln und zwei afghanische Flüchtlinge in Rostock. Das sind die ersten fünf wichtigsten Ermittlungen. Sie können die Reihenfolge selbst bestimmen, aber wir sollten möglichst viele dieser Fälle in den nächsten zwölf Monaten unbedingt aufklären«, war die Antwort. »Das Problem bei diesen Fällen war für die ermittelnden Beamten, dass sie grundsätzlich von irgendeiner Behörde behindert wurden. Des Weiteren wurde schlampig ermittelt, aus welchen Gründen auch immer.

Und genau deshalb werden Sie Probleme bekommen, aber ich weiß ja, dass Sie scharf wie ein Jagdhund sind, was Ihre Arbeit betrifft. Aus diesem Grund bekommen Sie diesen Sonderstatus, der Sie über alle stellt.«

Es entstand wieder eine kleine Pause und dann sagte Walter Kiep: »So, mein lieber Herr Ritter. Ich habe um fünfzehn Uhr den nächsten Termin. Frau Zuske wird Ihnen jetzt einen Fahrer rufen, dann erreichen Sie Ihre Maschine noch rechtzeitig. Ich hoffe, Sie werden sich für uns entscheiden und warte auf Ihre Antwort«, sagte Kiep und stand auf. Ritter erhob sich und beide Männer gaben sich die Hand zum Abschied. Dann platzte es aus Ritter heraus:

»Herr Kiep! Ich nehme den Job an. Ich muss darüber nicht nachdenken.« Kiep riss die Augen auf und zeigte sich leicht überrascht. »Das ist ja fantastisch, Herr Ritter. Na, dann willkommen beim BKA. Ich wünsche Ihnen viel Erfolg. Lassen Sie uns mal am Montag telefonieren. Alle weiteren Informationen zu Ihren neuen Mitarbeitern und der Büroadresse sowie alles Weitere bekommen Sie dann bei Frau Zuske. Gute Rückreise und Grüße an den Herrn Rühle.«

Als Ritter wieder in Tegel landete, verließ er das Flughafengebäude und zündete sich erst mal eine Zigarette an. Danach holte er sein Handy aus seiner Jackentasche und rief seinen ehemaligen Chef an. Sie verabredeten sich für achtzehn Uhr in Kreuzberg in der Bergmannstraße zum Abendessen in einem mexikanischen Restaurant. Dann ging Ritter zu einem Taxi und ließ sich nach Kreuzberg fahren. Als Rühle das Restaurant betrat, hatte Ritter bereits einen kleinen Salat vor sich auf dem Tisch stehen. Rühle nahm Platz und schon stand der Kellner parat. Beide bestellten sich einen Burrito mit Hühnchen. Dazu ein Bier für Rühle und eine weitere Apfelschorle für Ritter. »Ich trinke seit der Sache damals keinen Alkohol mehr«, begann Ritter. Obwohl er auch schon früher fast nie Alkohol getrunken hatte, da ihm Bier sowieso nicht schmeckte, hatte er den Alkohol einfach ganz weggelassen. Dann begann Ritter, zu berichten. Als das Essen kam, unterbrachen sie das Gespräch kurz. Da beide großen Hunger hatten, wurde die Unterhaltung recht bald wieder fortgesetzt. »Das hört sich doch gut an. Aber irgendwie auch nach vielen Schwierigkeiten«, sagte Rühle noch kauend und schluckte den letzten Bissen herunter. »Aber es ist eine tolle Chance für dich. Hast du dich schon entschieden?«, fragte er. Ritter grinste nun breit und sagte ihm, dass er bereits zugesagt hätte. »Das freut mich nun aber wirklich ungemein. Und wann geht es los?«, wollte Rühle wissen.

»Ich denke, ich werde morgen in mein neues Büro fahren und nachschauen, was ich für Mitarbeiter bekommen habe. Ja, und dann werde ich wohl die Akten studieren und sehen, mit welcher Ermittlung wir anfangen werden«, antwortete Ritter.

Gegen zweiundzwanzig Uhr verließen die beiden das Restaurant und verabschiedeten sich voneinander. Ritter nahm die U-Bahn am Mehringdamm und fuhr nach Hause. Unglaublich, was er heute alles erlebt hatte. Heute Morgen noch ein Bulle ohne Arbeit und am Abend der mächtigste Ermittler in Deutschland. Krasse Sache. Er war doch leicht euphorisiert angesichts dieser Tatsachen. Zu Hause angekommen, dauerte es allerdings nicht lange, bis er müde wurde und auf seinem Sofa in einen festen, tiefen Schlaf fiel. Den Gruß von Kiep an Rühle auszurichten, hatte er schlicht vergessen.

Donnerstag, 27. Februar 2014

Ritter erwachte gegen acht Uhr morgens. Frisch machen und ab zu John ins ›Lichtburg‹ frühstücken. Er saß an einem Fensterplatz und sah auf das gegenüberliegende, riesige Einkaufscenter namens Gesundbrunnen. Es war ein grauer, aber trockener Wintertag. Ritter genoss sein Rührei mit Speck und die frischen Brötchen dazu. Wer wusste schon, wann er wieder hier sein würde. Denn ab nächster Woche würde er überall unterwegs sein, nur nicht in Berlin. Nachdem er sein Frühstück beendet hatte, bezahlte er bei John und verabschiedete sich. Er ging los und durchquerte das Einkaufscenter. Dahinter lag der Bahnhof Gesundbrunnen, von dem aus Fernzüge, S- sowie U-Bahnen fuhren.

Gegen zehn Uhr erreichte er mit der U-Bahn die Station Schloßstraße in Steglitz. Fünf Minuten später stand er vor dem Haus der Zimmermannstraße. Ritter studierte die Namen der Bewohner und klingelte schließlich bei ›Koller‹. Das hatte ihm Frau Zuske in Wiesbaden gesagt. Nach einigen Sekunden brummte der Summer und er öffnete die Haustür, betrat das schöne Altbauhaus und stieg die Treppen hoch in die zweite Etage. An der Tür stand eine junge Frau und strahlte ihn an. Das musste also Mandy sein. Sie streckte ihm ihre Hand entgegen und sagte: »Hallo, ich bin Mandy Probst. Sie sind bestimmt der Herr Ritter?«

»Ja, der bin ich. Hallo«, begrüßte Ritter sie freundlich und gab ihr die Hand.

»Willkommen in unserem kleinen Büro. Kommen Sie rein«, sagte sie und lief voraus in den Flur. »Hier gleich links ist die Küche, die nächste Tür links ist das Bad und Toilette. Hier die erste Tür rechts ist für den Kevin und mich. Die zweite Tür hinten rechts ist für Ihren Büroraum, aber wir haben zwei große Flügeltüren zwischen den beiden Räumen«, erzählte sie, während sie das Zimmer betraten.

Zwei große Räume mit hohen Decken und alles in schlichtem Weiß gehalten. Dazu die beiden riesigen Flügeltüren, die geöffnet waren. Klasse Büro, dachte er. Im ersten Zimmer standen zwei Schreibtische, so gestellt, dass man sich gegenübersaß. Auf einem der beiden Tische stand bereits ein Laptop, das musste Mandys Platz sein.

»Kaffee? Wir haben italienischen Espresso«, fragte sie ihn und deutete ihm in Richtung Küche. »Ja, gerne«, antwortete Ritter und folgte ihr. Die Küche war ein ziemlich großer Raum, rechts befanden sich die Küchenschränke, dazu Herd, Kühlschrank, Spülmaschine, links stand ein riesiger, quadratischer Holztisch mit vier Stühlen.

Mandy Probst machte sich an die Arbeit. Sie hatte eine knallenge Jeans an, die ihren sowieso schon wohlgeformten Hintern noch deutlicher hervorhob. Zudem trug sie ein eng anliegendes, weißes T-Shirt, das ihre mittelgroßen Brüste stark betonte. Sie hatte hellblondes Haar, vorne ein gerader Pony und an den Seiten gleichmäßige Länge bis zur Schulter à la Uma Thurman in ›Pulp Fiction‹. Zudem hatte sie eine Menge Tattoos an ihren beiden Armen. Wahrscheinlich auch noch an anderen Körperstellen. Mandy Probst war eins achtundsiebzig groß, schlank und insgesamt eine wirklich attraktive Erscheinung. »Milch und Zucker?« fragte sie ihn. »Danke, nur etwas Milch dazu«, sagte Ritter. In diesem Moment hörte er ein Geräusch am Türschloss und ein junger Mann betrat die Wohnung. »Hallo. Sie sind bestimmt der Herr Ritter. Kevin Wagner«, sagte er und reichte Ritter die Hand zur Begrüßung. Erneut antwortete Ritter: »Ja, der bin ich! Schön, euch beide kennenzulernen«, und reichte ihm ebenfalls die Hand. Dann drehte sich Kevin zu Mandy und sagte: »Hey, Mandy, alles gut bei dir?«

»Ja, danke. Auch einen Kaffee?« Kevin nickte und grinste sie breit an. Die beiden verstanden sich wohl schon ganz gut. Kevin Wagner hatte einen schwarzen Lockenkopf, dazu im etwas länglich wirkenden Gesicht eine kleine Nickelbrille mit runden Gläsern, wie einst John Lennon sie getragen hatte. Er hatte Turnschuhe, Jeans und einen schwarzen Hoodie mit Kapuze an.

Wagner sagte zu Ritter: »Also, Chef, kommen Sie mal mit. Ich habe da so einige Dinge für Sie.« Beide gingen in die Büroräume, Mandy Probst folgte ihnen.

Kevin Wagner öffnete einen kleinen Safe, der unter seinem Schreibtisch stand und holte ein Handy, einen Ausweis und eine Pistole raus. »Hier ein neues, sicheres Telefon. Haben wir auch beide. Kann man nicht abhören oder knacken. Ihr neuer Ausweis und natürlich eine Knarre.« Wagner überreichte ihm nun all diese Dinge. Anschließend schloss er den Safe wieder und holte aus einer der Schreibtischschubladen mehrere Aktenordner. »Und hier die Akten unserer aktuellen Fälle.« Wagner legte sie ihm auf seinen neuen Schreibtisch. »Vielen Dank, Wagner«, sagte Ritter.

»Sie können mich ruhig Kevin nennen«, entgegnete dieser nun. »Danke, aber ich bleibe lieber erst mal beim Sie und bei Wagner. Außerdem klingt Wagner einfach klassisch und mächtig«, antwortete Ritter. Dieser schaute ihn etwas verwirrt an. Mandy Probst schwieg und bearbeitete die Tastatur ihres Laptops. Ritter nahm die Pistole in die Hand und betrachtete sie. Vor zwei Jahren hatte er das letzte Mal eine Waffe in der Hand gehabt. Er legte sie in die Schublade seines neuen Schreibtisches.

»Habt ihr die Akten schon alle gelesen?«, fragte er nun die beiden. »Jo, alles hier drin und abgespeichert«, sagte Kevin Wagner und deutete mit dem Zeigefinger auf seinen Kopf. Mandy Probst zeigte mit dem Finger auf ihren Computer: »Bei mir auch alles drin und abgespeichert.« Beide grinsten sie ihn an. »Das ist ja super.«

»Wir treffen uns morgen gegen zehn Uhr und beschließen gemeinsam, wie wir anfangen«, verkündete

Ritter den beiden. Mandy Probst lächelte und sagte zu Ritter: »Ach ja, hier noch Ihr Schlüssel für unser Büro.« Sie überreichte ihm zwei Schlüssel für die Haus- und Wohnungstür. »Sagen Sie mal, Wagner. Haben wir eigentlich schon ein Dienstfahrzeug?«

»Ja klar, Chef. Steht in der Garage um die Ecke. Ein nagelneuer, schwarzer 5er BMW mit schusssicheren Scheiben und so manch anderem Schnickschnack. Wollen Sie ihn gleich ausprobieren?«, fragte Wagner. »Nein danke. Also bis morgen dann«, sagte Ritter und sie verließen das Büro. Ritter lief Richtung U-Bahn. Als er sich noch mal umdrehte, sah er, wie Kevin Wagner mit einem Fahrrad davonsauste. Mandy Probst war nicht mehr zu sehen.

Nette, junge Menschen, dachte sich Ritter. Er war sichtlich zufrieden.

In der U-Bahn nahm, wie meistens, keiner Notiz von ihm, fast alle waren mit ihren Handys beschäftigt.

Freitag, 28. Februar 2014

Um zehn Uhr an diesem Freitagmorgen traf Ritter wieder im Büro in Steglitz ein. Es duftete ganz wunderbar nach Kaffee. Mandy Probst stand in der Küche und strahlte ihn an: »Morgen, Chef. Kaffee mit Milch?«, fragte sie ihn. »Aber klar doch, gerne.« Sie überreichte ihm einen Pott. »Wo ist Wagner?«, fragte Ritter. »Der kommt gleich, hat gerade angerufen, dass er sich um dreißig Minuten verspätet.« Gegen elf Uhr traf ein sichtlich abgehetzter Kevin Wagner im Büro ein. »Sorry, Chef, aber irgendein Idiot hat mein Fahrrad geklaut. Musste die U-Bahn nehmen.«

»Jetzt klauen die schon einem Bullen das Fahrrad«, kicherte Mandy Probst. »Ist nicht wirklich lustig«, knurrte Kevin Wagner in ihre Richtung.

Ritter unterbrach: »Okay, ihr beiden. Gut jetzt. Lasst uns in die Küche gehen und die Sachlage besprechen. Später können wir was essen gehen. Ich lade euch ein. Mein Einstand als Chef.«

Sie gingen gemeinsam in die Küche und setzten sich an den großen Holztisch. Nachdem noch geklärt war, dass die Küche gleichzeitig ab jetzt der Raucherraum sei, zündeten sich Wagner und Ritter eine Zigarette an, Probst war Nichtraucherin. Aber es machte ihr nichts aus.

»Wir haben fünf unaufgeklärte Mordfälle. Ich habe mir alles durchgelesen. Wirklich zum Teil haarsträubende Berichte und Verfehlungen. Ich weiß echt nicht, mit welchem dieser Fälle wir beginnen sollen«, sagte Ritter in die Runde.

Mandy Probst erwiderte: »An der Nordsee ist es doch bestimmt schön zu arbeiten.« Sofort entgegnete Kevin Wagner: »Im März an der Nordsee? Da ist doch totales Sauwetter, kalt und windig und meistens regnet es doch da.«

Ritter schwenkte in die Wetterdebatte mit ein und sagte nun: »Tja, im Thüringer Wald oder Schwarzwald ist das Wetter auch nicht gerade besser im März. Und Rostock wäre im Sommer schöner. Der Bank-Fritze in Köln zuerst?« Es entstand eine kleine Pause und alle drei nahmen gleichzeitig einen weiteren Schluck Kaffee, schließlich sagte Wagner: »Diese Bankiers-Geschichte in Köln? Ja, warum nicht.«

»Ich finde ja den Mord an dem Polizisten im Schwarzwald am spannendsten«, sagte Probst.

»Wir können doch Lose ziehen«, erwiderte Wagner. Ritter musste nun schmunzeln. Lose ziehen, ja, warum eigentlich nicht? Doch dann sagte er: »Wir können natürlich auch mit dem wohl schwierigsten Fall anfangen. Das ist für mich klar die Nazi-Sache da in Thüringen. Aber eigentlich sind alle irgendwie schwierig. Die Afghanen in Rostock. Und der Polizist im Schwarzwald wäre ebenfalls sehr wichtig, ist schließlich ein Kollege von uns.«

»Allerdings«, betonte Wagner. Erneut entstand eine kleine Pause.

»Ich rufe jetzt mal den Kiep beim BKA an. Wir wollten sowieso noch mal heute reden. Dann sehen wir weiter«, sagte Ritter, stand auf und ging an seinen Schreibtisch, auf dem sein Handy lag. Wagner hatte bereits alle wichtigen Nummern für ihn einprogrammiert. Nach dem dritten Klingelton nahm Kiep ab und sagte: »Hallo, Herr Ritter. Bereits im neuen Büro eingelebt? Ich nehme an, Sie haben auch schon Ihre Mitarbeiter kennengelernt?«

»Ja, klar. Wirklich nette und kluge Menschen. Das Büro ist echt super. Den Wagen habe ich noch nicht gesehen, aber wir wollen bald loslegen. Nun wollte ich Sie mal fragen, ob einer dieser fünf Fälle besonders dringend zu lösen ist?«

»Hm, nicht unbedingt. Klar, der Polizistenmord ... eigentlich ... nein, für mich sind alle Fälle letztendlich gleich wichtig. Es geht um Menschen, denen ihr Leben genommen wurde und da sind alle gleich. Ob Afghane oder Banker, da mache ich keinen Unterschied«, sagte Kiep energisch. »Im

Übrigen wollte ich Ihnen sagen«, fuhr er fort, »dass der Innenminister Ihre Handynummer abgespeichert hat und Sie den Herren jederzeit anrufen können, wenn es irgendwo massive Probleme gibt. Probieren Sie es aber bitte immer zuerst bei mir oder Frau Zuske. Erst wenn wir Ihnen nicht mehr weiterhelfen oder Sie uns nicht erreichen können, dann können Sie den Herrn Minister um Hilfe bitten.«

Ritter überlegte kurz und sagte dann: »Okay. Vielen Dank. Dann werden wir jetzt hier mal weiter besprechen, wie wir vorgehen wollen. Ich sage Ihnen dann Bescheid, wo wir loslegen werden.«

»Sehr gut, Herr Ritter, bis bald und nochmals viel Erfolg«, wünschte Kiep und legte auf.

Ritter ging zurück in die Küche und berichtete den beiden von seinem Telefonat mit Kiep. »Tolle Einstellung von dem Kiep da, alle sind gleich, das gefällt mir. Allerdings wissen wir nun immer noch nicht, wo wir anfangen sollen«, sagte Wagner, nachdem Ritter zu Ende erzählt hatte. »Vielleicht fällt uns etwas ein, wenn wir was essen gehen«, sagte eine nun wohl hungrige Mandy Probst. Ritter sah die beiden abwechselnd an und entgegnete: »Okay, gehen wir was essen. Was gibt es denn hier im Kiez so alles?« »Meistens gehen wir zu ›Ali Baba‹, dem Türken, der ist echt klasse«, sagte Wagner. »Oh ja, zu ›Ali Baba‹, da ist es doch soooooo lecker«, schwärmte Probst.

»Du könntest was holen gehen, Mandy. Du bist heute sowieso dran, dann könnten wir hier essen«, sagte Wagner zu ihr.

»Ja, stimmt, ich bin heute dran. Ist vielleicht besser, da könnten sonst alle zuhören, wie wir über Mord und Totschlag reden. Alle einen Dürüm Döner?«

Die beiden Männer nickten gleichzeitig. Ritter gab ihr dreißig Euro und fragte sie, ob das genug sei. Sie grinste ihn an, stand auf und ging los. Ritter schaute erneut fasziniert auf ihr Hinterteil. Als die Tür ins Schloss fiel, sagte Wagner: »Na, Chef. Das ist doch ein Knallerarsch, oder? Aber leider,

leider keine Chance. Unsere Mandy steht nämlich eher auf Frauen.«

»Oh Gott sei Dank«, rutschte es Ritter raus.

»Wieso das denn?«, fragte nun ein entsetzt dreinblickender Wagner.

»Ach, Wagner, das verstehen Sie erst, wenn Sie mal in mein Alter gekommen sind«, sagte Ritter. Und natürlich wusste er, dass Wagner ihn keinesfalls verstehen würde. Wie auch? Ritter jedenfalls war froh, denn damit würde es keine Techtelmechtel hier um und mit Mandy Probst geben.

Ein paar Minuten später saßen sie alle drei wieder am Küchentisch und aßen genüsslich jeder einen Dürüm Döner, und der schmeckte wirklich außerordentlich lecker. Dazu gab es Mineralwasser und Spezi aus dem gut gefüllten Kühlschrank. Als sie ihr kleines Festmahl beendet hatten, bedankten sich die beiden bei ihrem Chef für das Mittagessen. Wagner räumte nun den Tisch ab und säuberte ihn, das Geschirr kam in die Spülmaschine. Probst war schon wieder am Kaffee kochen. »Also, Frau Mandy, das Restgeld ist für unsere Kaffeekasse, ansonsten habe ich beschlossen, dass wir die Entscheidung per Los treffen. Machen Sie doch mal fünf Zettel fertig und dann lassen wir den Zufall entscheiden. Bin gleich wieder da«, sagte Ritter und verschwand auf die Toilette.

»Warum sagt er denn Frau Mandy zu mir?«, fragte sie nun Wagner, während sie anfing, die Lose zu basteln. »Keine Ahnung. Zu mir sagt er ja immer Wagner, aber warum er dich nicht Probst nennt, sondern Frau Mandy, kann ich dir jetzt auch nicht sagen«, wunderte sich dieser. »Na ja, egal. Wie findest du ihn eigentlich?«, fragte sie Wagner. Der überlegte erst kurz, bevor er antwortete: »Eigentlich ziemlich okay bis jetzt, aber wir kennen ihn noch nicht richtig.« Da kam Ritter bereits wieder zurück in die Küche und zündete sich erneut eine Zigarette an. In ruhigem Ton sagte er zu den beiden: »Ihr habt sicherlich einiges über mich gehört. Ich werde euch jetzt die Geschichte erzählen, warum ich zwei Jahre aus dem Verkehr gezogen wurde, damit ihr wisst, mit wem ihr es zu tun habt.« Dann erzählte ihnen Ritter, dass er in Pforzheim in Baden-Württemberg geboren und aufgewachsen sei. Dass seine Schwester jetzt in Karlsruhe lebte und seine Mutter in einem Dorf etwas außerhalb der Stadt. Er berichtete von dem guten Verhältnis zu den beiden. Danach erfuhren sie etwas über seine Tätigkeit als Mordermittler in Stuttgart, Leipzig und schließlich in Berlin. Gefolgt, gewissermaßen als Finale von der Geschichte, warum er eben zwei Jahre krankgeschrieben worden war. Als er schließlich alles berichtet hatte, entstand eine doch etwas längere Pause und die beiden schauten ihn an.

»Danke, Chef. Das war aber sehr ehrlich und persönlich«, sagte eine sichtlich berührte Mandy Probst. »Ja, vielen Dank auch von mir«, stimmte Wagner mit ein.

Ritter freute sich, es gleich offen erzählt zu haben, denn das hatte doch hoffentlich etwas Vertrauen zwischen ihnen erzeugt. »Gut. Jetzt wollen wir mal das erste Los ziehen. Das nächste ziehen wir aber erst, wenn wir den ersten Fall gelöst haben. Wenn ich bitten darf. Frau Mandy ist unsere Glücksfee.« Ritter grinste die beiden an. Mandy Probst zog eines der fünf Lose und öffnete den kleinen, zusammengefalteten Zettel. »Oha«, war ihre Reaktion auf den »Gewinner«. Die beiden Männer sahen sie erwartungsvoll an und warteten auf die Fortsetzung von ›Oha‹. Dann fuhr sie feierlich fort: »Ta, ta, ta, ta. Und hier das Ergebnis: Der ermordete Bürgermeister an der Nordsee ist unser erster Fall.«

»Mist. Doch die Nordsee im März«, war Wagners erste Reaktion. »Na ja, dann gibt es wohl für die nächsten Tage Fisch, Krabben und so.« Mandy Probst ergänzte: »Viel Wind, viele Windräder plus Ebbe und Flut. Ist ja fast direkt an der Küste, dieses Wesselburen.« Nun kam von Ritter die erste Reaktion auf dieses Los: »Okay, Frau Mandy, dann buchen Sie uns doch mal zwei Einzelzimmer in diesem Wesselburen für nächste Woche ab Montag. Dann sehen wir weiter.« Und zu Wagner: »Sie können unser Auto heute mit nach Hause nehmen und mich dann Montagfrüh bei mir zu Hause abholen. Am besten so gegen neun Uhr. Wir fahren dann gleich von mir aus direkt über den Kurt-Schumacher-Platz auf die Autobahn nach Hamburg.« »Okay, Chef. Sie meinen den Kutschi, wa? So wird er hier im Volksmund genannt«, sagte Wagner.

»Ihr müsst euch echt warm anziehen, also Regenjacken, Mützen, Handschuhe und so, es soll diese Woche dort oben nicht wärmer als vier Grad werden«, sagte Probst und wischte weiter auf ihrem Handy rum. »Dazu ein harter, kalter Wind aus dem Norden Europas«, fuhr sie fort. »Fuck«, war Wagners einziger Kommentar dazu. »Wir werden es ja wohl überleben. Also ab nach Hause, packen und noch mal ausschlafen am Wochenende. Wie lange dauert die Fahrt denn eigentlich ungefähr?«, fragte Ritter in die Runde. »So vier bis fünf Stunden«, kam die Antwort von Probst wie aus der Pistole geschossen. »Von Hamburg aus gehts Richtung Heide und dann über die Landstraße nach Wesselburen.«

»Okay, danke. Falls wir Sie da oben brauchen, müssen Sie eben nachkommen«, antwortete Ritter kurz. Sie riss die Augen auf und fragte ihn: »Echt? Ich dachte, ich soll hier das Büro leiten.«

»Sicher, klar. Aber in gewissen Situationen kommt eine Frau bei Befragungen oder Ideen eben besser voran als wir Männer, oder? Außerdem sind wir zu dritt natürlich viel schneller«, antwortete Ritter und sie strahlte ihn an.

Als Ritter wieder am Bahnhof Gesundbrunnen ankam, beschloss er, noch Lebensmittel und Getränke einzukaufen. Er wollte sich voll und ganz auf die Akten konzentrieren. Und das wollte er zu Hause machen. Die folgenden zwei Tage liefen immer nach dem gleichen Schema ab. Er studierte die Akten und unterbrach das Studium nur kurz zur Nahrungsaufnahme oder zum Schlafen.

Montag, 3. März 2014

An diesem Morgen stand Wagner pünktlich um neun Uhr vor dem großen Mietshaus, in dem Ritter wohnte. Der kam aus der Haustür und öffnete die Heckklappe, um seinen Trolley im Kofferraum zu verstauen. Seinen kleinen Rucksack nahm er mit ins Auto. Ritter setzte sich auf den Beifahrersitz und begrüßte seinen neuen Reisepartner: »Guten Morgen, Wagner.«

»Morgen, Chef. Ist es okay, wenn ich fahre oder wollen Sie?«

»Fahren Sie ruhig, ich kann Sie eventuell später ablösen.«

»Okay, dann mal los«, antwortete Wagner und fuhr durch den Wedding auf die Müllerstraße über den Kutschi Richtung Berliner Ring. War ziemlich viel Verkehr um diese Zeit und sie kamen nur langsam voran.

Dann fuhr er vom Berliner Ring auf die A24 Richtung Rostock/Hamburg. Nach kurzer Zeit lichtete sich der Verkehr und sie hatten ziemlich freie Fahrt. Bis zum Autobahnkreuz Wittstock/Dosse war hundertdreißig als Höchstgeschwindigkeit ausgeschildert und so schwebten sie fast dahin. Es war kaum ein Geräusch im Inneren des Autos zu hören, zumal das Radio ausgeschaltet war.

Während sich Wagner auf die Fahrbahn konzentrierte, sah Ritter verträumt aus dem Fenster. Es war ein schöner Morgen mit blauem Himmel ohne Wolken. Von wegen Sturm und Kälte. Na ja, mal abwarten, an der Nordsee könnte das ganz anders aussehen. Seine Gedanken schweiften umher. Endlich ging es wieder los. Das Abenteuer. Das Jagdfieber. Einen Mord aufklären. Lügen entlarven, Motive finden, das ganz große Rätsel lösen. Aber war er überhaupt noch in Form? War sein Gehirn überhaupt noch trainiert genug, um alle Fakten zu analysieren? Konnte man seinen Instinkt verlieren?

Zudem hatte er bisher immer in einer Stadt gearbeitet. Nun ging es aber in andere Regionen, diesmal aufs Land, auf unbekanntes Terrain. Ob das eine große Rolle spielen würde? Auf jeden Fall keine unbedeutende. Jeder Landstrich hatte doch seine Eigenheiten, Macken und Traditionen. Er war noch nie an der Nordsee gewesen, nur einmal in Hamburg vor zehn Jahren. Ritter freute sich auf das Kennenlernen seiner neuen Kollegen. Endlich würde er wieder Input von jungen Menschen bekommen. Die letzten beiden Jahre waren im Rückblick plötzlich doch etwas einsam und langweilig verlaufen. All dies würde sich nun wieder ändern.

Er fühlte sich sofort recht sicher in seiner Rolle als Beifahrer - ein gutes Zeichen für die entspannte Fahrweise seines neuen, jungen Kollegen. Das eintönige Fahrgeräusch nahm Besitz von ihm, und er nickte langsam ein.

Wagner sah kurz zu Ritter und schmunzelte. Er hing seinen Gedanken nach. Bisher hatte er meistens nur seine Arbeit vor einem Computer in einem Büro verrichtet. Nun aber ging es raus in die weite Welt. Na ja, zumindest Germany. Er würde sicher sehr viel von diesem Ritter lernen, dem ein unglaublicher Ruf vorauseilte. Und natürlich wollte er selbst viel dazu beitragen, um Ritter zu helfen, falls dieser überhaupt seine Hilfe benötigte.

Nun ja, sicherlich war Ritter nicht gerade ein Computerfreak. Und deshalb würde er auf jeden Fall seine Hilfe brauchen.

Am Autobahnkreuz Wittstock/Dosse ging die A18 Richtung Rostock ab.

Wagner blieb auf der A24 Richtung Hamburg. Plötzlich war keine Geschwindigkeitsbegrenzung mehr vorhanden. Er beschleunigte auf zweihundert und der Wagen schwebte irgendwie immer noch. Inzwischen war es ziemlich bewölkt und vom blauen Himmel nichts mehr zu sehen. An der nächsten Raststätte fuhr Wagner raus und parkte den Wagen. Ritter schien noch immer zu schlafen. Er stieg aus, ging zur Raststätte und kaufte zwei große Kaffee zum Mitnehmen. Als er wieder rauskam, sah er, wie Ritter am Wagen lehnte und eine Zigarette rauchte. Sie hatten vereinbart, vorerst nicht im Auto zu rauchen.

»Hier, Chef, erst mal ein Kaffee.« Wagner grinste und reichte ihm den Pappbecher rüber. »Super. Vielen Dank. Was gibt's denn da drin zu essen?«, fragte Ritter leicht mürrisch. »Wohl Hunger? Keine Sorge. Hab selbst gemachte Brote mit Wurst und Käse dabei, dazu hart gekochte Eier und Salzstreuer.«

»Echt? Wahnsinn«, sagte ein überraschter Ritter. »Wann haben Sie das denn alles gemacht? Heute Morgen etwa?« Wagner holte aus dem Kofferraum eine Plastikdose mit der Verpflegung und stellte sie auf den Kühler. Sie blieben im Freien am Auto stehen. »Greifen Sie zu. Guten Appetit.« Ritter nahm sich ein Ei, schälte es, dann griff er nach einem Käsebrot und begann, genüsslich zu essen. »Hat meine Mutter heute Morgen gemacht. Sie war etwas nervös vor meinem ersten großen Einsatz. Und wahrscheinlich dachte sie, dass wir auf der Strecke verhungern«, sagte Wagner und nahm sich nun ebenfalls ein Brot. »Wohnen Sie mit Ihrer Mutter zusammen?«, fragte Ritter. »Ja, wir wohnen zusammen in einem Einfamilienhaus in Dahlem. Das hat uns mein Vater überlassen. Er ist vor knapp zehn Jahren in die USA ausgewandert und hat dort wieder geheiratet. Das Haus ist groß und wir haben beide viel Platz, dazu einen schönen Garten. Das passt schon. Wir verstehen uns gut, und jeder lässt den anderen machen«, antwortete Wagner. »Manchmal wohnt meine Freundin Daniela für ein paar Tage bei uns. Sie ist aus Freiburg und studiert seit ein paar Monaten dort, und deshalb sehen wir uns nicht so oft«, fuhr er fort. Ritter war erneut positiv überrascht, diesmal über Wagners Offenheit.

»Seid ihr schon lange zusammen?«, fragte Ritter. »Der neugierige Ermittler, wa?« Wagner grinste breit und setzte einen schelmischen Blick auf.

»Seit zwei Jahren sind wir zusammen. Läuft ganz chillig«, antwortete er.

»Das hört sich doch richtig gut an. Freut mich wirklich für Sie«, sagte Ritter.

Nach knapp zwanzig Minuten Pause setzten sie die Fahrt wieder fort. Sie hatten sich geeinigt, dass Wagner weiterhin fahren sollte, er fühlte sich noch topfit.

Ritter holte nun die Akte ›Bürgermeister Hauke Janssen‹ aus seinem Rucksack. »Haben Sie eigentlich keinen Laptop?«, fragte Wagner. »Nein. Ich habe einen etwas älteren Computer zu Hause, aber ich benutze ihn nur selten. Ich mache mir lieber Notizen in einem Schreibblock. Und, nein, ich bestelle nie was im Internet, ich gehe da doch lieber in richtige Geschäfte zum Einkaufen. Ist persönlicher. Ich bin auch nicht bei Facebook oder so. Hab da wohl irgendwann ein wenig den Anschluss verloren«, war Ritters Antwort. Es entstand eine kleine Pause.

Dann fuhr er fort: »Wir versuchen, ab jetzt den Mord an Bürgermeister Hauke Janssen aufzuklären. Er wurde von seiner Ehefrau Nina Janssen am 8. November 2011, also vor rund zweieinhalb Jahren, um einundzwanzig Uhr abends in ihrem gemeinsamen Haus tot aufgefunden. Sie kam von ihrem Kegelabend im Kegelverein nach Hause. Ihr Mann saß auf dem Sofa vor dem nicht mehr vorhandenen Fernsehgerät und hatte einen großen Blutfleck auf seinem weißen Hemd. Jemand hatte ihm ein Messer in das Herz gestochen. Es steckte noch in seiner Brust. Das Messer war aus der Küche entnommen worden, auf dem Messer waren keine Fingerabdrücke zu finden. Auf dem Tisch stand eine leere Bierflasche. Die Fernbedienung des Fernsehers lag ebenfalls auf dem Tisch. Alles sah nach einem Überfall aus. Die Terrassentür war von außen eingeschlagen und überall im ganzen Haus waren Schubladen sowie Schränke aufgerissen und durchwühlt worden. Es fehlten der Laptop und das Handy von Janssen, ebenso sein Geldbeutel mit allen Papieren. Zudem war die teure Stereoanlage verschwunden. Das Fernsehgerät wurde ebenfalls gestohlen. Schmuck und Geld waren nicht im Haus, denn das hatte die Ehefrau im Bankschließfach der Sparkasse Wesselburen deponiert. Ansonsten fehlte nichts.

Nach wochenlangen Ermittlungen ohne Ergebnis ging man schließlich davon aus, dass es eine osteuropäische Einbrecherbande war. Das ist der Stand der Dinge von heute.«

»Und Sie glauben das nicht?«, fragte Wagner.

»Nun ja, es ist etwas verwirrend, dass es keinerlei Kampfspuren oder ein Abwehrverhalten des Opfers gab. Man konnte auch keine Fußspuren oder Fingerabdrücke finden. Wenn Ihre Terrassentür eingeschlagen wird und, sagen wir mal, zwei oder drei Männer kommen in Ihr Wohnzimmer gestürmt, bleiben Sie dann gelähmt vor Schreck sitzen? Okay, ja, könnte noch sein. Aber wenn dann einer von denen mit dem Messer rumfuchtelt und auf Sie zukommt, spätestens da beginnen Sie doch, um Ihr Leben zu kämpfen, um irgendwie aus der Nummer rauszukommen. Oder aber ich verhandle mit denen, und sage ihnen, dass sie alles haben können. Dass sie gar keine Gewalt anwenden müssen. Aber er steht auf, wehrt sich nicht, und lässt sich ein Messer gezielt ins Herz rammen. Denn der Einstichwinkel des Messers lässt uns wissen, dass die Person, die ihm gegenüberstand, ungefähr zwischen eins zweiundachtzig und eins achtundachtzig groß sein muss. Nach der Tat setzt man ihn wieder auf das Sofa? Dass da was nicht stimmt, ist für mich schon mal eine klare Sache. Was denken Sie denn darüber?«

Wagner dachte nach und äußerte schließlich seine Vermutung: »Vielleicht konnte man mit denen gar nicht verhandeln, weil sie unsere Sprache als Osteuropäer nicht verstanden haben. Oder die Einbrecher hatten keine Masken an und wollten nicht, dass sie später erkannt werden. Oder sie waren auf Drogen und völlig unberechenbar. Was mich verwundert ist, dass sie doch durch die Terrassentür gesehen haben müssen, dass da ein Typ im Wohnzimmer sitzt. Und trotzdem brechen sie ein?« Ritter runzelte die Stirn und sagte: »Alles möglich, stimmt. Gut, Wagner. Ich finde es auf jeden Fall merkwürdig, dass sie trotzdem ins Zimmer rein sind, obwohl sie ihn gesehen haben müssen.«

Wagner freute sich über das Lob. Ritter bezog ihn scheinbar ab jetzt voll mit ein. Vielleicht werden wir ein erfolgreiches Team, dachte sich Wagner und fragte dann: »Glauben Sie denn, dass wir den Fall lösen werden?«

»Ach, Wagner! Wir fangen doch gerade erst an. Ich weiß nicht, ob wir den Fall lösen werden. Aber wir haben vielleicht einige Vorteile gegenüber den ermittelnden Beamten von damals.« Wagner war überrascht und fragte: »Aha. Und welche Vorteile haben wir denn da?«

»Na ja, wir können zum Beispiel jetzt knapp zweieinhalb Jahre nach der Tat sehen, was aus der Ehefrau geworden ist. Was sie geerbt hat. Ob sie einen neuen Mann hat und so weiter. Wer jetzt Bürgermeister ist und vielleicht auch mal die Schwestern des Toten genauer befragen, wir können ehemalige Kollegen von ihm vernehmen. Die Leute geben mit so einem Abstand zu den zurückliegenden Ereignissen oft ganz andere Antworten als damals. Das kann alles, muss aber kein Vorteil sein. Wir werden es erleben.«

Die beiden erreichten Hamburg und fuhren mit ihrem Navi problemlos knapp dreißig Minuten quer durch Hamburg, dann auf die A23 Richtung Heide. Als sie wieder auf der Autobahn waren, rief Ritter bei Mandy Probst im Büro an. Er stellte das Handy auf die Lautsprecheranlage, damit Wagner mithören konnte.

»Oha. Mein neuer Chef«, meldete sie sich, um gleich fortzufahren: »Hallöchen. Wo seid ihr denn jetzt?«

»Wir sind knapp eine Stunde vor unserem Zielort«, antwortete Wagner in einem leicht militärischen Ton. »Gut. Ich habe da kein geeignetes Hotel gefunden. Deshalb habe ich euch ein kleines Ferienhaus direkt am Deich gebucht. Die Adresse habe ich Kevin als SMS geschickt, kann er dann ins Navi eingeben«, sagte Probst. Nun antwortete Ritter: »Vielen Dank, Frau Mandy. Wir brauchen ein paar Informationen zum Fall. Wir benötigen die aktuellen Adressen der beiden Schwestern des Toten. Dazu sämtliche Kontobewegungen der Ehefrau so ab drei Monate vor dem Tod ihres Mannes bis heute. Und natürlich ihre heutige Adresse. Ach, finden Sie auch bitte heraus, ob sie das damalige Haus eventuell verkauft hat. Außerdem hat oder hatte sie ein Bankschließfach für Schmuck und Bargeld in der Sparkasse Wesselburen. Ich würde gerne wissen, an welchem Datum sie das angemietet hat. Checken Sie doch bitte auch, ob der damals ermittelnde Kommissar noch hier oben tätig ist. Ich muss ihn selbstverständlich als ersten sprechen. Sagen Sie bitte der Frau Zuske vom BKA noch Bescheid, dass wir den Nordsee-Bürgermeister-Fall zuerst bearbeiten. Haben Sie das alles notiert?«

Kurze Pause. »Jo, klar. Alles notiert. Hört sich spannend an. Sie haben wohl die Ehefrau in Verdacht. Vielleicht hat sie ihm erst Gift gegeben. Der Rest war dann alles von ihr inszeniert und sie hat ihm das Messer selbst in die Brust gerammt.«

»Frau Mandy, bitte! Woher haben Sie denn solche fantastischen Einfälle? Die Ehefrau hatte doch ein Alibi de luxe. Sie war mit sechs Frauen aus ihrer Mannschaft beim Kegeln.«

»Sorry, Chef. Hab das gerade gestern in einem Krimi aus den Achtzigern gelesen. Hat nur ein Euro gekostet. Secondhand-Ware.« Ritter war etwas überrascht und fragte sie nun: »Sie lesen Krimis in Ihrer Freizeit?«

»Ja, klar. Das kann doch nur nützlich sein in unserem Beruf«, antwortet sie mit einem belustigten Unterton. »Aha! Nun ja, vielleicht haben Sie ja recht. Okay, es gibt jetzt einiges zu tun für Sie, Frau Mandy. Melden Sie sich bitte, sobald Sie Neuigkeiten haben.« Dann verabschiedeten sie sich alle und wünschten sich noch einen schönen Tag.

Wagner tippte die neuen Zieldaten ins Navi ein. Gegen vierzehn Uhr verließen sie die Autobahn und fuhren rechts ab Richtung Wesselburen. Es waren Hunderte weiße Windräder zu sehen. Das Szenario sah irgendwie unwirklich aus. Inzwischen war wieder blauer Himmel zu sehen. Sie durchquerten Wesselburen und fuhren weiter in den Wesselburener Koog. »Nach zweihundert Metern links abbiegen in die Dammstraße«, schepperte die künstliche, weibliche Stimme des Navis. Es waren bereits zwei weiße Hinweisschilder zu sehen, die nach links zeigten. Auf dem einen Schild stand Badestrand, auf dem anderen ›Ferienhaussiedlung‹. In Ritter stiegen Urlaubsgefühle hoch, obwohl dies hier alles andere als Urlaub für sie sein würde. Nach knapp einem Kilometer erreichten sie ihr Ziel. Links konnte man einen großen Campingplatz sehen, rechts erschienen die Ferienhäuser. Die waren zum Teil so groß wie Einfamilienhäuser in der Stadt. Campingplatz als auch Siedlung lagen parallel hinter dem großen Deich. Sie mussten nach rechts noch knapp dreihundert Meter zum Restaurant ›Deich Kate‹ fahren, dort sollten sie ihren Schlüssel bekommen.

Wagner parkte den Wagen. Sie stiegen beide aus und streckten sich nach der langen Fahrt. »Direkt hinter dem Deich ist die Nordsee. Man hört das Rauschen«, meinte Wagner. »Ja, das können wir uns gleich mal ansehen. Holen wir erst unseren Schlüssel.« Der etwas rundlich wirkende Gastwirt war ausgesprochen freundlich. Er gab ihnen die Schlüssel und erklärte ihnen, wo sie ihr Haus finden könnten. »Fahren Sie links zurück, dann wieder links und dann kommt linker Hand eine kleine Straße mit dem Namen ›An der Nordsee‹. Dort die Nummer drei.«

»Vielen Dank«, antwortete Ritter und sie gingen wieder nach draußen. Fünf Minuten später betraten sie ihr neues Zuhause. Es war ein großes Haus mit drei Schlafzimmern, einem Bad, einer Toilette, einer Küche, und einem riesigen Wohnzimmer. Dazu eine große Terrasse. Außerdem hatten sie Internetanschluss und einen riesigen Flachbildschirm an der Wand. »Freie Auswahl, Chef? Kann ich das Zimmer rechts haben?«, fragte Wagner. »Aber klar doch. Und dann gehen wir mal hoch an den Deich.«

Ritter ging in das linke Schlafzimmer, das mittlere blieb also frei. Beide packten ihre Taschen aus und richteten sich häuslich ein. Als sie wenige Minuten später wieder im Wohnzimmer standen, sagte Wagner: »Restaurants habe ich auf der Strecke nicht viele gesehen. Die ›Deich Kate‹ hier scheint um diese Jahreszeit nicht gerade sonderlich gut besucht zu sein. Und da wir eine Küche haben, sollten wir vielleicht einkaufen gehen. In Wesselburen gibt es lediglich eine Tankstelle, einen Aldi und einen Edeka. Wir brauchen auf jeden Fall Getränke.«

»Ja, das ist wohl eine gute Idee. Machen wir. Aber jetzt erst mal rauf auf den Deich.« Die beiden zogen ihre Winterjacken an, Ritter sogar zusätzlich eine schwarze Wollmütze. Dann machten sie sich auf den Weg. Sie liefen die kleinen Stufen auf den Deich hinauf. Als sie oben ankamen, bot sich ihnen ein unglaublicher Ausblick. Die Nordsee. Wasser bis ans Ende des Horizonts. Einsetzende Flut und dazu der strahlend blaue Himmel. Der Wind blies jetzt allerdings doch heftig hier oben. Unten, hinter dem Deich, war es fast windstill gewesen. Beide setzten sich auf eine Bank und sahen schweigend in die Ferne. Hunderte von Schafen liefen auf dem Deich. Es war ein richtiges Konzert aus Blöken und Schreien zu hören. Die ersten Zugvögel, wenn es denn welche waren, schwirrten in der Luft umher und stimmten in das Tierstimmen-Konzert ein. »Hammermäßig! Natur pur«, sagte Wagner nach einer ganzen Weile. »Aber der Wind ist heftig und voll kalt.« Ritter genoss diesen großartigen Ausblick und die frische Nordseeluft. »Ich bleib mal noch eine Weile hier sitzen, das tut gut.«

»Okay, Chef. Ich fahre tanken und einkaufen. Haben Sie irgendeinen speziellen Wunsch?«

»Nein danke. Aber Wasser, Kaffee und Milch wären

super. Ansonsten esse ich eigentlich so ziemlich alles.« Wagner nickte, stand auf und ging los.

Ihm war gar nicht so kalt, Ritter blieb noch sitzen. Er genoss weiterhin diesen Blick in die Ferne. In Berlin war die Sicht meistens durch die vielen Häuser begrenzt. Zehn Minuten später kam eine ältere Frau langsam den Deich hoch und setzte sich zu ihm. »Moin«, sagte sie. »Moin«, grüßte er zurück. Die Frau musste so um die siebzig sein. Sie musterte ihn genau und sagte: »So als Berliner ist das doch auch mal schön hier, oder?«

»Oh ja. Wunderschön. Aber woher wissen Sie denn, dass ich aus Berlin bin?«, fragte er sie. »Ich habe Sie kommen sehen mit Ihrem Freund. Ihr Auto hat doch ein Berliner Kennzeichen.« Ritter musste schmunzeln. Klar, hier wusste man immer gleich alles, vor allem dann, wenn Fremde kamen. »Tolle Aussicht. Wahnsinn«, versuchte Ritter, das Gespräch fortzusetzen. »Ja, schauen Sie. Hier rechts sehen Sie das riesige Eidersperrwerk, geradeaus da drüben ist Sankt Peter-Ording zu sehen. Und hier links können Sie das Hochhaus von Büsum sehen. Sie haben Glück, heute hat man einen ganz guten Blick. Wenn es grau wird und regnet, und der Wind die See aufpeitscht, dann wird alles eins, dann sieht man nichts mehr«, sagte sie zu ihm. Es klang wie eine Drohung. Dann stand sie wieder auf und verabschiedete sich.

Ritter blieb noch eine Weile. Was für ein gravierender Kontrast zu Berlin, dachte er sich erneut. Und diese Luft. So frisch und klar. Machte einen ganz schön hungrig und müde, obwohl er nun wirklich genügend geschlafen hatte. Er stand auf, drehte sich um und sah, wie der schwarze BMW langsam angerollt kam. Wagner stieg aus und trug einige Einkaufstüten und Wasserflaschen ins Haus. Als Ritter wieder unten ankam, war Wagner bereits am Einräumen des Kühlschranks. In dem gut beheizten Haus merkte er nun doch, dass es recht kalt geworden war. »Haben Sie die Quittung für die Spesenabrechnung mitgebracht?«, fragte

Ritter. »Klar, Chef. Hat mir die Mandy mindestens zehnmal gesagt. Sie hat übrigens eine SMS geschickt. Müssten Sie ebenfalls haben, denn sie schickt alles immer an uns beide. Der damalige Kommissar ist noch in Heide tätig. Jens Thys empfängt uns morgen um neun Uhr auf der Polizeistation. Mandy hat uns schon bei ihm angemeldet. Scheint ein netter Typ zu sein. Hat sie jedenfalls so gesagt.« Ritter war erstaunt. Mandy Probst war ganz gut im Organisieren. Er schaute auf die Uhr, denn es wurde nun schnell dunkel draußen, aber es war ja auch bereits neunzehn Uhr. »Nun. Heute können wir wohl nichts mehr ausrichten. Also könnten wir ja chillen«, sagte Ritter. Er fing schon an zu reden wie Wagner. »Ich schieb mal zwei Fertigpizzen in den Ofen«, sagte dieser. »Auch ein Bier?«

»Nee danke. Bin nicht so der Biertrinker, aber ein Alster würde ich dann doch schon mal trinken heute. Haben wir auch Sprite?«, fragte Ritter. »Aber klar doch. Alles da.« Schon mixte Wagner ihm ein Alster. Wagner selbst öffnete sich eine Flasche Bier und füllte sie in ein Bierglas. Anschließend gingen beide mit ihren Getränken auf die große Terrasse und zündeten sich eine Zigarette an. Im Haus herrschte Rauchverbot.

»Ach, herrlich, wie im Urlaub. Dieser Job gefällt mir bisher richtig gut«, sagte Wagner. Ritter schwieg. Naiv und optimistisch, zumindest ein wenig, das war der Eindruck, den Ritter so allmählich von Wagner hatte. Aber fleißig und ein großes Herz. Ein guter Junge. Er schien Glück zu haben mit seinem neuen Partner.

Nach knapp zehn Minuten gingen sie wieder ins Innere des Hauses zurück. Ritter setzte sich auf die Wohnzimmercouch. Wagner ging in die Küche und holte die Pizzen aus dem Ofen, schnitt alles in kleine Stücke, stellte den großen Teller auf den Tisch und setzte sich zu Ritter. Beide hatten mächtig Hunger und griffen beherzt zu. Im Nu war alles weggeputzt. Wagner räumte die Teller ab und stellte sie in den Geschirrspüler. »Hey, Wagner, Sie müssen mich nun aber nicht die ganze Zeit bedienen. Sie sind nicht mein Privatkoch«, sagte Ritter. »Ach, Chef, alles okay. Ich mach das gerne. Sie brauchen doch Zeit, um nachzudenken. Ich lerne etwas von Ihnen, und außerdem koche ich leidenschaftlich gerne, auch wenn es heute nur Tiefkühlpizza gab.«

Er holte seinen Laptop aus seinem Zimmer, kam zurück und setzte sich wieder zu Ritter. »Mal sehen, was so abgeht«, sagte Wagner und tippte auf der Tastatur herum. Was meinte Wagner nur damit? Mal sehen, was so abgeht. Liest er die Tagesnachrichten oder wie? »Und was geht so ab?«, fragte Ritter. »Ach, meine Freunde haben gerade ein paar Bilder gepostet, wie sie den Geburtstag meines Kumpels feiern«, antwortete er. Ritter verstand nicht so genau, vermutete aber, dass er jetzt bei Facebook war. Komische neue Welt. Bilder posten. Selfies machen. Irgendwie seltsam. Wir haben uns doch früher auch nie selbst fotografiert, dachte sich Ritter. Dann aber hatte er eine Idee. »Hey, Wagner, können Sie eigentlich sehen, ob die damalige Ehefrau von unserem Bürgermeister bei Facebook ist?«

»Aber klar doch. Schauen wir mal, Nina Janssen. Es gibt hier eine in Sankt Peter-Ording. Hat aber fast alles gesperrt, keine Bilder von ihr zu sehen. Ich kann ihr jetzt eine Freundschaftsanfrage schicken, und wenn sie die annimmt, dann können wir alles sehen.«

»Aber die Nina Janssen kennt Sie doch gar nicht. Warum sollte sie Ihre Anfrage annehmen?«, entgegnete Ritter. »Ach, Chef. Die meisten bei Facebook nehmen fast alle Freundschaftsanfragen an. Ich kann aber auch ihren Account knacken, falls Sie das wollen.« Ritter verstand mal wieder nicht so genau. »Aber ich dachte, man nimmt nur die als Freunde, die man wirklich kennt. Na ja, ist mir auch egal. Ja, knacken Sie diesen Scheißaccount da. Ich will das jetzt sehen«, sagte Ritter nun ungeduldig. Wagner fing wieder an, mit rasender Geschwindigkeit seine Finger auf der Tastatur zu bewegen. Dann sagte er plötzlich: »Okay! Here we go!«, und drehte den Laptop so, dass Ritter nun ebenfalls etwas sehen konnte. Sie sahen eine schöne Frau, recht schlank und sehr wohlgeformt. Man konnte erkennen, dass sie längere, wellige blonde Haare besaß. Blaue Augen zierten ihr Gesicht. Man sah sie mit einer Freundin an einer Bar, mit einem gut aussehenden Mann auf einer Party. Dann sie alleine, angelehnt an einen schwarzen 911er Porsche, dann wieder nur sie im Bikini am Strand. Und dann eine ganze Serie von Fotos bei einem Frauenabend.

»Vielleicht ist sie es doch nicht. Schließlich sind hier keine Bilder von ihrem ehemaligen Mann oder Bilder in Wesselburen zu sehen«, sagte Ritter etwas unsicher. »Das älteste Foto hier ist gerade mal anderthalb Jahre alt. Ich schau mal, was sie alles gelöscht hat«, sagte Wagner und tippte wieder los. Dann plötzlich kam ein: »Aha! Hier sind die älteren Pics. Tja, meine Liebe, man kann die Dinge, die mal im Internet waren, nicht so einfach löschen.« Sie betrachteten die Bilder aus vergangenen Tagen, und man sah den damaligen Bürgermeister Hauke Janssen. Meistens beide zusammen bei kleinen Empfängen und Veranstaltungen. Sie immer total schick, aber trotzdem schlicht gekleidet. Er klassisch im immer gleichen schwarzen Anzug. »Ohne Zweifel. Das muss sie sein«, sagte Ritter. Wagner scrollte weiter in der Bilderserie, als Ritter plötzlich sagte: »Stopp. Hier. Schauen Sie, das ist der gleiche Typ, der auch auf den neuen Fotos drauf ist. Wer das wohl ist?«

»Hm, keine Ahnung. Sie hat die Bilder nie beschriftet, aber, ja, es ist der gleiche Typ. Sie haben recht, Chef, wäre mir jetzt nicht gleich aufgefallen.« So verbrachten sie noch einige Zeit zusammen bei Facebook und analysierten schließlich, dass Nina Janssen nach dem Tod ihres Mannes ihre Seite komplett geändert hatte. Ob das nun wichtig war oder nicht, wussten beide zunächst nicht. »Doch noch was rausgefunden. Danke, Magic Wagner. Super. So, jetzt muss ich wohl mal schlafen«, sagte Ritter zum Abschluss, ehe er aufstand und in Richtung Zimmer schwankte.

Es war gerade einmal zweiundzwanzig Uhr. Drei Alster waren wohl schon etwas zu viel für ihn gewesen. Wagner schickte noch ein »Schlafen Sie gut« hinterher und wandte sich wieder seinem kleinen Zauberkasten zu.

Ritter zog seine Schuhe aus, legte sich aufs Bett und schlief innerhalb weniger Sekunden ein. Er hatte seine Tür offengelassen und das Licht brannte.

Dienstag, 4. März 2014

Als er wieder aufwachte, hörte er ein Prasseln auf dem Hausdach und das Pfeifen des Windes. Es musste inzwischen angefangen haben zu regnen und war stockdunkel in seinem Zimmer. Wagner musste gestern noch das Licht ausgemacht haben. Mit der rechten Hand tastete er nach der kleinen Leselampe auf dem Beistelltischchen neben dem Bett und knipste das Licht an. Er schaute auf seine Armbanduhr und sah, dass es erst sechs Uhr war. Fast acht Stunden hatte er durchgeschlafen. Ritter stand auf und ging ins Badezimmer. Nachdem er geduscht hatte, zog er sich rasch an. Wagner schlief wohl noch, die Tür zu seinem Zimmer war geschlossen. Er ging ins Wohnzimmer und öffnete die Terrassentür, trat hinaus und stellte sich unter das kleine Vordach. Es regnete in Strömen. Ritter zündete sich eine Zigarette an, was bei diesem starken Wind nicht sofort funktionierte. Aus der Ferne hörte er das Rauschen der Nordsee. Dazu noch das Prasseln von Regentropfen auf der Terrasse. Das zusammen ergab einen Sound, den er so noch nie gehört hatte. Als er zu Ende geraucht hatte, ging er wieder hinein und setzte Kaffee auf. Er beschloss, den Frühstückstisch zu decken. Heute wollte er mal Wagner bedienen, der Junge war gestern so fleißig gewesen. Als er eingedeckt hatte, setzte er sich an den Küchentisch und trank seinen Kaffee. Gegen sieben Uhr kam Wagner aus seinem Zimmer in die Küche. Seine schwarzen Locken standen in alle Richtungen ab, er sah irgendwie lustig aus. »Moin Moin«, sagte Ritter. »Gut geschlafen?«

»Morgen, Chef. Ja, danke. Super geschlafen. Sie haben ja schon das Frühstück fertig, das ist ja cool.« Er setzte sich zu Ritter an den Küchentisch, die beiden frühstückten ausgiebig. Dann verschwand Wagner kurz im Badezimmer.

Gegen acht Uhr dreißig fuhren sie los. Diesmal setzte sich Ritter ans Steuer. »So, jetzt fahre ich mal«, sagte er. »Sie können wieder Frau Navi klarmachen. Das Polizeipräsidium in Heide, Am Markt neunundfünfzig, ist die Zieladresse.«

»Frau Navi!«, wiederholte Wagner und lachte herzhaft. Dann begann er, den Zielort einzutippen. »Wir können ja Frau Navi einen Namen geben«, schlug Ritter vor, während er auf der Landstraße nach Heide durch den starken Regen fuhr. Die Scheibenwischer hatten mächtig was zu tun. »Einen Namen? Okay! Wie finden Sie Jacky Brown?«, fragte Wagner. »Den Film liebe ich. Volltreffer! Ja, Wagner, Jacky Brown gefällt mir. Frau Navi heißt jetzt Jacky Brown«, sagte Ritter. Wieder lachte Wagner herzhaft.

Nach knapp zwanzig Minuten Fahrzeit sagte ihnen Jacky Brown, dass sie ihr Ziel erreicht hatten. Sie stiegen aus und betraten die Polizeistation. Es war ein zweistöckiges Haus aus rotem Backstein und an manchen Fenstern waren gelbe Jalousien runtergelassen. Am Empfang saß eine dicke, junge Frau mit einer merkwürdigen Frisur. Sie sah aus wie ein bunter Igel. Ritter zeigte seinen Ausweis. »Guten Morgen. Ritter und Wagner vom BKA. Wir sind mit Kommissar Thys verabredet.«

»Moin Moin. Ich weiß Bescheid. Den Gang rechts abbiegen und weitergehen und dann finden Sie ihn im letzten Zimmer auf der rechten Seite«, antwortete das mollige Igelchen. »Vielen Dank«, sagte Ritter und sie liefen den Gang entlang bis zum letzten Zimmer. Wagner klopfte an und sie hörten ein lautes: »Herein.« Sie betraten das Büro und sahen Thys am Schreibtisch sitzen. Er stand auf und kam auf die beiden zu, um sie zu begrüßen. Riesig war er, fast zwei Meter groß. Beide mussten zu ihm aufschauen. Er hatte einen außerordentlich festen Händedruck, wie sie feststellen mussten. Ansonsten schien er so Mitte vierzig zu sein. Er hatte dunkelblonde, dünne kurze Haare, war gut trainiert und ziemlich sportlich, schwarz angezogen. Könnte ein Türsteher in einem Berliner Club sein, dachte sich Ritter.

»Ich hole mal noch einen Stuhl«, sagte Thys und verschwand kurz. Als er zurückkam, stellte er den Stuhl zu dem anderen vor seinem Schreibtisch, er selbst nahm wieder dahinter Platz. Als alle saßen, fing Ritter das Gespräch an. Er wollte dabei auf keinen Fall den besserwisserischen BKA-Typen spielen: »Vielen Dank, Kollege Thys, dass Sie so spontan gleich für uns Zeit haben. Wie Sie bestimmt bereits von meiner Mitarbeiterin Frau Probst wissen, rollen wir den Fall des Hauke Janssen wieder auf. Das BKA hat eine Spezialeinheit gegründet, die sich mit ungeklärten Mordfällen beschäftigt. Ja, und deshalb sind wir nun hier, um mal zu sehen, ob wir etwas zur Lösung beitragen können.« Kevin Wagner beschloss, lieber zunächst zuzuhören und den beiden erfahrenen Kommissaren das Gespräch zu überlassen.

Nun sprach Thys langsam und deutlich mit seiner tiefen Stimme: »Das ist gut. Ich war mit dem Ergebnis natürlich nie zufrieden. Und wenn man einen Fall nicht löst, dann ist es frustrierend. Aber das wissen Sie bestimmt selbst, wie sich das anfühlt.« Ritter wusste allerdings nicht, wie sich das anfühlte.

Er hatte alle seine Fälle gelöst, zu hundert Prozent.

»Wen hatten Sie denn damals so in Verdacht?«, fragte Ritter. »Tja, also. Ich habe diese Geschichte mit der osteuropäischen Diebesbande nie geglaubt. Aber sie war wohl am Ende für alle am einfachsten. Ich hatte natürlich zuerst die Ehefrau, die Nina Janssen, in Verdacht. Sie war schließlich alleinige Erbin. Ein klassisches Motiv. Aber sie hatte ein absolut wasserdichtes Alibi von ihren sechs Kegelfrauen. Wir hatten demnach keine Chance, an ihre Bankdaten zu kommen, der Staatsanwalt hat das damals nicht zugelassen.«

»Klar, bei so einem Alibi«, sagte Ritter.

Thys fuhr fort: »Tja, und dann war da schon nicht mehr viel. Die beiden anderen Bürgermeister hätten ebenfalls einen Grund gehabt, den Hauke Janssen loszuwerden. Da war zuerst mal der Vorgänger von Janssen, ein gewisser Jens Schneider. Schneider hatte die Stadt Wesselburen um achtzigtausend Euro erleichtert und in seine Tasche gesteckt. Er hatte also ein Motiv, denn schließlich hatte Janssen die Schweinereien von Schneider aufgedeckt. Und daraufhin musste Schneider als Bürgermeister abdanken. Schneider verfiel dann allerdings ziemlich schnell dem Alkohol, genauer gesagt, dem Korn. Ich bezweifle deshalb, ob er wirklich dazu in der Lage gewesen wäre, erst den Mord zu begehen, und dann das Ganze noch als Einbruch aussehen zu lassen. Das hätte der Schneider doch gar nicht mehr geschafft. Er hatte ein Alibi und war an jenem Abend in seiner Stammkneipe trinken.

Und der andere natürlich. Der Nachfolger von Janssen. Der heutige CDU-Bürgermeister Frank Stoffel von Wesselburen hätte natürlich auch ein Motiv gehabt. Aber einen Mord zu begehen, um den Bürgermeisterposten zu bekommen? Also das schien mir doch recht zweifelhaft. Zumal er ja nur hoffen konnte, gewählt zu werden. Denn sicher war das nun wirklich nicht. Er bekam sein Alibi von seiner Frau.

Aber es war schwierig, ihn zu überprüfen. Ständig wurde alles behindert, von ihm selbst, vom Landrat, später sogar vom Innenministerium Schleswig-Holstein. Man wollte unbedingt noch einen dritten Bürgermeister-Skandal in Wesselburen vermeiden. Erst ein Betrüger als Bürgermeister, dann ein Bürgermeister als Mordopfer und nun auch noch ein Mörder als Bürgermeister. Nein! Das ging für alle zu weit. Es war total nervig. Wir kamen also auch bei ihm nicht wirklich voran. Ja, und dann wurde der Fall nach drei Monaten zügig abgeschlossen. Man wollte, dass hier wieder Ruhe einkehrt.«

Er kratzte sich kurz am Kopf und fuhr dann fort: »Natürlich hätten alle drei Hauptverdächtigen einen Killer anheuern können. Diese These behielten mein Kollege und ich aber für uns. Das hätte wohl in dieser Phase der Ermittlungen unsere Kündigung bedeutet. Und wie sollten wir das jemals irgendeinem von denen beweisen?« Es entstand eine kurze Pause, ehe Ritter wieder dran war:

»Wir beide glauben auch nicht an diese Einbrecherbande, und damit sind wir schon mal einer Meinung.«

Wagner meldete sich zu Wort: »Herr Thys! Laut Protokoll haben Sie mit den Schwestern gesprochen. Ist Ihnen da irgendetwas aufgefallen?«

»Nein, nicht wirklich. Beide hatten eher wenig Kontakt zu ihm. Eine der Schwestern wohnt hier in Heide, ich habe ihren Namen jetzt gerade nicht mehr auf dem Schirm.«

»Katja Haller, geborene Janssen«, half ihm Wagner auf die Sprünge. »Ah, ja, richtig, genau«, fuhr Kommissar Thys fort. »Die Frau Haller. Sie hatte nicht viel zu sagen. Sie sah ihren Bruder höchstens alle zwei, drei Monate. Er sei in ihrer Kindheit so eine Art Vaterersatz gewesen, da der eigentliche Vater Kapitän war. Und der verbrachte wohl die meiste Zeit seines Lebens auf Hochseefrachtern. Die Mutter war früh gestorben, und so hatte das älteste der Kinder, unser Mordopfer Hauke Janssen, früh die Verantwortung für die zwei Schwestern übernommen. Die andere Schwester …«

»Elke Janssen«, ergänzte nun wieder Wagner, bevor Thys weiterreden konnte. »Ja, genau, Elke Janssen habe ich damals angerufen, da sie zu diesem Zeitpunkt auf Helgoland lebte. Sie erzählte uns das Gleiche, nur, dass sie ihren Bruder noch seltener sah. Beide hatten fast nie mit ihm über seine Arbeit gesprochen. Allerdings mochten wohl beide Schwestern seine Frau nicht besonders. Tja, das war es dann«, sagte Thys.

Jetzt war Ritter wieder dran: »Seine damaligen Mitarbeiter im Rathaus oder seine Parteifreunde bei den Grünen, haben die irgendwas Auffälliges berichtet?«

»Nein. Es war alles immer sehr allgemein. Er war sehr beliebt. Man hob seine soziale Kompetenz hervor. Sein gutes Verhältnis zu den Einwohnern. Seine klaren Aussagen und Taten waren in der Partei sehr beliebt. Also alles ziemlich positiv. Er hatte keine wirklich richtigen Feinde. Eher mal Streitigkeiten mit einigen Landwirten, die Glyphosat verwendeten. Demnach nichts Verdächtiges. An diesem Punkt haben der Staatsanwalt und der Innenminister von Schleswig-Holstein sich festgelegt. Der ermordete Bürgermeister war so beliebt, niemand hatte ein Motiv. Das muss eine Einbrecherbande aus dem Ausland gewesen sein«, antwortete Thys.

Es entstand eine Pause und alle stierten seltsamerweise gleichzeitig aus dem Fenster in diesen grauen, nebeligen und regnerischen Tag. Der riesige Marktplatz von Heide und die große, weiße Kirche mit dem hohen Kirchturm waren zu sehen. Rechts am Rande des Marktplatzes war gerade noch das kleine Zwiebeltürmchen zu erkennen.

Dann fragte Thys: »Was sind denn nun Ihre nächsten Schritte?« Ritter antwortete:

»Ich denke, wir schauen uns mal heute dieses Haus an, in dem alles passiert ist. Ist das möglich? Oder wohnen da wieder Leute drin?«

»Ich glaube, das hat damals ein Ehepaar aus Amerika gekauft. Mehr weiß ich derzeit auch nicht«, sagte Thys. »Werden Sie mich denn kontaktieren, falls Sie neue Informationen haben?«

Ritter antwortete ihm: »Ja, ich werde Sie auf dem Laufenden halten. Ich denke, dass ich hier früher oder später auf Ihre Hilfe angewiesen bin. Wir werden uns wohl noch des Öfteren sehen.« Ritter stand auf und sagte zu Thys: »Vielen Dank erst mal für Ihre Informationen. Ich melde mich.« Es war das Zeichen für den Aufbruch. Thys und Wagner erhoben sich ebenfalls. Sie verabschiedeten sich voneinander.

Als Ritter und Wagner wieder im Auto saßen, schwiegen sie für einen kurzen Moment. Der Regen prasselte regelmäßig auf das Wagendach. »Jetzt mal zum Tatort?«, durchbrach Wagner das Schweigen. »Nein. Wir zwei müssen zuerst besprechen und sortieren, was wir alles von Kommissar Jens Thys gehört haben. Und dann mal schauen, was unsere Frau Mandy noch so alles herausgefunden hat. Wir werden jetzt in unser neues Hauptquartier zurückfahren. Dann können wir Kaffee kochen, Zigaretten rauchen und die Neuigkeiten besprechen. Und dann entscheiden wir, was wir als Nächstes machen werden.« Ritter startete den Wagen. Das Auto war wirklich angenehm zu fahren und es lag gut auf der Straße. Während der kurzen, zwanzigminütigen Fahrt hatte keiner der beiden gesprochen. Wagner schrieb am laufenden Band irgendwas auf seinem Handy, während Ritter sich auf die Fahrbahn konzentriert hatte. Jacky Brown brachte sie sicher zurück in ihr neues Domizil hinterm Deich. Ihr letzter Satz lautete: »Sie haben Ihr Ziel erreicht.«

Sie standen auf der Terrasse, beide eine Zigarette in der einen und eine Tasse Kaffee in der anderen Hand. Der Regen hatte plötzlich aufgehört. Das Rauschen der Nordsee hinter dem Deich und der Wind waren wieder zu hören. »Hat es Sie genervt, dass ich vorhin bei Thys etwas gefragt habe?«, wollte Wagner wissen. Ritter schmunzelte und sah ihn an: »Nein, es hat mich nicht genervt. War doch gut. Wenn ich mal möchte, dass Sie sich absolut nicht einmischen, dann werde ich das vorher klar ansagen. Ansonsten können Sie gerne Fragen stellen, insbesondere dann, wenn ich Ihnen ein kleines Zeichen gebe. Das Zeichen müssen wir allerdings noch verabreden.«

»Okay, Chef, alles klar!« Beide gingen wieder rein.

Wagner startete seinen Laptop und schaltete auch den Fernseher ein. Ritter verschwand kurz auf die Toilette. Als er wieder ins Wohnzimmer zurückkam, sah er plötzlich Mandy Probst auf dem riesigen Flachbildschirm. Wagner saß vor seinem Laptop und sagte zu Probst: »Okay, hier ist jetzt Ritter. Ich geh mal schnell in die Küche.« Und zu Ritter: »Setzen Sie sich vor den Laptop, Chef, dann kann Sie die Mandy sehen und ihr könnt dann weiter skypen.« Ritter schaute wieder mal etwas verwirrt. Skypen? Hatte er schon mal gehört, irgendwann. Dann setzte er sich vor den Laptop und schaute in den Screen. »Hey, Chef. Wie ist denn das Leben da oben so?«

»Ganz gut. Wir müssen uns allerdings noch etwas eingewöhnen. Ist halt doch total anders als in Berlin. Schade eigentlich, dass Sie nicht hier bei uns sind.« Mandy Probst erschien ihm so nah auf diesem riesigen Flat-Screen, es war fast so, als ob sie ebenfalls hier im Zimmer sei. Sie wirkte irgendwie erfrischend auf ihn. »Ja, schade, dass ich nicht bei euch bin, aber wer weiß! Also, Chef, ich habe ein paar neue Infos für Sie. Hat der Kevin alles per Mail erhalten.«

»Sehr gut. Na, dann berichten Sie mal, Frau Mandy.«

»Sie wollten wissen, wo die Schwestern heute so leben. Die ältere der beiden, die Elke Janssen, geboren 1968 in Cuxhaven, lebt inzwischen auf Helgoland. Sie wohnt im Oberland in der Möwenstraße, arbeitet aber im Unterland im Restaurant ›Bunte Kuh‹, Am Südstrand. Kennt wohl jeder, anscheinend der Hipstertreff auf der Insel. Sie ist nicht verheiratet und hat keine Kinder.«

Ritter unterbrach sie kurz: »Hipstertreff?«

»Ja, der angesagteste Laden da eben«, sagte sie und kicherte etwas. »Ach so, klar. Und weiter?«, fragte Ritter leicht verunsichert. Mandy Probst schaute nun nach rechts unten, dort hatte sie wohl ihre Notizen abgelegt. Ritter machte sich schnell Anmerkungen in seinem Block. »Die jüngere Schwester, Katja Haller, geborene Janssen, lebt in Heide in der Weddingstedter Straße am Nordfriedhof. Sie wurde 1970 ebenfalls in Cuxhaven geboren. Sie lebt dort mit ihrem Ehemann, Thomas Haller. Die beiden haben einen gemeinsamen Sohn, den Ralf Haller. Angestellt ist sie bei einer Security Firma am Atomkraftwerk Brunsbüttel.« Ritter horchte auf. AKW Brunsbüttel. Er machte sich wieder Notizen und sah erneut rüber zu Probst.

»So, Chef, jetzt mal zu unserer Hauptverdächtigen, der Nina Janssen.« Ritter unterbrach sie: »Frau Mandy! Bitte! Sie ist nicht unsere Hauptverdächtige.« Probst schaute nun ganz ernst in den Bildschirm, zog die linke Augenbraue hoch und sah ihn direkt an. »Dann halt nicht. Das frühere Haus in Wesselburen hat sie laut Notar am fünfzehnten Februar 2012 für vierhundertzwanzigtausend Euro an einen Amerikaner namens James Weller verkauft. Sie selbst wohnt inzwischen in einem Luxusapartment. Hat sie am sechzehnten März 2012 für achthunderttausend Euro gekauft. Adresse ist Alter Badweg in Sankt Peter-Ording. Dazu hat sie eine Lebensversicherung von zwei Millionen Euro Anfang März 2012 ausbezahlt bekommen. Die hatte der Janssen zwei Jahre vor seinem Tod abgeschlossen.«

Ritter rutschte nun ein »Hoppla« raus. Probst fuhr fort: »Nee, nee, natürlich keine Hauptverdächtige, is' klar. Die Bankauszüge hat der Kevin als PDF in seiner Mail. Müsst ihr dann mal checken. Hab sie gerade erst bekommen und nur mal kurz überflogen. Aber mir fiel gleich mal auf, dass sie bei einem Porsche Händler in Hamburg im Mai 2012 einen nagelneuen Porsche 911 Cabrio für hunderttausend Euro gekauft hat. Hatte sie mit ihrer neuen Platinkreditkarte bezahlt. Das Bankschließfach in Wesselburen wurde übrigens am vierten August 2011, also knapp drei Monate vor dem Einbruch, von ihr angemietet. Am ersten März 2012 hat sie das Schließfach dann wieder gekündigt. Was da drin war, wissen wir allerdings nicht. Sonst noch was? Ach ja, Frau Zuske und Herr Kiep wissen nun ebenfalls Bescheid, dass ihr beiden an der Nordsee seid.«

Aus der Küche hörte man nun immer wieder Geklapper, Wagner war im Einsatz. »Das war eine ganz hervorragende Arbeit, Frau Mandy, vielen Dank«, sagte Ritter. Sie lachte ihn herzlich an und erwiderte: »Gerne, das war nun wirklich easy peasy. Kocht der Kevin schon etwas Leckeres für euch?«

»Ja, er wirbelt in der Küche. Bin mal gespannt, was er so zaubert. Es duftet jedenfalls schon mal sehr gut hier.«

»Wenn er was richtig klasse kann, dann ist es Kochen«, erklärte sie ihm nun. Es entstand eine kurze Pause, dann sagte Ritter: »Ach so, Folgendes! Könnten Sie mal rausfinden, wer in der Partei der Grünen der engste Mitarbeiter von Hauke Janssen war? Und jetzt würde ich doch mal gerne mehr über Ihre sogenannte Hauptverdächtige wissen. Ich will alles aus ihrem früheren Leben vor der Zeit mit Hauke Janssen erfahren. Versuchen Sie bitte, so viel wie möglich herauszufinden.« Wieder schaute ihn Mandy Probst schelmisch grinsend an und antwortete: »Natürlich, Chef. Wird gemacht. Bis später dann und guten Appetit.«

Damit war das Gespräch fürs Erste beendet und Mandy Probst war leider nicht mehr auf dem riesigen Bildschirm zu sehen. Das ist so eine echte Berliner Göre, dachte sich Ritter schmunzelnd. Er mochte sie jetzt schon. Ebenso Wagner. Hatte er jetzt Vatergefühle? Nein. Nicht wirklich, oder doch? Oder wurde er im Alter sensibler? Auch egal. Er mochte die beiden jedenfalls, und er fühlte sich bereits verantwortlich für seine neuen Mitarbeiter. Er machte sich noch ein paar Notizen zu all den neuen Informationen.

Wagner rief aus der Küche: »Essen ist fertig.« Ritter kam zu ihm. Es roch köstlich. Auf dem Küchentisch standen zwei dampfende Teller, gut gefüllt mit Spagetti Bolognese. Ritter lobte Wagner für seine Kochkünste, Wagner freute sich merklich darüber. Nachdem sie die leckere Mahlzeit beendet hatten, gingen sie auf der Terrasse rauchen, um nach ein paar Zügen rasch wieder zurück ins Wohnzimmer zurückzukehren. Draußen war es kalt.

Max Ritter fing an, einige Blätter aus seinem Schreibheft herauszutrennen und beschriftete sie mit verschiedenen Namen. »Wir bräuchten so ein Clipboard oder eine Tafel. Ich kann hier in der Ferienmietwohnung schlecht überall Reißzwecken in die Wände rammen und meine Zettel und Fotos aufhängen.«

»Können wir noch besorgen. Oder vielleicht bei Kommissar Thys ausleihen. Der kann uns doch da bestimmt aushelfen«, sagte Wagner. »Gute Idee, natürlich. Hätte ich gleich heute Morgen danach fragen sollen. Aber darauf bin ich nicht gekommen.«

Ritter zog jetzt seine Schuhe aus und fuhr nach einer kleinen Pause fort: »Was haben wir bisher? Da wäre zuerst mal natürlich seine Ehefrau. Sie hat dieses tolle Alibi. Eine Möglichkeit wäre also, dass sie Profis beauftragt hat. Diese Profis hätte sie natürlich in bar bezahlt. Aber dadurch wäre sie wiederum erpressbar geworden. Ich glaube nicht, dass sie ihr neues Traumleben dafür riskiert hätte. Die andere Möglichkeit wäre, dass sie vielleicht einen Komplizen hatte. Einen, den sie erpressen konnte, oder den sie irgendwie in der Hand hatte. Das können wir ihr aber zunächst nicht nachweisen. Wir werden sie bald treffen und mit ihr sprechen. Demnach weiter zu den anderen.«

»Vielleicht war der Typ auf den Facebook-Fotos ihr Komplize«, warf Wagner ein.

Ritter machte eine kleine Pause und fuhr dann fort: »Könnte sein, klar. Allerdings handelt es sich hier um reine Spekulation. Wir wissen noch nicht, wer er ist. Die zwei Bürgermeister sind für mich allerdings nicht gerade die üblichen Mordverdächtigen. Da hat der Thys schon recht. Beide Motive sind doch eher sehr schwach.«

»Na ja, aber der Schneider hatte bestimmt schon eine richtige Wut auf den Janssen. Der deckt seinen Betrug auf, und ruiniert damit seine politische Karriere. Der hatte nichts mehr zu verlieren«, sagte Wagner. »Stimmt schon. Aber Rache? Er hat sich im Prinzip selbst ruiniert. Aber vielleicht ein Mord aus Wut, Frust und Enttäuschung über sich selbst und den Janssen? Sehr vage. Zudem fing er ganz schnell das Saufen an und war bestimmt nicht in der Lage, strategisch zu planen. Außerdem musste er nicht in den Knast. Er hat nur eine Bewährungsstrafe erhalten. Klar, muss er alles zurückbezahlen und ist wohl finanziell ruiniert. Nun ja, wir werden auch ihn bald verhören«, analysierte Ritter.

»Und der heutige Bürgermeister? Der Stoffel?«, fragte Wagner. Ritters Antwort war eindeutig: »Der scheidet für mich erst mal komplett aus. Einen Mord zu begehen, um Bürgermeister zu werden, das ist doch nun wirklich sehr weit hergeholt. Aber wir nehmen ihn uns auch vor. Wissen Sie, Wagner, man kann bei den Gesprächen sehr viel erkennen. Mimik, Verhalten und so weiter. Keine Sorge, wir finden unseren Täter schon.«

»Was ist mit den Schwestern?«, fragte Wagner. »Ja, die Schwestern. Kommissar Thys meinte, die Schwestern hätten fast nie mit ihrem Bruder über seine Arbeit geredet. Aber gerade die jüngere Schwester, die Katja Haller, arbeitet bei einer Security Firma, die das Atomkraftwerk in Brunsbüttel bewacht. Und er ist bei den Grünen und ein Freund der Natur. Ist doch wohl sonnenklar, dass die beiden mit Sicherheit unterschiedlicher Meinung waren. Ich glaube sehr wohl, dass die genau darüber gesprochen und vielleicht sogar gestritten haben. Das AKW in Brunsbüttel ist bekannt für massive Störfälle in der Vergangenheit. Das hat dem Hauke Janssen doch bestimmt überhaupt nicht in den Kram gepasst, dass seine jüngere Schwester ausgerechnet dieses Schrott-AKW bewacht. Das war nicht so toll für sein Image.«

Wagner war beeindruckt. »Das haben Sie messerscharf kombiniert. Habe ich bis jetzt nicht so klar gesehen. Aber, logo, die haben darüber sicher mehr als einmal diskutiert.« Ritter machte nun wieder aus Wagners Sicht unleserliche Notizen. »Vielleicht hat die Schwester da doch noch so einiges zu berichten, was sie dem Thys damals gar nicht gesagt hat. Wir müssen sie bald sprechen«, sagte Ritter und fügte hinzu: »Beide Schwestern sind leer ausgegangen, was das Erbe betrifft. Janssen hatte im Testament seine Ehefrau als Alleinerbin eingesetzt.«

»Wollen Sie die ältere Schwester in Helgoland etwa auch sprechen?«, fragte nun ein sichtlich nervös wirkender Kevin Wagner. Er wippte mit seinem rechten Bein ziemlich hektisch auf und ab. Ritters Antwort war allerdings abzusehen. »Klar, müssen wir die persönlich sprechen. Dann kommen Sie mal in den Genuss, die Insel Helgoland zu sehen. Aber das hat noch Zeit. Es gibt dringendere Gesprächspartner derzeit. Ich geh mal schnell für ein paar Minuten auf den Deich. Kommen Sie mit?«

»Nee, nee, das ist mir heute zu kalt da draußen.«

»Na dann eben nicht. Sie können bitte derweil die Kontobewegungen der Janssen überprüfen. Bin gleich zurück.«

Nun zog Ritter seine Schuhe wieder an, dazu den dicken Winterparka und seine Mütze, verließ die Ferienwohnung und stieg hoch auf den Deich. Als er oben ankam, blies der Wind so heftig, dass er erst einmal sein Gleichgewicht ausbalancieren musste. Der Wind hatte eine unglaubliche Kraft entwickelt und der Ausblick war heute ein völlig anderer als noch gestern. Die Nordsee war aufgepeitscht durch den Wind, Tausende von kleinen, weißen Schaumkronen waren auf den Wellen zu erkennen. Man konnte nicht weit sehen. Es war alles grau und die Grenze zwischen Horizont und Himmel war nicht mehr zu erkennen. Alles war eins geworden. Die ältere Frau von gestern hatte also recht. Der Wind war nicht nur heftig, sondern auch eiskalt. Selbst den Schafen schien es zu kalt zu sein, man hörte keinen Laut von ihnen. Er beschloss daher, schnell wieder zurückzugehen. Als er wieder ins Haus kam, war es mollig warm.

»Na, Chef, schon zurück? Da haben Sie es heute aber nicht lange auf dem Deich ausgehalten«, sagte Wagner, ohne ihn anzusehen. Er starrte in seinen Computer und studierte noch die Kontoauszüge von Nina Janssen.

»Heftig steife Brise da oben«, antwortete Ritter und zog seine Mütze vom Kopf.

»Und, haben Sie schon was entdeckt, Wagner?«

»Nee, alles normal. Monatliche Überweisungen von der Apotheke Henning Ruland in Wesselburen, wo sie als Apothekerin arbeitete, wie wir aus den Ermittlungsakten wissen. Keinerlei Auffälligkeiten vor seinem Tod. Danach ging es natürlich ab, aber das muss ich noch weiterchecken hier. Ach ja, die Mandy hat noch eine E-Mail geschickt mit der Adresse von Hauke Janssens ehemaliger Chefsekretärin im Rathaus. Mandy ist sich sicher, dass Sie die Frau bestimmt sprechen möchten. Sie ist fünfundsechzig Jahre alt, seit drei Monaten in Rente und heißt Edeltraud Meier. Sie wohnt gleich hier in Wesselburen in der Dohrnstraße, gegenüber der Tankstelle.«

Ritter schaute auf seine Uhr. Es war bereits fünfzehn Uhr. Er beschloss, spontan diese Edeltraud Meier zu besuchen. »Hey, Wagner, ich fahre jetzt gleich mal zu dieser Edeltraud. Sie können noch weiterforschen. Und machen Sie doch mal bitte für morgen einen Gesprächstermin bei der Katja Haller und bei dem ehemaligen Betrugsbürgermeister Schneider aus. Ist das okay für Sie oder wollen Sie lieber mitkommen?«

»Nee, ist voll okay, bin gerade gut im Flow. Fahren Sie ruhig mal los.«

»Gut, dann bis später«, sagte Ritter und ging los.

Als er sein Ziel nach knapp zehn Minuten Fahrzeit erreicht hatte, parkte er das Auto vor einem kleinen, weißen Zweifamilienhaus. Jacky Brown war diesmal nicht nötig gewesen, inzwischen kannte er die Strecke nach Wesselburen bereits. Die einzige Tankstelle im Ort war nicht zu übersehen. Er klingelte bei Meier im Erdgeschoß und nach wenigen Sekunden öffnete ihm eine circa eins fünfundsechzig große, aber drahtige Frau mit kurzen, grauen Haaren die Tür. Sie schaute ihn skeptisch an. »Guten Tag. Mein Name ist Max Ritter vom Bundeskriminalamt«, startete er das Gespräch und lächelte sie freundlich an. Er zeigte ihr seinen Ausweis, den sie ihm prompt aus der Hand nahm und sich genau anschaute. »Wir untersuchen ungeklärte Mordfälle, und ich bin hier, weil ich hoffe, dass Sie mir vielleicht einiges über den Menschen Hauke Janssen erzählen können. Wir wollen endlich seinen Mörder finden. Aber wenn es Ihnen gerade zeitlich nicht passt, kann ich gerne an einem anderen Tag wiederkommen.«

Sie gab ihm seinen Ausweis zurück und bat ihn, einzutreten: »Nein, nein, ist gut, kommen Sie mal rein, Herr Kommissar.« Er zog seine Jacke aus, die sie ihm gleich abnahm und in der Minigarderobe im Hausflur auf einen Bügel hängte. Dann lief sie voraus, und als sie das Wohnzimmer erreichten, bat sie ihn, auf der Couch Platz zu nehmen. Ritter bedankte sich und setzte sich. Die Couch war so durchgesessen, dass er tief einsackte. Er musste schmunzeln. »Bin gleich zurück«, sagte sie und verschwand. Ritter schaute sich um. Natürlich war da die typische braune, große Schrankwand aus den Siebzigern. Alles wirkte klassisch konservativ im Stil der vergangenen Zeit. Sie hatte noch einen alten Röhrenfernseher auf einem braunen, kleinen Tisch stehen, darunter einen VHS-Videorekorder. An den Wänden hingen einige gerahmte Fotos.

Er beschloss gerade, wieder aufzustehen und sich die Fotos anzusehen, da kam Edeltraud Meier bereits mit einem großen Tablett ins Wohnzimmer. Sie nahm eine Kaffeekanne, zwei Kaffeetassen und zwei Teller mit Schokokuchen vom Tablett und stellte alles auf den massiven, länglichen Tisch. Dann legte sie das Tablett unter den Tisch und schenkte zuerst Ritter und dann sich selbst Kaffee ein. »Milch und Zucker?«, fragte sie ihn. »Ja, mit Milch, bitte«, antwortete Ritter höflich. Als sie alles verteilt hatte, setzte sie sich auf einen der Wohnzimmersessel und sagte: »Lassen Sie es sich schmecken. Hoffe, der Kuchen ist nicht so trocken geworden, ich habe ihn gestern erst gebacken.« Ritter biss nun ein Stück ab und sagte nach wenigen Sekunden: »Im Gegenteil. Er schmeckt hervorragend. Vielen Dank.« Sie schien sich nun zu freuen, denn er konnte ein kurzes, zufriedenes Lächeln auf ihrem Gesicht erkennen.

Max Ritter hatte noch gar keine Frage gestellt, da fing sie bereits an, zu erzählen. »Wissen Sie, ich war noch ein junges Mädchen mit siebzehn Jahren, als ich meine Ausbildung hier im Rathaus begann. Das war 1966. Nachdem ich die dreijährige Ausbildung beendet hatte, arbeitete ich zunächst sieben Jahre beim Einwohnermeldeamt, bevor ich dann 1976 Chefsekretärin des Bürgermeisters wurde. Das war damals noch der Hildebrandt. Ich habe mehrere Bürgermeister erlebt, wie Sie sich vorstellen können.«

»Natürlich«, warf Ritter ein. Dann fuhr sie fort: »Im gleichen Jahr habe ich meinen Walter geheiratet. Gott hab ihn selig. Er ist mir leider schon zwölf Jahre später weggestorben. Hatte einen Herzinfarkt.« Es entstand eine kurze Pause, beide nahmen jetzt einen Schluck Kaffee und Ritter sagte dann: »Das tut mir leid.«

»Nun ja, Sie wollten was über den Hauke Janssen wissen. Der Janssen kam, glaube ich, 1984 zu uns. Der Liebe wegen hatte es ihn zu uns nach Wesselburen verschlagen. Hielt aber nicht lange, nach einem Jahr verließ sie ihn dann und zog zu ihrem Neuen nach Hamburg. Janssen hatte in Cuxhaven gelernt. Er war erst vierundzwanzig Jahre alt, als er nach Wesselburen kam. Er übernahm die Stelle im Rechnungsamt. Wir mochten ihn alle gleich, er war immer freundlich und zuvorkommend. Stets gut angezogen, und auch sonst eine gepflegte Erscheinung. Ein schöner, junger Mann. Und zu uns Frauen war er immer ein kleiner Charmeur. Er hatte stets ein Kompliment parat. Und, Herr Kommissar! Das macht den Tag doch gleich viel angenehmer, nicht wahr?« Ohne eine Antwort abzuwarten, ging es weiter: »Ein paar Jahre später ist er bei den Grünen in die Partei eingetreten. Das war 1990, ein Jahr nach der Wende. Ich erinnere mich wohl noch deshalb so genau daran. Denn er wollte 1990 dann gleich rüber in die Zone und dort die Partei der Grünen mit aufbauen. War ganz euphorisch. Es war aber wohl nichts, er blieb uns zum Glück doch erhalten. Bei den Grünen hier im Landkreis Dithmarschen wurde er dann schnell Vorsitzender. Nun ja, er war ein großer Naturfreund und engagierte sich deshalb auch sehr für das Naturschutzgebiet Katinger Watt drüben in Nordfriesland.«

Nun trank sie einen weiteren Schluck Kaffee, nahm dann Ritters inzwischen leeren Kuchenteller und schob ihren

Teller zu ihm rüber. Sie hatte ihr Stück Kuchen natürlich noch nicht angerührt. »Hier, essen Sie, Herr Kommissar. Freut mich, dass Ihnen mein Kuchen schmeckt.« Dann schenkte sie ihm Kaffee nach. »Vielen Dank, Frau Meier, wirklich sehr lecker.« Sie schien kurz zu überlegen und sagte dann: »Und er ging sehr gerne angeln. Das war sein großes Hobby. Manchmal brachte er seinen Fang mit und verschenkte ihn an die Mitarbeiter hier. Er konnte schlecht alle Fische selbst essen. Denn, wissen Sie, er lebte doch so lange Zeit alleine, ohne Frau, nachdem er in der Liebe so enttäuscht worden war. Ja, es war eine tolle Zeit und wir waren alle eine ganz gute Truppe hier.« Ihr Blick verklärte sich nun leicht.

»Und was änderte sich dann?«, fragte Ritter. Er ahnte die Antwort bereits. Ihr Ton verschärfte sich nun um eine kleine Nuance: »Dann wurde 1994 dieser Prolet Bürgermeister. Der Schneider von der CDU. Dumm wie Stroh und große Klappe. Aber ein großer Redner. Ja, reden konnte der, das können Sie mir glauben. Und er versprach den Einwohnern hier fast schon das Paradies auf Erden. Die glaubten ihm und wählten ihn mit fast sechzig Prozent ins Amt. Den hatten wir dann vierzehn Jahre an der Backe, das sag ich Ihnen. Dabei kam der ursprünglich gar nicht aus Wesselburen, sondern aus Meldorf.«

Sie machte eine kurze Pause und schaute, ob Ritter noch Kuchen auf dem Teller hatte. Er hatte sicherheitshalber ein kleines Stück des massiven Schokokuchens übriggelassen. Einen Trick, den er früher schon bei seiner Großmutter angewendet hatte. Beruhigt fuhr sie fort: »Wissen Sie, seine CDU-Vorgänger waren allesamt kultiviert, hatten Manieren und waren gebildet. Nun hatten wir plötzlich einen, der fluchte und aufbrausend war. Der konnte ja keine Kritik ertragen, der eitle Pfau. Immer den großen Politiker markieren. Dabei schmatzte der beim Essen, und trank ordentlich Alkohol. Es war alles so peinlich. Unterstes Niveau.«

»Oh je«, sagte Ritter und fragte sie dann: »Und der Hauke Janssen. Wie kam der denn als Grüner mit dem CDU-

Schneider zurecht?« Sie runzelte ihre Stirn und verdrehte die Augen dabei: »Was denken Sie wohl? Die waren ziemlich schnell wie Hund und Katz. Der Janssen war das genaue Gegenteil vom Schneider. Die Stimmung war nicht so besonders gut damals, zumal der Schneider als Bürgermeister immer seine Ausgaben bei Janssen im Rechnungsamt einreichen musste. Der Janssen quälte ihn dann immer mit seiner Korrektheit und so musste der Schneider immer irgendetwas nachreichen oder verbessern. Und das passte dem Schneider natürlich überhaupt nicht. Er bekam dann des Öfteren einen cholerischen Anfall und beleidigte Janssen. Der Janssen sagte dann immer zu mir: ›Frau Meier, glauben Sie mir, irgendwann finde ich was gegen den Schneider.‹ «

Nun steckte sich Ritter doch das letzte Stück Kuchen in den Mund und beide nahmen einen weiteren Schluck Kaffee. Dann schob er seinen Teller etwas von sich weg und deutete mit seinem Zeigefinger auf seinen Bauch und schüttelte dabei verneinend den Kopf, während er zu Ende kaute. Sie hatte wohl verstanden und nickte. »Aber dann hat er sich plötzlich verliebt. In die Apothekerin vom Markplatz oben, die Nina Fischer. Er war hin und weg. Und glücklich wie ein kleines Kind unterm Tannenbaum an Weihnachten. Die beiden heirateten zwei Jahre später. Das war, glaube ich, 2002. Es war eine sehr schöne Hochzeit.

Kurz danach bezogen sie das Haus, das er neu gebaut und wohl auch selbst bezahlt hatte. Denn er hatte von irgendeinem Onkel in Süddeutschland geerbt. War wohl knapp eine Viertelmillion. Das hatte er mir mal erzählt. Zudem war er ein sehr sparsamer Mensch, er hatte anscheinend einiges zur Seite gelegt. Er war nicht umsonst unser Mann vom Rechnungsamt.« Dann kicherte sie plötzlich leicht über diese Feststellung. »Klar«, war Ritters kurze Bemerkung und dabei lächelte er zu ihr rüber. Edeltraud Meier erwiderte es und fuhr fort: »Und seine Frau war auch sehr beliebt, speziell bei den älteren Leuten hier im Ort. Die kamen schließlich öfter mal in die Apotheke. Sie hatte für alle ein offenes Ohr und hörte sich so manche Leidensgeschichte geduldig an. Zudem konnte man sie jeden Sonntag in der Kirche antreffen. Sie ist eine gläubige Katholikin. Nach dem Tod ihres Mannes kündigte sie aber in der Apotheke und man hat sie nicht mehr gesehen. Ich habe aber gehört, dass sie jetzt wohl in Sankt Peter-Ording leben soll.«

Dann fragte er sie: »Wie hat Janssen denn eigentlich die Betrügereien von Schneider aufgedeckt?« Jetzt war sie wieder ernst und sachlich: »Ja, der Schneider hatte es sich im Laufe der Jahre doch mit so einigen verscherzt. Und genau diese Leute suchte dann der Janssen nach und nach auf. Die berichteten ihm dann verärgert alles, was er wissen wollte. Zum Beispiel unser damaliger Catering Service vom Hans Lindemann aus Wesselburen. Der hat Waren im Wert von sechshundert Euro für einen Empfang im Rathaus geliefert. Der Schneider gab ihm dann die sechshundert Euro, ließ sich aber die mitgebrachte Rechnung mit dem Zusatz bar bezahlt über tausend Euro quittieren. Und immer so weiter. Die meisten dieser Leute machten das Spiel von Schneider dann halt mit, weil sie die Aufträge nicht verlieren wollten. Als der Janssen genügend Zeugen zusammenhatte, die später alle aussagten, zeigte er den Schneider wegen Betrugs an. Und die Sache ging vor Gericht. Sie hätten mal sehen sollen, wie der durchgedreht ist. Den Janssen bring ich um. Der Lügner muss dran glauben.« Ritter horchte auf. »Ja, der Schneider hatte längst die Bodenhaftung verloren und glaubte, er sei unantastbar. Seinen Bürgermeisterposten verlor er natürlich dann sofort und es gab Neuwahlen.«

»Die dann der Hauke Janssen gewann«, ergänzte Ritter. »Genau. Es war logischerweise eine Protestwahl. Die Grünen hatten bei uns doch zuvor nie eine Chance. Aber der Janssen hatte sich durch diese Aktion natürlich eine Menge Respekt bei den Einwohnern erarbeitet.«

»Und er war bestimmt ein guter Bürgermeister und Chef, oder?«

»Ja, das war er. Gott hab ihn selig.«

Ritter schaute auf seine Armbanduhr. Es war schon weit mehr als eine Stunde vergangen. »Frau Meier, vorerst noch eine letzte Frage, denn ich muss gleich los. Sie haben noch ein paar Jahre unter dem aktuellen Bürgermeister, dem Frank Stoffel, gearbeitet. Wie ist der denn so?« Sie überlegte kurz und antwortete dann: »Ach der! Nun ja, ich weiß nicht. Einerseits ganz nett und freundlich, anderseits ein Märchenerzähler. Aber auch er veränderte sich nach kurzer Zeit im Amt. Der denkt inzwischen, er sei was ganz Besonderes. Ich mag ihn nicht so gerne. Aber seine Frau, die Pia Stoffel, das ist eine ganz bezaubernde Person. Sie ist sehr aktiv beim NABU im Naturschutzgebiet Katinger Watt. Sie liebt die Tiere, insbesondere die Vögel.«

Nun versuchte Max Ritter, sich aus den Tiefen des Sofas zu erheben, was ihm erst im zweiten Anlauf gelang. An der Haustür sagte sie dann zur Verabschiedung: »Geben Sie mir dann Bescheid, wenn Sie den Mörder von Hauke Janssen gefunden haben, Herr Kommissar?«

»Aber selbstverständlich, Frau Meier. Vielen Dank für die vielen spannenden Geschichten. Und danke nochmals für den leckeren Kaffee und den vorzüglichen Kuchen. Falls ich noch ein paar weitere Informationen brauche, werde ich mit Sicherheit noch mal vorbeikommen.«

»Sie sind jederzeit willkommen«, war ihre Antwort, dann schloss sie die Haustür.

Ritter rauchte erst mal eine Zigarette, bevor er wieder in das Auto stieg. Er rief Wagner an: »Hey, Wagner. Brauchen wir noch irgendwas aus dem Edeka?«

»Nein danke, Chef. Obwohl, doch, Sie könnten mir noch Zigaretten mitbringen.«

»Gut, mach ich, bis gleich.« Ritter kaufte noch Zigaretten für sich und Wagner und fuhr dann zurück in die Feriensiedlung. Auf der rechten Seite der Straße konnte er wieder die vielen Windräder sehen. Sie drehten sich nun um einiges schneller als gestern noch. Klar, bei diesem heftigen

Wind heute. Das Lenkrad des Autos musste er mit zwei Händen festhalten, so stark drückte der Wind seitlich gegen den Wagen.

Als er wieder das Haus am Deich betrat, legte er sich auf die Wohnzimmercouch. Er war schon wieder müde und schlapp. Dies musste an dieser kräftigen Nordseeluft liegen. Kevin Wagner kam aus der Küche und begrüßte ihn: »Na, Chef. Hunger?

Oder gab es jede Menge Kuchen bei der älteren Dame?«

»Kuchen«, lautete Ritters knappe Antwort. Wagner schmunzelte und fragte nun: »Und? Haben Sie jetzt neue Erkenntnisse?« Er setzte sich auf einen der Wohnzimmersessel zu Ritter.

»Ja, allerdings. Der Schneider hatte nach seiner Amtsenthebung dem Janssen offen im Rathaus gedroht, er würde ihn umbringen. Nur merkwürdig, dass uns dies Kommissar Thys gar nicht erzählt hat. Entweder wusste er es nicht, oder er hat es nicht ernst genommen. Zudem ist der Schneider nicht erst seit dem Skandal zum Trinker geworden, wie Thys gesagt hat. Der war schon davor dem Alkohol nicht abgeneigt. Er war es also gewohnt, unter Alkoholeinfluss zu agieren. Darum war er eventuell in der Lage, einen Plan zu schmieden und auszuführen. Mal sehen, wie der Schneider morgen auf uns reagiert.«

»Ich habe den Schneider nicht erreicht, Chef. Sein Handy ist aus, und zu Hause geht er nicht ran. Mit der Katja Haller allerdings können wir morgen Abend so gegen neunzehn Uhr sprechen. Sie hat diese Woche Nachtschicht und muss dann gegen einundzwanzig Uhr nach Brunsbüttel fahren«, sagte Wagner. »Okay, gut. Na ja, dann müssen wir halt ohne Termin bei dem Schneider vorbeifahren und hoffen, dass wir ihn antreffen.« Wagner nahm die Werbebroschüre vom Tisch, die Ritter offensichtlich mitgebracht hatte. Es war eine Broschüre der NABU für das Naturzentrum Katinger Watt. Er fing an, darin zu blättern.

»Pia Stoffel, die Frau des heutigen Bürgermeisters, arbeitet für den NABU im Naturpark. Der Janssen engagierte sich dort ebenfalls sehr«, sagte Ritter, als er sah, dass Wagner in dem kleinen Heftchen blätterte. »Ach echt? Vielleicht hatten die beiden Naturfreaks ein Verhältnis. Das würde den Stoffel wieder ganz eng in den Kreis der Verdächtigen befördern.«

»Vielleicht, ja. Aber glaube ich nicht, denn laut Edeltraud Meier war der Janssen wie ein Teenager in seine Frau verliebt. Aber es ist natürlich durchaus möglich«, brummelte ein immer müder werdender Ritter.

Ruckartig stand er plötzlich auf und ging Richtung Terrasse. Wagner folgte ihm und sie rauchten eine. Es wurde bereits wieder dunkel draußen, der Wind pfiff nun so laut, dass man jetzt das Rauschen der Nordsee nicht mehr hören konnte. Die Wolken rasten in einem Höllentempo über ihnen hinweg. An dieser frischen Luft schmeckten die Zigaretten längst nicht so gut wie in einer Küche nach dem Frühstück. Aber hier herrschte Rauchverbot im Haus. Wie viele hatte er überhaupt heute schon geraucht? Auf jeden Fall mehr als sonst. Waren es zehn Stück gewesen? Er wusste es nicht genau. Ritter beschloss, dass er morgen zählen würde, wie viele Zigaretten er rauchte.

Als sie wieder im Wohnzimmer waren, sagte Wagner: »Ich fahre morgen früh schnell zu Thys nach Heide rüber und frag ihn mal, ob er uns ein Clipboard leihen kann. Dann bring ich gleich frische Brötchen mit.«

»Eine Tageszeitung von hier wäre von Vorteil«, ergänzte Ritter. »Fragen Sie Thys bitte, ob wir den Verhörraum jederzeit benutzen können. Und auch, ob sie eine Zelle für dringende Verhaftungen freihalten können. Das hatte ich heute Morgen vergessen«, sagte Ritter.

»Verhaftungen?«, fragte Wagner jetzt doch überrascht. »Ja, klar, der Schneider wird bestimmt morgen cholerische Anfälle bekommen und uns vielleicht sogar beleidigen. Falls wir ihn antreffen. Lassen wir ihm ein bisschen Zeit, um in der Zelle ein wenig runterzukommen und dann sehen wir weiter.«

Später am Abend machten sie es sich gemütlich und aßen beiden noch belegte Brote zum Abendessen.

Ritter war ganz zufrieden mit den heutigen Ergebnissen. Die drei Hauptverdächtigen, Nina Janssen, Jens Schneider und Frank Stoffel, waren weiterhin im Rennen. Und neue Verdächtige waren noch keine dazugekommen.

Mittwoch, 5. März 2014

Als Ritter aufwachte, war es bereits neun Uhr. Er hatte fast elf Stunden geschlafen. Unglaublich! Es muss diese berühmte Nordseeluft sein, dachte er sich. Er stand auf, ging in die Küche und setzte Kaffee auf. Wagner war wohl schon unterwegs. Er zog sich seine Jacke an und ging mit seinem Kaffee auf die Terrasse. So langsam fühlte er sich heimisch in seiner neuen Männer-WG. Der Wind hatte deutlich nachgelassen und die Wolken waren längst nicht mehr so dunkel wie gestern. Kalt war es trotzdem. Drei Grad zeigte das Thermometer, das links an der Hauswand angebracht war, an. Fröstelnd ging er zurück in die warme Wohnung und machte sich etwas im Bad frisch. Kurze Zeit später kam Kevin Wagner zurück und überreichte ihm die Dithmarscher Landeszeitung. »Morgen, Chef. Die aktuellen Nachrichten dürften Ihnen nicht gefallen.« Dann machte er sich daran, das Clipboard im Wohnzimmer aufzustellen. Ritter nahm die Zeitung entgegen, faltete sie auseinander und sah die Überschrift auf der Titelseite: *›BKA ermittelt im Fall Hauke Janssen!‹*

Auch das noch, dachte er sich, als plötzlich sein Handy klingelte. Walter Kiep, sein neuer Chef beim BKA. »Guten Morgen, Herr Ritter. Sie müssen schon mächtig Staub aufgewirbelt haben. Haben Sie denn schon die Schlagzeilen der Landeszeitung von Dithmarschen gesehen?«

»Gerade eben. Ja. Eigentlich waren wir bisher sehr dezent unterwegs. Muss wohl eine undichte Stelle bei der Polizei in Heide geben, eine andere Erklärung habe ich nicht für den Moment.«

»Gut, dann klären Sie das. Und wie kommen Sie sonst da oben voran?«, fragte Kiep. »Wir konnten schon eine ganze

Menge neuer Erkenntnisse sammeln. Es wird auf jeden Fall spannend.« Kiep sagte zum Abschluss des Gespräches: »Gut, das freut mich. Dann weiterhin viel Erfolg und bis demnächst, auf Wiederhören.«

Ritter und Wagner frühstückten zuerst wieder ausgiebig, heute mit frischen Brötchen, die Wagner mitgebracht hatte. Ritter überflog den Artikel, der allerdings keinerlei Fakten enthielt. Ein paar belanglose Spekulationen, und nur die Tatsache, dass sich jetzt das BKA darum kümmerte.

»Was hat denn Kommissar Thys zu dem Zeitungsbericht gesagt?«, fragte Ritter.

»Der war heute Morgen noch nicht im Büro. Und sein Kollege hatte wohl noch nichts davon gewusst. Er hat mir nur bestätigt, dass wir jederzeit hier einen Verhörraum und eine Zelle zur Verfügung haben werden. Dann hat er mir das Clipboard gegeben«, war Wagners Antwort.

»Na, dann haben Sie morgen einen Spezialauftrag. Sie werden den Maulwurf bei der Polizei in Heide finden«, sagte Ritter. »Ja? Aber wie soll ich das denn rausfinden?«

»Das werden Sie dann schon noch früh genug erfahren. Ich muss mir noch etwas überlegen. Kommissar Thys war es mit Sicherheit nicht. Aber bevor wir in Heide jemanden verhören oder gar einbuchten, brauchen wir erst mal den Verräter.«

Nachdem die beiden ihr Frühstück beendet hatten, rauchten sie wieder die obligatorische Zigarette auf der Terrasse. Es war nicht sehr windig und so lauschten sie dem Rauschen der Nordsee. Dieses gleichmäßige Geräusch hatte auf Ritter irgendwie eine beruhigende Wirkung. Nur der große Deich verhinderte den Blick auf das Meer von ihrer Terrasse aus.

Ritter ging zum Clipboard und sagte Wagner, er solle bitte die wichtigsten oder merkwürdigsten Käufe und Verkäufe der Nina Janssen aufzeichnen. Geordnet nach Datum. Als Wagner damit fertig war, schauten sie sich das Ergebnis an.

Anmietung Bankschließfach: 04.08.2011, Inhalt unbekannt
Tod ihres Ehemannes: 08.11.2011
Auszahlung Erbe Vermögen: 08.12.2011, 110.000 Euro
Verkauf des geerbten Hauses: 15.02.2012, 420.000 Euro
Kündigung Bankschließfach: 01.03.2012, Inhalt unbekannt
Auszahlung Lebensversicherung: 05.03.2012, 2 Mio Euro
Kauf des neuen Apartments: 16.03.2012, 800.000 Euro
Kauf eines neuen Porsche 911: 02.05.2012, 100.000 Euro
Überweisung an K. H. Dreßen: 17.09.2013, 50.000 Euro
mit Vermerk: Beratung
Einmalige Spende an NABU: 15.11.2013, 15.000 Euro

Beide schwiegen eine Weile, dann fragte Wagner: »Könnte K. H. Dreßen unser Mann von den Facebook-Fotos sein?«

»Keine Ahnung. Aber ziemlich viel Geld für eine Beratung. Frau Mandy soll rausfinden, wer dieser Dreßen ist.«

»Die Spende von fünfzehntausend Euro an den Naturschutzbund ist ziemlich hoch«, stellte Wagner fest. »Ja, stimmt. Aber vielleicht ist die Janssen durch ihren Mann zu einem Naturfreund geworden. Wir müssen da demnächst hin und mit der Pia Stoffel vom NABU sprechen.« Dann fotografierte Wagner das Clipboard mit ihren Notizen.

Erneut klingelte Ritters Handy, es war Thys. »Morgen, Herr Kommissar«, begrüßte ihn Ritter. »Moin. Haben Sie schon die Zeitung gesehen, Herr Ritter?«

»Ja, allerdings. Wer hat denn alles davon gewusst, dass wir hier ermitteln?«, fragte Ritter. »Eigentlich alle, die hier arbeiten. Na ja, fast alle jedenfalls. Das tut mir wirklich leid, ich werde denjenigen finden, der das rausposaunt hat«, sagte ein offensichtlich verärgerter Thys. »Gut. Wenn Sie weitere Infos haben, lassen Sie es mich wissen. Wir haben noch keine neuen Erkenntnisse«, entgegnete Ritter. Sie beendeten das Gespräch.

Ritter setzte sich auf einen der Wohnzimmersessel und fing an, zu grübeln. Er hatte einen starren Blick auf irgendeinen

Punkt an der Wand gerichtet. Wie sollte es heute weitergehen? Er hatte keinen wirklichen Plan, wie er jetzt plötzlich bemerkte. Aber hatte er das jemals gehabt? Einen richtigen Plan? In früheren Fällen hatte er immer abgearbeitet, verhört, analysiert und schließlich alles wieder neu bewertet. Am besten einfach weitermachen, dachte er sich.

Eine halbe Stunde später saßen Ritter und Wagner im Auto und fuhren nach Meldorf. Inzwischen waren die Wolken wieder dunkler geworden und es fing erneut an, zu regnen. Jacky sagte ihnen, wie sie zu fahren hatten, um ihr Ziel zu erreichen. Sie wollten nun endlich Jens Schneider sprechen. Er war vor ein paar Jahren in seinen Heimatort zurückgezogen. Dort lebte er nun in einer kleinen Sozialwohnung. Der Skandal von damals hatte ihn offensichtlich finanziell ruiniert. Als sie vor seiner Haustür standen, klingelten sie mehrfach, aber niemand machte ihnen auf.

Dafür öffnete sich allerdings in der Nachbarwohnung die Tür und ein sehr alter, gebeugter Mann mit Gehstock fragte die beiden: »Wollen Sie zu dem Schneider?« Beide nickten. »Der alte Säufer hat mal wieder übertrieben. Ist seit vorgestern im Krankenhaus in Heide. Habe ich jedenfalls gehört. Wenn der so weitermacht, dann holt ihn bald der Teufel.« Der Alte schüttelte verständnislos den Kopf, drehte sich um und dann schloss er seine Haustür.

Ritter und Wagner gingen durch den Regen zurück zum Auto und fuhren von Meldorf nach Heide ins Westküsten-Klinikum. Nach ein paar Minuten konnten sie bereits mit dem zuständigen Arzt sprechen. Der sagte ihnen Folgendes: »Der Herr Jens Schneider hatte vor zwei Tagen einen Wert von drei Promille, als er eingeliefert wurde. Er lag bewusstlos auf dem Parkplatz eines Einkaufcenters. Im Rettungswagen stellte man zudem fest, dass er einen schweren Schlaganfall erlitten hatte. Es sieht nicht gut aus. Ob er je wieder sprechen oder sich normal bewegen kann, bezweifele ich stark. Und falls doch, wird es wohl sehr, sehr lange dauern, ehe er wieder einigermaßen fit sein wird.« Ritter bedankte sich und die beiden verabschiedeten sich freundlich.

Als sie wieder zum Auto kamen, rauchten sie zuerst eine Zigarette. Es regnete immer noch. »Von Schneider werden wir wohl so schnell nichts mehr erfahren«, sagte Wagner. »Allerdings. Wir müssen aber trotzdem seine Wohnung untersuchen.« Dann stiegen sie wieder ins Auto und Wagner wartete nun am Steuer sitzend auf neue Instruktionen von Ritter. Der rief bei Mandy Probst an und sagte ihr, dass sie einen Hausdurchsuchungsbefehl für Schneiders Wohnung bräuchten. Sie würden später am Nachmittag skypen, um alle weiteren Neuigkeiten zu besprechen.

»Okay, Wagner, dann besorgen wir uns jetzt mal ein zweites Auto. Die Autovermietung liegt sowieso auf unserem Rückweg. Danach fahren wir in unser Haus am Deich.«

»Und warum brauchen wir einen zweiten Wagen?«, fragte ein sichtlich überraschter Wagner. »Weil wir etwas Tempo aufnehmen werden. Heute Abend fahre ich zu Katja Haller. Sie durchsuchen die Bude von Schneider. Und außerdem müssen Sie ab morgen dann jemanden vom Polizeirevier in Heide beschatten. Unseren Presseverräter nämlich. Denn der oder die Mörder von Hauke Janssen sind jetzt wahrscheinlich vorgewarnt. Das spricht sich doch hier rum wie ein Lauffeuer. Das BKA in Dithmarschen. Der Janssen-Fall wird wieder untersucht. Das ist doch hier die Sensation und sicherlich das Thema an allen Stammtischen. Das ärgert mich dermaßen. Wir hätten uns sonst anschleichen können und dadurch einen schönen Vorteil gehabt. Den Vorteil der Überraschung! Und diesen Trumpf hat uns irgendein Vollidiot genommen. Deshalb will ich wissen, wer das war. Der kann sich dann einen neuen Beruf suchen.«

Wagner war überrascht, denn er hatte Ritter noch nicht so genervt erlebt. Sie kannten sich noch nicht mal eine Woche.

Ob Ritter wohl noch wütender werden könnte, fragte sich Wagner und fuhr los. Bei der Autovermietung wählten sie einen dunkelblauen, unauffälligen Kleinwagen der Marke Peugeot aus. Wagner stieg freiwillig in den kleineren Wagen um. Er hatte gleich begriffen, dass dieser Wagen in Zukunft für Beschattungen eingesetzt werden würde.

Als sie zurück in ihrem Haus waren, war es bereits sechzehn Uhr. Wagner stellte die Skype-Verbindung zu Mandy Probst her. Ritter freute sich. Endlich konnte er sie wieder auf dem riesigen Flat-Screen sehen. Sie sah heute erneut klasse aus und strahlte in die Kamera. »Meine Jungs von der See. Alles paletti bei euch?« Beide nickten wie brave Schuljungen. »Den Durchsuchungsbefehl für Schneiders Wohnung hat der Kevin per Mail gerade bekommen. Ging superschnell. Und der beste Freund von Janssen bei den Grünen war ein gewisser Peter Mommsen. Adresse ist ebenfalls in der Mail. Ansonsten versuche ich weiterhin, über die Vergangenheit der Nina Janssen zu recherchieren. Da ist bisher nichts Auffälliges dabei. Und zu diesem K. H. Dreßen habe ich noch nichts gefunden. Aber von seiner Bank bekommen wir seine Adresse. Frau Zuske in Wiesbaden macht dort richtig Stress. Und zu dem Mann auf den Facebook-Fotos habe ich leider bisher nichts rausgefunden. Zu diesem Typen bräuchte ich noch mehr Infos. Was habt ihr denn für News?«

Es entstand eine kleine Pause. Wagner hatte frischen Kaffee gekocht und kam mit den Tassen ins Wohnzimmer.

Ritter fing an: »Einiges! Erstens: Der ehemalige Bürgermeister Jens Schneider hatte einen Schlaganfall und liegt im Krankenhaus. Von ihm werden wir wohl erst einmal nichts erfahren. Wagner wird sich später seine Wohnung vornehmen. Zweitens: Wir haben es bereits auf die Titelseite der Dithmarscher Landeszeitung geschafft. Den Verräter bei der Polizei dort schnappt sich Wagner morgen.« Mandy Probst unterbrach nun Ritters Aufzählung: »Hey, hey, unser Kevin ist wohl jetzt der Mann für die Spezialaufträge, wa?

Steiler Aufstieg. Was bin ich gespannt.« Dann kicherte sie albern.

Wagner verdrehte die Augen und grinste schüchtern vor sich hin. Jetzt war Ritter wieder dran: »Ich bin auch gespannt, Frau Mandy. Die Pia Stoffel, Ehefrau des Verdächtigen Frank Stoffel, arbeitet beim NABU im Katinger Watt. Das Watt hat der tote Hauke Janssen immer wieder unterstützt. Vielleicht hatten die zwei ja ein Verhältnis, dann wäre es der Klassiker. Aber die Pia Stoffel hatte ihrem Mann ein Alibi verschafft. Und die Nina Janssen hat im Übrigen den NABU mit fünfzehntausend Euro unterstützt. Also alles noch völlig im Nebel.«

Mandy Probst zog ihre linke Augenbraue hoch und sagte: »Echt, ey, fünfzehntausend Glocken spenden. Aber die Janssen hat jetzt richtig Asche auf ihrem Konto. Wann nehmen Sie die denn endlich mal in die Mangel, Chef?« Ritter musste jetzt laut lachen. »Bald, Frau Mandy. Bald besuchen wir Ihre Hauptverdächtige. Die weiß jetzt bereits garantiert, dass das BKA hier ist. Sie ahnt sicher, dass wir jeden Moment auftauchen könnten. Ich würde sie deshalb gerne noch etwas zappeln lassen. Da wir jetzt keinen Überraschungseffekt mehr haben, müssen wir eben mit der Zermürbungstaktik arbeiten.« »Chef, Sie sind ganz schön raffiniert.« Mandy Probst grinste ihn an. Es gefiel Ritter, dass sie immer so gute Laune versprühte. Sie hatte erneut eine erfrischende Wirkung auf ihn, und Probst legte nach: »Aber, Chef! Nicht vergessen, die Nina Janssen ist bestimmt noch um einiges raffinierter als Sie. Die wickelt Sie bestimmt locker um den Finger. Oder haben Sie gerade eine Freundin, der Sie treu sind?« Wieder musste Ritter herzhaft lachen, während Wagner schweigend zuhörte.

»Ich bin solo, Frau Mandy, also wohl sehr gefährdet, was raffinierte Frauen betrifft. Aber ich muss standhaft bleiben, sie ist schließlich eine Verdächtige«, antwortete Ritter.

»Na, für Sie finden wir bestimmt noch eine. Ich muss jetzt mal weitermachen, bis bald. Und, Kevin! Zeig unserem

Chef, was du draufhast. Tschüssi« Dann kappte sie einfach die Verbindung.

Wagner holte einen großen Teller mit belegten Broten aus der Küche. Beide hatten inzwischen mächtig Hunger bekommen. Als sie danach schon fast traditionell auf die Terrasse zum Rauchen gingen, sagte Wagner:

»Ich fahre jetzt mal zu Schneiders Wohnung. Der Hausmeister kommt gegen achtzehn Uhr, um mir die Tür zu öffnen. Hab bereits mit ihm telefoniert.«

»Gut. Machen Sie das. Und suchen sie ruhig sorgfältig. Irgendwo findet man immer irgendetwas. Wir treffen uns dann später wieder hier«, sagte Ritter. Als Wagner losgefahren war, nahm sich Ritter Zeit, um endlich mal wieder mit seiner Mutter zu telefonieren. Er war froh, zu hören, dass es ihr gut ging und sie gesund sei. Er erzählte ihr, dass er wieder arbeite und einen Einsatz an der Nordsee habe. Danach rief er noch seine Schwester an.

Er fuhr mit dem schwarzen BMW nach Heide zu Katja Haller, der Schwester des Mordopfers. Als er dort ankam, bat sie ihn, einzutreten und beide nahmen in der Küche Platz. Wie die meisten Frauen hier oben im Norden hatte auch sie blondes Haar. Sie trug die Haare kurz und hatte überhaupt keine Falten im Gesicht. Sie war recht schlank und knapp eins siebzig groß. »Möchten Sie etwas trinken, Herr Ritter? Vielleicht einen Kaffee?«, fragte sie ihn. Ritter nahm lieber ein Wasser, es erschien ihm zu spät für einen Kaffee. »Ich habe gerade gefrühstückt, denn diese Woche habe ich Spätschicht«, sagte sie.

Katja Heller erschien ihm recht freundlich und natürlich. Sie sah Ritter fragend an: »Könnten Sie mir denn eventuell einen Gefallen tun? Mein Auto ist kaputt, die Batterie ist im Eimer. Vielleicht könnten Sie mich später nach Brunsbüttel rüberfahren. Mein Mann holt mich dann morgen früh ab.«

Ritter musste nicht lange überlegen und sagte ihr: »Klar. Das mache ich doch gerne.«

»Oh, das ist aber wirklich sehr nett, dann kann mein Mann ja doch noch zu seinem Männerabend und Fußball schauen. Da wird er sich freuen. Ich gebe ihm nur kurz Bescheid, er ist noch im Büro.« Sie nahm ihr Handy und schickte ihrem Mann eine SMS.

Nun begann Ritter mit seiner Befragung: »Frau Haller, zunächst tut es mir leid, dass wieder alles von vorne anfängt. Aber ich bin mir sicher, dass Sie bestimmt gerne den Mörder Ihres Bruders im Gefängnis sehen würden. Mich würde interessieren, was er für ein Mensch war. Erzählen Sie doch mal ein wenig von ihm.« Sie schaute aus dem Küchenfenster und Ritter konnte sehen, wie sie in Gedanken in die Vergangenheit reiste. Sie wischte sich ein paar Tränen weg und sah ihn nun mit traurigen Augen an.

»Ich habe ihn wirklich geliebt. Er war halt mein großer Bruder. Uns Schwestern hat er immer geholfen, als wir noch jung waren. Meine Mutter war früh gestorben und unser Vater war fast nie zu Hause. Er war lieber auf der See unterwegs, als sich um uns zu kümmern. Er war Kapitän auf Hochseefrachtern.

Dann starb auch er. Hauke kümmerte sich um den ganzen Papierkram und hatte schon seine Ausbildung im Rathaus in Cuxhaven begonnen. Er war bereits achtzehn, also volljährig. Meine Schwester und ich kümmerten uns um den Haushalt. Es war zwar eine harte, aber sehr schöne Zeit. Wir hatten wenig Geld. Sein Lehrlingsgehalt plus die Sozialhilfe. Aber es reichte dann doch immer irgendwie. Später zog er nach Wesselburen. Und ich ging nach Heide zu meinem jetzigen Ehemann. Meine Schwester, die Elke, zog nach Helgoland. Ich verstehe nicht, wie man da auf dieser kleinen Insel leben kann. Für mich wäre das nichts.«

Sie legte eine kurze Pause ein, die Ritter für eine Frage nutzte: »Wann haben Sie denn angefangen, in Brunsbüttel zu arbeiten? Und was hat Ihr Bruder denn dazu gesagt? Es kann ihm doch nicht wirklich gefallen haben, dass Sie im AKW tätig waren?«

»Ich habe vor genau zehn Jahren angefangen, dort zu arbeiten. Vier Jahre später wurde er dann Bürgermeister in Wesselburen. Es hat ihm natürlich überhaupt nicht gefallen, dass ich dort arbeite. Er war schließlich ein absoluter Gegner der Atomkraft. Und natürlich speziell hier in Brunsbüttel. Aber wir haben nicht wirklich gestritten. Es waren eher hitzige Diskussionen. Ich habe versucht, ihm zu erklären, dass ich eben auch irgendwie mein Geld verdienen muss. Mein Mann arbeitet nur noch als Aushilfe in einem Büro, seit er einen schweren Motorradunfall hatte. Wir hatten noch unseren Sohn zu Hause, den Ralf. Der studiert jetzt in Frankreich. Der gute Junge! Ob er jemals wieder zurückkommt nach Heide? Er hat doch jetzt eine Freundin da in Bordeaux. Eine Französin.«

Ritter unterbrach sie, da sie doch etwas abschweifte: »Haben Sie denn Ihren Bruder oft gesehen?«

»Nein! So fünf-, sechsmal im Jahr. Er hatte doch viel zu tun. Und in seiner Freizeit ging er eben gerne angeln oder er half im Naturschutzpark im Katinger Watt aus.«

Sie stand plötzlich auf. »So, ich hole mal meine Sachen, dann müssen wir los«, sagte sie und verschwand schnell aus der Küche. Als sie wiederkam, hatte sie eine schwarze Jacke und Hose mit dem Aufdruck ›Holt Security‹ an, dazu einen kleinen Rucksack in der Hand. »Von mir aus können wir los«, sagte sie und lächelte ihn an. »Ich sage Ihnen, wie wir fahren müssen. Geht über die Landstraße schneller. Um diese Zeit ist nicht mehr so viel Verkehr, also müssten wir es in knapp vierzig Minuten schaffen.« Noch immer regnete es leicht, zudem war es inzwischen dunkel geworden, als sie losfuhren. »Klasse Wagen, total schick«, sagte Katja Heller. »Ja, finde ich auch. Leider nicht mein eigener, der gehört dem Bundeskriminalamt«, antwortete Ritter.

In den nächsten Minuten sagte keiner der beiden etwas, Katja Heller tippte nun wieder irgendwas auf ihrem Handy. Dann fragte Ritter: »Wie ist denn eigentlich der aktuelle Stand des AKW Brunsbüttel?« Katja Heller tippte zu Ende und sagte dann: »Sorry. Musste noch kurz meiner Freundin was schreiben. 2007 wurde das AKW bereits runtergefahren. Es gab immer wieder gravierende Störfälle. Das gelangte dann an die Öffentlichkeit. Deshalb gab es einige Demonstrationen. Die größte war dann im April 2010 mit fast hunderttausend Menschen, die eine Menschenkette zwischen den beiden Kraftwerken Brunsbüttel und Krümmel bildeten. Mein Bruder und viele meiner Bekannten waren damals dabei. Wir von der Firma Holt durften nicht teilnehmen. 2011 wurden die beiden Kraftwerke dann endgültig stillgelegt. Aber Brunsbüttel wird bis heute noch als Zwischenlager für den atomaren Müll genutzt. Und 2012 fand man dann achtzehn stark verrostete Stahlfässer. Die liegen immer noch da rum. Es gibt bis heute in Deutschland kein Endlager für Atommüll.«

Es entstand ein kurzes, betretenes Schweigen. »Eigentlich Wahnsinn. Haben Sie keine Angst, da zu arbeiten?«, fragte Ritter. »Nein, nicht wirklich. Aber es ist schon ein unheimlicher Ort. Und wir müssen eben aufpassen, dass da keine Terroristen oder andere Irre auf das Gelände kommen.« Nach einer kleinen Pause fuhr sie fort: »So, noch knapp zehn Minuten, dann sind wir bereits da.« Ritter musste nun unbedingt noch eine wichtige Frage stellen: »Wie war denn eigentlich Ihr Verhältnis zu der Ehefrau Ihres Bruders? Immerhin war sie die Einzige, die was geerbt hat.« Ihre Stimmlage änderte sich nun etwas, sie wurde leicht aggressiv: »Ach, die edle Nina, diese Schlange. Vorne herum war sie zu allen immer die nette, gute Ehefrau. Ich mochte sie überhaupt nicht. Mein Bruder war ihr hörig. Der hat doch alles gemacht, was die ihm gesagt hat. Sie kam aus armen Verhältnissen, jetzt ist die Schlampe reich. Ich glaube bis heute, dass sie dahintersteckt.« Das war doch eine schwere Anschuldigung. Ritter war überrascht. Natürlich hätten die Schwestern gerne ebenfalls etwas von ihrem Bruder geerbt. Beide schwiegen nun, bis sie ihr Ziel erreicht hatten. Inzwischen war Katja Hallers Stimme wieder freundlicher: »Da vorne am Parkplatz können Sie mich rauslassen. Vielen Dank, Herr Ritter. Wirklich sehr nett von Ihnen, dass Sie mich gefahren haben.«

Er parkte den Wagen. Sie stiegen beide aus und verabschiedeten sich. Er schaute ihr noch eine Weile hinterher, doch dann klebte sein Blick förmlich an der Silhouette des Kraftwerks. Dieser riesige, schwarze Klotz aus Stahl und Beton hatte eine bedrohliche Wirkung auf ihn. Fast wie ein riesiges Monster. Dazu die dunklen, schwarzen Wolken über dem diffus beleuchteten Kraftwerk.

Was haben sich die Menschen damals nur gedacht, fragte sich Ritter. Ohne ein Endlager einfach mal atomaren Müll zu produzieren. Und heute? Gab es Tausende von Windrädern in Schleswig-Holstein, aber keine Trassen für den Transport des erzeugten Stroms. Ritter war ein Befürworter der sogenannten Energiewende, die nach der Katastrophe von Fukushima in Deutschland eingeleitet worden war.

Er rauchte noch eine Zigarette im Regen und stieg wieder ins Auto. Jacky Brown lotste ihn zurück nach Heide und Wesselburen. Unterwegs rief er bei Wagner an und der meldete sich auch prompt: »Hey, Chef. Bin gerade in Schneiders Keller und sehe mir die letzte Kiste hier unten an, dann fahre ich zurück. Wo sind Sie denn? Noch in Heide bei der Haller?«

»Nein, im Auto. Ich bin gegen dreiundzwanzig Uhr zurück. Ich habe die Haller noch nach Brunsbüttel gefahren. Bis gleich am Deich«, Ritter beendete ihr kurzes Gespräch.

Als Ritter das Ferienhaus betrat, lag Wagner auf der Wohnzimmercouch. Er war eingeschlafen und bemerkte ihn nicht. Die ermüdende Nordseeluft hatte nun also auch Kevin Wagner voll erwischt. Ritter schmunzelte und kurze Zeit später ging er in sein Zimmer, um sich ebenfalls hinzulegen. Es war ein langer, ereignisreicher Tag gewesen.

Donnerstag, 6. März 2014

Als Ritter aufwachte, war es acht Uhr. Er konnte hören, wie der Regen wieder mal heftig auf das Hausdach prasselte. Und er konnte den Kaffeeduft aus der Küche riechen und stand deshalb ruckartig auf. In der Küche hatte Wagner bereits den Tisch eingedeckt und freute sich offensichtlich, als er Ritter sah. »Morgen, Chef. Gut geschlafen?«

»Oh ja. Herrlich. Irgendwie ist es hier an der Nordsee doch ein wenig wie Urlaub. Das ist das erste Mal, dass ich mich bei Ermittlungen nicht gestresst fühle.« Wagner sah aus dem Fenster und sagte dann: »Ja, fast wie im Urlaub, wenn es nicht ständig regnen würde. Etwas mehr Sonne wäre auch schön, aber wir haben hier ja was zu tun. Wie lief es denn eigentlich bei der Haller gestern?« Ritter musste kurz an die Fahrt nach Brunsbüttel vergangenen Abend denken und antwortete dann: »Ach, eigentlich nichts Neues. Außer, dass die Haller ganz schlecht auf die Ehefrau ihres Bruders zu sprechen war. Für sie war die Nina Janssen diejenige, die hinter diesem Mord steckt, um an das Geld ranzukommen. Sie nannte sie sogar Schlampe und falsche Schlange.«

Wagner stand auf und begann, das Frühstück abzuräumen. Dann legte er Ritter ein Foto auf den Küchentisch und schenkte Kaffee nach. »Ich habe bei Schneider nur dieses Foto hier gestern gefunden, sonst nichts Bedeutendes. Es stank wie Hölle in seiner Bude, völlig verwahrlost alles. Der war wohl wirklich total abgestürzt.«

Ritter schaute sich das Foto an. Man konnte Jens Schneider mit dem unbekannten Mann sehen, den sie bereits auf den Facebook-Fotos bei Nina Janssen gesehen hatten. Das war eine kleine Überraschung. Auf dem Foto sah man im Hintergrund außerdem die Kirche in Wesselburen. Er erkannte sie sofort an dem seltenen Zwiebelturm.

Wir müssen unbedingt rausfinden, wer dieser Mann da auf dem Foto ist, dachte sich Ritter und schaute ihn sich noch mal etwas genauer an. Der Unbekannte hatte dicke, schwarze Haare, trug diese streng nach hinten gekämmt. Mit Gel oder so etwas Ähnlichem. Die Haare leuchteten fast auf dem Bild. Er hatte eine hellbraune Hautfarbe, war demnach anscheinend ein Südländer. Und er hatte einen schwarzen Anzug an, war ziemlich groß und sah verdammt gut aus. Sicherlich ein Frauenheld.

»Na, Chef! Da ist er wieder. Unser großer Unbekannter«, sagte Wagner. »Ja, allerdings. Gut gemacht, Wagner! Jetzt müssen wir nur noch herausfinden, wer dieser Öl-Prinz da ist.« Wagner lachte und fragte: »Öl-Prinz?«

»Na, wegen der öligen Haare«, sagte Ritter, stand auf und verschwand kurz in seinem Zimmer. Er suchte in seinem Reisekoffer nach einem Fotoabzug, den er mitgenommen hatte. Als er das Foto gefunden hatte, gingen die beiden auf die Terrasse, um die morgendliche Zigarette zu rauchen.

Ritter gab Wagner Instruktionen für den Tagesverlauf: »Fahren Sie bitte zu Kommissar Thys nach Heide und zeigen ihm das Foto, dass Sie bei Schneider gefunden haben. Vielleicht kennt er ja unseren unbekannten Öl-Prinzen. Er soll es seinen Kollegen aber erst morgen zeigen und heute noch für sich behalten. Sagen Sie ihm, das sei sehr wichtig. Wir hätten einen Plan und der sei gefährdet, wenn er das Öl-Prinz-Foto heute schon den anderen zeigt« Dann gab ihm Ritter das andere Foto aus seinem Koffer. Darauf war ein Mann mit braunen, kurzen Haaren zu sehen. »Und dieses Foto hier geben Sie dann der Frau mit der bunten Igel-Frisur am Empfang. Sagen Sie ihr, dass wir diesen Mann dringend suchen. Er sei unser neuer Hauptverdächtiger. Und dann fragen Sie das Igelchen, ob sie den Mann kennt. Sie wird vermutlich ›Nein‹ sagen. Dann sagen Sie ihr, dass Sie das Foto behalten kann, und mal rumfragen soll, wer ihn kennt.«

Sie gingen wieder zurück ins Wohnzimmer. »Und wer ist jetzt dieser Mann auf dem Foto da?«, fragte Wagner. »Das ist mein verstorbener Großonkel aus Bremen. Er hat keine Familie oder lebenden Verwandten mehr. Er war ein richtiger Idiot. Ich mochte ihn nicht besonders. Er war der Bruder meiner verstorbenen Großmutter mütterlicherseits. Und da er bereits vor Jahren gestorben ist, kann man ihn sowieso nicht finden«, antwortete Ritter grinsend und fuhr fort: »Wenn mich nicht alles täuscht, wird sich der Igel vom Empfang dann früher oder später mit dem Journalisten der Dithmarscher Landeszeitung treffen und ihm dieses Foto übergeben. Sie müssen sie beschatten und am besten bei einer Übergabe fotografieren.«

Wagner war einen Moment lang sprachlos. Schließlich meinte er: »Mann, Mann, Sie haben ja krasse Tricks drauf. Bin mal gespannt, ob Ihr Instinkt richtig ist.«

Er klappte seinen Laptop auf und googelte den Journalisten. Harry Pahl war sein Name. »Sehen Sie, Wagner, der Journalist hier sieht ganz gut aus. Wenn der nun der jungen, aber dicken Frau am Empfang ein paar Komplimente gemacht hat, tut die doch alles für den. Oder glauben Sie etwa, dass sie viele Komplimente oder gar Angebote von Männern erhält? Sie ist bestimmt sehr einsam und hätte gerne so einen Traumprinzen neben sich. Sie ist vermutlich total verliebt in den Typen und kann nicht mehr klar denken. Wir schlagen gleich zwei Fliegen mit einer Klappe. Wir finden das Leck bei der Polizei und die Landeszeitung veröffentlicht ein Bild von meinem toten Onkel mit einer fetten Überschrift«, sagte Ritter.

Und Wagner ergänzte: »Und der Journalist bekommt bestimmt Ärger, weil er schlecht recherchiert hat. Damit ist er der totale Vollpfosten hier in Dithmarschen. Und die Igel-Frau bekommt ebenfalls Ärger und verliert auch noch ihre neue Pseudoliebe. Oh je, das wird sie sicher hart treffen.«

»Ja, das wird es. Sie tut mir ein bisschen leid, aber sie arbeitet nun mal bei der Polizei, und da geht so etwas überhaupt nicht. Morgen früh präsentieren wir dann unserem Kommissar Thys das Ergebnis. Und anschließend können Sie mit unserem James-Bond-Auto nach Berlin zurückfahren und ein schönes Wochenende mit ihrer Freundin verbringen. Ich nehme den kleinen Wagen.«

Wagner schaute ihn freudestrahlend an: »Echt? Vielen Dank. Sie kommt morgen mit dem Zug aus Freiburg. Da wird Daniela sich bestimmt total freuen. Ich sag ihr gleich mal Bescheid.« Wagner tippte kurz eine Nachricht auf seinem Handy, dann fragte er Ritter: »Was machen Sie denn hier oben am Wochenende so ganz alleine? Hier ist ja völlig tote Hose.«

»Mir wird schon was einfallen, Wagner. Ich werde endlich mal nach Sankt Peter-Ording fahren. Und dieses Eidersperrwerk möchte ich mir mal anschauen.«

Kurze Zeit später nahm ein sichtlich motivierter Wagner die Autoschlüssel vom Tisch und fuhr los, um seine neue Mission zu erledigen. Ritter überlegte kurz, ob er auf den Deich gehen sollte, verwarf den Gedanken aber. Es regnete einfach zu stark. Wieder mal. Dann rief er bei Mandy Probst an. Die hatte aber noch keine Neuigkeiten für ihn. Ritter legte sich auf die Wohnzimmercouch und machte es sich gemütlich. Er war etwas lustlos heute und außerdem hatte er keinen wirklichen Plan, was er tun könnte. Was sollte er nur als Nächstes unternehmen? Er schaltete den Fernseher an und zappte ein wenig herum. Auf NDR kamen gerade die Nachrichten aus Schleswig-Holstein. So erfuhr er, dass die Milchpreise weiter in den Keller gingen. Es gab einen Leichenfund in Havighorst. Man hatte auf einem Feldweg die Leiche eines neunundzwanzigjährigen Mannes gefunden. Und in Kiel hatte man die wohl älteste Flaschenpost der Welt entdeckt. Dann kam noch der Wetterbericht. Am Wochenende sollte es bis zu vierzehn Grad warm werden und die Sonne würde scheinen. Na, immerhin

Sonnenschein, dachte sich Ritter und schaltete den Fernseher wieder aus. Es war so bequem auf der Couch, er blieb noch eine Weile liegen.

Ritter ließ seinen Gedanken nun freien Lauf. Sollte er zu Pia Stoffel in den Naturpark fahren? Eigentlich wollte er lieber erst mit ihrem Mann, dem heutigen Bürgermeister von Wesselburen, sprechen. Ob er da einfach so auftauchen sollte? Oder sollte er vielleicht doch lieber mit einem offiziellen Termin dort vorbei gehen? Irgendein Bauchgefühl sagte ihm, dass Frank Stoffel nicht ganz so unschuldig war, wie es schien. Oder zumindest ein dünnes Alibi hatte. Noch immer war alles sehr undurchsichtig in diesem Fall. Doch was erwartete er eigentlich? Schließlich waren sie erst seit Anfang der Woche hier oben an der Nordsee. Seine Ungeduld war anscheinend immer noch genauso groß wie bei seinen früheren Fällen.

Plötzlich fiel ihm ein, dass er seit über einer Woche überhaupt keinen Sport gemacht hatte. Motiviert stand er auf, und zog seine Jogginghose und Regenjacke an. Er ging ins Freie und begann, durch den strömenden Regen zu joggen. Nach ein paar Minuten war er auf Betriebstemperatur. Er hatte viel zu viel geraucht. Und wieder mal vergessen, zu zählen, wie viele Zigaretten er eigentlich derzeit konsumierte. Er ärgerte sich ein wenig über sich selbst. Er nahm sich selbst in die Pflicht, da wieder eine gute Balance hinzubekommen.

Nach gut einer Stunde war er zurück im Haus. Völlig ausgepumpt nahm er eine heiße Dusche und rasierte sich gründlich. Als er wieder ins Wohnzimmer kam, saß ein grinsender Wagner auf dem Sessel und hatte seinen Laptop vor sich. Euphorisch berichtete er Ritter sofort von seiner Aktion heute Morgen. Der setzte sich zu ihm und lauschte seinen Worten. »Die Ina Dahms vom Empfang ist tatsächlich die undichte Stelle. Ich habe ihr das Foto gegeben. In ihrer

Mittagspause ist sie schnurstracks losmarschiert. In der Fußgängerzone befindet sich ein großer Buchladen, da hat sie sich mit dem Journalisten getroffen und ihm das Foto ihres Großonkels übergeben. Ich habe alles fotografiert. Kann es kaum erwarten, die Zeitung morgen zu kaufen.« Ritter freute sich über das schnelle Ergebnis und sagte: »Klasse gemacht, Wagner. Jetzt haben wir wenigstens ein Problem weniger. Kommissar Thys erzählen wir aber erst morgen von Ihrer Entdeckung. Hat er denn auf dem Foto von Schneider unseren Öl-Prinzen erkannt?«

»Nein. Aber er wird bei den Kollegen dann morgen mal nachfragen. Läuft also alles nach Ihrem Plan«, sagte Wagner. »Ja, gut. Falls er unseren bunten Igel vom Empfang nach dem Öl-Prinzen fragen wird, könnte es gut sein, dass sie dann völlig verwirrt ist. Vielleicht bemerkt sie dann ihren Fehler. So, und jetzt machen Sie uns doch mal wieder eine Skype-Verbindung mit Frau Mandy bitte.«

Als Mandy Probst auf dem riesigen Flat-Screen zu sehen war, freute sich Ritter. Sie sah heute allerdings etwas müde und kaputt aus. Kevin Wagner ging in die Küche. Er hatte angekündigt, ein typisches norddeutsches Gericht zu kochen.

»Hallo, Frau Mandy. Es ist schön, Sie zu sehen, wir vermissen Sie hier oben.«

»Ja, ich vermisse euch auch, etwas einsam hier im Büro, aber wir bekommen wohl bald noch Verstärkung«, sagte sie. »Aha. Hoffentlich passt der- oder diejenige zu uns. Und was gibt es denn sonst noch Neues?«

»Wirklich nicht viel. Es ist alles etwas zäh im Moment. Aber die Adresse von diesem K. H. Dreßen bekommen Sie später auf jeden Fall noch. Und? Was hat denn unser Spezialagent Kevin so rausgefunden?«, fragte sie. »Ja, unser Wagner hat den Verräter überführt.« Ritter grinste in den Bildschirm. »Es war die Frau am Empfang der Polizei. Sie ist gleich zu dem Journalisten gerannt und Wagner hat sie dann bei der Übergabe fotografiert.«

Mandy Probst freute sich und sagte: »Habe ich es doch gewusst. Er hat mir ein Foto gemailt. Von diesem sogenannten Öl-Prinzen. Den habe ich noch nirgends gefunden. Aber der Öl-Prinz ist auf den Facebook-Fotos der Janssen, also, Cheffe, wann geht's endlich mal ans Eingemachte? Ach stimmt, Sie wollen sie ja zappeln lassen.«

»Mensch, Frau Mandy, Sie nun wieder. Wagner fährt morgen zunächst über das Wochenende mit unserem Wagen nach Berlin zurück. Ich werde mir mal anschauen, wie und wo die Janssen wohnt. Vielleicht treffe ich sie ja.« Mandy Probst verdrehte die Augen und sagte: »Ja, is' klar. Sie müssen sich aber ein bisschen schick machen, die steht auf Männer mit Kohle und Geschmack. Es wäre besser, wenn Sie unseren schwarzen BMW dabeihätten. Da könnten Sie mehr Eindruck schinden.« Ritter musste lachen und sagte: »Jaja, aber erst mal mache ich einen auf Undercover. Ich will sie zuerst von Weitem beobachten. Ach ja, können Sie für mich einen Termin bei Bürgermeister Frank Stoffel machen? Ich will ihn jetzt unbedingt sprechen. Aber angekündigt mit Termin. Dann hat er Zeit, sich eine Taktik zu überlegen und wird herumschwafeln. Und dann kann ich ihn schön zerpflücken.« Probst horchte auf und sah ihn schelmisch an: »Zerpflücken? Das hört sich klasse an, klar, ich mache Ihnen einen Termin beim Stoffel.«

Sie beendeten ihre Konferenz und Ritter ging zu Wagner in die Küche. Es gab kalte Nordseekrabben mit Bratkartoffeln und Rührei. »Mensch, Wagner, das ist dermaßen lecker. Haben Sie das Rezept schon vorher gekannt? Aß ich vorher noch nie, diese Krabben«, sagte ein überaus glücklicher Max Ritter. Wagner freute sich natürlich. »In Heide war heute der Wochenmarkt direkt gegenüber vom Polizeirevier. Die Fischverkäuferin erklärte mir, wie man das hier zubereitet. Entweder im Brötchen oder halt so wie wir es jetzt essen. Ist ja nun nicht wirklich schwierig. Die Kartoffeln und Eier habe ich hier vorne an der Landstraße am Straßenverkauf geholt.«

»Schmeckt alles total frisch. Ganz anders als die Sachen bei uns in Berlin vom Supermarkt. Das Einzige, was mich hier echt fertigmacht, entweder hat man Hunger oder man ist müde. Wie soll man da nur Energie entwickeln?«

»Geht mir genauso, Chef, ist echt krass hier.«

Die beiden standen glücklich und satt mit einer Zigarette auf der Terrasse. Endlich hatte es aufgehört zu regnen. Es war inzwischen bereits fünfzehn Uhr geworden. »Hey, Wagner, jetzt schauen wir uns mal das Haus, in dem der Mord geschah, an. Und auf dem Rückweg fahren wir zur Apotheke nach Wesselburen und sprechen mit dem Besitzer. Die Nina Janssen hat dort jahrelang gearbeitet, bevor sie reich wurde. Wie finden Sie den Plan?«

»Sie sind der Stratege, Chef. Klar, machen wir.«

Als sie das große Haus an der Landstraße Richtung Tiebensee erreichten, sahen sie einen Mann, der emsig im Garten arbeitete. Ritter und Wagner betraten das große Grundstück. Der Mann kam mit seiner Schubkarre auf sie zu. »Moin Moin, kann ich Ihnen helfen?«, fragte der Gärtner freundlich. Er hatte eine blaue Arbeitshose und einen dicken, grauen Wollpullover an, dazu trug er Gummistiefel.

Ritter zeigte seinen Ausweis und erklärte ihm ihr Anliegen. »Tun Sie Ihre Pflicht, Herr Kommissar, die Haustür ist offen.«

»Vielen Dank. Ach, sagen Sie, die Besitzer sind nicht hier, oder?«, fragte Ritter. »Nein, die sind in Amerika, die kommen erst im Sommer wieder«, antwortete der Mann.

Dann liefen Ritter und Wagner auf dem Schotterweg zum Haus. Es war ein großes Gebäude, umgeben von einem riesigen Grundstück. Überall satter, grüner Rasen, dazu einige verschiedene Obstbäume, die jetzt im März kahl und etwas trostlos dastanden. Um das Grundstück herum befanden sich ausladende Hecken und große Bäume, die als Windschutz dienten. Dahinter waren braune, unbestellte

Felder zu sehen. Die nächsten Nachbarhäuser konnte man nur erahnen, hier war sonst weit und breit kein Mensch zu sehen. In der Ferne konnte man nur einige Windräder ausmachen. »Ganz schön einsam und abgelegen«, sagte Wagner, als sie am Haus ankamen. Die Terrasse war hinter dem Gebäude, deshalb liefen sie um das Haus herum.

»Um von außen auf die Terrasse zu gelangen, muss man über den Rasen laufen! Und es gab damals keine Fußspuren? Das ist doch ein Witz«, sagte Wagner. »Allerdings! Und woher hatten die Einbrecher denn den großen Steinbrocken, um die Scheibe einzuwerfen? Hier sind weit und breit keine Steine. Unfassbar. Ich glaube es nicht. Dachten die Ermittler damals, die haben sich einen Steinbrocken mitgebracht, oder was?« Ritter schien jetzt echt etwas geschockt. »Wir müssen wissen, ob es zur Tatzeit ebenfalls geregnet hatte. Schauen Sie mal, was wir hier an Dreck angeschleppt haben«, sagte Ritter und deutete auf den Holzboden der Terrasse. Es war alles vom tagelangen Regen feucht und nass.

Wagner nickte und zündete sich eine Zigarette an. »Die Einbrecher hätten an der Haustür klingeln können. Sie müssen doch das Auto von Janssen gesehen haben. Hier ist ja keine Garage. Das Licht brannte bestimmt ebenfalls. Es befinden sich weder Kameras noch ein Sehschlitz an der massiven Haustür. Der Janssen hätte gar nicht gesehen, wer da vor der Tür steht und klingelt«, analysierte Wagner. »Stimmt. Hier war niemals eine Einbrecherbande. Das ist doch alles total lächerlich. Lassen Sie uns gehen, ich muss das zuerst verdauen«, sagte ein sichtlich verärgerter Ritter. Sie verabschiedeten sich von dem freundlichen Gärtner und fuhren jetzt ohne Umweg zum Marktplatz nach Wesselburen und parkten direkt an der Kirche.

Das Dorfzentrum war eine kleine Straße, die in einem Kreis um die Kirche mit dem Zwiebelturm führte. Man konnte alles bequem zu Fuß erreichen. Eine Sparkasse, ein Blumenladen, die Apotheke, zwei Restaurants und ein Seniorenheim.

Als sie die Apotheke von Henning Ruland nach dreißig Minuten wieder verließen, hatten sie doch ein paar weitere Neuigkeiten über Nina Janssen erfahren. Sie beschlossen, die gegenüberliegende Pizzeria zu testen. Ritter hatte Wagner gesagt, dass er ihn gerne einladen wollte. Der junge Kollege war sichtlich nicht abgeneigt. Die Pizzeria war ein recht kleines Restaurant. Als sie bestellt hatten, sagte Ritter: »Wenn Sie möchten, können Sie heute Abend noch nach Berlin fahren. Oder morgen früh eben.«

»Danke, Chef, aber ich fahre wohl lieber morgen früh, ein bisschen Schlaf vorher wäre gut. Ach, übrigens, die Mandy hat uns noch die Adresse von diesem ominösen K. H. Dreßen gemailt. Den können Sie ja morgen mal checken. Immerhin hat er fünfzigtausend Euro von der Janssen bekommen. Vielleicht ist er unser Öl-Prinz.«

Nachdem sie die letzten Pizzastücke genossen hatten, ließen sie noch mal Revue passieren, was ihnen der ehemalige Chef von Nina Janssen über sie erzählt hatte. Sie hatte die Realschule mit der mittleren Reife abgeschlossen, danach 1981 ihre Ausbildung als Apothekerin begonnen. Als sie gerade mal zwanzig Jahre alt war, waren ihre Eltern bei einem Autounfall ums Leben gekommen. Das war 1984. Ihre Eltern waren einfache Leute gewesen und lebten ein unauffälliges Leben. So hatte es ihnen Henning Ruland beschrieben. Der Vater hatte als Landschaftsgärtner gearbeitet und die Mutter als Putzhilfe. Nina Janssen musste sich früh alleine im Leben durchschlagen. Sie war katholisch erzogen und ging regelmäßig jeden Sonntag zur Kirche. Sie war äußerst beliebt im Ort und bei den Kunden. Ganz besonders bei den alten Menschen kam sie gut an. Ihr Hobby sei immer das Kegeln gewesen. Sie war Mitglied hier im örtlichen Kegelverein. Ob das noch immer so sei, könne er aber nicht beantworten, da sie nun in Sankt Peter-Ording wohne. Und Henning Ruland sagte ihnen auch, dass er es außerordentlich bedauere, dass sie nicht mehr für ihn arbeiten würde. Er hätte sie nicht wirklich ersetzen können.

Auf Wagners Frage über ihr Liebesleben hatte er gesagt, dass er darüber nichts wisse.

Als sie zum Nachtisch noch ein Tiramisu verspeisten, sagte Wagner plötzlich: »Chef, jetzt mal ehrlich. Die Nina Janssen hat da fast dreißig Jahre gearbeitet und er weiß nichts von ihren Männern. Das ist doch albern. Wer soll das denn glauben? Der Ruland ist doch bestimmt auf die abgefahren, gerade als Single. Oder er ist schwul? Aber wahrscheinlich ist das egal. Wir wissen nun leider nichts über ihr früheres Liebesleben, sonst könnten wir da vielleicht von dem einen oder anderen etwas mehr über sie erfahren.« Ritter putzte sich den Mund mit der Serviette ab und sagte dann: »Klar weiß der was. Der wird sie wahrscheinlich jetzt gleich angerufen haben, um ihr zu berichten, dass wir uns über sie erkundigt haben. Was mir ja gefallen würde. Falls sie wirklich was damit zu tun hatte, wird sie jetzt wohl etwas unruhig. Aber vielleicht hat sie nichts damit zu tun und ihn wirklich geliebt und getrauert. Schließlich ist sie angeblich eine gläubige Katholikin.« Ritter übernahm die Rechnung. Beim Verlassen des Lokals meinte er zu Wagner: »Sie könnten überprüfen, ob sie noch Mitglied bei ihrem Kegelverein ist.«

Die beiden Ermittler fuhren zurück in ihr Haus am Deich. Wagner verbrachte den Abend wie üblich an seinem Computer, während sich Ritter seine Notizen ansah und grübelte. Die derzeitigen Hauptverdächtigen waren, Stand heute Abend, immer noch Nina Janssen und Frank Stoffel. Jens Schneider war wohl ausgeschieden. Von ihm würden sie sowieso nichts mehr erfahren. Niemand wusste schließlich, ob er je wieder sprechen würde.

Wagner teilte ihm noch mit, dass Nina Janssen nicht mehr Mitglied in ihrem Kegelverein sei. Und dass es vor dem Mord tatsächlich tagelang geregnet hatte. Ritter hatte es geahnt. Keine Spuren nach tagelangem Regen. Ob Thys ihnen nicht doch irgendetwas verschwieg? Ritter war ob der erdrückenden Beweise und Indizien, dass es auf jeden Fall

Spuren gegeben haben musste, noch mehr verwirrt. Was stimmte hier nicht? Wer hatte hier die Beweise so vertuscht, dass alle diese sinnlose Geschichte mit der Einbrecherbande geglaubt hatten? Der Täter musste demnach durch die Haustür gekommen sein. Oder er hatte sich bereits im Haus befunden. Nach dem Mord musste er dann wohl alles so dekoriert haben, dass es aussah wie ein Einbruch. Hatte er sogar den Steinbrocken mitgebracht, um die Terrassentür einzuwerfen? Es gab keine andere logische Erklärung dafür. Zeit genug hatte er ja. Da draußen gab es keine Nachbarn, es hätte niemand gehört. Der Täter musste allerdings gewusst haben, dass Nina Janssen nicht vor einundzwanzig Uhr von ihrem Kegelabend zurück sein würde.

Ritter war sich plötzlich sicher, dass dieser Fall hier keine einfache Sache werden würde. Im Gegenteil, hier waren noch viel mehr Informationen nötig, um auch nur ansatzweise ans Ziel zu gelangen. Die Lösung war wohl Lichtjahre entfernt. Ritter seufzte tief und ging etwas frustriert in sein Zimmer, um zu schlafen. Es wurde eine unruhige Nacht für ihn. Er träumte wild und wachte mitten in der Nacht schweißgebadet auf. Glücklicherweise konnte er schnell wieder einschlafen.

Freitag, 7. März 2014

Nach dem Frühstück war Kevin Wagner Richtung Berlin abgefahren. Es war heute Morgen völlig windstill und dazu sah Ritter einen blauen, klaren Himmel. Etwas wärmer war es auch geworden. Nachdem er sich seine Jacke übergezogen hatte, ging er hoch auf den Deich. Endlich hatte man wieder klare Sicht und er genoss diese Tatsache. Die Nordsee lag ganz friedlich und fast glatt vor ihm, keine Wellen waren mehr zu sehen. Das Wasser schimmerte grün vom Sonnenschein. Die Schafe am Deich schienen fröhlicher gestimmt zu sein, Hunderte von Möwen kreischten laut am Himmel. Das Leben war zurückgekehrt. In der Ferne konnte er sogar große Frachter sehen. Er musste an Wagner denken. Ein wirklich herzlicher, fleißiger junger Mann. Und kochen konnte er auch sehr gut. Er vermisste ihn jetzt schon, fast wie einen Sohn. Ritter zog sein Handy aus der Tasche und schrieb eine SMS an Wagner. Er solle sich bitte melden, wenn er in Berlin angekommen sei.

Ritter musste über sich selbst schmunzeln. Offensichtlich machte er sich Sorgen, wie seine Mutter früher immer um ihn.

Als er wieder im Haus war, rief er als erstes Mandy Probst an. Skypen ging ja nun nicht mehr, denn er hatte keinen Laptop und Wagner hatte seinen natürlich mitgenommen. »Morgen, Chef. Wie ist es denn jetzt da so als einsamer Wolf an der See?«, begrüßte sie ihn. Ritter musste lachen. »Bisher okay, die Sonne scheint endlich. Ja, und unseren Wagner vermisse ich jetzt schon. Danke übrigens für die Adresse von K. H. Dreßen. Was macht der denn beruflich so?«

»Der arbeitet in einem Elektromarkt in Heide. Er war bisher noch nicht verheiratet. Mehr weiß ich noch nicht über ihn. Brauchen Sie noch mehr Infos?« Ritter überlegte kurz: »Nein, das reicht fürs erste. Ich fahre jetzt da mal hin.«

»Ach übrigens, Chef, die Sekretärin von Frank Stoffel im Rathaus meinte, er habe so viele Termine, vor April würde da nichts gehen. Die sind lustig, wa?« Ritter und Probst mussten beide lautstark und lange lachen, ehe Ritter wieder sprechen konnte: »Okay, dann fahre ich da am Montag gleich hin. Auf diesen superwichtigen Bürgermeister bin ich ja jetzt richtig scharf. Der glaubt wohl, wir sind irgendwelche Idioten.«

»Oha. Da wäre ich gerne dabei. Ja, lassen Sie den Stoffel mal schön gegen die Wand fahren.« Probst kicherte.

Nach dem Telefonat stieg Ritter in den kleinen Peugeot und fuhr nach Heide zu Kommissar Thys. Ina Dahms am Empfang begrüßte ihn freundlich. Sie war gut gelaunt. Das würde sich heute wohl noch ändern.

Ritter und Thys begrüßten sich. Ritter zeigte ihm die Fotos, die Wagner gemacht hatte. »Nun haben Sie die undichte Stelle«, sagte Ritter. Thys schüttelte ungläubig seinen Kopf. Als er sich gefangen hatte, zeigte er mit seiner Hand auf die Tageszeitung: »Haben Sie die Zeitung heute schon gesehen? Ihr neuer Hauptverdächtiger ist da abgebildet. Wer ist das überhaupt?« Ritter grinste ihn an und erzählte ihm die Story von seinem toten Großonkel. Erneut schüttelte Thys seinen Kopf. »Mannomann, Sie sind ja ein gerissener Hund«, sagte er und grinste ebenfalls. Ritter entgegnete ihm: »Was Sie nun für Konsequenzen ziehen, ist Ihre Sache. Ansonsten haben wir wenige neue Erkenntnisse. Schneider liegt im Koma, wie Sie bereits wissen. Mit Frank Stoffel und Nina Janssen habe ich noch nicht gesprochen. Ich fahre am Wochenende nach Sankt Peter-Ording.«

»Dann wünsche ich Ihnen ein schönes Wochenende.«, sagte Thys. »Danke. Ihnen auch.«

Ritter fuhr in ein Industriegebiet am Rande von Heide zu einem großen Einkaufszentrum. Er fand problemlos einen

Parkplatz auf dem riesigen Gelände. Gerade als er aussteigen wollte, klingelte sein Handy. Es war Kiep vom BKA und der legte gleich los: »Gratuliere, Ritter. Endlich einen Hauptverdächtigen. Leider weiß es jetzt auch ganz Schleswig-Holstein. Sie haben es bis in die BILD Hamburg geschafft.« Ritter erzählte Kiep die Geschichte vom Trick mit dem Foto seines toten Onkels. Und erklärte ihm, dass es nötig war, um die undichte Stelle zu finden. Kiep war kurz sprachlos, doch dann lachte er laut los und sagte mit seiner rauchigen, tiefen Stimme: »Gut gemacht, Ritter. Dann suchen jetzt alle da oben Ihren toten Großonkel. Das macht die anderen Verdächtigen jetzt bestimmt etwas leichtsinnig, die fühlen sich jetzt sicher. Sonst schon weitergekommen?«

»Nein, nicht wirklich, wir sind weiterhin dabei, jeden Stein umzudrehen. Aber ein Einbruch war das damals auf keinen Fall, das kann ich schon mal sagen.«

»Na, das ist doch eine wichtige Neuigkeit, bin gespannt, wie es weitergeht. Ich wünsche Ihnen ein schönes Wochenende«, sagte Kiep und verabschiedete sich.

Ritter stieg aus dem Wagen und betrat den riesigen Elektromarkt. An der Information fragte er eine junge, blonde Frau nach einem Herrn Dreßen. Sie sagte ihm, wo er ihn finden könne. Als er bei den vielen Fernsehgeräten ankam, sah er einen Mann mit einem dünnen, schwarzen Schnauzbart. Auf seinem T-Shirt war links oben ein Namensschild angebracht. K. H. Dreßen stand darauf. Er war circa eins fünfundachtzig groß und hatte zudem eine Vollglatze. Auffallend war sein opulenter Bauch, über den sich ein viel zu enges Shirt mächtig spannte. Zweifelsfrei war es wohl nicht der erhoffte Öl-Prinz. Vielleicht ein weiterer Verdächtiger? Dreßen bemerkte nun Ritter und kam auf ihn zu: »Kann ich Ihnen helfen, junger Mann?« ›Junger Mann?‹ Was für eine schwachsinnige Anrede. Dreßen war in seinem Alter, um die fünfzig. »Nein danke, bin lediglich am Schauen. Oder kennen Sie sich auch mit Computern aus? Meiner hat den Geist aufgegeben.« Dreßen zeigte nun nach rechts und sagte:

»Da drüben ist die Computerabteilung. Die Kollegen da beraten Sie gerne.« Dann drehte er sich um und ging auf den nächsten unschlüssigen Kunden zu. Kurz überlegte Ritter tatsächlich, ob er sich ein Notebook kaufen sollte. Den Gedanken verwarf er aber so schnell, wie er gekommen war.

Er verließ den Elektromarkt wieder. In Ruhe zündete er sich eine Zigarette an und lehnte sich an sein kleines Auto. Endlich wieder Sonnenschein und Licht, dachte er sich. Er könnte diesen Peter Mommsen von den Grünen besuchen, der war einer der besten Freunde des Mordopfers gewesen. Die Adresse und Telefonnummer hatte ihm Mandy Probst geschickt. Er durchsuchte die Nachrichten auf seinem Handy und fand dann die entsprechende SMS. Peter Mommsen wohnte in Kiel, da er dort im Landtag arbeitete. Wie weit war es wohl nach Kiel? Der kleine Peugeot hatte kein Navi. Und wie das Navi auf seinem neuen Handy funktionierte, wusste er nicht. Er ärgerte sich kurz über sich selbst. Warum und wann hatte er angefangen, sich den neuen Technologien und dem Internet zu verweigern?

Vor dem Einkaufszentrum stand eine Würstchenbude. Ritter setzte sich in Bewegung und fragte den Verkäufer, wie lange die Fahrt nach Kiel ungefähr dauert. »Etwa neunzig Minuten. Aber Freitagnachmittag im Feierabendverkehr sicher gute zwei Stunden«, war seine Antwort. Inzwischen war es bereits vierzehn Uhr. Zu spät, um nach Kiel und wieder zurück zu fahren, ohne zu wissen, wo Mommsen überhaupt war. Er wählte die Nummer von Mommsen. Nach dem dritten Klingelton nahm er ab: »Mommsen.« Ritter erklärte ihm sein Anliegen und fragte ihn, wann und wo man sich denn am besten treffen könnte. Mommsen meinte, dass er am kommenden Dienstag in Heide einen Termin habe und man sich gerne anschließend treffen könnte. Sie verabredeten sich für Dienstag gegen sechzehn Uhr im Café am Marktplatz. Nach dem Telefonat schickte er noch eine SMS an Mandy Probst: *Brauche nun doch alle Informationen über diesen K. H. Dreßen. Sorry, Ritter.* Die Antwort kam prompt: *Kein Problem, Chef!*

Nun fuhr Ritter wieder zurück Richtung neue Heimat. In Wesselburen hielt er nochmals an und ging ein paar Lebensmittel und Getränke einkaufen. Als er zurück war und alles eingeräumt hatte, stieg er wieder ins Auto und fuhr los. Die ganze Woche waren sie am Ende der Dammstraße immer nach rechts abgebogen, Richtung Wesselburen und Heide. Dieses Mal bog er zum ersten Mal nach links ab. Nach lediglich fünf Minuten erreichte er das Eidersperrwerk. Nachdem er geparkt hatte, ging er erst einmal zu einem großen Pavillon am Ende des Parkplatzes. Dort kaufte er sich ein Krabbenbrötchen und einen Kaffee. Er hatte bereits wieder Hunger. Frisch gestärkt ging er über drei Etagen die Treppen auf das Sperrwerk hoch und schaute sich das Bauwerk genauer an. Ein gigantischer Bau, der die Nordsee und einen Fluss namens Eider regulierte.

Man hatte das Sperrwerk in den Sechzigerjahren gebaut, da die Nordsee bei heftiger Flut immer wieder das Land an der Eider überflutete. Durch das Sperrwerk konnte man das alles selbst regeln. Es war gerade Ebbe. Die riesigen Stahlschaufeln waren zu beiden Seiten nach oben gefahren und mussten kein Wasser stoppen. Die Sicht auf die Nordsee war von hier oben aus atemberaubend. Windstill und blauer Himmel. Sicher eine Seltenheit hier oben. Links war der Landkreis Dithmarschen zu sehen und auf der rechten Seite Nordfriesland. Das Sperrwerk war so etwas wie die Grenze. Und wenn man sich umdrehte, sah man die Eider. Tausende von Möwen und sonstige, ihm unbekannte Vögel kreisten über dem Sperrwerk und kreischten heftig. Erneut machte sich ein Urlaubsgefühl in ihm breit.

Ritters Gedanken fingen an, zu fließen. Dieser Job war völlig anders war als sein früheres Arbeitsleben. Damals musste ein Mord so schnell wie möglich aufgeklärt werden. Es blieb kaum Zeit zu schlafen, man hetzte den Informationen und

Zeugen hinterher. Hatte Druck. Trank viel Kaffee, aß schnell und häufig lediglich zwischendurch. Meistens fettige Imbisskost. Oft war es gefährlich gewesen. Jetzt war alles anders. Die Mordfälle lagen Jahre zurück. Es gab kaum Zeitdruck. Viele Informationen standen Ihnen bereits zur Verfügung. Trotzdem musste alles nochmals genauer untersucht werden. Gefährlich war es bisher nicht geworden. Noch nicht. Es war auf jeden Fall alles viel stressfreier. Gut, aber Urlaub hatte er hier jetzt auch nicht. Er musste also weiterhin etwas Gas geben. *Man verliert hier an der Nordsee etwas Tempo, da alles viel langsamer und ruhiger abläuft als in Berlin.* Das waren seine letzten Gedanken, ehe er unterbrochen wurde.

Eine Frau hatte sich links neben ihn gestellt und ihn angesprochen: »Ist das nicht herrlich hier? Diese Aussicht!« Ritter schaute sie an und antwortete: »Ja, unbedingt. Wunderbar.« Sie erwiderte seinen Blick und sagte: »Guten Tag. Ich bin die Heike aus Hannover. Ich mache hier Urlaub in Sankt Peter-Ording. Und Sie? Sind Sie von hier oben?« Ritter musterte sie nun etwas genauer. Sie sah umwerfend aus und durfte knapp um die fünfzig Jahre alt sein. Heike trug blaue Sportschuhe und Jeans, dazu eine dicke, blaue Wolljacke. Ihre wunderschönen, langen und wilden schwarzen Haare waren durchzogen von grauen Strähnen. Ein attraktives, längliches Gesicht mit einer vielleicht etwas zu langen Nase. Und einem überaus sympathischen Lächeln. »Ich bin der Max und wohne eigentlich in Berlin. Ich mache auch Urlaub, bin aber erst seit ein paar Tagen hier.«

»Dann hatten Sie ja bisher furchtbar schreckliches Wetter. Es soll aber ein schönes Wochenende mit Sonnenschein geben«, sagte sie ihm fröhlich. »Das hört sich toll an. Ich wollte sowieso endlich mal nach Sankt Peter-Ording fahren.« Nun strahlte ihn Heike mit ihren braunen Augen an und sagte: »Was halten Sie davon? Wir treffen uns später und gehen gemeinsam etwas Leckeres essen. Oder in eine

Bar. Falls Sie denn Lust haben, mit mir den Abend zu verbringen.« Ritter war etwas überrascht. Hatte er nun ein Date? »Oh, hört sich gut an. Ich komme sehr gerne vorbei, klar. So gegen neunzehn Uhr?« Sie nickte freudestrahlend. Aufgeregt tauschten sie noch ihre Handynummern aus.

Zurück im Auto, war Ritter ziemlich verwirrt. Seine letzte Verabredung mit einer Frau lag schon etliche Zeit zurück. Ein leichtes Kribbeln in der Magengegend machte sich bemerkbar, so als wäre er ein Teenager. Er musste über sich selbst schmunzeln. Mit fünfzig Jahren immer noch aufgeregt vor einem Date. Entspannt fuhr er zurück ins Haus am Deich und legte sich auf die Couch. Wagner teilte ihm per SMS seine Ankunft in Berlin mit. Zufrieden schlummerte Ritter innerhalb weniger Sekunden ein. Als er wieder aufwachte, war es bereits Viertel vor sechs. Nun musste er sich beeilen. Schnell sprang er unter die Dusche und zog sich frische Sachen an. Kritisch musterte er sich im Spiegel. Besonders schick sah er nicht aus. Aber diese Heike aus Hannover hatte eher einen legeren Look gehabt. Sie wird vermutlich gar nicht unbedingt auf schicke Männer stehen, beruhigte er sich selbst. Und Blumen? Rosen? Sollte er nicht Blumen mitbringen? Woher sollte er jetzt hier in dieser Einöde Blumen bekommen? Ach, egal, Blumen sind nicht so wichtig, beruhigte er sich erneut selbst.

Als er das Auto startete, war das Kribbeln im Bauch wieder da. Diese Heike war doch ziemlich sympathisch rübergekommen. Und ja, sie hatte eine erotische Wirkung auf ihn gehabt. Er bog am Ende der Dammstraße links ab und fuhr durch den Sperrwerk-Tunnel nach Nordfriesland. Er kam am Rande des Naturschutzgebiets Katinger Watt vorbei. Da ist es also, dachte er sich. Nach knapp zwanzig Minuten Fahrzeit hatte er das Ortszentrum von Sankt Peter-Ording ganz ohne Navi erreicht. Er parkte den Wagen in der Wittendüner Allee, so wie es ihm Heike erklärt hatte. Und da stand sie auch schon und winkte ihm zu. Achtundvierzig Stunden später standen beide wieder an derselben Stelle, um sich zu verabschieden. Dazwischen hatten sie viel gesprochen und gelacht, hatten leidenschaftlich Sex gehabt und waren lecker Essen gewesen. Sie hatten lange Spaziergänge am riesigen Strand von Sankt Peter-Ording unter strahlend blauem Himmel unternommen. Und sie hatten sich liebgewonnen. So beschlossen sie, sich bald wieder anzurufen und sich ohne große Theatralik zu verabschieden. Beide wussten, dass es keine Beziehung geben würde. Sie waren keine Träumer. Oder vielleicht doch? Zum Abschied küssten sie sich lange und intensiv.

Ritter fuhr am Sonntagabend wieder zurück in das Haus am Deich. Er war glücklich und gleichzeitig ein wenig traurig. Ein Gefühl, das er selten hatte. Es war ein wirklich großartiges Wochenende gewesen. Jetzt aber rief ihn die Arbeit wieder. Er musste an Nina Janssen denken. Trotz Heike aus Hannover schaute er immer und überall in Sankt Peter-Ording, ob ihm die Janssen nicht zufällig über den Weg lief. Aber er hatte sie nicht gesehen. Dann musste er an Wagner denken. Ob er bereits wieder hier angekommen war? Als Ritter das Haus am Deich erreichte, musste er feststellen, dass Wagner noch nicht wieder zurück war. Er blickte auf sein Handy, es gab keine neuen Nachrichten. Ritter hatte für seine Verhältnisse in den letzten achtundvierzig Stunden, die er mit Heike aus Hannover verbracht hatte, wenig Schlaf gefunden. Er beschloss, früh ins Bett zu gehen um den Schlaf etwas nachzuholen. Als er im Bett lag, zogen die letzten Stunden in seinen Gedanken nochmals an ihm vorbei. Glücklich schlief er ein.

Montag, 10. März 2014

Der Kaffeeduft beförderte Ritter von einem schönen Traum zurück in die Realität. Wagner muss wohl angekommen sein, waren seine ersten Gedanken an diesem Morgen. So sehr er sich darüber freute, aber eigentlich wollte er am liebsten noch ein wenig liegen bleiben. Die schönen Momente dieses Wochenendes mit Heike noch einmal Revue passieren lassen. Aber sein innerer Jagdtrieb war stärker, ruckartig stand er auf. Seine Lebensenergie war deutlich ausgeprägter als noch vergangene Woche. Er genoss es, wie es gekommen war. Alles. Der neue Job. Heike aus Hannover. Kevin Wagner und Mandy Probst. Einfach alles. Sein Leben hatte einen neuen Sinn bekommen.

Als er die Küche betrat, war er sichtlich überrascht. Da saß nicht Kevin Wagner, den er erwartet hatte, sondern Mandy Probst. Sie hielt eine Kaffeetasse mit beiden Händen und sah ihn mit einem traurigen Gesicht an. Die Wimperntusche war über ihre Wangen gelaufen, sie hatte Tränen in den Augen. Nichts mehr zu sehen von der fröhlich-frechen Mandy. Da saß ein Häufchen Elend.

Ritter holte sich eine Tasse für den frischen Kaffee aus dem Küchenschrank und versuchte herauszubekommen, was geschehen war: »Schönen guten Morgen, Frau Mandy. Die Überraschung ist Ihnen gelungen. Ich freue mich sehr, Sie hier zu sehen. Allerdings hatte ich Sie etwas anders in Erinnerung. Also! Was ist los? Was ist passiert?«

»Alles Scheiße«, schluchzte sie leicht unverständlich und schwieg dann. Oh je, dachte sich Ritter. Soll ich sie vielleicht in den Arm nehmen? Er verwarf es aber augenblicklich, nahm stattdessen einen Küchenstuhl und platzierte ihn direkt neben Probst. Nachdem er sich gesetzt hatte, nahm er ihre rechte Hand und legte sie in seine und sagte zu ihr: »Frau Mandy. Sie erzählen mir bitte jetzt alles. Und mit alles, meine ich auch alles. Es gibt so gut wie für jedes Problem eine Lösung. Okay?«

Wieder schluchzte sie etwas. Schließlich fing sie langsam an, zu erzählen.

»Kevins Mutter hat sich gestern Morgen im Garten das Bein gebrochen. Sie ist auf so kleinen Steintreppen ausgerutscht. Kevin hat sie ins Krankenhaus gebracht. Nun hat sie einen Gipsfuß und muss das Bein mindestens eine Woche ruhighalten. Ich habe spontan mit Kevin getauscht. Er leitet das Büro und kann sich um seine Mutter kümmern. Und ich bin heute Nacht gleich hierhergefahren. Ist das denn okay für Sie, Chef?«

»Klar, ist das okay für mich. Der Wagner soll sich in Ruhe um seine Mutter kümmern, ist doch logisch. Aber das ist doch nicht der wahre Grund für Ihre Minidepression hier, oder?«, fragte Ritter.

»Nein, natürlich nicht! Vor zwei Tagen hat mein Partner unsere Beziehung beendet«, war ihre Antwort. »Sie meinen Ihre Partnerin?« Probst schaute ihm nun überrascht direkt in die Augen und sagte: »Hat der Kevin wohl gleich ausgeplappert, dass ich lesbisch bin, wa? Oh Mann, fuck it. Egal, ja, wir waren fünf Jahre zusammen, und nun hat sie eine Neue.« Wieder schluchzte sie und konnte erneut die Tränen nicht zurückhalten. Ritter nahm einen Schluck Kaffee und sagte dann zu ihr: »Ich habe da so eine Idee, Frau Mandy. Sie gehen jetzt in das mittlere, freie Zimmer hier und schlafen sich erst einmal aus. Wenn Sie wieder wach sind, werden Sie genügend Ablenkung haben. Wir besuchen den Bürgermeister von Wesselburen und nehmen den so richtig in die Mangel. Sie sind ab heute mein neuer Partner hier oben. Und es wird bestimmt Spaß machen. Außerdem haben wir eine Menge zu tun.« Sie schaute ihm wieder in die

Augen und er konnte erkennen, wie das Strahlen ganz leicht zurückkam. Sie hatte ebenfalls den Jagdtrieb. Das konnte er in diesem Moment ihrem Blick entnehmen. »Hmm, da haben Sie wohl recht, Chef. Ja! Arbeit wird mich ablenken.« Sie stand nach einer kurzen Pause wortlos auf, nahm ihren Trolley und Rucksack und verschwand im mittleren Schlafzimmer.

Ritter ging mit seinem Kaffee auf die Terrasse. Nun brauchte er eine Zigarette. Es war wieder etwas kälter und windiger geworden, aber auch heute sah er in einen wolkenlosen blauen Himmel. Mandy Probst musste in diesem Zustand die ganze Nacht durchgefahren sein. Zum Glück ging es gut aus. Er würde wohl seine neu gewonnene Energie auf Mandy übertragen müssen. Ob ihm das überhaupt gelingen würde? Wie war so eine junge, sechsundzwanzigjährige Frau überhaupt drauf? Dazu lesbisch. Und aus dem Osten.

Er hatte keine Ahnung, denn er war im Westen geboren worden. Kind eines West-Vaters und einer Ost-Mutter. Es war schon sein ganzes Leben ein Thema in seiner Familie gewesen. Er hatte keine Erfahrung mit gleichgeschlechtlichen Beziehungen. Zudem könnte er ihr Vater sein, immerhin war er vierundzwanzig Jahre älter. Na ja, mit Wagner hatte es auch super funktioniert. Für ihn jedenfalls. Ob es für Wagner ebenfalls okay gewesen war? Er stammte aus dem Westen. Spielte das überhaupt eine Rolle für diese Generation? Dieses Ost-West? Wann war überhaupt die Mauer gefallen? Das muss 1989 gewesen sein. Vor fünfundzwanzig Jahren. Da wurden die beiden gerade mal geboren. Er hatte selbst fünf Jahre Osterfahrung in Leipzig gesammelt. Mit den Leipzigern hatte er sich schließlich hervorragend verstanden. Sie waren damals außerordentlich gastfreundlich zu ihm gewesen. Und dazu noch meistens lustig und listig. Dennoch gab es gerade bei Menschen in seinem Alter immer noch jede Menge, bei denen diese Grenze im Kopf fest verankert war. Bei Probst aber mit Sicherheit nicht.

Er würde ihr einfach jede Menge Aufgaben zuteilen, sodass ihr Gehirn und ihr Ermittlerinstinkt auf Hochtouren kamen. Denn den hatte sie wohl. Und vielleicht noch viel mehr.

Ritter ging zurück ins Haus und füllte erneut seine Kaffeetasse. Da klingelte sein Telefon. Wagner! »Morgen, Wagner«, startete er das Gespräch. »Morgen, Chef. Mandy schon angekommen?« »Ja, sie ist gut angekommen. Hab sie ins Bett geschickt. Am Nachmittag wollen wir zu Stoffel ins Rathaus. Sie hat mir alles erzählt. Es tut mir wirklich leid für Ihre Mutter. Kümmern Sie sich um sie und halten Sie die Stellung im Büro.«

»Vielen Dank, Chef. Ausgerechnet jetzt, wo wir unseren ersten Fall lösen.«

»So schnell werden wir die Lösung des Falles nicht finden. Wenn Ihre Mutter wieder etwas fitter ist, kommen Sie zurück an die Nordsee. Dann lösen wir den Fall zu dritt als Team. Okay?«

»Okay. Nochmals danke. Ab jetzt bin ich der Office Boy. Wenn ihr Infos braucht, dann meldet euch und gebt mir bitte alle Neuigkeiten durch«, sagte Wagner. »Aber klar doch. Wir melden uns dann wahrscheinlich am späten Nachmittag wieder.«

»Gut, Chef, dann bis später.«

Das war ein wirklich turbulenter Start in den Tag für Ritter gewesen. Er atmete tief durch, holte seine Notizen, setzte sich wieder an den Küchentisch und tauchte ein in den Fall. Zwischendurch bereitete er Rührei zu und eine Scheibe Schwarzbrot mit Butter. Während er aß, machte er sich neue Notizen sowie einen Plan für die nächsten zwei Tage. Heute Nachmittag war endlich das Gespräch mit dem Bürgermeister dran. Er legte sich eine Taktik für dieses Gespräch zurecht. Es dauerte eine ganze Weile, bis er zufrieden war. Immer wieder hatte er seine Ideen verworfen.

Morgen früh würde er dringend mit Kommissar Thys sprechen müssen. Er musste unbedingt erfahren, warum im

Haus des Verbrechens keine Spuren zu finden gewesen waren. Auch, wer eventuell manipuliert hatte und wie dies damals von statten ging. Das war bis jetzt völlig im Unklaren geblieben. Morgen Nachmittag würde er mit Mommsen von den Grünen sprechen. Mal sehen, ob sie danach einen Schritt weiter sein würden. Ritter stand auf, zog sich seine Jacke an und ging hoch an den Deich. Der Wind hatte inzwischen schon wieder an Stärke zugenommen, trotz des blauen Himmels, der sich von Horizont zu Horizont erstreckte. Das Rauschen der Nordsee vermischte sich einmal mehr mit dem des Windes. Er zündete sich keine Zigarette an, sondern genoss die frische Luft.

Als Ritter nach gut zwanzig Minuten zurück ins Haus kam, stand Mandy Probst im Wohnzimmer. Sie sah wie neugeboren aus. »Hallo, Chef. Ich bin wieder einsatzbereit. Wann geht's los?«, fragte sie ihn. »Konnten Sie ein wenig schlafen?«, war Ritters Gegenfrage. »Ja, ein wenig.«

»Wollen Sie noch etwas essen, bevor wir losfahren?«, wollte Ritter wissen. Probst lächelte ihn an. »Nein, nicht wirklich. Hab einen Schokoriegel gegessen und Milch getrunken. Geht schon.«

»Okay. In zehn Minuten geht's los, ich muss noch mal schnell ins Bad«, sagte Ritter und verschwand im Badezimmer. Er rasierte sich und schaute in den Spiegel. Irgendwie sah er heute jünger aus als sonst. Ob es wohl an Heike aus Hannover lag? Auf der Ablage vor dem Spiegel entdeckte er einen kleinen, weißen Krümel. Sah aus wie Salz. Oder Drogen? Nahm Probst etwa Drogen? Er versuchte, ein winziges Stück des Krümels abzubrechen, was ihm gelang. Dann zerdrückte er das Stück zwischen zwei Fingern und rieb es sich an die Lippen und das Zahnfleisch. Er kannte das noch aus seiner Zeit in Stuttgart. Er hatte da drei Monate beim Rauschgiftdezernat ausgeholfen. Es war Kokain. Da war er sich sicher. Und nun? Was sollte er tun? Er holte seine Zigarettenschachtel aus der Hosentasche, zog die Plastikumhüllung ab und hatte so eine kleine Tüte für den Krümel. Das Tütchen versteckte er in seinem Koffer. Er musste später darüber nachdenken, wie er es angehen sollte. Er wollte Mandy Probst jetzt nicht gleich in ihrem labilen Zustand befragen. Allerdings würde er sie ab jetzt beobachten und genauer auf ihre Reaktionen achten.

Als er zurück ins Wohnzimmer kam, stand Probst im Zimmer und telefonierte. Sie sah schon ziemlich klasse aus. Die Männer hier oben würden sie sicherlich anstarren. Als sie ihn bemerkte, beendete sie rasch das Gespräch und sagte: »Okay, Chef, dann mal los.« Ritter setzte sich ans Steuer des BMW. Er kannte sich schließlich hier in der Gegend schon ganz gut aus. Mandy Probst setzte sich auf den Beifahrersitz und steckte einen USB-Stick in das Radiogerät. Sekunden später wummerte Technomusik aus den Lautsprechern. »Stört Sie das, Chef? Dann mache ich es wieder aus«, fragte sie ihn. »Nee, nee, is' okay.« Bei zehn Minuten Fahrzeit würde er diesen Höllenbeat schon aushalten. Als sie vor dem Rathaus in Wesselburen parkten, stellte er fest, dass diese zehn Minuten Techno ausgereicht hatten. Ausgereicht, um für das Gespräch mit dem Bürgermeister völlig aufgedreht zu sein. Musste er unbedingt demnächst mit Heavy Metal ausprobieren. Als er den Motor abgestellt hatte und die Musik verklungen war, erklärte er Probst seinen Plan. Dann gingen sie rein.

Eine Sekretärin namens Roswitha Weiss erklärte ihnen, dass der Bürgermeister gerade Besuch hätte und ein wichtiges Gespräch führen müsse. Das würde bestimmt noch gut eine Stunde dauern, aber sie könnten gerne Platz nehmen und so lange warten. Ritter bedankte sich und lief zur Tür, die wohl zum Büro des Bürgermeisters führte. Er öffnete die Tür, ohne anzuklopfen, und Probst folgte ihm. Roswitha Weiss war entsetzt und rief noch, dass das so nicht ginge. Aber sie kam zu spät. Ritter und Probst standen nun im Büro und sahen, wie Stoffel entsetzt aufblickte. Er saß an seinem Schreibtisch. Von einem Gesprächspartner oder Gast fehlte jede Spur. Bevor Stoffel etwas sagen konnte, begann Ritter überaus freundlich: »Guten Tag, Herr Stoffel. Max Ritter vom BKA. Das ist meine Kollegin Mandy Probst. Wir müssen Sie dringend sprechen.« Frank Stoffel war etwas perplex, blieb sitzen und fuhr sich mit seiner rechten Hand durch die vollen, bereits grauen Haare. Anschließend drückte er mit dem Zeigefinger seiner rechten Hand seine moderne Brille fest auf die Nase. Er fand recht schnell wieder in die Spur und es polterte aus ihm heraus: »Das ist ungeheuerlich, hier einfach so reinzuplatzen. Ich werde mich bei Ihrem Chef beschweren, das können Sie mir glauben. Was glauben Sie eigentlich, wer Sie sind, Herr Ritter?«

Mandy Probst schien etwas verloren zu haben, drehte sich um, bückte sich und suchte danach. Es war ein Teil von Ritters Plan. Frank Stoffel starrte ohne jede Scham mit großen Augen auf den Hintern von Probst. Ritter unterbrach seine eindeutig zweideutigen Gedanken abrupt: »Herr Stoffel, könnten Sie bitte Ihren Blick vom Arsch meiner Kollegin lösen und mich anschauen?« Stoffel sah ihn nun mit aufgerissenen Augen an, während sich Probst ungefragt auf einen der Besucherstühle vor seinem Schreibtisch setzte und ihre Arme vor ihrer Brust verschränkte. »Im Übrigen ist der Innenminister der Bundesrepublik Deutschland mein Chef. Er wird sicherlich gar nicht wissen, dass es einen Ort namens Wesselburen gibt. Es wird ihn kaum interessieren, wer der Bürgermeister von Wesselburen ist. Aber ich habe hier auf meinem Handy seine Durchwahltaste. Wollen Sie ihn jetzt gleich sprechen? Falls er nicht abnimmt, können Sie gerne den Chef vom Bundeskriminalamt anrufen. Aber ich denke ja, dass die beiden etwas Wichtigeres zu tun haben, als einem beleidigten Bürgermeister namens Frank Stoffel zuzuhören.«

Ritter legte eine Pause ein und blieb weiterhin stehen. Jetzt stand Stoffel auf und ging zu einem der schönen Holzschränke, öffnete ihn und holte eine Flasche Korn heraus. Er nahm einen kleinen Schluck aus einem Schnapsglas. Er stellte die Flasche und das Glas zurück in den Schrank und setzte sich wieder auf seinen Stuhl. In dem Moment, als er sich setzte, nahm Ritter, ohne zu fragen, Stoffels Handy von dessen Schreibtisch und steckte es in seine Jackentasche. Erneut starrte ihn Stoffel mit aufgerissenen Augen an. Und bevor er etwas sagen konnte, schnitt Ritter im das Wort ab: »So! Jetzt wollen wir aber unbedingt wissen, wo Sie in jener Nacht waren, als Hauke Janssen ermordet wurde. Und erzählen Sie uns jetzt keinen Scheiß!«

Es entstand eine kleine Pause. Stoffel war bereits sichtlich gezeichnet. Aber er riss sich zusammen. »Sie kennen doch sicher meine protokollierten Aussagen. So als superschlauer Fuchs. Dann wissen Sie sicherlich auch, dass ich bei meiner Frau zu Hause war. Also, was soll diese Show hier? Muss das denn sein?«

Wieder entstand eine kleine Pause. Mandy Probst saß weiter regungslos auf ihrem Stuhl. Ritter wendete seinen Blick zu Probst: »Frau Mandy! Ich möchte, dass Sie Pia Stoffel aufsuchen und solange bei ihr bleiben, bis sie Ihnen die Wahrheit gesagt hat. Egal, wie lange es dauert. Von mir aus auch den ganzen Tag. Herr Stoffel und ich warten solange hier.« Dann drehte er sich wieder zu Frank Stoffel und fuhr fort: »Oder wollen wir in der Zelle in Heide warten? Aber hier ist es eigentlich viel gemütlicher. Wir könnten uns Pizza bestellen und ein wenig chillen.«

Probst stand auf. Ritter konnte sehen, dass sie sich beherrschen musste, um nicht laut loszulachen. Sie drehte sich schnell Richtung Ausgangstür und sagte: »Gut, ich fahre jetzt mal zu Pia Stoffel. Und wer weiß, vielleicht bestellen wir auch Pizza und kuscheln dann schön zusammen.« Probst öffnete bereits die Tür zum Vorzimmer, als Stoffel leicht hysterisch sagte: »Es ist alles gut. Alles gut. Kommen Sie bitte zurück, Frau Probst. Bitte!« Mandy Probst ging noch drei Schritte weiter zu Roswitha Weiss und sagte zu der Sekretärin: »Wir brauchen jetzt bitte dringend Kaffee mit allem Pipapo. Kekse wären auch nicht schlecht.« Frau Weiss nickte wortlos, stand auf und verließ das Zimmer.

Probst kam zurück und setzte sich ebenfalls wieder vor Stoffels Schreibtisch. »Bis der Kaffee kommt, haben Sie noch Zeit, sich zu überlegen, was Sie uns gleich erzählen wollen«, sagte Ritter. Stoffel schaute reflexartig zu dem Schrank, in dem die Flasche Korn stand, aber er ließ es sein und schaute nun abwechselnd in die Gesichter von Ritter und Probst.

Stoffel wusste, dass er in der Falle saß. Er würde ihnen alles erzählen, da war sich Ritter sicher. Nach langen fünf Minuten des Schweigens kam der Kaffee. Frau Weiss stellte die Tassen ab und verschwand schnell wieder in ihr Vorzimmer. Ritter und Probst nahmen beide ganz in Ruhe einen Schluck, während Stoffel weiter regungslos und völlig desillusioniert dasaß. Dann sagte Ritter fast genüsslich: »Okay. Wir wären dann so weit.«

Mandy Probst nahm sich einen Keks vom Teller.

Stoffel drehte den Kopf Richtung Fenster und begann, zu erzählen: »Ich war damals zur Tatzeit bei einer anderen Frau. Claudia Pohl. Wir hatten zu der Zeit ein Verhältnis. Meine Frau weiß bis heute nichts davon. Als ich am nächsten Tag in der Zeitung gelesen hatte, dass Hauke Janssen am Vorabend gegen einundzwanzig Uhr ermordet in seinem Haus gefunden wurde, tja, da wurde mir sofort klar, dass ich irgendwann nach einem Alibi befragt werden würde. Meiner Frau habe ich damals erzählt, ich sei bei meinem Kumpel Kalle gewesen, was sie geglaubt hat. Dann habe ich sie um das Alibi gebeten. Sie hat natürlich gefragt, warum mir Kalle kein Alibi geben würde. Ich habe ihr dann erklärt, dass ich mich als CDU-Vorsitzender des Landkreises um den Bürgermeisterposten bewerben werde. Außerdem habe ich ihr gesteckt, dass Kalle gerne viel trinkt, und dass er auch etwas unzuverlässig sei. Wer weiß schon, was der erzählt, wenn er einen im Kahn hat. Wenn es nur ein kleines Anzeichen von einem Skandal gäbe, wäre es vorbei mit der Chance auf den Bürgermeisterposten. Ja, das hat meine Frau dann auch verstanden.«

Er machte eine kleine Pause und schaute nun vom Fenster weg, wieder in Richtung Ritter und Probst. Probst nahm sich zwei weitere Kekse.

»Stattdessen hat sie sich fürchterlich darüber aufgeregt, wie ich denn bereits einen Tag nach Janssens Tod an seinen Posten denken könnte. Sie hat viel im Naturschutzpark mit ihm zusammengearbeitet. Die beiden verstanden sich gut. Der Janssen war ein Klassetyp. Muss ich zugeben.« Ritter unterbrach ihn: »Falls Janssen aber ein Verhältnis mit Ihrer Frau hatte, haben Sie natürlich ein Eins-a-Motiv. Das ist Ihnen schon klar, oder?« Diesmal blieb Stoffel ruhig, er wirkte sogar irgendwie erleichtert, nachdem er die wahre Geschichte erzählt hatte und sagte: »Jaja, schon klar. Aber ich glaube es eigentlich nicht. Ich weiß es, ehrlich gesagt, auch nicht. Ich hatte früher einige Male darüber nachgedacht, aber es immer wieder verworfen. Aber diese Frage kann Ihnen nun wirklich nur meine Frau beantworten.«

»Stimmt«, erwiderte Ritter schlicht. Dann sagte Probst plötzlich: »Gut. Dann fahre ich jetzt zu Ihrer Frau. Wenn ich angekommen bin, rufe ich hier an. Sie bekommen dann Ihr Handy zurück.« Ritter nickte und meinte: »Ja, so machen wir es. Ich warte hier solange, damit Sie Ihre Frau nicht vorwarnen können. Und wir können noch etwas quatschen.« Das war ziemlich spontan von Probst gewesen. Ihr Jagdinstinkt war erwacht. Sie präsentierte sich gedanklich flink, wie er freudig bemerkte. Als Probst aufstand, stotterte Stoffel hektisch: »Frau Probst, ich wäre Ihnen sehr dankbar, wenn Sie meiner Frau das mit meiner damaligen Affäre nicht unbedingt auf die Nase binden würden?«

»Mal sehen. Wenn es sich vermeiden lässt, dann gerne. Ich kann es nicht garantieren«, sagte sie, nahm sich noch eine Handvoll Kekse und verließ das Büro.

Als Mandy Probst gut dreißig Minuten später bei Ritter anrief und ihm mitteilte, sie sei jetzt bei Pia Stoffel, sagte Ritter: »Okay, alles klar. Ich nehme mir ein Taxi und bin gleich bei Ihnen.« Anschließend gab er Stoffel das Handy zurück und ließ sich noch die Adresse und Nummer von dessen damaligen Affäre Claudia Pohl geben. Beim Verabschieden sagte Ritter noch zu Stoffel: »Sorry, aber es ging nicht anders. Sie werden sich bald um einiges besser fühlen. Es lebt sich nie gut mit Lügen und Betrügen. Glauben Sie mir. Und ich hoffe natürlich, dass ich nicht wiederkommen muss.«

Ritter kam vierzig Minuten später bei Pia Stoffel und Mandy Probst an. Die beiden saßen draußen auf einer Bank vor dem weißen, kleinen Hauptgebäude des Parks und ließen sich die Sonne ins Gesicht scheinen. Der Wind von heute Morgen war verschwunden. Überall an der Hauswand hingen verschiedene schöne Vogelhäuschen. »Setzen Sie sich dazu, Chef«, sagte Probst. Ritter ließ sich zwischen Mandy Probst und Pia Stoffel auf die Bank nieder. Er holte aus einer Papiertüte, die er mitgebracht hatte, ein Krabbenbrötchen und reichte es Probst mit der Bemerkung: »Frau Mandy, ich denke mal, Sie haben inzwischen Hunger.«

»Oh Gott, ja, das ist meine Rettung, danke«, freute sich Probst. Hastig griff sie nach dem Brötchen und biss beherzt hinein. Das andere Exemplar nahm sich Ritter und sagte dann zu Pia Stoffel: »Guten Tag, Frau Stoffel, mein Name ist Max Ritter vom Bundeskriminalamt. Möchten Sie auch ein Krabbenbrötchen?«

»Nein danke, ich esse keine Krabben«, sagte sie mit piepsiger Stimme. Er hatte mit dem Taxi am Pavillon des Eidersperrwerks einen Zwischenstopp eingelegt und Proviant besorgt.

Ritter stand auf und aß im Stehen weiter. Probst war erst mal glücklich und kämpfte mit einem großen Stück des Krabbenbrötchens in ihrem Mund. Er betrachtete Pia Stoffel. Sie war ziemlich übergewichtig, hatte ein rundes Gesicht, rote

Wangen und sah irgendwie aus wie aus einer anderen Zeit. Wie eine Bäuerin aus früheren Tagen. Das dunkelblaue Kopftuch, das sie trug, verstärkte diesen Eindruck. Nur ihre Stimme passte überhaupt nicht zu ihrer Erscheinung.

»Fragen Sie mich auch irgendwas?«, piepste Pia Stoffel plötzlich. »Geht gleich los«, sagte Probst und biss wieder von ihrem Brötchen ab. »Sie können das andere Brötchen noch gerne essen, Frau Mandy«, bot ihr Ritter an. »Oh, super, voll lecker das Zeug«, nuschelte Probst mit vollem Mund. Diese Show war allerdings nicht so geplant, aber sie gefiel Ritter. »Können wir hier was zu trinken kaufen, Frau Stoffel?«, fragte Ritter. Pia Stoffel verdrehte genervt die Augen, stand auf und ging ins Gebäude. Probst erhob sich ebenfalls und ging mit. Nicht, dass die auch noch ihren Mann anruft, dachte sich Probst. Nach zwei Minuten kamen sie mit zwei kleinen Flaschen Wasser zurück. Pia Stoffel setzte sich wieder auf die Bank. Probst ebenso. Ritter blieb weiterhin stehen. »Vielen Dank für das Wasser«, sagte Ritter. »Wir wollten uns eigentlich erst mit Ihnen verabreden und nicht so spontan vorbeikommen. Aber es gibt Situationen, da benötigt man die eine oder andere Information sofort. Das verstehen Sie sicher?« Pia Stoffel verstand überhaupt nichts und schaute ihn ausdruckslos an, nickte dann aber bejahend.

»Gut! Hatten Sie ein Verhältnis mit Hauke Janssen?«, war Ritters erste Frage. Nun schaute sie zu ihm nach oben und riss dabei ihre Augen auf, fast wie ihr Mann ein paar Stunden zuvor. Sie überlegte kurz, was sie antworten sollte und sagte dann: »Nein! Leider nicht! Ich hätte alles für ihn gemacht. Er war so ein wundervoller Mensch. Ganz anders als mein Mann, der immer nur wichtig sein will. Janssen war für die Menschen da, er kümmerte sich. Er machte das, was wirklich wichtig ist. Er war ein echter Grüner und kämpfte an vielen Fronten, nicht wie die grünen Politiker da heute in Berlin. Die sind öfter beim Friseur als für ihre Ideale zu kämpfen, falls sie noch welche haben.« Sie machte eine kleine Pause. Pia Stoffel klang etwas verbittert. »Aber leider war der gute Hauke seiner Nina völlig hörig. Wenn die gerufen hat, ist der gesprungen wie ein kleiner Junge, der ein Eis geschenkt bekommt. Unfassbar. Ich hätte nie eine Chance bei ihm gehabt. Haben Sie denn sonst noch Fragen oder kann ich wieder arbeiten gehen?« Nun musste Ritter kurz nachdenken: »Ja. Eine Frage habe ich heute noch. Wie kam es denn, dass die Nina Janssen dann mehr als ein Jahr nach seinem Tod fünfzehntausend Euro für den Naturpark spendete?« Nun stand Pia Stoffel auf, stellte sich direkt vor Ritter und sagte: »Das frage ich mich seither fast jeden Tag. Absolut keine Ahnung. Ich habe sie seit der Beerdigung damals nicht mehr gesehen. Auf Wiedersehen.«

Dann drehte sie sich um und ging raschen Schrittes zurück in das Gebäude am Park.

»Merkwürdige Befragung«, sagte Probst, die inzwischen längst die beiden Krabbenbrötchen gegessen hatte.

»Wir können doch wiederkommen«, sagte Ritter. »Mir reicht das zunächst. Wir fahren jetzt in unser Ferienhaus und Sie können Wagner auf den aktuellen Stand bringen.«

Als die beiden fünfzehn Minuten später in ihrem Quartier eintrafen, sagte Probst: »Jetzt bin ich aber so was von schlapp und müde. Na ja, ich habe heute wenig geschlafen.«

»Sie werden in den nächsten Tagen bemerken, dass einen die Luft hier oben immerzu müde und hungrig macht.«

»Es ist erst achtzehn Uhr, ich kann doch nicht schon schlafen gehen«, Probst gähnte und legte sich auf die Wohnzimmercouch. Wenige Augenblicke später war sie bereits fest eingeschlafen. Er deckte sie mit einer Wolldecke zu.

Danach ging Ritter wie so oft in diesen Tagen hoch auf den Deich. Es war immer noch windstill. Ihm bot sich eine unglaubliche Aussicht. Diese Weite hier ließ ihn völlig ruhig werden. Entschleunigung total. Es fühlte sich hier im Norden alles gesund und richtig an. Die Luft. Die Nahrungsmittel. Und Stress kannte man hier oben wohl nicht.

Er setzte sich auf seine Holzbank oben am Deich und rief Wagner an. Als der sich meldete, berichtete er ihm von den

Gesprächen und Ergebnissen des heutigen Tages. Wagner hörte aufmerksam zu und sagte dann: »Nun hat der Stoffel aber noch ein besseres Alibi. Damit ist er wohl endgültig raus aus dem Kreis der Verdächtigen.«

»Ja, das ist er wohl. Aber immerhin wissen wir das jetzt schon mal. Ich schicke morgen früh unsere Mandy zu dieser Claudia Pohl. Mal sehen, ob sie sein Alibi bestätigt. Ach ja, Pia Stoffel hat gesagt, der Janssen habe als Grüner an mehreren Fronten gekämpft. Da ist es mir ganz blümerant in der Magengegend geworden.«

»Da könnten hundert neue Verdächtige auftauchen.«

»Eben deshalb. Ich hoffe es nicht, denn dann können wir unser Haus am Deich gleich noch ein paar Monate weiter buchen.«

Nun fragte Wagner: »Glauben Sie denn der Pia Stoffel, dass sie kein Verhältnis mit Janssen hatte?«

Ritters antwortete bestimmt: »Ja. Das glaube ich ihr. Sie hatte bei Hauke Janssen nicht die Spur einer Chance. Laut ihrer Aussage war der Janssen seiner Frau total hörig. Das sagte die Schwester ebenfalls von ihm. Also können wir das ebenfalls vergessen.«

Nach einer kleinen Pause fragte Wagner: »Und wie wollen Sie jetzt weitermachen?«

Ritter überlegte kurz und antwortete: »Ich werde morgen früh zu Thys fahren und ihn fragen, warum es keine Spuren am Haus des Opfers gab. Am Nachmittag treffe ich mich mit Mommsen. Tja, und dann überlege ich das neu. Ach ja, checken Sie mal den K. H. Dreßen. Probst hatte noch keine Zeit dafür. Ich möchte gerne so viel wie möglich über ihn wissen, bevor ich den noch mal besuche.«

»Alles klar, Chef, mache ich.«

»Und, wie geht es Ihrer Mutter?«

»Sie jammert viel. Am meisten ärgert sie sich über sich selbst, aber es wird schon. Sie wurde aus dem Krankenhaus entlassen und ist zu Hause. Meine Tante kommt täglich vorbei, wenn ich im Büro bin. Das klappt schon alles.«

»Prima, wir sprechen uns morgen wieder.«

Ritter blieb noch auf seiner Deichbank sitzen und starrte in die Ferne. Seine Gedanken kreisten um diesen merkwürdigen Fall? Nun war nach Schneider auch der Stoffel endgültig raus aus dem Kreis der Verdächtigen. Nina Janssen rückte immer mehr in den Fokus. Probst hatte nicht ganz unrecht. Sie war und blieb eine Hauptverdächtige. Und es gab völlig unterschiedliche Aussagen zu ihrer Person. Sie mussten unbedingt mehr über sie erfahren. Er würde noch mal zu ihrem ehemaligen Apothekenchef Ruland gehen. Der musste jetzt wohl mal härter rangenommen werden. Ruland dürfte einfach viel mehr über Nina Janssen wissen, als er zugegeben hatte. Und die Kegelfrauen? Diese ominösen sechs Kegelfrauen. Die mussten doch irgendetwas wissen. Die Kegel-Girls könnte Probst übernehmen. Sie hatte auf ihn den Eindruck hinterlassen, jederzeit in der Lage zu sein, Zeugen zu befragen. Sie war clever. Das gefiel ihm. Und sie würde noch besser werden, dessen war er sich sicher.

Falls sie keine Drogen nimmt. Er musste wieder an den kleinen, weißen Krümel im Badezimmer denken. Morgen würde er sie vielleicht dazu interviewen. Okay! Probst musste ab morgen die Kegelfrauen und die Alibifrau von Stoffel befragen. Wie war nur ihr Name? Er hatte es vergessen. Er musste dringend seine Notizen fortführen. Es wurden immer mehr Namen.

Wie immer bei so einem Fall.

Langsam wurde ihm doch kalt auf dem Deich. Er ging zurück ins Haus. Probst schlief noch immer tief und fest auf der Couch und hatte ihn nicht bemerkt. Ritter ging in die Küche und machte sich wieder eifrig Notizen. Das Gespräch mit Pia Stoffel war nicht so gut gelaufen. Ich hätte schonender vorgehen sollen, dachte er sich. Probst oder Wagner sind vielleicht besser geeignet, die Gespräche mit der Frau vom Naturschutzpark fortzuführen. Wir müssen mehr über die angeblichen Schlachten des Hauke Janssen erfahren.

Er spürte noch etwas Hunger und schob eine Pizza in den Backofen.

Das Piepsen des Ofens erinnerte ihn daran, dass die Pizza fertig war. Er holte die dampfende Pizza aus dem Ofen und verschlang sie. Wenn Wagner wieder vor Ort ist, dann werden wir das Tempo merklich hochfahren. Ansonsten verbringen wir hier das nächste halbe Jahr, dachte er sich. Obwohl es ihm bisher an der Nordsee ganz gut gefallen hatte. Ob es an seinem Alter lag? Genau eine Woche war er nun hier im hohen Norden Deutschlands.

Was macht wohl Heike aus Hannover jetzt gerade? Seine Gedanken flogen hin und her. Er beschloss, schlafen zu gehen. Probst lag unverändert auf der Couch.

Als er im Bett lag, konnte er hören, wie es anfing, zu regnen. Trotzdem schlief er rasch ein.

Dienstag, 11. März 2014

Ritter schaute auf die Küchenuhr. Es war erst acht Uhr. Er setzte den Kaffee auf. Probst lag nicht mehr auf der Couch. Die Tür zu ihrem Zimmer war geschlossen. Sie war wohl heute Nacht noch in ihr Bett gegangen. Er ging wie jeden Morgen zuerst auf die Terrasse, trank seinen Kaffee und zündete sich die erste Zigarette des Tages an. Er hatte gestern deutlich weniger geraucht als die Tage zuvor. Ob es an Probst lag? Sie war Nichtraucherin.

Es regnete zwar heute Morgen nicht, aber die Wolken hingen tief und waren ziemlich dunkel. Der Wind war zumindest hier unten eher schwach.

Ritter ging wieder ins Haus hinein und begann, den Küchentisch zu decken. Ein paar Minuten später kam Mandy Probst aus ihrem Zimmer und sagte dann, ohne ihn anzusehen: »Morgen, Chef. Gut geschlafen?« Dann nahm sie eine Kaffeetasse und schenkte sich ein. »Ja, danke. Und Sie?«

»Super. Wie ein Stein«, antwortete sie, blieb am Herd stehen und inspizierte die Küche. Sie hatte außer einem Slip nur noch ein kurzes, enges T-Shirt an. Außer an den Armen schien sie keine weiteren Tattoos zu haben, aber natürlich wusste er nicht, was sich unter dem Shirt verbarg. Ritter musste sich zusammenreißen, um sie nicht anzustarren. »Frühstück ist fertig. Auch Hunger?«, fragte er sie. »Ja, gleich«, sagte Probst und verschwand in ihrem Zimmer. Als sie wieder zurückkam, hatte sie immerhin eine Jeans angezogen und zudem einen Haufen Wäsche auf ihren beiden Armen. Sie ging direkt zur Waschmaschine, die Ritter bisher gar nicht richtig wahrgenommen hatte. »Hab Dreckwäsche aus Berlin mitgebracht. Musste ja spontan losfahren. Haben

Sie ebenfalls was zu waschen, Cheffe?«, fragte sie ihn. »Ja! Ich hole die Sachen mal.« »War ja klar. Wie mein Vater. Der weiß auch nicht, wie man Waschmaschine buchstabiert«, bemerkte sie etwas zynisch. Ritter holte seine Sachen und steckte sie nun in die Maschine. »Aber keine weißen Sachen zur Buntwäsche, das wissen Sie schon, oder?«, neckte sie Ritter und grinste ihn nun breit an. »Natürlich«, antwortete er und setzte sich an den Tisch. Probst startete die Waschmaschine und setzte sich zu ihm.

Nach dem Frühstück meinte Ritter zu Probst: »So! Bevor wir loslegen, gehen wir zuerst schnell hoch an den Deich. Sie haben ja noch nichts von der Nordsee gesehen.« Als die beiden oben am Deich standen, war Probst sprachlos. Sie schaute wie hypnotisiert in die Ferne. Hier oben war der Wind heute eher lasch. »Ich habe gestern noch mit Wagner telefoniert und ihm von unseren Neuigkeiten berichtet. Sobald er wieder hier ist, geben wir als Dreierteam Vollgas. Ach ja, Frau Mandy, es wäre gut, wenn Sie heute mal die Claudia Pohl besuchen könnten und sich das Alibi vom Stoffel bestätigen lassen. Danach können Sie die sechs Kegelfrauen abklappern. Die hatten der Nina Janssen damals ein Alibi gegeben. Das wird sicherlich stimmen. Aber versuchen Sie trotzdem, rauszubekommen, was die sonst so über die Janssen zu erzählen haben. Ich bin wahrscheinlich den ganzen Tag in Heide, fahre später zu Kommissar Thys und dann treffe ich den Mommsen von den Grünen. Sie können den BMW nehmen, Jacky Brown wird Ihnen den Weg weisen«, sagte Ritter. »Jacky Brown?«

»Wagner und ich haben der Navi-Stimme einen Namen gegeben«, klärte sie Ritter auf. Probst verdrehte die Augen und sagte: »Aha! Gut! Dann mache ich gleich mal mit der Jacky die Gegend hier unsicher.«

»Nehmen Sie Kokain?«, Ritters Frage kam plötzlich wie ein Peitschenhieb. Sie schaute ihn entsetzt an und gab postwendend zurück: »Was soll denn der Scheiß jetzt?« Als

Ritter nicht antwortete, fuhr sie fort: »Also gut, um Ihre Frage zu beantworten: Nein! Ich nehme kein Kokain und auch sonst keine Drogen. Warum fragen Sie mich das? Weil ich in Techno Clubs gehe, oder was?«

»Nein, nicht deshalb«, sagte Ritter und holte das kleine Tütchen mit dem weißen Krümel aus seiner Jackentasche. Er zeigte es ihr. »Das habe ich gestern Morgen im Badezimmer gefunden. Auf der Ablage vor dem Spiegel.«

»Hoppla! Das ist ja ein Ding. Hören Sie, Chef. Sie können mir glauben. Ich schwöre! Ich habe das alles ausprobiert, aber da war ich so fünfzehn oder sechzehn. Damals hat mein Vater zu mir gesagt: Liebe Mandy, du möchtest doch unbedingt zur Polizei. Mit Drogen landest du auf der falschen Seite des Spiels. Und die falsche Seite des Spiels ist der Knast, mein liebes Kind. Das war es dann mit dem Job als Polizistin. Tja, und das leuchtete mir damals dann doch sehr ein.« Ritter sagte nun zu ihr: »Glauben Sie … Wagner?«

»Niemals«, kam es wie aus der Pistole geschossen. »Der nimmt höchstens Traubenzucker. Nein, im Ernst, der Kevin ist viel zu vernünftig. Ich kann mich täuschen, aber eigentlich bin ich mir ziemlich sicher.« Sie richtete ihren Blick wieder in die Ferne. Die Nordsee hatte heute eine sehr dunkle Farbe. Die dunklen, tiefhängenden Wolken verstärkten dieses Bild nur noch. »Dann war jemand in unserem Haus«, sagte Ritter plötzlich. »Die Putze vielleicht?«

»Wir haben keine Putzfrau hier. Ist ja kein Hotel. Wir haben bisher selbst sauber gemacht. Allerdings war ich von Freitagabend bis Sonntagabend nicht hier, sondern in Sankt Peter-Ording.« Probst sah ihn überrascht an, zog ihre linke Augenbraue hoch und fragte: »Wie hieß denn die Glückliche?«

»Heike.«

»Na also, geht doch.« Die beiden gingen zurück ins Haus.

Probst verschwand kurz in ihrem Zimmer. Als sie zurückkam, hatte sie ein kleines Gerät in der Hand, mit dem sie das komplette Haus nach Wanzen absuchte. Keiner der beiden sprach ein Wort. Ritter war verblüfft. Denn insgesamt fand sie gleich sechs der kleinen Biester. Jeweils eine Wanze in den drei Schlafzimmern, und je eine Wanze in der Küche, im Badezimmer und im Wohnzimmer. Probst deutete mit dem Finger Richtung Terrasse. Als sie auf der Terrasse waren, suchte sie auch hier alles nach Wanzen ab, fand aber keine weiteren. Nun zündete sich Ritter eine Zigarette an und Mandy Probst sagte: »Die Art von Abhörwanzen kann man überall im Internet bestellen. Ist allerdings ziemlich hochwertiges Material. Irgendjemand hat beobachtet, wie Sie weggefahren sind. Oder jemand hat Sie vielleicht mit Ihrer Heike in Sankt Peter-Ording gesehen und spontan die Situation ausgenutzt. Die Nina Janssen ist echt knallhart drauf. Die hat bestimmt ihren Freund K. H. Dreßen auf uns angesetzt. Immerhin arbeitet der im Elektromarkt und verfügt bestimmt über ein wenig Fachwissen bei elektronischen Geräten. Und zur Belohnung gab's wohl eine Nase Koks. Wir können den K. H. Dreßen ja auf Drogen checken lassen.«

Ritter war erneut beeindruckt, wie messerscharf Probst kombiniert hatte. »Okay. Kleine Planänderung. Wir gehen ins ›Koog Café‹. Das ist am Ende der Straße hier. Ein paar hundert Meter. Dort können wir überlegen, wie wir weiter vorgehen wollen. Wir können nicht ewig hier auf der Terrasse bei diesen Temperaturen stehen. Oder wollen Sie die Wanzen alle entfernen?«

»Nein. Als Erstes gehen wir in das Café. Hätten wir doch gleich dort frühstücken können. Egal. Ich brauch sowieso noch mal einen Kaffee.« Ritter sagte: »Na, dann los. Ich nehme meine Notizen im Rucksack mit. Obwohl der Wanzen-Installateur bei meiner Sauschrift garantiert nichts lesen konnte. Vielleicht hat er meine Notizen ja auch gar nicht gefunden. Okay! Und Sie nehmen am besten Ihren Computer und Ihr Equipment mit.«

Probst nickte. Sie gingen zu den Wagen und suchten beide Fahrzeuge ebenfalls nach Wanzen und Peilsendern ab.

Die waren allerdings sauber, und so fuhren sie mit den beiden Autos zum ›Koog Café‹.

Sie fanden einen gemütlichen Platz in einer Ecke des kleinen Cafés. »Das ist ja schön hier«, meinte Probst. Der Innenraum des Cafés war wohl früher die Erdgeschosswohnung eines großen Bauernhauses gewesen. Jetzt war es ein gemütliches, regionaltypisch eingerichtetes Café für Ausflügler und Kuchenliebhaber. Sie bestellten beide einen Kaffee bei dem überaus freundlichen Kellner, der ein schwarzes St. Pauli-Shirt trug.

»Haben Sie das mit den Wanzen beim BKA gelernt?«, fragte Ritter interessiert. »Yo! War Teil meines Studiums. Das erzähle ich Ihnen bei Gelegenheit«, antwortete Probst. »Okay. Bisher konnten die nur mithören, wie Sie gestern Morgen von Ihrer Krise und Wagners Mutter berichtet haben. Ich hatte mit Wagner oben am Deich telefoniert. Das bedeutet, dass wir das Heft des Handelns noch selbst in der Hand haben. Und die bisher nicht viel wissen«, sagte Ritter. Probst überlegte kurz: »Ich werde wohl ab jetzt jeden Morgen die Autos überprüfen. Die Wanzen entfernen wir am besten heute Abend. Dann wissen die zwar, dass wir sie entdeckt haben, aber nicht, warum. Zudem wird denen dann klar, dass wir nicht irgendwelche Amateure sind. Und sie werden in Zukunft natürlich vorsichtiger sein. Haben sie denn einen Verdacht?« Ritter überlegte und nippte an der Kaffeetasse. Probst stand auf und schaute in die Kuchenvitrine, die neben dem Tresen stand. »Auch ein Stück, Chef?«

»Nein danke«, sagte er und überlegte weiter. Zurück am Tisch verspeiste Probst genüsslich das Stück Apfelkuchen, das sie sich gegönnt hatte. »Frau Mandy, mir fällt niemand ein, dem ich das mit den Wanzen zutrauen würde.«

»Und was ist mit Kommissar Thys?«, fragte sie mit vollem Mund. »Das glaube ich nicht. Kann natürlich sein, aber warum? Was sollte er für einen Grund haben? Mein Bauchgefühl sagt mir, dass der Thys ein guter Kerl ist.«

»Bauchgefühl!«, murmelte Probst vor sich hin. Ritter nahm sein Handy und nach ein paar Sekunden hörte Probst, wie Ritter das Gespräch begann: »Hallo, Kollege Thys. Könnten wir uns heute noch treffen?« Kurzes Schweigen. »Okay, kein Problem. Dann morgen früh um 9.00 Uhr. Ja, ich freue mich auch. Ich habe einige Neuigkeiten für Sie und sollte Sie noch was fragen.«

Als Ritter das kurze Gespräch beendet hatte, wandte er sich wieder Mandy Probst zu. »Vielleicht sollten wir den K. H. Dreßen jetzt gleich mal besuchen.« Probst schaute ihn an und sagte: »Warten Sie mal noch. Ich kann den Krümel Kokain ins BKA Drogenlabor schicken. Das Labor ist technisch erste Sahne. Die können sogar, wenn es gut läuft, analysieren, wo es hergestellt wurde. Oder sogar, in welcher Gegend es verkauft wurde. Dann haben wir mehr Informationen.«

»Ach, echt? Ja, dann schicken Sie den Krümel gleich mal in das Labor«, sagte Ritter. »Gut. Außerdem wollte Wagner noch mehr über diesen K. H. Dreßen rausfinden.« Sie beglichen die Rechnung und gingen zu ihren Wagen. Probst fuhr mit dem BMW los. Ritter stieg in den kleinen Peugeot und wählte Wagners Nummer im Büro. Er erzählte ihm die Geschichte mit den Wanzen und dem Krümel Kokain. Wagner war sichtlich überrascht: »Das ist ja der Knaller. Aber inzwischen wissen da oben wohl sowieso alle, dass wir in diesem Ferienhaus wohnen. Im Übrigen nehme ich kein Kokain, falls Sie es wissen wollen.«

»Dachte ich mir schon, Wagner«, erwiderte Ritter.

Sie verabredeten sich für später gegen neunzehn Uhr zu einer Skype-Konferenz.

Ritter fuhr nach Heide und parkte auf dem riesigen Marktplatz. Er schlenderte durch die Fußgängerzone. Da man allerdings bereits am Anfang der Einkaufspassage schon deren Ende sehen konnte, verlangsamte er sein Schlendern und fing an, sich die Geschäfte genauer anzusehen, was er sonst in Berlin selten machte. In der Hauptstadt war man doch eher schnellen Schrittes unterwegs. Er ging erst einmal in einen großen Buchladen und schaute sich um. Als sein Blick auf den Zeitungsständer fiel, erkannte er seinen toten Großonkel auf der Titelseite der Dithmarscher Landeszeitung. Er kaufte sich ein Exemplar, dazu gleich noch die BILD Hamburg und ging ins Café am Marktplatz. Mommsen würde erst in zwanzig Minuten eintreffen. Er bestellte sich ein belegtes Brötchen und eine Apfelsaftschorle. Die Schlagzeile der Dithmarscher Landeszeitung lautete: ›BKA sucht nach einem Toten! Der angebliche Verdächtige sei bereits vor fünf Jahren als Dreiundneunzigjähriger verstorben. Deshalb könne er unmöglich der Mörder von Hauke Janssen sein. Ein ehemaliger Nachbar hatte ihn wohl erkannt und sich bei der Redaktion gemeldet.‹

Ritter freute sich diebisch. Die BILD hatte es nicht gedruckt. Die hatten wohl kapiert, dass es sich um einen Fake handeln musste. Ritter wunderte sich, dass Kiep vom BKA noch nicht angerufen hatte, da klingelte bereits sein Telefon. Natürlich Kiep! »Hallo, Herr Ritter. Jetzt haben Sie unser BKA-Image aber etwas beschädigt. Wir stehen jetzt da wie die Deppen. Aber macht nichts, immerhin dürfte der Mörder komplett verwirrt sein. Falls er das gelesen hat und noch in der Gegend ist.« Ritter erwiderte: »Ja. Leider ging es nicht anders.« Dann berichtete er Kiep von dem Kokain und den Wanzen. »Hossa! Die halten sich wohl für besonders schlau da, was? Um dann einen so groben Fehler zu begehen und den Koks direkt in ihrem Haus zu nehmen«, sagte Walter Kiep. »Frau Probst schickt den Krümel an das Labor. Vielleicht erfahren wir dadurch mehr.«

»Sehr gut. Dann weiterhin viel Erfolg und bis die Tage«, Kiep legte auf.

Fünf Minuten später kam Peter Mommsen in das Café am Marktplatz. Da Ritter fast der einzige Gast war, hatte er ihn gleich erkannt. Der Ermittler stand kurz auf, gab ihm die

Hand und sagte: »Guten Tag, Herr Mommsen, mein Name ist Max Ritter. Ich komme vom BKA.«

»Dachte ich mir schon«, sagte Mommsen und setzte sich gegenüber von ihm an den Tisch. Mommsen trug einen schwarzen Anzug ohne Krawatte, darunter ein blütenweißes Hemd. Er war schlank, knapp eins neunzig groß und hatte bereits keine Haare mehr. Damit entsprach er äußerlich nicht unbedingt dem Klischee des Grünen Politikers. Mommsen bestellte sich einen Kaffee und ein Wasser bei der kleinwüchsigen, aber netten Bedienung. »Wie kann ich Ihnen helfen, Herr Ritter?«, fragte er nun. »Ich würde gerne ein wenig mehr über den Menschen Hauke Janssen erfahren«, antwortete Ritter. »Tja. Wo soll ich da anfangen? Ich habe den Hauke so 1998 kennengelernt. Wir verstanden uns gleich gut. Er war bereits etabliert bei den Grünen. Und sehr beliebt bei den Menschen hier. Als er Bürgermeister wurde, stieg seine Beliebtheit weiter an. Leider konnte er diesen Posten nur drei Jahre lang bekleiden. Wir waren in der langen Zeit zusammen in der Partei wirklich gute Freunde geworden.«

Er machte eine kleine Pause, um einen Schluck Kaffee zu trinken. Die nutzte Ritter für eine Zwischenfrage: »Und wann trennten sich dann Ihre Wege?«

»Als ich 2009 in den Landtag von Schleswig-Holstein einzog, sahen wir uns logischerweise nicht mehr so oft. Ich ging nach Kiel, denn die lange Fahrt jeden Tag wollte ich mir nicht antun. Aber an den Wochenenden versuchte ich schon öfter, hier zu sein, schließlich leben meine Eltern noch in der Gegend.«

Dann piepste sein Handy und Mommsen schaute sofort auf sein Display. »Wichtig?«, fragte Ritter. »Nein, nein, äh, wo waren wir stehen geblieben?«

»Hatte er denn richtige Feinde?«

»Feinde im klassischen Sinne? Ich würde eher sagen, politische Gegner und Umweltsünder. Er kämpfte da an vielen Fronten, aber an welchen überall, das kann ich Ihnen beim besten Willen nicht sagen.« Ritter wurde leicht übel, als er von den vielen Fronten hörte, an denen Hauke Janssen wohl gekämpft haben sollte. Plötzlich sagte Mommsen: »Ich war am Ende ebenfalls ein Gegner für ihn. Sie werden es sowieso erfahren.« Ritter spitzte seine Ohren. »Ich hatte mich im Landtag dafür eingesetzt, das gemäßigte, geregelte Gas Fracking bei uns in Schleswig-Holstein auszuprobieren.«

»Als Grüner?«, war Ritters entsetzte Reaktion. »Sehen Sie. So wie Sie gerade reagiert haben, haben fast alle reagiert. Ja, dieser Vorschlag von mir war wohl mein größter Fehler. Alle sind auf mich los. Und besonders Hauke. Was der mir alles an den Kopf geworfen hat. Verräter. Nutte der Industrie und so weiter. Er hat mir sogar die Freundschaft gekündigt. Und dann hat er mir gedroht. Er würde dafür sorgen, dass ich in Zukunft mächtig Probleme mit der Presse bekommen würde und er würde mich denunzieren, wo es nur ginge. Schade eigentlich.«

Ritter war erstaunt. Zum ersten Mal hörte er etwas Negatives über Hauke Janssen. Und Mommsen hatte ihm dazu noch freiwillig ein Top Motiv geliefert. »Herr Mommsen, damit haben Sie sich jetzt wohl selbst auf die Liste der Verdächtigen gesetzt«, sagte Ritter. »Ich weiß. Aber ich sage Ihnen hier die Wahrheit und ich werde Ihnen jede Frage beantworten. Für mich war Hauke trotzdem irgendwie immer noch mein Freund. Ein wirklicher klasse Kumpel. Schade, dass er im Alter immer verbissener wurde. Wenn er sich in was reingesteigert hatte, ließ er nicht mehr locker.« Mommsen nahm einen weiteren Schluck Kaffee und fuhr dann fort: »Ich weiß nur, dass er sich mit dem Günther von der SPD heftig gestritten hatte.« Noch ein neuer Name. Ritter gefiel das gar nicht, aber er musste schließlich jeder noch so kleinen Spur folgen. »Günther?«, fragte er deshalb nach. »Ja, der Jens Günther hatte in einen neuen, kleinen Windpark investiert, der gebaut werden sollte. In der

Gegend hinter Strübbel. Aber plötzlich gab es ein Problem. Denn im Naturschutzpark Katinger Watt hatte sich ein Seeadler niedergelassen und ein Nest gebaut, um zu brüten.« Ritter hörte aufmerksam zu und dachte nur: *Oh Mann, was denn für ein Seeadler jetzt?* »Und, Herr Ritter, so ein Seeadler ist nun wirklich ein sehr seltenes Tier. Man nennt ihn nicht umsonst den König der Lüfte. Na ja, jedenfalls waren die Leute vom NABU im Naturpark begeistert. Bald waren auch Leute von Greenpeace und anderen Organisationen da, um das Nest des Adlers zu bewachen.«

Ritter konnte dem nicht folgen: »Und warum musste das Nest des Adlers bewacht werden?«

»Damit die Eier nicht geklaut werden. Die bringen auf dem Schwarzmarkt einige tausend Euro. So pervers das auch ist. Aber es kam ja noch schlimmer«, sagte Mommsen und nahm wieder einen Schluck Kaffee. Was kann denn jetzt noch Schlimmeres kommen, fragte sich Ritter. Mommsen erzählte weiter: »Nun, der Seeadler nahm bei seiner Suche nach Futter immer die gleiche Flugroute. Und diese Flugroute führte ihn genau durch den neu geplanten Windpark. Nach den massiven Protesten der vielen Tierschutzorganisationen und vor allem Hauke Janssens Einsatz wurde die zu erwartende Baugenehmigung auf Eis gelegt.«

»Das ist doch jetzt nicht Ihr Ernst, oder?«, fragte ihn Ritter. »Doch, natürlich. Und nun war der Jens Günther verständlicherweise völlig genervt, dass es mit dem geplanten Windpark nicht vorangeht. Und er stritt sich heftig mit dem Hauke. Doch das war noch nicht die Spitze.« Es ging noch weiter? Ritter wollte eigentlich auf keinen Fall noch mehr von dieser Geschichte hören. Sie war jetzt schon so absurd, dass er sie kaum glauben konnte. Fast flehend meinte er zu Mommsen: »Kommen wir endlich zum Höhepunkt dieser Adlergeschichte?«

»Genau. Nachdem die Baugenehmigung zunächst nicht erteilt worden war, hörte man fast jeden Abend Schüsse in dieser Gegend. Die Jäger versuchten, den Adler zu erwischen. Man munkelte, Jens Günther hätte die Jäger dazu beauftragt. Vielleicht hatte der eine oder andere Jäger dort ebenfalls investiert. Als der Hauke von diesem Gerücht erfuhr, stritt er sich wohl erneut mächtig mit Günther.« Max Ritter war sprachlos. Doch seine Neugier behielt die Oberhand: »Und? Haben die Jäger den Seeadler getötet?«

»Vermutlich. Der Seeadler war jedenfalls eines Tages verschwunden und kam auch nie mehr zurück. Also können Sie davon ausgehen, dass die Jäger ihn wohl gekriegt haben. Aber es war nie zu beweisen, wie auch? Die kleinen Seeadler sind zwar noch mithilfe der Leute vom Naturpark geschlüpft, aber sie gingen leider alle ein. Das war die Geschichte des Seeadlers, der die Region schwer in Atem gehalten hat. Täglich wurde über ihn in den Zeitungen, im Radio und im NDR berichtet. Der Seeadler war eine Attraktion.«

Das war doch nicht real, oder? Und wer waren diese Scheißjäger überhaupt? Wie viele mag es von denen geben? Ritters Gedanken schossen wild umher, er musste sich unbedingt bremsen. »Wo finde ich denn diesen Jens Günther? Und wer sind diese Jäger?«, fragte Ritter. Mommsen schaute auf seine Uhr: »Kommissar Thys kennt alle Namen der Jäger und auch den Jens Günther. Fragen Sie ihn am besten. Ich muss dringend los, mein Vater feiert heute seinen fünfundsiebzigsten Geburtstag. Wenn Sie noch weitere Fragen haben, können Sie mich natürlich jederzeit anrufen.« Ritter bedankte sich, Mommsen verschwand eilig aus dem Café.

Ritter fuhr zurück in das Haus am Deich. Zehn Minuten später kam Mandy Probst ebenfalls. Er saß auf der Couch und starrte an die Wand. Probst zog sich Plastikhandschuhe an und begann, die Wanzen zu eliminieren. Ritter schaute teilnahmslos zu. Nachdem sie ihre Aktion beendet hatte, warf sie einen Blick auf ihn. »Alles klar, Chef?«, wollte Probst wissen. Ritter sah sie an und sagte: »Nein! Nichts ist klar. Stellen Sie bitte eine Skype-Verbindung zu Wagner her. Bekommen Sie das so hin, dass wir Wagner auf dem großen Flat-Screen sehen können?«

»Natürlich kann ich das, Chef«, erwiderte Probst grinsend. Drei Minuten später erschien Kevin Wagner auf dem Bildschirm.

Ritter berichtete den beiden von seinem Treffen mit Mommsen und der obskuren Seeadler-Geschichte. Als Ritter am Ende der Geschichte angelangt war, meldete sich Wagner: »Völliger Irrsinn. Und es kommt noch dicker. K. H. Dreßen ist Chef des Jägervereins, Dithmarscher Jagdfreunde, und - natürlich auch selbst Jäger.«

Es entstand ein kurzes Schweigen, diese Neuigkeit musste erst verarbeitet werden. Dann sagte Ritter: »So eine Scheiße hier. Jetzt müssen wir mit was weiß ich wie vielen Jägern sprechen. Und das war nur eine Front, an der der Janssen kämpfte. Ich habe echt die Schnauze voll. Am liebsten würde ich mich jetzt mit Wodka abschießen.« Wieder entstand kurzes Schweigen, ehe Probst sagte: »Die Claudia Pohl hat das Alibi von Frank Stoffel bestätigt. Mit drei der Kegelfrauen habe ich bereits gesprochen. Leider nichts Neues.«

»Ich gehe auf den Deich, bis später«, sagte Ritter und verließ fluchtartig das Haus.

»Unser Chef ist wohl etwas gefrustet«, meinte Probst zu Wagner. »Wie sollen wir jetzt weiterkommen?«, fragte Wagner. »In den Krimis, die ich so lese, geht es immer weiter. Ritter wird morgen bestimmt wieder besser drauf sein. Das tut ihm sicher gut, da oben auf dem Deich. Wir machen einfach weiter. Fleiß wird immer belohnt, sagt meine Mutter des Öfteren mal.«

»Hey, Mandy, du könntest doch jetzt mal endlich die Nina Janssen überwachen. Hast ja da eine Spezialausbildung gehabt. Verwanz die Janssen und installier ein paar Kameras in ihrer Wohnung. Und dazu einen schönen Peilsender und

Kameras im Auto. Kannste alles aufzeichnen. Vielleicht kommen wir dann dem Öl-Prinzen auf die Spur. Oder sie trifft sich mit dem K. H. Dreßen. Die haben doch sicher einiges zu besprechen, falls sie wirklich unter einer Decke stecken«, sagte Wagner. Probst grinste breit und erwiderte: »Ja! Du hast wohl recht. Das mache ich morgen einfach mal. Der Ritter kennt diese Methoden gar nicht. So was durften die doch überhaupt nicht bei der Mordkommission. Auf die Idee würde er deshalb vielleicht nicht kommen.«

»Eben. Und dann kann ich in Berlin die aufgezeichneten Bilder und Gespräche auswerten. Kannste mir zuleiten.«

»Okay, Kevin, coolio, so machen wir es. Wir weihen Ritter demnächst ein, auch wenn wir ihn dann vor vollendete Tatsachen stellen«, schlug Probst übermütig vor.

Wagner meldete sich wieder: »Ich glaube nicht, dass diese Jäger einen Grund hatten, den Janssen umzubringen. Die mussten doch nur den Seeadler wegballern. Danach war doch bestimmt wieder Ruhe. Ich check gleich mal, ob dieser Windpark schließlich gebaut wurde.«

»Genau. Diese beknackten Jäger lenken uns nur unnötig ab. Doch den Oberjäger sollten wir ebenfalls verwanzen.«

»Stimmt. Aber mach zuerst die Janssen klar. Dann sehen wir weiter.« Es entstand eine kurze Pause. »Hey, Kevin, wie geht es eigentlich deiner Mutter?«

»Jeden Tag etwas besser. Ich fahre jetzt gleich nach Hause und koche ihr was Leckeres zu essen.«

»Okay, dann bis morgen, ich versuch mal, unseren Chef wieder gut drauf zu bringen«, sagte Probst und beendete die Übertragung.

Als Ritter wieder zurück ins Haus kam, hatte er mächtig Hunger. In der Küche roch es bereits lecker. Mandy Probst strahlte ihn an und sagte dann: »Ich kann leider nicht so gut kochen wie der Kevin. Außer Tiefkühlpizza habe ich nicht viel gefunden. Aber ich habe Schinkennudeln gezaubert. Hoffe, es schmeckt.« Ritter lächelte und setzte sich an den

Küchentisch. Beide waren recht wortkarg während des Abendmahls. Probst wusste, dass es besser war, zunächst die Klappe zu halten, um ihrem Chef nicht noch schlechtere Laune zu bereiten. »Danke, Frau Mandy, war echt lecker«, sagte er. Ritter ging auf die Terrasse, um eine Zigarette zu rauchen. Probst ging solidarisch mit und sagte zu ihm: »Kevin und ich denken, dass die Jäger vielleicht gar nicht so wichtig sind, da sie nur den Seeadler aus dem Weg räumen mussten und nicht gleich den Hauke Janssen.«

Ritter schaute sie an: »Stimmt irgendwie. Ja! Habe ich mir auch gerade so gedacht, als ich oben am Deich war. Trotzdem bin ich heute nicht gut in Form. Aber morgen geht es weiter, wir müssen jetzt hartnäckig bleiben. Ich fahre morgen früh gleich zu Kommissar Thys rüber nach Heide. Dann zu Ruland in die Apotheke nach Wesselburen. Den quetsche ich aus wie eine Zitrone. Wäre doch gelacht. Und jetzt kommt's, Frau Mandy! Ich habe morgen noch einen Termin mit der Nina Janssen um zwanzig Uhr in Sankt Peter-Ording.«

»Na endlich«, Probst schien erleichtert. Dann gingen sie zurück ins Wohnzimmer. »Und ich check die anderen drei Kegelfrauen ab.«

»Okay, gut, dann können wir in Wesselburen am Marktplatz in der kleinen Pizzeria zusammen zu Mittag essen. Die können Sie nicht übersehen.«

»Yo, Chef! Klingt gut. Ach ja, könnte ich morgen den kleinen Peugeot haben?«

»Ja klar. Kein Problem.« Probst holte den Wäscheständer, stellte ihn in Wagners Zimmer und begann, die Wäsche aufzuhängen.

Mittwoch, 12. März 2014

Nachdem Ritter seinen morgendlichen Kaffee getrunken hatte, und gerade starten wollte, kam Mandy Probst aus ihrem Zimmer. »Morgen, Chef. Viel Glück und Kraft heute. Sie packen das. Ich weiß es. Und lassen Sie sich bloß nicht ärgern. Bis später dann«, sagte sie und grinste ihn an. »Danke, Frau Mandy. Bis später.« Sie verschwand im Badezimmer. Ritter stieg in den BMW und fuhr los. Man erkannte heute kaum etwas von der schönen Umgebung, denn es war alles grau in grau, der Nebel vermischte sich scheinbar mit den dicken Wolken. Er musste langsam fahren. Ritter freute sich, dass Probst ihn offensichtlich hatte aufmuntern wollen und grinste zufrieden vor sich hin. Er war heute Morgen voller Tatendrang. Außerdem war er schließlich schon immer ein zäher Hund gewesen. Man musste auch mal einen Scheißtag ertragen können, dachte er sich.

Kurz vor neun Uhr erreichte er die Polizeistation in Heide. Ina Dahms, das bunte Igelchen, saß nicht mehr am Empfang. Dafür thronte jetzt ein älterer Herr mit kurzen, grauen Haaren auf ihrem Stuhl. Thys hatte wohl sofort reagiert.

Er traf Kommissar Jens Thys auf dem Gang an dem so typischen Kaffeeautomaten, den es irgendwie wohl überall in Polizeirevieren gab. »Moin, Herr Ritter. Auch einen Kaffee aus dem Automaten?«, begrüßte ihn Thys. »Guten Morgen, Herr Thys. Ja, gerne.« Dann gingen sie in sein Büro und setzten sich. »Wo ist denn die Ina Dahms vom Empfang jetzt?«

»Die kümmert sich in der nächsten Zeit vorerst um Hühnerdiebstähle und geklaute Fahrräder«, antwortete Thys und setzte einen schelmischen Blick auf. »Da kommt sie wenigstens mal an die frische Luft und hat Bewegung«, war Ritters leicht sarkastische Bemerkung dazu um gleich fortzufahren: »Ich weiß überhaupt nicht, wo ich anfangen soll. Ich habe so viele neue Fragen und Informationen.«

Thys begann: »Na dann fang ich mal an. Ihren Öl-Prinzen auf dem Foto hat hier noch nie jemand gesehen. Da können wir Ihnen leider nicht helfen.«

»Dachte ich mir schon«, sagte Ritter. Er nahm einen Schluck Kaffee aus dem Plastikbecher. Erwartungsgemäß schmeckte er nicht besonders lecker. Er erzählte Thys von seinen Tagen in Sankt Peter-Ording. Er erwähnte auch, dass ihr Ferienhaus an diesem Wochenende verwanzt wurde. Thys war sichtlich überrascht. »Vielleicht war diese Heike aus Hannover direkt auf Sie angesetzt? Tut mir leid! Aber es könnte ja sein. Deshalb müssen wir es in Betracht ziehen.« Ritter runzelte die Stirn: »Ja. Ich weiß. Ich habe bereits daran gedacht. Allerdings kann ich mir das nicht so richtig vorstellen. Sie war eher lebenslustig und ein bisschen hippiemäßig drauf. Raffiniert erschien sie mir jedenfalls nicht. Eiskalt kam sie auch nicht rüber. So viel Menschenkenntnis habe ich vermutlich. Aber wer weiß?«

Dann nahm Ritter sein Handy und versuchte, sie anzurufen. Eine Computerstimme sagte ihm: ›Diese Rufnummer ist derzeit nicht vergeben!‹ »Die Nummer von Heike aus Hannover gibt es nicht mehr«, sagte Ritter und zog sichtlich perplex die Schultern hoch.

»Tut mir leid«, sagte Thys mitfühlend. »Ich bin so dämlich«, brach es aus Ritter hervor. Erneut drohte ihm ein weiterer schlechter Tag. Dagegen ankämpfend sagte er trotzig: »Egal. Es war trotzdem ein Klassewochenende. Also weiter. Frank Stoffel ist aus dem Rennen. Der hat am Mordabend seine Frau mit einer gewissen Claudia Pohl betrogen. Die hat es bestätigt. Dadurch hat er nun ein lupenreines Alibi. Seine Pia hatte kein Verhältnis mit Hauke Janssen, also hatte Stoffel auch kein Motiv. Gut.

Peter Mommsen von den Grünen war es vermutlich auch nicht, obwohl der zumindest ein Motiv gehabt hätte.« Ritter erzählte ihm die Geschichte, wie Janssen den Mommsen regelrecht bekämpft hatte wegen dessen Gas Fracking-Idee. Thys sagte: »Warum sollte der Hauke Janssen denn so aggressiv gegen den Mommsen vorgegangen sein? Das war doch überhaupt nicht seine Art. Vielleicht hat der Mommsen da übertrieben. Aber was sollte es für einen Sinn ergeben, sich selbst auf die Liste der Verdächtigen zu setzen?«

»Vielleicht denkt er, dass wir ihn dann nicht konkret verdächtigen, weil er sich selbst verdächtig gemacht hat. So blöd kann keiner sein. Mist, ich kann nicht klar denken heute.«

»Hören Sie auf, Ritter. Man muss immer alles durchspielen, so wie Sie und ich gerade. Also weiter. Was noch?«

Ritter überlegte kurz: »Am meisten Sorgen macht mir eigentlich, dass es keine Spuren am Ort des Verbrechens gegeben hat. Das kann nicht sein. Was war da los?«

»Das war eine ganz schräge Aktion. Alle merkten sofort, dass der oder die Täter nach dem Mord alles gereinigt haben mussten, falls sie überhaupt über die Terrasse rein sind. Klar, die hatten Handschuhe an, aber Fußspuren hätte es auf jeden Fall geben müssen. Gab es aber nicht. Dabei hatte es vor der Tat damals tagelang geregnet. Gehen wir jetzt mal von einem Einzeltäter aus. Derjenige hätte als guter Bekannter oder Freund jederzeit klingeln und seine Schuhe ausziehen können, bevor er ins Haus geht. Das macht man hier gerade auf dem Land des Öfteren so, weil man oft Dreck an den Schuhsohlen hat. Dann hätte er ganz normal in Socken zur Haustür reinkommen können, um den Janssen zu erstechen. Dann hat er ihn anscheinend auf der Couch platziert. Er hätte nach dem Mord zurück zu seinem Wagen gehen können, um den mitgebrachten Steinbrocken zu holen. Anschließend hätte er etwas über seine Socken ziehen können, danach raus auf die Terrasse, um dann die Tür mit dem Steinbrocken einzuwerfen. Anschließend hätte er hinein gehen und auf Strümpfen wieder zur Haustür laufen können. Allerdings hätte er aufpassen müssen, um nicht in eine der Glasscherben zu treten. Draußen hätte er wieder seine Schuhe anziehen und anschließend ganz normal verschwinden können. Auf dem Kieselweg zum Parkplatz konnte man natürlich nichts finden. Kieselwege sind schlecht für die Spurensicherung.« Thys machte eine kleine Pause und nahm einen Schluck Kaffee. Ritter runzelte nachdenklich die Stirn.

Thys erzählte weiter: »Kampfspuren gab es keine. Hauke Janssen musste den Angreifer vermutlich gekannt haben. Der damalige Staatsanwalt hat die Theorien von mir und meinen Kollegen als Schwachsinn abgetan. Er blieb bei seiner Variante mit der Einbrecherbande, die natürlich alle Spuren beseitigt hat. Er meinte noch, wir sollen ihm einen Verdächtigen bringen, am besten ohne Alibi. Das gelang uns leider nicht.« Ritter nickte anerkennend: »So ähnlich haben wir es durchgespielt. Ihr Szenario ist allerdings um einiges perfekter. Das mit den Schuhen ausziehen vor dem Haus hatten wir nicht auf dem Schirm. Es muss ein Bekannter oder Freund gewesen sein und es so ausgeführt haben, wie Sie es dargestellt haben. Er muss gewusst haben, dass die Nina Janssen nicht vor einundzwanzig Uhr wieder von ihrem Kegelabend zurück sein würde. Auch musste er das Haus gut gekannt haben. Das wiederum bedeutet, dass er vor dem Mord bereits öfters im Haus gewesen sein muss.«

»Genau. Deshalb hatten wir im direkten Umfeld der beiden ermittelt«, sagte Thys.

»Aber wer sollte denn diesen Mord so genau und perfekt geplant haben? Und warum inszeniert der oder die Täter dann diesen Einbruch so stümperhaft? Sie mussten doch davon ausgehen, dass die Polizei das durchschaut. Also doch total sinnlos. Ich kapiere das nicht. Schließlich funktioniert diese Inszenierung auch noch. Damit konnte der oder die Mörder wirklich nicht rechnen. Ich verstehe es nicht. Vielleicht ist es unwichtig«, sagte Ritter. »Ja, vielleicht«, antwortete Thys, und ergänzte dann: »Ich hatte damals kurz darüber nachgedacht, ob der Täter dem Janssen vielleicht

K.-o.-Tropfen in das Bier geschüttet hat. Oder ihn sogar vergiftet hat. Aber da war es zu spät, er war schon beerdigt. Wieder ausbuddeln kam absolut nicht infrage. Die Genehmigung hätten wir nie bekommen. Und die leere Bierflasche, die wir auf dem Wohnzimmertisch gefunden hatten, war auch sauber. Das Labor hatte nichts gefunden.«

Beide Kommissare grübelten still vor sich hin. Ritter dachte plötzlich an Mandy Probst und ihre Idee mit dem Gift. Sie hatte das in einem ihrer Krimis gelesen. Wer weiß?

Es war gut, mit einem Profi wie Kommissar Thys alles durchzugehen, zu analysieren und nachzudenken. Ritter mochte dessen besonnene und direkte Art.

Thys nahm seinen letzten Schluck Kaffee und zerquetschte den braunen Plastikbecher in seiner riesigen Hand. Er schmiss ihn Richtung Papierkorb, den Treffer quittierte er mit einem selbstzufriedenen Lächeln.

Ritter trank ebenfalls einen Schluck und schaute aus dem Fenster. Man konnte nur ein paar Meter weit sehen. Der Nebel war noch dichter geworden. Die Kirche auf dem Marktplatz war vollständig im Nebel verschwunden. Da klingelte Ritters Handy. Es war Mandy Probst. Sie teilte ihm mit, dass sie es nicht zum Mittagessen schaffen und sich später wieder melden würde.

»Wie hat Ihnen eigentlich gestern die Dithmarscher Landeszeitung gefallen?«, fragte Thys plötzlich. »Ganz gut eigentlich. Der Mörder denkt jetzt sicher, die vom BKA sind noch blöder als der Thys damals. Das meine ich natürlich nicht persönlich.«

»Klar doch. Inzwischen haben die bei der Zeitung aber wohl ihren Fauxpas bemerkt. Das werden sie aber nicht zugeben wollen. Die Leser wollen nun natürlich wissen, wie es weitergeht. Ich bin mal gespannt, was die als Nächstes schreiben.«

Ritter fuhr mit der nächsten Frage fort: »Nun zu den Jägern, die diesen Seeadler aus dem Weg geräumt haben. Ich kenne die Geschichte inzwischen, der Mommsen hat mir das alles erzählt.«

»Da kann ich nichts dazu beitragen. Natürlich wollte ich die Jäger alle überprüfen. Aber ich hatte keine Chance. Schauen Sie, Ritter, diese Bande, die kennt sich schon seit ihrer Schulzeit. Die halten zusammen wie Pech und Schwefel. Einige von denen kenne ich ebenfalls noch aus der Schule. Aber für die bin ich ein Bulle. Die haben mir überhaupt nichts erzählt, denn sie machen ihre Regeln gerne selbst. Ein Gesetzeshüter ist da natürlich nicht willkommen. Ach ja, der Einzige von denen, der später dazu kam, ist der derzeitige Vereinsvorsitzende der Jägerbande, dieser Dreßen. Ganz ekliger Typ. Ich konnte den von Anfang an nicht ausstehen. Der ist glatt wie ein Aal. Aber bei den Jägern hat er sich wohl irgendwie Respekt erarbeitet und führt da jetzt das Kommando«, sagte Thys.

»In der Stadt nennen wir das Mafia oder Clan, wenn eine Gruppe gerne selbst die Regeln macht. Hier ist es eben ein Jägerverein. Falls es nötig wird, knacken wir diesen Verein noch, glauben Sie mir, Thys. Aber Sie wissen noch gar nicht, dass die Nina Janssen fünfzigtausend Euro mit dem Vermerk ›Beratung‹ damals an den K. H. Dreßen überwiesen hat. Wir hatten die Möglichkeit, an alle Bankdaten der beiden ranzukommen. Das blieb Ihnen damals verwehrt.«

»Oha! Das ist ja ein Kracher! Glauben Sie, die stecken unter einer Decke?«, fragte nun ein erneut völlig überraschter Thys. »Ist ja nicht so abwegig, oder?«

»Und was gab es sonst noch so an auffälligen Kontobewegungen bei der Janssen?« Ritter sagte ihm, dass Kevin Wagner die komplette Übersicht gleich mailen würde. Dazu schrieb er eine kurze SMS an Wagner. Fünf Minuten später konnte Thys alle Kontotransfers der Nina Janssen auf seinem Computer durchsehen. Thys setzte sich eine kleine Lesebrille auf seine Nase. Ritter ging derweil kurz eine Zigarette vor dem Polizeigebäude rauchen. Was für ein grauer Tag. Kalt und feucht. Die wenigen Autos fuhren im

Schneckentempo an ihm vorbei. Das trübe Wetter animierte ihn erst recht, weiter hart zu arbeiten. Und dass ihn Heike aus Hannover wohl so dermaßen reingelegt hatte, motivierte ihn zusätzlich. Er ging wieder hinein.

Als Ritter im Büro eintraf, schaute Thys auf und nahm seine Lesebrille ab. »Da ging ja mächtig die Post ab. Die Janssen ist jetzt steinreich. Und wir kannten all diese Informationen nicht, dank dem selten dämlichen Staatsanwalt, den wir damals hatten. Glücklicherweise ist heute ein echt cleverer Mann in Heide.« Ritters Handy klingelte erneut: Wagner. »Hey, Chef. Die Mail müsste Thys jetzt bekommen haben. Ich hätte noch Neuigkeiten zu diesem K. H. Dreßen«, sagte er. »Okay. Einen Moment, Wagner. Ich schalte auf Lautsprecher, damit Thys mithören kann.« Ritter musste einen Moment nach der Taste für den Lautsprecher auf seinem Handy suchen: »Okay. Legen Sie los.«

»Der K. H. Dreßen kam am 05.01.1990 an die Nordsee. Er war bis zum 04.10.1998 in Tiebensee gemeldet. Seither wohnt er in Schülpersiel. Die Adresse haben Sie ja schon. Wie wir bereits wissen, war er nie verheiratet. Aber jetzt kommt's. Vor diesem 05.01.1990 scheint es keinen K. H. Dreßen gegeben zu haben. Er ist einfach nicht in der Matrix zu finden. Ich habe mich in so einige Systeme eingeschlichen, aber ich habe absolut nichts gefunden. Der muss irgendwo im Ausland gewesen sein. Vielleicht sogar unter einem anderen Namen«, berichtete Wagner. Ritter beendete die daraufhin einsetzende kurze Pause, in der sie über diese Neuigkeiten nachdachten: »Danke, Wagner. Wir können später weiterreden. Wir machen mal weiter hier.«

»Gut, Chef. Ich fahre dann mal mit meiner Suche fort.«

»Jetzt habe ich aber Hunger. Wollen wir etwas essen gehen?«, fragte Thys. »Ja, unbedingt.«

»Gut. Dann los. Hinter dem Marktplatz hat letzte Woche ein Burgerladen eröffnet. Der soll echt gut sein, meinten meine Kollegen.«

»Ach, klasse, ich hatte schon lange keinen Burger mehr. Da habe ich jetzt voll Bock drauf«, freute sich Ritter. Sie liefen durch den dichten Nebel über Deutschlands größten Marktplatz. So behauptete es jedenfalls das Stadtmarketing. Nach drei Minuten hatten sie ihr Ziel erreicht. Es war nur noch ein Tisch in dem kleinen Restaurant frei.

Als sie bestellt hatten, sagte Thys: »Dieser Dreßen ist ab jetzt wohl ein neuer Hauptverdächtiger. Der Mommsen von den Grünen ist ebenfalls auf dieser Liste, würde ich sagen. Das wollte er mit seinen Aussagen selbst so. Und die Nina Janssen ist und bleibt natürlich ganz oben auf der Liste. Sie bleibt für mich die Nummer eins.« Ritter sagte: »Ja, für alle ist sie die Nummer eins. Ich besuche sie heute Abend. Bin mal gespannt, wie die so drauf ist.«

»Brandgefährlich. Als die damals vor mir stand, und mir direkt in die Augen geblickt hat, tja, da hatte ich echt so meine Probleme, um mich auf das anschließende Verhör zu konzentrieren. So ähnlich muss Marilyn Monroe damals auf die Männer gewirkt haben. Also passen Sie mächtig auf, Ritter.«

Endlich wurde das Essen serviert. Hawaii Burger für Thys und Cheeseburger für Ritter. Dazu gab es noch Pommes und Cola für die beiden Ermittler.

Das Gespräch war fürs Erste beendet. Beide hatten mit ihren Burgern zu kämpfen. Reichlich gesättigt nahm Thys die Unterhaltung wieder auf: »Ich möchte mich bedanken, dass Sie mich in all die Neuigkeiten zu diesem Fall mit einbezogen haben. Müssten Sie doch eigentlich nicht machen.«

»Ach, Thys, wir alle sind doch immer noch Polizisten. Wir müssen zusammen gegen all diese Gauner da draußen ankämpfen, wir spielen auf der gleichen Spielhälfte. Ich möchte mit allen Mitteln erreichen, dass der Mörder von damals gefunden wird.«

Erneut klingelte Ritters Handy. Es war Nina Janssen. »Hallo, Commissario. Störe ich gerade?«

»Nein, Frau Janssen, Sie stören nicht.« Die Augen von Thys wurden um einiges größer. »Okay, wir sehen uns morgen Abend um zwanzig Uhr. Alles klar. Kein Problem. Tschüss«, beendete Ritter das Gespräch und legte sein Handy auf den Tisch. Dann sagte er zu Thys: »Sie hat unseren Termin auf morgen verschoben. Kommt mir ganz gelegen. Und sie hat gesagt, ich hätte jetzt einen Pluspunkt gesammelt.« Zum ersten Mal verdrehte Thys die Augen: »Auch egal, heute oder morgen. Die hat jetzt das Spiel eröffnet. Dank ihres perfekten Alibis hatte sie das Spiel gegen mich gewonnen. Aber Sie haben sehr viel mehr Informationen als ich damals. Nutzen Sie diesen Vorteil.«

Als sie bezahlt hatten, gingen sie über den Marktplatz zurück Richtung Polizeistation. »Kennen Sie eigentlich diesen Jens Günther von der SPD?«, wollte Ritter plötzlich wissen. »Nicht wirklich. Aber einer meiner Kollegen kennt ihn wohl ganz gut. Ich kann ja mal nachfragen.«

»Okay, gut, danke«, Ritter verabschiedete. Er fuhr zurück Richtung Wesselburen. Der dichte Nebel erlaubte nach wie vor nur eine langsame Fahrweise. Sein Telefon klingelte es war Mandy Probst. »Hey, Chef, ich bin jetzt hier fertig mit den Befragungen und fahre zurück. Hab noch Sushi für heute Abend gekauft, damit Sie für die Janssen gestärkt sind.«

»Sehr gut. Der Termin mit der Nina Janssen ist allerdings auf morgen Abend verschoben worden. Deshalb fahre ich gerade nach Wesselburen zur Apotheke am Marktplatz. Wollen Sie mit dabei sein, wenn ich den Henning Ruland befrage?«

»Ja, bin auch gleich da«, entgegnete Probst.

Zwanzig Minuten später betraten beide die Apotheke. Ruland blickte sehr überrascht, dass Ritter schon wieder bei ihm auftauchte, diesmal in weiblicher Begleitung.

Ritter begann umgehend das Gespräch: »Guten Tag, Herr Ruland. Ich hätte noch ein paar Fragen. Diesmal möchte ich allerdings Antworten, mit denen ich zufrieden bin. Ansonsten muss ich Sie leider ab morgen täglich mit der Polizei zum Verhör abholen lassen. Und das dürfte sich im Ort doch sehr schnell rumsprechen.« Ruland war kurz sprachlos. Dann kam er hinter seiner Verkaufstheke vor, schloss die Eingangstür und hängte ein Schild mit der Aufschrift ›Gleich wieder da‹ raus. Er bat die beiden in sein Büro im hinteren Teil der Apotheke.

»Was kann ich für Sie tun?«, fragte Ruland. Die beiden Männer blieben stehen, während sich Probst auf einen Stuhl setzte. »Ich will endlich wissen, mit welchen Männern die Nina Janssen vor ihrer Beziehung mit Hauke Janssen zu tun hatte«, sagte Ritter. »Ich weiß es wirklich nicht. Sie erzählte mir nie etwas zu diesem Thema. Es rief nie irgendjemand an oder fragte nach ihr. Es tauchten nie Männer hier in der Apotheke auf, die sie etwa abgeholt hätten oder so. Das hätte sich hier wie ein Lauffeuer verbreitet. Und an den Wochenenden war ich selbst fast nie hier im Ort.«

»Warum das denn?«, fragte Probst überrascht.

Ruland zögerte kurz: »Nun, ich bin schwul. Und das durfte hier im Ort niemand wissen. Denn das wäre für meine Apotheke wohl das Ende gewesen. Heute ist das vielleicht etwas anderes, aber damals wäre das ein Skandal gewesen. Ich bin immer weggefahren, mal nach Kiel, Lübeck, Cuxhaven oder nach Hamburg. Da konnte ich anonym sein. Trotzdem war ich auch dort immer sehr vorsichtig.« Es entstand ein kurzes Schweigen. Dann sagte Ritter: »Nun sind Sie ja fast sechzig Jahre alt und haben sicher viel Erfahrung mit den Menschen gesammelt. Was glauben Sie denn, wie die Janssen ihre Wochenenden verbracht hatte?«

»Ich habe sie vor zehn Jahren einmal in Hamburg gesehen. Es war auf dem Kiez in St. Pauli. Sie hat mich aber damals nicht erkannt. Es war ein heißer Sommertag und sie war sehr sexy angezogen. Ich hatte sie so jedenfalls noch nie gesehen. Damals dachte ich kurz darüber nach, ob sie ihr

Einkommen wohl etwas aufbessert. Sie wissen schon! Aber diesen Gedanken verwarf ich genauso schnell wie die Idee, ihr zur folgen und sie zu beobachten. Denn neugierig war ich natürlich schon. Aber sie war jeden Sonntagmorgen in der Kirche hier in Wesselburen anwesend. Und deshalb glaubte ich nicht lange an meinen Verdacht, dass sie eventuell als Prostituierte nebenbei gearbeitet hatte.«

»Oha«, sagte Probst. Ruland fuhr fort: »Sie hat ihr Privatleben eben sehr geheim gehalten. Ich habe es respektiert und umgekehrt hat sie es ebenfalls so gehandhabt. Irgendwann habe ich darüber überhaupt nicht mehr nachgedacht. Ich war glücklich, so eine qualifizierte und sozial kompetente Mitarbeiterin zu haben.« Es entstand eine kleine Pause, ehe Ritter bemerkte: »Okay, vielen Dank für Ihre offenen Worte.«

»Das mit meiner sexuellen Gesinnung bleibt doch unter uns, oder?«, fragte Ruland etwas unsicher. »Natürlich«, Ritter grinste ihn freundlich an.

Dreißig Minuten später saßen Probst und Ritter am Küchentisch im Ferienhaus am Deich und aßen Sushi. »Und, was haben die Kegelfrauen berichtet?«, wollte Ritter in Erfahrung bringen. »Nur belangloses Zeug. Außer die Monika Liedel. Die erzählte, dass sie einmal was trinken waren im Irish Pub in Heide. Als zwei gutaussehende Männer in den Laden kamen, hätte Nina Janssen nach einigen Drinks gesagt, dass es doch bestimmt geil wäre, sich von den beiden Typen mal so richtig gut rannehmen zu lassen. Sie stellte dies natürlich gleich als Scherz dar. Monika Liedel meinte jedoch, dass es die Janssen durchaus ernst gemeint haben könnte.«

Ritter war überrascht. »So langsam aber sicher bröckelt das Bild der anständigen Janssen. Erst sexy auf St. Pauli, nun das. Wobei das natürlich überhaupt nichts zu bedeuten hat, aber wer weiß.«

Probst sagte: »Ich habe schon so manche Fantasien mit Alkohol im Kopf ausgeplaudert. Und ich habe mich auch schon gedresst wie eine Bitch, aber ich bin halt auch keine Katholikin.«

»Gedresst wie eine Bitch! Wie ihr jungen Leute manchmal so redet. Ich würde sagen, wir skypen mal mit Wagner und berichten ihm von unseren Neuigkeiten. Sie bekommen dann auch gleich mit, was ich mit Thys heute Morgen besprochen habe.«

Als Kevin Wagner auf dem riesigen Flat-Screen zu sehen war, erzählte ihm Ritter alle Neuigkeiten. Anschließend war Wagner dran: »Ich habe überhaupt nichts über diesen K. H. Dreßen gefunden. Sein Foto von der Jägerwebsite habe ich durch die Gesichtserkennungssoftware laufen lassen, aber niente. Ach ja, und ab morgen haben wir eine neue Kollegin. Die Monika Rätsel beginnt bei uns. Sie kommt ebenfalls vom BKA und ist uns nun zugeteilt worden. Achtundvierzig und geschieden. Ihre Söhne sind bereits erwachsen und selbst beide bei der Polizei gelandet.« Probst und Ritter schauten sich beide überrascht an, Ritter konnte sich einen Kalauer nicht verkneifen: »Rätsel? Komischer Name. Die Rätsel ist des Rätsels Lösung, oder was?« Nun mussten sie alle drei lachen. Ritter fuhr fort: »Ziemlich platt diese Bemerkung über ihren Namen. Solche Sprüche hört die Frau Rätsel doch bestimmt schon seit ihrer Kindheit. Das sollten wir lieber lassen.«

Probst und Wagner nickten zustimmend. »Stimmt, Chef. Aber immerhin kann ich nächste Woche zu euch kommen, Frau Rätsel ist ja dann hier und meiner Mutter geht es auch zunehmend besser«, sagte Wagner. »Juhu, juhu, der Kevin kommt«, jauchzte Probst und freute sich aufrichtig. Wagners Wangen röteten sich ein wenig: »Dieser Windpark bei Strübbel - er wurde gebaut. Es gab ja keinen Seeadler mehr. Die Liste der Investoren, die Anteile gezeichnet haben, mail ich euch rüber, sobald ich sie habe. Frau Zuske macht da Stress. Die wollten die Liste vorerst nicht rausrücken.«

»Sehr gut, Wagner«, lobte ihn Ritter. »Könnten Sie bitte noch das Alibi des Peter Mommsen überprüfen? Ich war so durcheinander, dass ich vergessen habe, ihn danach zu fragen.«

»Klar, Chef, mache ich. Laut damaligem Protokoll war er am Mordabend auf einem Parteitreffen der Grünen in Kiel. Ich werde das überprüfen.«

Sie beendeten ihre Skype-Konferenz. Ritter ging auf die Terrasse und zündete sich eine Zigarette an. Inzwischen war es dunkel geworden. Der Nebel hielt sich hartnäckig. Das Rauschen der Nordsee hinter dem Deich war zu hören. So langsam sehnte er sich nach Berlin zurück. Nach Licht, nach Lärm. Und sogar das U-Bahnfahren fehlte ihm ein wenig. Er ging wieder zurück ins Haus. Probst hatte ihm inzwischen seine frisch gewaschene Wäsche ordentlich zusammen gelegt auf sein Bett drapiert. Ritter bedankte sich. Er setzte sich auf die Wohnzimmercouch, um seine Notizen durchzugehen. Hatten sie etwas übersehen?

Nach ein paar Minuten unterbrach ihn Probst in seinen Gedanken: »Hat diese Heike aus Hannover eigentlich irgendetwas über sich erzählt? Was sie beruflich macht? Oder ob sie Kinder hat? Oder sonst irgendetwas?«

Ritter überlegte eine Weile und runzelte die Stirn, ehe er antwortete: »Sie hat behauptet, dass sie ein kleines Reisebüro in Hannover betreibe. Hm, was noch? Wir haben über unsere Lieblingsfilme gesprochen. Sie mochte, wie fast alle Frauen aus den Achtzigern, natürlich ›Dirty Dancing‹. Den hat sie wohl schon zwanzig-, dreißigmal gesehen und konnte mühelos sogar die Dialoge mitsprechen. Wir unterhielten uns über Musik aus den Achtzigern. Ihr gefielen die New Wave Songs.«

»New Wave? Was ist das denn?«, fragte Probst. »Na ja, zum Beispiel Depeche Mode, The Cure, Ideal und so.«

»Aha. Depeche Mode finde ich auch gut. Haben Sie denn ein Foto von ihr?«

»Nein. Sie hat einige gemacht und wollte mir die besten rüberschicken. Ich bin aber auch selten dämlich«, sagte Ritter leise.

»Ach, Unsinn. Immerhin hatten Sie eine schöne Zeit, Chef. Haben Sie schon einen Plan für morgen?«

»Ich würde gerne den K. H. Dreßen genauer abchecken. Das machen wir gleich morgen früh als Erstes.«

Donnerstag, 13. März 2014

Mandy Probst und Max Ritter waren bereits gegen acht Uhr vor dem Haus von K. H. Dreßen in Schülpersiel. Nachdem sie bereits zum dritten Mal geklingelt hatten, öffnete sich endlich die Tür. »Wer sind Sie und was wollen Sie hier um diese Zeit?«

»Guten Morgen, Herr Dreßen. Wir sind vom BKA und würden Sie gerne mal sprechen«, Ritter entgegnete der rüpelhaften Begrüßung ihres Gegenübers schroff und bestimmt. Sie zeigten Dreßen ihre Ausweise. Dreßen antwortete unwirsch: »Ich habe jetzt aber keine Zeit. Muss zur Arbeit.« Ritter konterte direkt: »Soviel ich weiß, fangen Sie erst gegen zehn Uhr an zu arbeiten. Da haben wir doch noch jede Menge Zeit.« Dreßen war genervt, überlegte kurz: »Na gut, kommen Sie halt rein. Habe gerade frischen Kaffee aufgesetzt.« Er führte die beiden ins Wohnzimmer. Es sah ziemlich unordentlich aus. Überall lagen Kleidungsstücke rum, der Aschenbecher quoll über und es standen einige geleerte Bierflaschen auf dem Tisch. Zudem hing ein säuerlicher Geruch im Raum. Ritter setzte sich auf die Couch, Probst blieb lieber stehen. Sie schaute sich die gerahmten Fotos an, die auf einem kleinen Regal standen. Dreßen kam mit drei Kaffeetassen zurück.

Ritter bedankte sich und begann: »Wir haben nur ein paar Fragen zu dem Janssen-Mord damals. Kannten Sie das Opfer gut?« Dreßen rührte in seiner Tasse und sagte dann: »Nein, nicht wirklich. Erst als diese Seeadler-Geschichte da zu eskalieren drohte, kam er angeschissen und hat uns beschuldigt, den Seeadler abgeknallt zu haben. War ganz schön aggressiv. Ich habe ihm gesagt, dass wir keine Seeadler jagen, sondern Hasen und Fasane.« Dreßen machte eine

Pause und nahm einen Schluck Kaffee. »Ich versicherte ihm ein paarmal, dass es keiner von uns war. Zudem war der Seeadler verschwunden. Es war gar nicht klar, ob er überhaupt abgeschossen wurde.«

Ritter runzelte die Stirn und sagte: »Aber der Seeadler hätte freiwillig nie seine Jungen verlassen.«

»Ja, kann schon sein. Mir echt scheißegal. Wir waren es jedenfalls nicht. Und selbst wenn. Man hätte es nicht beweisen können. Noch was?«

»Nein danke. Das war es schon. Vielen Dank für den Kaffee und noch einen schönen Tag.« Probst schaute etwas überrascht zu Ritter. Sie hatte ihren Kaffee nicht angerührt.

Als die beiden wieder im Auto saßen, fragte Probst: »Warum haben Sie ihn denn nicht in die Mangel genommen? Nach der fünfzigtausend Euro Überweisung von der Janssen haben Sie gar nicht gefragt.«

»Liebe Frau Mandy. Die Trumpfkarten spielt man meistens zum Schluss aus. Kommt alles noch. Aber hätte ich ihn jetzt danach gefragt, hätte er bestimmt gleich bei der Janssen angerufen. Die Janssen aber werde ich erst heute Abend treffen.«

»Okay. Ist klar! Übrigens war auf seinen Fotos auf dem Regal gleich zweimal das Schweriner Schloss im Hintergrund zu sehen. Vielleicht hat er früher in Schwerin gelebt.«

»Echt? Das könnte durchaus eine wichtige Beobachtung gewesen sein. Sehr gut. Sehr, sehr gut.«

»Mein Vater hatte damals, als ich noch klein war, einen guten Freund in Schwerin. Da sind wir öfter mal zu Besuch hingefahren. Deshalb kann ich mich ganz gut daran erinnern.«

Ritter startete den Wagen. »Wo fahren wir hin?«, wollte Probst wissen. »Direkt zum Edeka nach Wesselburen. Ein kleines Frühstück täte uns doch jetzt gut, oder?«

»Klar doch«, sagte Probst. Langsam lichtete sich der immer noch dichte Nebel, ein paar Sonnenstrahlen gelang es sogar die Nebeldecke zu durchbrechen. Als sie nach fünfzehn Minuten an einem der drei kleinen Tische saßen und genüsslich ihre belegten Brötchen aßen, klingelte Ritters Handy. Es war Kevin Wagner. »Guten Morgen, Chef. Wollte nur kurz berichten, dass ich am nächsten Montag wieder bei euch bin.« »Schön! Das freut uns, wir können Sie hier gut gebrauchen. Ach, übrigens, könnten Sie herausfinden, ob es eventuell in Schwerin einen K. H. Dreßen gab? Er hatte zwei ältere Fotos bei sich auf dem Regal. Dort war das Schweriner Schloss im Hintergrund zu sehen. Wer weiß? Vielleicht hat er da früher gelebt.«

»Okay. Mache ich. Dann bis später.«

Kurz darauf kam ein mittelgroßer, blonder Mann auf sie zu: »Moin Moin, darf ich mich kurz zu Ihnen setzen?« Ohne eine Antwort abzuwarten, setzte er sich zu den beiden an den Tisch und fuhr fort: »Ich bin der Ralf. Ich bin der Chef hier. Und ihr beiden seid also die berühmten Ermittler vom BKA?«

»Berühmt?«, fragte Probst. »Nun ja, jeder weiß, dass ihr hier ermittelt und das Auto ist ebenfalls auffällig.« Ritter nickte anerkennend und sagte: »Hallo, Ralf, ich bin der Max.« Probst ergänzte: »Und ich die Mandy.« Edeka-Ralf grinste freundlich und sagte: »Ich hätte da mal eine Frage. Mein Großer möchte gerne zur Polizei. Das ist nicht so schlimm, aber er will unbedingt nach Berlin. Und ich glaube ja, dass es doch ein heftiger Unterschied ist, ob man hier Polizist ist oder im Großstadtdschungel Berlins. Was meint ihr denn dazu?« Ritter und Probst schauten sich überrascht an, ehe Ritter antwortete: »Ich denke mal, dass es in Berlin etwas gefährlicher ist als hier. Aber das muss dein Sohn schon selbst entscheiden. Meine Mutter war damals auch nicht sonderlich begeistert, als ich nach Stuttgart ging.« Ralf grinste wieder freundlich und sagte dann: »Ja klar, er muss das selbst entscheiden. Ich hatte eher gehofft, dass er vielleicht den Laden hier eines Tages übernimmt, so wie ich damals von meinem Vater.«

»Wie war eigentlich der Hauke Janssen so als Bürgermeister?«, fragte Ritter unvermittelt. »Der Hauke? Das war ein wirklich guter Typ. Ich mochte ihn. Der war klar und deutlich. Er sprach immer sehr direkt die Probleme an. Die Leute hier mochten ihn auch. Aber in den Wochen vor seinem Tod, da wurde er etwas anstrengend. Er legte sich mit einigen Bauern an. Sie sollten endlich aufhören, ihr Gemüse mit Pestiziden zu spritzen. Am liebsten hätte er aus ganz Dithmarschen eine Bioregion gemacht. Aber da waren nicht alle begeistert von.«

»Und seine Frau? Die Nina Janssen?«

»Die war sehr beliebt. Allerdings kam sie selten zu uns einkaufen. So, ich muss mal wieder. Kommt doch ruhig noch mal vorbei, dann gebe ich euch einen Kaffee aus.« Er stand auf und begrüßte bereits die nächsten Kunden.

»Der ist ja nett«, meinte Probst. »Allerdings haben wir es nun mit einigen Landwirten zu tun. Noch mehr Verdächtige vielleicht?« »Ja, stimmt. Der kann uns bestimmt noch so einiges erzählen. Müssen wir jetzt eben öfter mal hier Kaffee trinken und einkaufen. Ach ja, wir könnten gleich mal noch ein paar Sachen für unsere Deichvilla mitnehmen.« »Stimmt, Chef. Machen wir. Ich werde nämlich am Wochenende hierbleiben. Was soll ich in Berlin alleine in meiner Bude rumsitzen?«

»Okay. Ich bin auch hier. Dann unternehmen wir was Schönes zusammen. Wir könnten am Strand von Sankt Peter-Ording lecker Fisch essen gehen. Joggen wäre auch mal wieder gut. Oder schwimmen und Sauna.« »Das hört sich gut an, Chef. Wie ein Urlaubswochenende. Und jetzt?« »Jetzt kaufen wir ein und fahren zurück zum Haus.«

Als die beiden wieder in ihrer Wohnung waren und alles eingeräumt hatten, sagte Ritter: »Ich gehe hoch auf den Deich. Kommen Sie mit?« Probst nickte und zusammen machten sie sich auf den Weg. Inzwischen hatte die Sonne den Nebel besiegt. Die Helligkeit der Mittagssonne war gnadenlos. Ritter musste die Hand vor seine Augen halten. Probst setzte sich einfach ihre Sonnenbrille auf. »Diese schnellen Wetterwechsel hier sind echt krass. Müde bin ich auch schon wieder von der Nordsee-Luft«, sagte Probst. »Wir können ein Mittagsschläfchen machen, bevor wir heute Abend nach Sankt Peter-Ording fahren, um die Janssen zu besuchen.« »Wir?« »Ja. Sie wollten doch die Wohnung der Janssen verkabeln.« »Woher wissen Sie das?«, fragte Probst völlig überrascht. »Ich habe es mir gedacht«, antwortete Ritter. »So langsam werden Sie mir unheimlich.«

»Hören Sie, Frau Mandy. In Zukunft planen wir die Dinge gemeinsam. Ich kann nur für Ihre Sicherheit garantieren, wenn ich informiert bin. Falls etwas schiefläuft, muss ich das vorher wissen. Und Wagner? War der ebenfalls über Ihre Aktion informiert?«

»Ja«, antwortete sie kleinlaut.

»Wir machen es folgendermaßen: Sobald ich irgendwo mit der Janssen zusammen bin, bekommen Sie eine SMS von mir. Das Zauberwort heißt JETZT! Dann können Sie loslegen. Und wenn ich mich von der Janssen wieder verabschiede, bekommen Sie eine weitere SMS. Okay?«

»Okay.«

»Was installieren Sie denn da eigentlich so alles?«, fragte Ritter seine Kollegin. »Ich wollte gerne Kameras und Wanzen in der Wohnung installieren. Zudem einen Peilsender am Auto. Und eine Abhörwanze im Innenraum des Wagens.« »Und wer und wann hört und schaut sich das alles an?« »Na, der Kevin. Vielleicht auch unsere Neue, die Frau Rätsel, und ich natürlich.« »Ich mag solche Methoden eigentlich nicht. Dürfen wir das überhaupt?« »Yes! Alles mit Frau Zuske geklärt.« Ritter nahm sein Handy, einen Augenblick später hörte Probst, wie er sagte: »Hallo, Frau Janssen. Wo und wann wollen wir uns denn heute treffen?« Kurzes Schweigen. »Okay, gut. Freue mich. Dann bis später.« Probst sah ihn fragend an. »Wir treffen uns um zwanzig Uhr in Sankt Peter-Ording in der Reithalle. Dort gibt es ein Restaurant mit Blick in die Anlage. Sie hat nämlich bis zwanzig Uhr Reitunterricht.« »Reiten wollte ich auch immer mal ausprobieren«, sagte Probst und dann gingen die beiden zurück ins Haus.

Gegen sechzehn Uhr wachten Ritter und Probst fast gleichzeitig auf, Sie hatten tatsächlich ein wenig geschlafen. Probst machte einen Kaffee und holte zwei Stück Erdbeerkuchen aus dem Kühlschrank. Gerade als sie die leckere Süßigkeit verputzt hatten, meldete sich Wagner. Per Skype war er wieder auf dem großen Flat-Screen zu sehen. Er grinste und schaute nach rechts: »Nun kommen Sie doch mal rüber zu mir, Frau Rätsel.« Eine Frau mit längerem schwarzen Haar und einem durchaus attraktiven Gesicht war nun auf dem Bildschirm neben Wagner zu sehen. Ritter bemerkte eine gewisse Ähnlichkeit zu Nina Hagen oder Katharina Thalbach. Frau Rätsel sah aus wie eine Mischung der beiden Frauen.

»Hallo, Frau Rätsel. Schön, Sie kennenzulernen. Auch wenn es ungewöhnlich ist, dass es über das Internet geschieht.« »Ja, Hallöchen, ihr beiden. Bin gerade mal hier, um mir alles anzuschauen. Ick freue mich wirklich auf diesen Job und auch auf Euer Team.« »Ja, also dann: Herzlich willkommen«, sagte Ritter. Rätsel grinste fröhlich in die Kamera. Wagner mischte sich ein: »Der K. H. Dreßen ist nirgendwo in Schwerin aufgetaucht. Nichts zu finden.« Worauf Ritter erwiderte: »Eventuell müssten Sie da mal hinfahren. Denn die Akten vor der Wende sind sicherlich nicht digitalisiert. Da gilt es, schon tiefer zu forschen.«

Bevor Wagner antworten konnte, sagte Frau Rätsel: »Ick bin zufällig am Wochenende zu Besuch bei meiner Schwester in Schwerin und könnte dann Montag mal die Ämter abklappern.« »Hervorragend, Frau Rätsel. Tun Sie das. Das spart uns eine Menge Zeit. Ist ja auch egal, ob sie Montag, Dienstag oder Mittwoch im Büro anfangen. Diese Informationen wären wichtig für uns.« »Okay, Chef.

Auftrag wird ausgeführt«, sagte Rätsel und grinste frech. »Ja wunderbar. Frau Mandy und ich bleiben über das Wochenende hier oben an der Küste. Und heute Abend treffe ich mich mit der Nina Janssen. Zeitgleich wird Frau Mandy die Wohnung der Janssen verkabeln.« Wagners rechtes Augenlid zuckte kurz. »Hören Sie, Wagner, ich weiß Bescheid. Keine Alleingänge mehr, ist das klar?« »Alles klar. Sorry.«

Frau Rätsel schaute jetzt etwas verwirrt. »Frau Rätsel, die beiden wollten das ohne mein Wissen installieren. Das geht halt so nicht.« »Die jungen Wilden«, kicherte Frau Rätsel plötzlich. Wagner sah sie etwas verstört an, während Probst schmunzeln musste. Ritter war kurz etwas verwirrt, musste aber spontan herzlich und laut lachen.

»Okay. Genug jetzt. Haben wir die Liste von diesem Windpark schon bekommen, Wagner?«, fragte Ritter nach ein paar Augenblicken. »Nein, dauert wohl etwas länger. Dafür habe ich das Alibi vom Mommsen überprüft. Gibt jede Menge Zeugen. Er war auf jeden Fall am Mordabend in Kiel. Das haben einige der Grünen Mitglieder bestätigt. Scheidet wohl aus als möglicher Täter.« »War ja klar. Gut. Haben wir nur noch den K. H. Dreßen und die Nina Janssen plus irgendwelche Bauern und Jäger. Was für eine Scheißgeschichte. Okay. Gut gemacht, Wagner. Und viel Glück in Schwerin, Frau Rätsel.« »Danke, Chef.« Der Bildschirm wurde dunkel.

Kurz vor zwanzig Uhr erreichte Ritter den Reiterhof. Es war ein riesiges Gelände mit einigen Koppeln und einer ziemlich großen Halle dazu. Auf einem Hinweisschild wurde mit dem Slogan geworben: ›Reiten am Meer‹ und ›Ponyreiten‹.

Der Hof lag direkt parallel hinter einem kleinen Deich. Oben auf dem Deich war der riesige, sehr weitläufige Strand von Sankt Peter-Ording zu erkennen. Es war schon fast dunkel, das Wasser am Horizont konnte er nur noch erahnen.

Er betrat das ›Gasthaus Lindauer‹ und wollte sich gerade einen Platz suchen, als die Kellnerin auf ihn zukam und fragte, ob er denn der erwartete Herr Ritter sei. Als er zustimmend nickte, führte sie ihn zu einem Tisch an der großen, durchsichtigen Glasscheibe. Sie erlaubte den Blick in die Reithalle. »Frau Janssen hat Sie bereits angekündigt und diesen Tisch für Sie beide reserviert«, bemerkte die Kellnerin. »Okay. Vielen Dank«, erwiderte Ritter. Er setzte sich, nahm die Speisekarte und studierte das Angebot. Als er die Nordseekrabben mit Rührei und Bratkartoffeln entdeckte, stand sein Entschluss schnell fest. Allerdings waren zwanzig Euro ein recht stolzer Preis.

Fünf Minuten später traf Nina Janssen ein und Ritter erhob sich, um sie zu begrüßen. Sie stand direkt vor ihm und blickte ihn mit ihren tiefblauen Augen an. Sie gab ihm ihre warme, zarte Hand und strahlte ihn an: »Schön, Sie endlich mal kennenzulernen, Commissario.«

Ritter wurde fast schwindelig. Sie hatte wirklich eine unglaubliche Aura und Wirkung. Genauso, wie es Kommissar Thys bereits beschrieben hatte. Und das, obwohl sie ungeschminkt und noch etwas verschwitzt vom Reiten war. Oder gerade deshalb? Sie trug eine klassische Reiterhose und Reiterstiefel, dazu ein unscheinbares, weinrotes Poloshirt. Ihre Haare hatte sie zu einem langen, blonden Zopf zusammengebunden. »Ja, freut mich ebenfalls, Sie endlich zu treffen. Haben Sie ebenfalls Hunger?«, fragte Ritter. »Oh ja. Reiten ist anstrengend. Schon etwas gefunden?« »Ja, ich nehme die Nordseekrabben«, sagte er. »Gute Wahl. Die nehme ich heute auch.« Sie setzten sich.

Als die beiden bestellt hatten, sagte Nina Janssen zu Ritter: »Nun schickt das BKA also seinen besten Mann, um mich endlich zu überführen. Und dazu noch so einen attraktiven. Ich bin gespannt.« »Frau Janssen, zunächst sollten Sie wissen, dass ich Sie nicht für die Hauptverdächtige halte.« Sie schaute ihn mit einem überraschten Gesichtsausdruck an: »Echt jetzt? Bisher war ich doch aber immer die Böse, die ihren Ehemann um die Ecke gebracht hat.« »Ich glaube auch die Geschichte mit der Einbrecherbande nicht. Ich bin eigentlich hier, um mehr über Ihren verstorbenen Ehemann zu erfahren. Ich weiß, dass ist sicher nicht besonders angenehm für Sie, aber ich benötige einfach mehr Informationen über ihn und sein Leben.«

Nina Janssen hatte aufmerksam zugehört. Ihre Körperspannung ließ etwas nach. Die Kellnerin brachte die Getränke. »Na, dann legen Sie mal los«, sagte sie nun in ruhigem Ton, nachdem sie einen großen Schluck Wasser getrunken hatte. »Die Fakten kenne ich alle inzwischen. Die meisten Menschen haben ihn sehr positiv beschrieben. Aber er hatte in den zwei, drei Jahren vor seinem Tod mit einigen Menschen durchaus Streit gehabt. Er ist auf Konfrontationskurs gegangen. Mit seinem Freund Mommsen von den Grünen zum Beispiel. Mommsen hat dies selbst erzählt.«

»Ja, das stimmt! Beide waren gute Freunde. Sie hatten die gleichen Interessen und Ideale. Als Mommsen aber im Landtag die Idee vorbrachte, das gemäßigte Gas Fracking in Schleswig-Holstein auszuprobieren, ist er echt ausgeflippt. Hauke sagte damals oft genug, dass er nun den Mommsen bekämpfen werde. Am Ende gingen sogar mir diese ewigen Diskussionen auf die Nerven.« Ritter fragte: »Wie wollte er ihn denn bekämpfen?« »Er hatte jeden Tag eine neue Idee. Ach, was weiß ich denn. Ich habe irgendwann nicht mehr zugehört.« Sie verzog ein wenig das Gesicht. Dann fuhr sie fort: »Aber der Mommsen war nicht die hellste Kerze auf der Torte und ein Feigling. Den können Sie mit Sicherheit von Ihrer Liste streichen.« »So schnell streiche ich niemanden von meiner Liste, obwohl der Mommsen ein wasserdichtes Alibi hat. Aber auf meiner Liste stehen noch so einige drauf.« Sie grinste ihn an und sagte: »Ich bin ja nun nicht mehr auf Ihrer Liste, oder?« Ritter erwiderte ihr schelmisches Lächeln, ohne eine Antwort zu geben.

»War der Mommsen öfter privat bei Ihnen im Haus zu Besuch?« »Ja, war er. Allerdings nur einmal. Mit seiner damaligen Freundin. Ich konnte ihn nicht besonders gut leiden und sagte das dem Hauke auch. Danach hatte er ihn nicht mehr eingeladen«, war ihre Antwort. »Was mochten Sie denn nicht an Mommsen?«

Sie nahm einen weiteren Schluck Wasser, bevor sie antwortete: »Er war irgendwie so unecht, als spielte er uns ständig was vor. Vielleicht war er bereits etwas vom politischen Alltag in Kiel verbogen. Ansonsten war er mir einfach nur unsympathisch.« Nina Janssen drehte nun ihren Kopf und schaute in die Reiterhalle. Es waren noch vier Reiter auszumachen. »Die fette Rickers lernt es auch nicht«, sagte sie plötzlich. »Die sollte lieber joggen gehen. Das arme Pferd bekommt doch Rückenprobleme. Aber hier oben an der Küste sind die meisten Frauen ziemlich übergewichtig und ungepflegt. Meistens haben sie auch noch diese Plastik Clogs an. Vorzugsweise in Pink. Dazu eine Jogginghose. Wie kann man nur so rumlaufen, Commissario?« »Nicht besonders sexy für einen Mann«, sagte Ritter und setzte zur nächsten Frage an: »Was war denn mit den Jägern und dem Seeadler damals so los?« »Ach je, das hatte ich völlig vergessen. Eine vollkommen abstruse Geschichte. Ich habe dem Hauke damals immer gesagt, dass er niemals rausfinden wird, wer den Adler abgeknallt hat. Aber er konnte es einfach nicht akzeptieren.« »Aber es wurde doch gar nicht bewiesen, dass der Adler abgeschossen wurde.« Nina Janssen verdrehte die Augen und sagte: »Natürlich wurde er von einem dieser Jäger abgeschossen. Der ist doch nicht einfach so in den Urlaub geflogen und hat seine Brut zurückgelassen.« »Denke ich auch«, sagte Ritter und lächelte sie an.

Das Gespräch wurde durch die Kellnerin unterbrochen, die mit zwei großen Tellern an ihren Tisch kam und servierte. Nina Janssen und Max Ritter wünschten sich gegenseitig einen guten Appetit. Ritter nahm sein Handy und schickte eine SMS an Mandy Probst.

Sie enthielt nur ein Wort: *Jetzt!*

Probst hatte auf die SMS von Ritter gewartet. Sie saß im Auto vor dem Hochhaus, in dem Nina Janssen wohnte. Die junge Frau stieg aus und nahm ihren Rucksack auf den Rücken. Als sie den Eingang des Hauses erreicht hatte, kam glücklicherweise gerade jemand heraus. So konnte sie ungehindert eintreten. Sie nahm den Fahrstuhl in die zwölfte Etage. Als sie oben angekommen war, musste sie allerdings feststellen, dass die Wohnungstür von Nina Janssen mit einem Codeschloss versehen war. Sie holte ein kleines Gerät aus ihrem Rucksack und hatte den Code nach zwei Minuten geknackt. Allerdings war nun noch das zusätzliche Türschloss zu öffnen. Das dauerte weitere zwei Minuten, dann konnte sie endlich eintreten.

Dunkelheit empfing sie und so brauchte sie ein paar Sekunden, um sich an die Lichtverhältnisse zu gewöhnen. Das Licht konnte sie auf keinen Fall anmachen, da man das einzige Hochhaus hier im Ort vom Reitstall aus sehen konnte. Probst begann nun, in allen Zimmern ihre kleinen Mikrokameras zu installieren. Es waren immerhin drei große Räume, wobei sie nicht ganz verstand, warum Nina Janssen gleich zwei Schlafzimmer besaß, die fast identisch eingerichtet waren. Dazu ein großes Wohnzimmer mit einer unglaublichen Sicht auf die Nordsee und Sankt Peter-Ording. Selbst wenn man jetzt, wo es bereits dunkel war, nicht mehr so viel sehen konnte. Weit draußen auf der See leuchteten ein paar einsame Lichter von irgendwelchen Schiffen.

Auch im Badezimmer, dem Extra-WC und der Küche brachte sie jeweils eine Wanze an, bis jeder Raum dieses Luxusapartments mit einem dieser kleinen Spione versehen war. Die Kücheneinrichtung war vom Allerfeinsten, wobei Probst bezweifelte, dass die Küche von der Janssen oft benutzt wurde. Sie konnte sich Nina Janssen einfach nicht am Herd vorstellen, zumal dieser sowieso wie neu aussah. Mandy Probst war völlig entspannt, denn Ritter würde ihr eine weitere SMS schreiben, um sie zu warnen, wann sie das Restaurant verlassen würden.

Die Nordseekrabben schmeckten Ritter vorzüglich. Nina Janssen war während des Abendessens aufgestanden. Sie müsse schnell mal auf die Toilette. Ritter kam es nach einigen Minuten komisch vor, dass die Janssen so lange nicht von der Toilette zurückkam. Er stand auf und schaute durch ein Fenster auf der linken Seite. Dort konnte man den Parkplatz sehen. Ihr Porsche stand nicht mehr da. Ritter wurde es plötzlich ganz heiß. Hastig sendete er eine SMS an Probst: ›Achtung! Gefahr!‹

Er setzte sich zurück an den Tisch. Seine Gedanken rasten nun wild. *Jetzt hat mich die Janssen doch tatsächlich reingelegt. Fuck! Ich habe sie wohl unterschätzt. Hätte ich nur auf Thys gehört.*

Der Appetit auf die restlichen Krabben war ihm endgültig vergangen. Schweißperlen bildeten sich auf seiner Stirn. Er hatte die Aktion in Gefahr gebracht. Und das nur, weil er sich schon wieder so überschätzt hatte. Wie bei Heike aus Hannover. Nur, dass es dieses Mal richtig peinlich werden könnte.

Als Mandy Probst den Fahrstuhl verließ und geradewegs auf den Ausgang des Hauses zusteuerte, kam ihr völlig überraschend Nina Janssen entgegen. Da sie die schwarze Kapuze ihres Hoodies übergezogen hatte und auch sonst sehr unscheinbar aussah, nahm Nina Janssen kaum Notiz von ihr und grüßte nur mit einem kurzen Hallo. Probst nickte einmal kurz, dann lief sie direkt zu ihrem Wagen und stieg ein. Ihr Handy piepste. SMS von Ritter. Bisschen spät, Chef, dachte sich Probst und musste schmunzeln. Sie schrieb zurück: ›Alles okay. Aber war knapp.‹ Ritters Antwort kam prompt. ›Gott sei Dank.‹

Mandy Probst saß noch in ihrem Wagen, als Nina Janssen nach knapp drei Minuten wieder aus dem Haus kam, in ihren schwarzen Porsche einstieg und davonbrauste. Verwirrt schaute sie dem Porsche hinterher. Sie schrieb eine weitere

SMS an Ritter. ›Jetzt fährt sie wieder los.‹ Von Ritter kam ein knappes ›Okidoki‹ zurück. Probst blieb ihm Wagen. Sie musste auf die Rückkehr von Nina Janssen warten, denn sie hatte sich den Porsche von ihr ja noch nicht vorgenommen. Und auf dem Parkplatz des Reitvereins wäre es zu auffällig.

Kurze Zeit später traf Nina Janssen im Restaurant ein und setzte sich wieder an den Tisch zu Ritter: »Sorry. Ich war schnell zu Hause. Hatte meinen Geldbeutel vergessen. Und ich lasse niemals anschreiben. Das wäre mir peinlich.«

»Ach so! Und ich fing gerade an, mich zu wundern, wo Sie denn bleiben.«

Sie deutete auf seinen noch halb gefüllten Teller und fragte: »Schmeckt es Ihnen nicht, Herr Ritter?« »Doch, ja. Es schmeckt sogar hervorragend. Aus Solidarität habe ich nicht weitergegessen und auf sie gewartet.« »Sie sind ja ein richtiger Gentleman alter Schule. Und dazu keinen Ring am Finger. Sobald Sie den Fall abgeschlossen haben, sollten wir uns vielleicht mal privat treffen. Aber wer weiß, ob ich Ihnen überhaupt gefallen würde.« Sie setzte ein wohl sehr oft geübtes, gewinnbringendes Lächeln auf. »Nun, Frau Janssen, Sie sind eine sehr attraktive Frau. Aber das wissen Sie ja selbst. Also wer weiß. Vielleicht kommen Sie demnächst mal nach Berlin. Dann könnten Sie mich besuchen.« Ritter war erstaunt über sich selbst. Was hatte er da gerade gesagt? War er denn dabei, seinen Verstand zu verlieren? Nina Janssen freute sich: »Oh, vielen Dank für das Angebot. Da komme ich mit Sicherheit drauf zurück.« Ritter schluckte schwer. Er musste sich schnell wieder unter Kontrolle bringen.

Als die Kellnerin die Teller abräumte, bestellte sich Nina Janssen noch ein Glas Champagner, während Ritter einen doppelten Espresso orderte.

Ritter hatte sich wieder im Griff und fragte nun: »Kennen Sie eigentlich den Chef vom Jägerverein in Dithmarschen? Sein Name ist Dreßen.«

Nina Janssen schien jetzt doch überrascht zu sein, denn sie fing an, nervös mit ihrem rechten Bein zu wippen. Körpersprache ist was Wunderbares, dachte sich Ritter.

»Ja, ich kenne ihn. Aber nicht sonderlich gut. Den fand ich äußerst unsympathisch. Ein hässlicher Vogel ist er auch, den will doch keine Frau geschenkt haben.«

»Und warum haben Sie dann fünfzigtausend Euro an ihn überwiesen?«, fragte Ritter nun.

Nina Janssen war schon wieder überrascht: »Sie haben sich wohl meine Kontobewegungen angesehen?«

»Aber sicher. Bei der hohen Lebensversicherung, die Sie damals ausbezahlt bekommen haben. Und erzählen Sie mir bitte keine Fantasiegeschichten.«

»Ja, okay. Ich hatte ihn im Sommer 2013 zufällig getroffen, als ich in Wesselburen etwas zu regeln hatte. Ich saß auf der Terrasse der Eisdiele und er sprach mich an. Irgendwann kamen wir auf dieses Windpark-Thema. Man konnte nur in diesen Windpark investieren, wenn man in einer dieser vier Gemeinden als Einwohner gemeldet war. In den Gemeinden, die diesem Windpark zugestimmt hatten. Und der Dreßen war in Schülpersiel wohnhaft. Also vereinbarten wir, dass er für mich fünfzigtausend Euro dort investiert. Natürlich auf seinen Namen.«

Sie zuckte mit den Schultern, um zu signalisieren, dass sie keine Ahnung hatte, warum sie das überhaupt getan hatte. Das bestätigte sie auch gleich: »Keine Ahnung, warum ich diesen Schwachsinn mitgemacht habe. Dieses Arschloch zahlt mir noch nicht mal meine Gewinne aus. Hätte ich mir ja denken können. Und, Herr Ritter, glauben Sie mir, das war bisher der größte Fehler in meinem Leben. Vielleicht bin ich da zu naiv gewesen. Das ärgert mich so sehr, ich darf nicht dran denken.«

Sie nahm einen großen Schluck Champagner und knallte das Glas auf den Tisch. »Upsi. Aber ich habe das Geld abgeschrieben. Ich kann ihn ja nicht verklagen. Ist alles nicht so richtig legal. Zum Glück ist Geld eines meiner kleinsten Probleme«, sagte sie und lächelte ihn an.

»Es wundert mich, dass Sie sich auf Dreßen eingelassen haben. Sie fanden ihn doch richtig unsympathisch, oder? Doof sind Sie ebenfalls nicht. Also warum haben Sie diesem Typen dann fünfzigtausend Euro anvertraut? Um noch mehr Geld zu verdienen?«

Nina Janssen setzte jetzt einen verzweifelten Blick auf. Ihre Mimik hatte sie jedenfalls total im Griff. *Das hat sie wohl sehr oft vor dem Spiegel geübt*, dachte sich Ritter. »Ja, ich wollte mein Geld gewinnbringend einsetzen. War dumm von mir, denn ich bin nun mal Apothekerin und keine Businessfrau. Passiert mir garantiert nicht mehr.«

»Und die fünfzehntausend Euro Spende an den NABU? Was ist damit?«, fragte Ritter nun. »Ach ja, stimmt. Das habe ich wirklich gerne getan. Denn eigentlich finde ich diesen Verein richtig gut. Und ich habe durch meinen Hauke viel gelernt, was den Naturschutz betrifft. Und bevor Sie nach der Pia Stoffel fragen: Die mochte mich nicht. War wohl eifersüchtig auf mich. Der lief doch schon der Sabber aus dem Mund, wenn die den Hauke nur gesehen hat. Ekelhaft. Und Hauke stand nun mal nicht auf dicke Bauerntrampeln. Über meine Spende hat sie sich bestimmt trotzdem gefreut. Aber verstehen wird sie das bis zum Rest ihres Lebens sicher nicht, und das ist meine Art der Schadenfreude.«

»Okay. Dann war es das fürs Erste. Vielen Dank für Ihre offenen Worte. Falls sich noch etwas ergibt, würde ich mich natürlich noch mal melden, falls das für Sie in Ordnung ist?«, sagte Ritter. »Ich hoffe doch sehr, dass Sie sich noch einmal melden, Herr Ritter. Am liebsten würde ich Sie jetzt mit nach Hause nehmen und wir könnten uns noch weiter unterhalten. Aber das geht leider nicht.« Nina Janssen zwinkerte ihm zu. »Leider«, antwortete Ritter und bereute noch in derselben Sekunde diese dämliche Antwort.

Es war bereits dreiundzwanzig Uhr, als Nina Janssen ihren schwarzen Porsche 911 vor dem Haus parkte. Als Probst sah, wie Janssen im Haus verschwand, stieg sie aus und versah den Wagen mit einem Peilsender. Auf ein Mikro im Wageninneren verzichtete sie. Schließlich zeichneten sie ja ihre Telefongespräche auf. Zufrieden fuhr sie zurück.

Kurz vor Mitternacht erreichte Probst endlich wieder das Haus am Deich. Sie hatte inzwischen einen Mordshunger bekommen und machte sich noch ein großes Käsebrot. Während Probst genüsslich, fast hingebungsvoll die Stulle verspeiste, begann Ritter, von seinem Gespräch mit Nina Janssen zu erzählen. Da Probst den Mund voll hatte, kam nur ab und zu ein »Oha« als Reaktion. Dann sagte er: »Ich weiß echt nicht, ob diese Aktion von ihr geplant war. Entweder hat sie wirklich nur ihren Geldbeutel geholt, oder aber sie ahnt, dass wir sie verwanzen. Das werden wir wohl nicht erfahren, aber wir müssen in Zukunft noch vorsichtiger bei ihr sein. Und vor allen Dingen gut vorbereitet.« Probst nickte bejahend. Sie trank einen großen Schluck Wasser. Zu Ritter gerichtet meinte sie: »Diese Geschichte mit den fünfzigtausend Euro für den Windpark nehme ich ihr sogar ab. Hoffentlich bekommen wir morgen endlich die Liste.« Kurze Zeit später verschwanden beide in ihren Zimmern, um sich dem wohlverdienten Schlaf hinzugeben.

Freitag, 14. März 2014

Der Kaffeeduft weckte Ritter gegen acht Uhr morgens. Der Regen prasselte mal wieder auf das Dach. Als er in die Küche kam, begrüßte ihn Probst: »Guten Morgen, Cheffe, hoffe, Sie haben gut geschlafen.« »Oh ja, danke. Sie auch?« »Ja, allerdings. Heute ist hier wieder Selbstmordwetter.« Ritter musste lachen und nahm einen ersten Schluck des starken Kaffees. »Und Chefe, was machen wir denn heute so alles?«, wollte Probst wissen. Ritter rieb sich nachdenklich am Kinn und sagte dann: »Wir könnten den K. H. Dreßen weiter nerven oder die Nina Janssen gleich überraschen. Ich weiß noch nicht so genau. Am besten wäre es allerdings, wenn wir zunächst bei Edeka-Ralf zum Frühstücken gehen.« »Oh ja, der ist doch so nett. Hunger habe ich auch wie ein Pferd.«

Probst suchte erneut das Haus nach Wanzen ab, dieses Mal konnte sie keine neuen entdecken. Sie fuhren mit dem schwarzen BMW los durch den strömenden Regen. Richtig hell wurde es ebenfalls nicht, die Wolken hingen schwer und dunkel über der kargen Landschaft. Immerhin war es nicht sehr windig und so drehten sich die großen Flügel der vielen Windräder nur langsam und schwerfällig. Links und rechts der Fahrbahn waren wieder Schafe, Kühe und Pferde zu sehen. »Irgendwie schön hier. Wenn jetzt noch die Sonne scheinen würde«, sagte Probst und sah verträumt aus dem Fenster. Ein paar Minuten später saßen sie im Einkaufsmarkt an einem der kleinen Tische in der Ecke und genehmigten sich ein Frühstück. Diesmal saß an einem der anderen Tische eine alte Frau. Sie starrte aus dem Fenster und schüttelte von Zeit zu Zeit verneinend ihren Kopf. Irgendwas störte sie. Vielleicht auch alles.

Edeka-Ralf stand plötzlich vor ihnen. »Moin Moin. Darf ich mich kurz zu euch setzen?« »Aber klar doch«, sagte Probst und lächelte ihm freundlich zu. »Schon Pläne für das Wochenende?«, fragte Ralf. »Noch nicht. Nächste Woche wollte ich nach Helgoland rüber, da wohnt eine der Schwestern von Hauke Janssen«, antwortete Ritter. »Helgoland ist auf jeden Fall eine Reise wert. Da können Sie steuerfrei einkaufen. In Büsum fährt täglich ein Schiff ab«, ließ Ralf ihn wissen. Probst fragte: »Muss ich da unbedingt mitkommen?« »Nein. Das kann Wagner machen. Er ist ja dann wieder hier.« Edeka-Ralf wandte sich an Probst: »Sie könnten eine Wattwanderung unternehmen. Das ist gesund und macht Spaß.« Er stand auf, holte ein kleines Prospekt und reichte es Probst. »Natürlich unter professioneller Führung. Denn das kann bei einsetzender Flut schnell gefährlich werden. Die Priele laufen höllisch schnell voll und dann kommt man nicht mehr zurück ans Land.« »Was sind denn Priele?«, fragte Probst neugierig nach.

Nun kam Edeka-Ralf in Fahrt: »Priele sind wie kleine Flüsse oder Rinnen. Im Gegensatz zur Einschätzung vieler Touristen füllt sich das Wattenmeer bei Flut nicht gleichmäßig, sondern die Priele laufen zuerst voll. Rinnen, die nur wenige Zentimeter tief waren, können sich in kurzer Zeit in größere Flüsse verwandeln. Priele weisen aufgrund ihrer oftmals großen Wassermengen hohe Fließgeschwindigkeiten auf, die selbst beste Schwimmer überfordern. Deshalb ertrinkt hier hin und wieder ein Tourist, falls der Helikopter zu spät kommt.« Probst war überrascht. »Danke, Ralf. Wieder was gelernt. Hört sich gefährlich an.« »So. Schönen Tag noch, ich muss mal wieder«, sagte Edeka-Ralf und stand auf.

Mandy Probst schaute auf ihr Handy und bemerkte: »Kevin hat uns die Liste der Windpark-Eigner gemailt.« Sie wischte auf der Oberfläche ihres Smartphones und fuhr fort: »Dreßen hat tatsächlich genau die fünfzigtausend Euro investiert, die ihm die Janssen gegeben hat. Der Günther von der SPD ist sogar mit hunderttausend Euro eingestiegen. Die anderen kennen wir noch nicht, was aber vielleicht auch nicht weiter tragisch ist.« »Wahrscheinlich. Den Günther von der SPD besuchen wir am besten gleich mal. Der wohnt in Heide«, sagte Ritter entschlossen. Probst bremste ihn etwas und entgegnete: »Ich weiß jetzt schon, was der erzählt! Wahrscheinlich das Gleiche wie die vielen Bauern, mit denen Hauke im Clinch lag. Blah, blah, der Hauke war ein dufter Typ, aber die letzten Jahre wurde er verbissen. Blah, blah. Wir werden nichts anderes mehr hören. Ist doch echt sinnlos.«

Nach einer kleinen Pause antwortete Ritter: »Ja, ich weiß. Wir drehen uns im Kreis wie diese Flügel der Windräder. Mal schneller, mal langsamer.«

Die alte Frau stand auf und sagte: »Scheiß Windräder.« Dann verließ sie den Edeka. Probst und Ritter beschlossen, für das Wochenende noch das einzukaufen, was sie am Vortag vergessen hatten, dann fuhren sie zurück ins Haus.

Probst klappte ihren Laptop auf und sichtete die Aufzeichnungen aus der Wohnung von Nina Janssen. Ritter machte sich am Clipboard zu schaffen und versuchte, Ordnung in die Ergebnisse zu bringen. Gegen Mittag fragte er dann: »Frau Mandy, was gibt es zu berichten?« »Leider nichts bisher. Haben Sie neue Erkenntnisse?« »Nicht wirklich. Ich verstehe das alles irgendwie nicht. Vielleicht sollten wir das Wochenende einläuten und uns mal die Köpfe vom kalten Wind frei blasen lassen.« Plötzlich klingelte Ritters Handy. Es war Thys. Er berichtete, dass Schneider letzte Nacht im Krankenhaus gestorben war. Er hatte seinen letzten Exzess nicht überlebt. Ritter berichtete ihm von seinem ersten Treffen mit Nina Janssen. Er verschwieg allerdings, dass sie die Janssen verwanzt hatten.

Gegen vierzehn Uhr fuhren Probst und Ritter wieder durch den strömenden Regen. Ihr Ziel war Büsum. Sie wollten ins ›Piratenmeer‹. So hieß das Schwimmbad dort. Mit Sauna und Wellenbad. Beim zweiten Saunagang in der Gemischten sagte Probst plötzlich: »Dank Ihnen und der Arbeit habe ich die letzten Tage fast nie an meine Liebeskrise gedacht. Danke.« Dann gab sie ihm völlig überraschend einen Kuss auf die Wange, stand auf und ging ins Abkühlungsbecken. Ritter war ziemlich perplex, aber freute sich auch irgendwie. Papa Ritter.

Nach drei Saunagängen und einigen Bahnen im Schwimmbecken gingen sie frisch erholt durch die kleine Fußgängerzone bummeln und beschlossen, bei ›Fisch Harry‹ etwas zu essen. Als sie bestellt hatten, sagte Probst: »Ach, herrlich. Wie im Urlaub. Auch wenn es regnet. Die Sauna hat mir richtig gutgetan.« »Allerdings, ich fühle mich jetzt viel besser.« »Wollen Sie wirklich nächste Woche nach Helgoland? Es reicht sicher ein Anruf.« Ritter trank einen Schluck seiner Apfelschorle und entgegnete: »Ich habe noch nie jemanden am Telefon befragt, wenn es persönlich möglich war. Man erfährt immer einiges mehr bei einem persönlichen Gespräch, dazu kommen Augenkontakt und Körpersprache. All das fällt am Telefon ja weg.« Probst zog die linke Augenbraue leicht hoch. Dann wechselte sie das Thema.

»Wie lief das denn bei Ihnen bisher so mit Ihrem Liebesleben?«

Ritter schaute sie überrascht an. »Tja, äh. Wahrscheinlich eher nicht so konstant wie bei den Meisten. Ist wohl der Beruf. In meinen jungen Jahren hatte ich eine längere Beziehung mit einer Silke. Doch Silke verließ mich wegen eines Holgers. Sie gingen nach Indien zu einem Guru, ich habe sie nie mehr gesehen. Dann bin ich nach Stuttgart gezogen und habe dort gearbeitet.« Ritter unterbrach seine Ausführungen, denn der Kellner servierte die große Fischplatte mit Bratkartoffeln für die beiden. Sie hatten jetzt einen Bärenhunger nach dem Schwimmen und Saunieren im ›Piratenmeer‹.

»In Stuttgart hatte ich nur ein paar kurze Affären. Das Schickimickigehabe einiger Damen ging mir doch sehr auf die Nerven. Später in Leipzig hatte ich dagegen unzählige Affären. Die Ostfrauen zu jener Zeit waren sehr direkt. Nicht so verklemmt wie die im Westen.

Und in Leipzig gab es so viele wunderschöne Frauen. Eine tolle Zeit. Tja, und in Berlin hatte ich in den letzten paar Jahren nur zwei sehr kurze Beziehungen. Immerhin hatte ich letztes Wochenende das Techtelmechtel mit der Heike aus Hannover, wenn auch ungeplant. Mehr gibt es dazu nicht zu sagen. Nicht sonderlich aufregend, was?« Probst lächelte ihn an und sagte: »Och, geht doch. Ist vielleicht besser, als immer den gleichen Partner das ganze Leben lang an der Seite zu haben. Aber wer weiß schon, was richtig ist. Muss halt jeder selbst rausfinden.«

Dann rutschte es Ritter raus, obwohl er es vermeiden wollte: »Und wie haben Sie denn festgestellt, dass Sie, äh, lesbisch sind?« Er wurde leicht rot dabei. Probst grinste ihn an und sagte: »Na ja, ich hatte zuerst zwei Jungs. Beide hatten nach knapp zwei Minuten ihren Orgasmus und fragten mich anschließend, ob es toll war. Da konnte ich nur laut lachen und habe sie gefragt, ob sie das ernst meinen. Die flüchteten danach sofort. Eines Tages übernachtete ich bei meiner Schulfreundin Katrin. Wir hatten ziemlich viel Sekt getrunken und haben uns zusammen ins Bett gelegt, um zu schlafen. Ich war fünfzehn. Wir haben aber nicht geschlafen. Es ist halt einfach so passiert. Es war wunderschön. Wir waren fast zwei Jahre zusammen. Es durfte natürlich zunächst niemand erfahren. Später habe ich es meinen Eltern erzählt. Die waren überraschend locker. Damit hatte ich nicht gerechnet, war aber natürlich froh. Katrin ist einige Zeit später für ein Jahr in die USA gegangen und kam leider nicht wieder zurück.« Probst nahm erneut ein großes Stück von dem leckeren Fisch und schwieg eine Weile lang. »Aha, ja, warum nicht. Kann ich schon verstehen«, sagte Ritter etwas unbeholfen.

Als sie bezahlt hatten und durch die Fußgängerzone zurück gingen, zeigte Probst auf einen Bücherladen schräg gegenüber: »Ich kauf mir noch einen neuen Krimi fürs Wochenende. Kommen Sie mit?« »Ja. Ich hole mir ein paar Zeitungen.« Ritter kaufte sich eine Ausgabe der Süddeutschen Zeitung, dazu den letzten Spiegel. Probst wählte den neuen Krimi eines gewissen Fred Vargas, der eigentlich eine Frau war. Das erklärte sie ihm auf dem Rückweg. Sie fuhren zurück ins Deichhaus. Der Regen hatte etwas nachgelassen, dafür hatte der Wind an Fahrt zugelegt. Die Wolken zogen jetzt in schnellem Tempo alle Richtung Horizont, als hätten sie noch eine Aufgabe zu erledigen.

Am Abend machten es sich Probst und Ritter auf der großen Wohnzimmercouch gemütlich. Während Probst ihren neu gekauften Krimi las, schaute sich Ritter im Fernsehen eine Dokumentation über den Ukrainekonflikt an.

Samstag, 15. März 2014

Ritter kam gegen neun Uhr aus seinem Schlafzimmer. Probst trank bereits Kaffee und starrte auf ihren Computer. »Kaffee ist schon fertig«, sagte sie, ohne ihn anzusehen, und ergänzte dann: »Die Nina Janssen fährt Richtung Kiel. Ich bleib dran.«

»Okay. Ich gehe mal kurz joggen und dann duschen«, sagte Ritter und verließ kurz darauf das Haus. Als er wieder zurück war und nach einer heißen Dusche schließlich in der Küche saß und erneut einen Kaffee trank, kam Probst und sagte: »Die Nina Janssen hat mit Peter Mommsen telefoniert. Die treffen sich gleich in Kiel. Was geht da ab?« Ritter sah seine Kollegin sichtlich überrascht an. Dann meinte er: »Das ist eine schräge Kombination. Die hatte ich nicht auf dem Schirm. Die Janssen und der Mommsen? Das ist eine echte Sensation. Ich rufe den gleich mal überraschend an.«

Ritter machte Rühreier mit Speck und noch mal eine frische Kanne Kaffee. Beide frühstückten, Probst mit Laptop am Küchentisch. Ritter nahm sein Handy, tippte den Namen von Mommsen an und stellte auf Lautsprecher, damit Probst mithören konnte. »Morgen, Herr Mommsen. Kommissar Ritter hier. Entschuldigen Sie die Störung am Wochenende. Ich würde Sie gerne kurz treffen, wenn es möglich wäre.« Kurze Pause, dann hörten sie Mommsen: »Oh, Herr Ritter. Nein, Sie stören nicht. Ich bleibe allerdings dieses Wochenende in Kiel, ich muss ein paar private Dinge hier regeln. Sie können aber nach Kiel kommen, wenn es so dringend ist.« »Nein, nein. Ich wollte Sie nur fragen, wie oft Sie damals die Familie Janssen in deren Haus besucht haben. Und wie Ihr

Verhältnis zur Nina Janssen war?« Wieder entstand eine kurze Pause. »Ich war nur einmal bei denen zu Hause.« Ritter unterbrach ihn abrupt: »Nur einmal? Sie haben doch gesagt, er sei Ihr bester Freund gewesen.« Erneut entstand eine kleine Pause. »Ja, er wollte das nicht mehr. Ich glaube, seine Frau konnte mich nicht wirklich ausstehen. Aber das ist nur so ein Gefühl.« »Dafür verstehen Sie sich ja inzwischen ganz gut, nicht wahr? Vielen Dank, und bis ganz bald«, sagte Ritter und beendete das Gespräch, ohne noch eine Antwort abzuwarten.

Mandy Probst grinste ihn nun schelmisch an und sagte: »Ob die beiden jetzt etwas verwirrt sind? Und nun fragen die sich, wer von beiden überwacht wird. Oder vielleicht sogar beide? Die haben jetzt viel Gesprächsstoff.« »Kann die Janssen ihre Kameras und Wanzen finden?« »Niemals«, sagte Probst. »Noch nicht mal mit einem Suchgerät. Das ist die neueste Technik, es sind Spezialanfertigungen, keine Sorge.«

»Kommen Sie, Frau Mandy, wir fahren nach Heide in den Elektromarkt. Der K. H. Dreßen hat um vierzehn Uhr Feierabend. Dann beschatten wir den heute etwas.

Mal sehen, was er so an seinem freien Wochenende unternimmt.« »Okay, Chef. Wattwanderung fällt heute bestimmt aus bei diesem Nebel?« »Yes.«

Zehn Minuten später fuhren sie im BMW los. Durch den Nebel war heute wieder Schneckentempo angesagt. Probst übernahm das Steuer an diesem Morgen. Außerdem hatten sie sich geeinigt, vorerst keine Musik im Auto zu hören. Jacky erklärte ihnen erneut den Weg.

Als sie ihr Ziel erreichten, fuhren sie auf den riesigen Parkplatz. Sie entdeckten recht schnell den Wagen von Dreßen und parkten etwas abseits, aber so, dass der Wagen in ihrem Blickfeld blieb. Probst sah auf ihr Handy und bemerkte: »Die Janssen ist immer noch in Kiel. Das Auto steht an dem Haus, in dem der Mommsen wohnt. Vielleicht haben sie sogar schon lange ein Verhältnis miteinander. Wäre dann der Klassiker.« »Vielleicht endlich der Durchbruch«, Ritters Skepsis konnte man nicht überhören.

Ritter stieg aus und rauchte eine Zigarette. Sein Gehirn kam auf Touren und seine Gedanken beschleunigten sich. Nina Janssen war nicht zu begreifen. Handelte sie überhaupt logisch? Hatte sie bisher nur einmal die Wahrheit erzählt? Und der Mommsen? Auch irgendwie ein komischer Typ. Und K. H. Dreßen? Ebenfalls ein Mysterium. Zumindest ebenfalls ein Lügner und Betrüger. Es blieben also immer wieder diese drei Hauptverdächtigen übrig. Ritter ließ die Zigarette auf den Boden fallen und trat sie aus. Dann stieg er wieder ins Auto und fragte Probst: »Was macht die Nina Janssen eigentlich so den ganzen Tag? Haben Sie die Aufzeichnungen schon gesichtet?«

»Ja, habe ich. Die hat aber gestern das Haus nicht verlassen. Ist gegen elf Uhr aufgestanden. Dann hat sie gebadet und sich gepflegt. Das hat fast neunzig Minuten gedauert. Anschließend hat sie sich auf ihre Wohnzimmercouch gelegt und gelesen. Gegen neunzehn Uhr hat sie sich von ›Gosch‹ eine Scholle mit großem, gemischtem Salat anliefern lassen. Nach dem Essen hat sie weitergelesen und ist gegen zweiundzwanzig Uhr eingeschlafen. Nichts besonders Aufregendes.«

Nach einem kurzen Schweigen meinte Ritter: »Sowohl Janssen als auch Mommsen haben ein wasserdichtes Alibi. Und trotzdem treffen sie sich heute. Um was zu besprechen? Sind die nervös geworden? Oder haben die jetzt einfach nur Spaß beim Sex? Oder was?« »Keine Ahnung. Achtung, da vorne kommt der Dreßen. Geht zu seinem Wagen. Verfolgen wir ihn?« »Klar doch.«

Dreßen stieg in seinen Geländewagen und fuhr recht zügig los. Probst und Ritter folgten ihm in sicherem Abstand. Nach knapp zwanzig Minuten mussten sie allerdings feststellen, dass K. H. Dreßen den Wagen vor seinem Haus parkte und wohl eher nichts mehr geplant hatte. »Und jetzt?«, fragte Probst. »Besuchen wir den Typen mal wieder«, antwortete Ritter und stieg aus. Probst blieb lieber im Wagen. Ritter klingelte. Dreßen öffnete und sein Gesichtsausdruck verfinsterte sich augenblicklich, als er Ritter sah. »Oh Mann, Sie schon wieder. Wollen Sie mir meinen Feierabend versauen?«, war seine erste Bemerkung. »Nein. Ich zische gleich wieder ab. Nur eine Frage. Die Janssen hat mir erzählt, dass sie Ihnen 50.000 Euro gab, um in den Windpark zu investieren, was Sie laut der Investmentliste auch getan haben. Und sie meinte, dass Sie ihr die Gewinne nicht auszahlen.«

»Ach! Ist der Herr Ritter jetzt auch noch Sozialarbeiter? Hören Sie mal zu. Ich sage dazu überhaupt nix. Das geht Sie einen Dreck an. Schicken Sie doch das Finanzamt oder einen der dämlichen Bullen aus Heide. Die Janssen und ich haben allerdings keine schriftliche Vereinbarung. Die Gewinne sind noch von der Steuer befreit. Und tschüss.« Dann wollte er die Tür zuknallen. Ritter bekam gerade noch seinen Fuß in den Türspalt. »Gut. Es geht auch anders. Nächsten Montag findet das LKA hier im Haus eine Menge Drogen, während Sie arbeiten sind. Dann lasse ich Sie wegsperren. Wenn Sie zehn Kilo abgenommen haben und schon ein paarmal einen Mitgefangenen im Arsch hatten, dann bin ich mir sicher, dass Sie mir alles, aber auch alles erzählen werden.«

Probst war ausgestiegen und kam dazu. Sie hatte die Szene beobachtet. »Gibt's Probleme mit dem Typen? «, fragte sie. »Nein. Der Herr Dreßen ist wie immer sehr freundlich zu mir.« Dreßen öffnete die Tür wieder etwas weiter. Sein Gesicht hatte inzwischen eine dunkelrote Färbung angenommen. »Sie sind eine echte Zecke, Ritter. Also gut. Ich kooperiere. Was wollen Sie wissen?« »Nichts. Wollte nur mal sehen, was für ein Arschloch Sie sind. Und danke.«

Ritter drehte sich ab, Probst folgte ihm. Dreßen stand mit offenem Mund ziemlich fassungslos da.

Dann fuhren sie zurück ins Haus am Deich. Der Nebel hatte sich aufgelöst und so langsam kam der blaue Himmel zum Vorschein. Die Sonne zeigte sich ebenfalls. »Was sollte das eigentlich gerade?«, fragte Probst. »Weiß ich nicht genau. Ich glaube, dass man dem genauso derbe kommen muss, wie er es selbst so treibt. Dann macht er Fehler, falls er was mit dem Mord zu tun hatte. Falls er das nicht hat, kriegen wir den trotzdem irgendwie dran. Wir finden noch was.« Probst steuerte den Wagen über die Landstraße und bemerkte nach einer kurzen Pause: »Klar. Der ist echt eklig. Aber der war es bestimmt nicht. Ich glaube, dass der nichts damit zu tun hat.« Ritter drehte den Kopf nach links und schaute sie an. Probst fuhr konzentriert. Wie schön sie ist, dachte er sich und sagte: »Vielleicht findet unsere Frau Rätsel was raus. Haben wir eigentlich ihre Handynummer?« »Ja, klar, Chef. Ich habe sie jedenfalls schon einprogrammiert. Wollen Sie sie jetzt anrufen?« Ritter überlegte kurz und sagte dann: »Nein. Wir lassen sie mal lieber ihr Wochenende genießen.«

Monika Rätsel hatte am Samstagmorgen den Zug nach Schwerin genommen. Sie schaute aus dem Fenster und genoss es, wie die Landschaft als Panorama an ihr vorbeirauschte. Doch nach einiger Zeit nahm sie diese Aussicht gar nicht mehr richtig wahr, so wild schossen ihre Gedanken umher. Endlich! Nach fünfundzwanzig Jahren Innendienst beim BKA wartete nun ein Abenteuer auf sie. So viele Jahre Akten wälzen, Rechnungen kontrollieren, Recherche für die Kollegen. Aber dieser Ritter hatte ihr gleich als ersten Auftrag eine Aufgabe übertragen, die sie nun in die Welt der Spione und Geheimnisse führen würde. Die gleichmäßigen Geräusche und Erschütterungen im Zug machten sie aber schläfrig, nach ein paar Minuten nickte sie ein. Als sie nach gut zwei Stunden Fahrt am Bahnhof in Schwerin ankam, wurde sie von ihrer Schwester Katrin abgeholt. Am Abend war sie bei einer Familienfeier eingeladen, da Katrins neuer Freund Enrico zu seinem fünfzigsten Geburtstag ein paar Freunde eingeladen hatte. Es wurde ein feuchtfröhlicher Abend.

Als Probst und Ritter wieder zurück im Haus waren, nahm sich Probst noch mal ihren Laptop und sagte: »So, die Janssen scheint wieder auf der Rückfahrt zu sein. Wie gerne wüsste ich jetzt, was die so alles besprochen haben.« »Oh ja, ich auch«, sagte Ritter. Dann beschlossen die beiden, noch ein wenig auf den Deich zu gehen. Sie setzten sich auf eine Bank und schauten in die Ferne. Die Schafe genossen anscheinend den Sonnenschein. Sie lagen entspannt auf dem Deich herum, manche trotteten gemütlich umher. Die Vögel kreischten nun nicht mehr so hysterisch. Alles hatte sich beruhigt. Auch das Wasser, das langsam abfloss. Es war Ebbe.

Sonntag, 16. März 2014

Punkt neun Uhr morgens wachte Ritter auf und ging in die Küche, um Kaffee zu machen. Er öffnete anschließend die Terrassentür und ging mit seiner Kaffeetasse hinaus, um seine morgendliche Zigarette zu rauchen. Er wurde von einem strahlend blauen Himmel begrüßt. Kein Wind. Ganz leicht hörte man das Rauschen der Nordsee hinterm Deich. Ritters Laune war sofort bestens. Er setzte sich auf einen der beiden Terrassenstühle, die sie bisher noch nie benutzt hatten, und ließ sich die Sonne ins Gesicht scheinen. Sie hatte heute bereits eine leicht wärmende Kraft entwickelt. Ritter genoss die Sonnenstrahlen. Er beschloss, heute einen wirklich freien Tag zu haben und mit Mandy Probst einen Ausflug zu machen.

Nach einem ausgiebigen Frühstück fuhren die beiden wieder mit dem schwarzen BMW los. Jacky war nicht nötig, sie kannten inzwischen die Strecke nach Sankt Peter-Ording. Im Ortsteil Böhl fuhren sie über den Deich und parkten den Wagen. Die Sonne war brutal grell an diesem Frühlingstag und so setzten sie ihre Sonnenbrillen auf. Mandy Probst kam aus dem Staunen kaum noch raus. So einen riesigen, langen und breiten Strand hatte sie noch nie in ihrem Leben gesehen. Die beiden schlenderten ohne ein bestimmtes Ziel am Strand entlang. Probst sammelte ein paar Muscheln und steckte sie in ihre Jackentasche. Plötzlich sagte sie: »Sind Sie hier auch mit Ihrer Heike spazieren gegangen?« »Ja klar. Wir hatten ebenfalls so ein tolles Wetter vergangenes Wochenende.«

Eine Stunde später stiegen sie wieder in den Wagen, fuhren in den Ortsteil Bad und parkten das Auto in einem Parkhaus, bummelten ein wenig durch den Ort mit seinen kleinen, feinen Läden, ohne etwas zu kaufen. Die Läden hatten hier auch sonntags geöffnet. Als sie auf dem Weg zum Restaurant ›Gosch‹ waren, sahen sie plötzlich Nina Janssen. Die Jansen stand auf der Terrasse vor dem Restaurant und rauchte eine Zigarette. »Ich wusste gar nicht, dass die Janssen raucht. In ihrer Wohnung raucht sie jedenfalls nicht. Da roch es eher nach Parfum«, sagte Probst. Ritter ergänzte: »Bei unserem Treffen hat sie nicht geraucht. Die ist doch jeden Tag für eine neue Überraschung gut.« Nach ein paar weiteren Sekunden drückte Janssen ihre Kippe aus und betrat das Restaurant. Probst und Ritter gingen ein paar Minuten später ebenfalls hinein und suchten sich einen schönen Platz direkt am Fenster. Sie schauten sich um, konnten Nina Janssen jedoch nirgendwo sehen.

»Ich bezahle heute«, sagte Ritter, während sie auf ihre Bestellung warteten. Beide hatten gegrillte Shrimps geordert, dazu frische Nordsee Kartoffeln. Ritter gönnte sich gar ein Alster, als er geklärt hatte, dass Probst den Wagen zurückfahren würde. Die Kellnerin servierte das Essen und die Getränke. Genüsslich begannen die beiden, ihre Gerichte zu verspeisen. Plötzlich stand Nina Janssen am Tisch. »Hallo, Commissario. Schön, Sie wiederzusehen. Jetzt ist mir auch klar, warum ich bei Ihnen keine Chance habe.« Ritter verschluckte sich fast, während Probst seelenruhig weiter aß. »Ich wusste ja nicht, dass Sie so eine junge, schöne Freundin haben. Da muss ich meine Hoffnungen auf so einen attraktiven Mann wohl begraben«, fuhr Janssen fort und setzte noch einen drauf: »Aber vielleicht kann ich Ihrer jungen Freundin noch etwas beibringen.« Nun konnte sich Probst nicht mehr bremsen und wurde zickig: »Wir würden gerne in Ruhe essen. By the way, Sie kommen ganz schön nuttig rüber und Ihr Hinterteil ist auch ziemlich groß. Glaube kaum, dass der Commissario auf so aufgepimpte Frauen steht, also zischen Sie ab.« Nina Janssen war sichtlich geschockt, drehte sich wortlos um, und verließ das Lokal.

Ritter grinste sie an: »Ganz schön aggro, Frau Mandy.« »Ach, ist doch wahr. So ein Scheißgelaber. Ich lege mich jetzt auch gleich fest. Die war es. Die Olle hat garantiert ihren Mann ermordet.« Wieder musste Ritter grinsen. Es gefiel ihm, wenn sich Probst so aufregte. »Da muss ich bei meinem nächsten Besuch bei der Janssen wohl die Wogen wieder glätten. Aber Sie haben ja recht, dieses Gelaber, wie Sie es nennen, ging mir ebenfalls auf den Geist.«

Ritter erzählte ihr lieber nichts von seinem merkwürdigen Verhalten letztens im Reitstall. Da hatte ihn Nina Janssen immer wieder aus dem Konzept gebracht. Vielleicht sollte er beim nächsten Mal lieber Probst oder Wagner mitnehmen.

»Morgen gegen elf Uhr kommt Wagner am Bahnhof in Heide an. Wollen Sie ihn abholen?« Und Schwupps, hatte Probst wieder ein strahlendes Lächeln auf den Lippen und sagte: »Ja, klar hole ich den Kevin ab. Ich freu mich schon auf ihn.«

Auf der Rückfahrt donnerte Technomusik im Wagen. Ritter hatte zugestimmt, als ihn Probst gefragt hatte, ob sie etwas Musik hören dürfte. Es störte ihn nicht. Er hatte drei Alster getrunken und war locker drauf.

Monika Rätsel dagegen brummte an diesem Sonntagmorgen gehörig der Kopf. Zum Glück fand sie in ihrer Handtasche noch eine Schmerztablette. Die Tablette und ein schwarzer Kaffee mit Zitrone würden sie wieder in Schwung bringen. Die anderen schliefen alle noch. Sie nahm ihr Handy und wählte die Nummer von Karl. Der Ex-Mann ihrer Schwester meldete sich sofort. »Hey, Moni. Schöne Überraschung. Wie geht es dir denn?« »Och, danke, janz jut. Ich bin in Schwerin. Schwesterherz besuchen. Haste heute Zeit für ein kleines Treffen?«, fragte Monika Rätsel. »Ja, aber erst ab fünfzehn Uhr. Wir könnten uns in der Stadt treffen und Kuchen essen. Kennste das ›Café Prag‹ in der Schlossstraße?« »Ja klar. Jut, dann bis später«, Rätsel legte auf.

Als Monika Rätsel am Nachmittag mit ihrem Ex-Schwager Karl den äußerst leckeren Kuchen verputzte, fragte Karl endlich: »Na, was haste denn auf dem Herzen?« Sie holte ein Foto aus ihrer Handtasche und legte es auf den Tisch. »Du warst doch bei der Stasi damals. Kennst du diesen K. H. Dreßen auf dem Foto?«, wollte sie wissen. Er sah sich das Foto genau an. Dann sagte er: »Das ist auf keinen Fall K. H. Dreßen. Den Mann auf diesem Foto kenne ich allerdings nicht. Aber den Dreßen kannte ich ziemlich gut. Wir waren beide jung und hatten gerade unsere Ausbildung begonnen. Das war ungefähr im Frühjahr 1989. Im September dann war Dreßen plötzlich verschwunden. Niemand konnte mir sagen, wo er abgeblieben war. Es war ja immer alles so geheim bei der Stasi, speziell für uns Neue. Ich habe ihn nie wiedergesehen. Dann kam ja die Wende und unser Verein wurde aufgelöst. Meine Ausbildung dort hatte ich nicht zu Ende gebracht. Wie du weißt, bin ich hier beim LKA in Schwerin gelandet. Ich musste aber in all den Jahren immer wieder an ihn denken.«

Nachdenklich schaute Monika Rätsel aus dem Fenster. *Das wird ja immer spannender.* Dann sagte sie zu Karl: »Ick werde mal morgen zum Standesamt am Pack Hof gehen. Die haben montags von acht bis sechzehn Uhr geöffnet. Vielleicht gibt es eine Sterbeurkunde.« »Gute Idee, Moni. Hätte ich selbst schon längst mal tun sollen. Allerdings bewahrt das Amt die Urkunden nur dreißig Jahre auf. Das passt gerade noch so. Falls er nämlich damals wirklich gestorben ist, dann war es vor genau fünfundzwanzig Jahren.« Rätsel nickte. »Und wer ist jetzt der Typ da auf dem Foto?«, fragte Karl. »Der ist jedenfalls als K. H. Dreßen unterwegs. An der Nordsee. Und es existieren keine Daten von ihm vor Januar 1990. Ganz merkwürdige Geschichte. Aber mein Chef hat ihn auf dem Kieker. Da stimmt was nicht«, sagte Rätsel. Karl war erstaunt. »Scheint wirklich eine komische Geschichte zu sein. Kannste mir das Foto geben? Dann kann ich mal im LKA ein wenig forschen, außerdem arbeitete mein Vater fast sein ganzes Leben bei der Stasi, der kann uns vielleicht auch weiterhelfen.« »Okay. Gute Idee«, antwortete Rätsel und überließ ihm das Foto. Karl bezahlte die Rechnung und Monika Rätsel drückte ihm zum Dank einen Kuss auf die Wange, danach fuhr sie mit der Straßenbahn zurück zu ihrer Schwester.

Montag, 17. März 2014

Gegen acht Uhr morgens trafen sich Mandy Probst und Max Ritter ohne Verabredung am Küchentisch. Sie schenkten sich frischen Kaffee ein und gingen auf die Terrasse. Auch heute strahlte ihnen die Sonne aus einem wolkenlosen blauen Himmel entgegen. Ritter zündete sich seine Morgenzigarette an: »Ich fahre jetzt nach Heide zu Kommissar Thys. Sie holen Wagner am Bahnhof ab und kommen nach. Wir besprechen all die Neuigkeiten, die es so gibt. Sie können den BMW nehmen. Ich nehme den Kleinen!« Mandy schaute ihn an: »Gut. Ich muss nur noch das Zimmer von Kevin wieder bewohnbar machen.«

Um neun Uhr fuhr Ritter los. Als er dreißig Minuten später das Polizeirevier betreten wollte, klingelte sein Handy. Es war Kiep vom BKA. »Morgen, Herr Ritter. Was gibt es Neues im Norden?« »Guten Morgen, Herr Kiep. Es gibt viele Neuigkeiten, aber wir drehen uns mächtig im Kreis. Wir haben drei Hauptverdächtige, die alle ein perfektes Alibi haben. Das ist der Stand der Dinge. Ich treffe mich jetzt gleich mit Kommissar Thys zur Lagebesprechung. Es ist schwierig. Noch bin ich aber optimistisch.« Kiep antwortete mit seiner tiefen Stimme: »Wären diese Fälle einfach, hätten wir Sie nicht anheuern müssen. Da braucht man Geduld. Aber das wissen Sie ja selbst. Es gibt keinen perfekten Mord. Man muss nur den Fehler finden. Bleiben Sie dran. Schönen Tag noch, Herr Ritter.«

Zwei Sekunden später klingelte es erneut. Er kannte die Nummer nicht. »Ritter«, meldete er sich. »Ach, Max, wie gut, dich zu hören«, sagte eine weibliche Stimme. Ritter war verwirrt. Er erkannte die Anruferin nicht sofort. Die Frau schien dies zu bemerken und sagte: »Ich bin es, die Heike aus Hannover. Deine Mitarbeiterin, die Mandy, hat mir deine Nummer gegeben. Mir wurde das Telefon geklaut. Ich hatte von dir keine Nummer mehr und konnte mich nicht melden. Dass du gar kein Lehrer bist, hat mir die Mandy auch erzählt.« Ritter war überrascht und sagte nur: »Ja, entschuldige bitte, dass ich dich belogen habe. Aber die meisten Frauen machen einen Rückzieher, wenn sie erfahren, dass ich bei der Polizei arbeite.« Er wusste gar nicht, was er sagen sollte. Dafür sagte Heike: »Ohne deine Kollegin Mandy würden wir jetzt nicht miteinander sprechen. Richte ihr bitte ein großes Dankeschön aus. Seid ihr noch immer an der Nordsee?« »Äh, ja. Schwieriger Fall. Aber wir haben uns gestern einen schönen Tag gemacht. In Sankt Peter-Ording. Da musste ich natürlich an dich denken. Ich freue mich wirklich sehr über deinen Anruf.« »Und ich bin froh, dass wir wieder Kontakt haben. Bei mir kommt gerade ein Kunde in den Laden. Ich melde mich wieder. Oder du? Bis ganz bald, tschüüüüüsssss.« Dann war das Gespräch beendet.

Ritter spürte regelrecht, wie eine Euphorie-Welle in ihm aufstieg und ihm ein merkwürdiges Gefühl in der Magengegend bescherte. Motiviert marschierte er schnurstracks zu Thys ins Büro.

»Sie sehen aus wie das blühende Leben«, begrüßte ihn Thys und fragte sogleich:

»Was ist passiert?« Ritter strahlte ihn an. »Heike aus Hannover hat vor zwei Minuten angerufen. Ihr wurde das Telefon geklaut. Was bin ich froh, dass alles echt war.« Thys freute sich ehrlich mit: »Das sind doch schöne Nachrichten. Gratuliere. Stellt sich jetzt natürlich erst recht die Frage, wer sie verwanzt hat.« Sie setzten sich beide.

Ritter erzählte Thys von den Begegnungen mit Nina Janssen und K. H. Dreßen. Und natürlich vom Treffen der Janssen mit dem Mommsen in Kiel. Thys war sichtlich überrascht:

»Der Mommsen und die Janssen? Aber hallo! Das ist ja wirklich mal eine bahnbrechende Neuigkeit.« »Allerdings. Noch wissen wir nichts weiter. Aber das könnte noch spannend werden. Zudem haben wir die Janssen nun unter Kontrolle. Wir hören ihr Handy ab, haben einen Peilsender an ihrem Wagen und Kameras in ihrer Wohnung.«

Thys grinste ihn an: »Vielleicht sollte ich zum BKA wechseln. Aber mir gefällt es zu gut in meiner Heimat hier.« »Thys, ich werde aus dieser Janssen einfach nicht schlau. Sie handelt oft so überraschend unlogisch. Sie lügt. Sie lenkt Gespräche gezielt in eine andere Richtung. Ihre ganzen Tricks funktionieren allerdings nur bei Männern. Eventuell setze ich Mandy Probst auf sie an. Die zwei werden mit Sicherheit niemals mehr beste Freundinnen in diesem Leben.«

»Ja, vielleicht genau die richtige Idee«, sagte Thys. Dann fuhr er fort: »Ich habe mich in Sachen SPD-Günther umgehört. Der ist sauber. Keine Vorstrafen. Hat vor fünf Jahren den großen Hof seiner Eltern geerbt und dazu gleich noch jede Menge Windräder. Der hat ausgesorgt, es gab wirklich keinen Grund für ihn, einen Mord zu begehen.« Ritters Antwort kam prompt: »Da bin ich aber froh. Wir können jetzt nicht noch jede Menge neue Verdächtige gebrauchen. Genügt mir schon mit unseren drei Hauptverdächtigen.«

Es klopfte an der Tür. Ohne eine Reaktion abzuwarten traten Wagner und Probst in das kleine Büro. Ritter drehte sich um zur Begrüßung: »Hey, Wagner. Willkommen zurück im Norden.« Wagner grinste ihn an. »Hallo, Chef. Hallo, Kommissar Thys.«

Thys organisierte noch zwei weitere Stühle. Dann führten sie die Besprechung fort. Es wurde eher ein Brainstorming. Sie tauschten ihre Gedanken und Ideen aus und jeder erhielt seine Aufgaben. Hungrig gingen sie zusammen einen Burger am Marktplatz essen. Anschließend fuhren die Berliner zurück in das Haus am Deich.

Früh am Morgen frühstückten die beiden Rätsel-Schwestern zusammen, bevor Monika Rätsel die Heimreise nach Berlin antrat. Als sie das Haus in der Langen Reihe verließ, war ihr Ziel zunächst aber nicht der Bahnhof, sondern das Standesamt am Pack Hof. Nach dreißig Minuten Fußmarsch hatte sie das Gebäude erreicht. Als sie das Zimmer mit der Aufschrift Standesamt betrat, staunte sie nicht schlecht. Da saß eine alte Bekannte von ihr. *Das trifft sich ja gut*, dachte sie. »Petra Linke? Du hier? Das nenne ich eine Überraschung«, begann Monika Rätsel das Gespräch. »Ja, ich bin es tatsächlich. Und dein Name war Rätsel, richtig?« »Genau, Monika Rätsel. Schön, dass wir uns mal wiedersehen. Mensch, das letzte Mal war wohl im Ferienlager damals.« Petra Linke grinste sie fröhlich an und erwiderte: »Ja, genau. Im Ferienlager. Im Thüringer Wald, irgendwo bei Suhl. Das ist ja ein Ding. Gut siehste aus. Mensch, und was führt dich zu mir? Willste etwa heiraten?« Nun musste Rätsel grinsen und sagte: »Nein. Ganz sicher nicht.«

Sie zeigte Petra Linke ihren BKA-Ausweis und sagte: »Ick bräuchte eine Information für meinen Chef. Wir suchen eine Sterbeurkunde. Muss 1989 oder 1990 ausgestellt worden sein. Kannste mir da helfen?« »Klar doch. Mensch, BKA. Haste ja noch richtig Karriere gemacht. Ich versuche es mal. Wie ist denn der Name des Verstorbenen?« »Karl Heinz Dreßen.«

Frau Linke hämmerte sogleich auf die Tastatur und meinte nach wenigen Sekunden: »Leider kein Eintrag. Schade. Ich hätte dir gerne geholfen.« Monika Rätsel hatte so sehr gehofft, ihren neuen Chef mit einer Erfolgsmeldung zu überraschen. Nun schien alles umsonst. Frustriert sagte sie: »Na ja, der war damals gerade in der Ausbildung bei der Stasi. Falls er dort irgendwie gestorben ist, gibt es sicher keine Unterlagen.« Frau Linke horchte auf: »Oh. Da sind uns vor drei Jahren Akten überführt worden, die man erst viel später entdeckt hatte. Die sind hier im Keller gelagert. Hatte noch keiner Zeit, sich diese Aktenberge mal anzuschauen, geschweige denn alles zu verpacken und nach Berlin zu schicken.«

Die Hoffnung kam zurück. »Besitzt du einen Schlüssel für den Keller?«, fragte Rätsel. »Ick bekomm in rasender Geschwindigkeit sowieso einen Beschluss. Das können wir aber auch gleich so regeln, wa?«, fügte Rätsel an und grinste schelmisch.

»Wenn es denn der Wahrheitsfindung dient«, sagte Frau Linke und kramte in der obersten Schublade ihres Schreibtisches. Sie gab ihr den Schlüssel und erklärte noch den Weg. Rätsel bedankte sich und stieg in den Fahrstuhl, der sie in den Keller transportierte. Als sie ausstieg, ging sie nach links, wie beschrieben. Da war auch schon Raum K044. Sie schloss auf, machte das Licht an, und zog die Tür hinter sich zu. Hunderte unsortierter Aktenordner standen in den Regalen. Die Hoffnung schwand wieder. Dennoch fing sie an, in den Akten zu wühlen. Nach einer Stunde legte sie eine kleine Pause ein. Als sie gerade wieder loslegen wollte, hörte sie Schritte, die schnell näherkamen. Instinktiv machte sie blitzschnell das Licht aus und versteckte sich in einer dunkleren Ecke hinter einem Berg aus aufgetürmten, gefüllten Pappkartons. Vor Aufregung bekam sie feuchte Hände und konnte plötzlich ihren Herzschlag direkt und heftig spüren. Die Tür ging auf und ein älterer Mann mit kurzen, braunen Haaren kam herein. Er hatte ein Telefon am Ohr und sagte: »Komisch. Der Raum hier ist nicht abgeschlossen. Und außerdem stehen hier Millionen von Akten herum. Völlig unsortiert. Wie soll ich denn diese Scheißakte hier jemals finden?« Kurzes Schweigen. Die Stimme am anderen Ende der Leitung konnte sie leider nicht hören. Monika Rätsel traute sich kaum noch, zu atmen, so aufgeregt war sie.

Dann sagte der Mann: »Ich würde mir da keine Sorgen machen, hier findet niemand irgendetwas. Ich habe außerdem jetzt keine drei Tage Zeit, um alles abzusuchen.« Wieder Schweigen. Der Mann fing dabei an, zwischen den Regalen herumzulaufen. »Ach, leck mich doch. Kümmere dich doch selbst um deine Scheißprobleme. Das BKA wird definitiv irgendwas finden, da spielt diese alte Akte doch sowieso keine Rolle. Falls es die überhaupt noch gibt.« Kurze Pause und dann nur noch: »Ja, du mich auch.« Der Mann verließ den Kellerraum und Rätsel hörte, wie er ihn ordnungsgemäß abschloss.

Nun fiel die ganze Aufregung von ihr ab. Sie ging in die Hocke und versuchte wieder normal zu atmen. Vielleicht ist das mit dem Außendienst doch nichts für mich, dachte sie. Dann aber suchte sie weiter. Die Stunden vergingen.

Ihr Mund war bereits völlig ausgetrocknet. Aber kurz vor sechzehn Uhr wurde sie fündig: In ihrer Hand hielt sie die Akte mit der Aufschrift ›Karl-Heinz Dreßen‹. Ihre Sturheit hatte sich mal wieder ausgezahlt. Sie wunderte sich, wie Geheimakten der Stasi hier im Keller landen konnten und nicht an die BStU nach Berlin geliefert worden waren. Schließlich lagerten eigentlich alle Stasiakten dort in der Bundesbehörde. Was hatte Petra Linke gesagt? Niemand hatte bisher Zeit gehabt, um alles zu verpacken und nach Berlin zu schicken. Unfassbar. Eigentlich ein richtiger Skandal. Für die Presse wäre dies ein gefundenes Fressen. Herrje!

Als Monika Rätsel wieder aus dem Fahrstuhl im Erdgeschoss stieg, kam ihr Frau Linke aufgeregt entgegen. »Ach, da biste ja. Ich habe schon gedacht, du bist da unten eingeschlafen. Und, haste was gefunden?« »Ja, allerdings. Danke noch mal. Wenn ick für Cheffe alles kopiert habe, bring ick die Akte gleich direkt zur Stasi-Behörde.« Sie tauschten noch ihre Telefonnummern aus.

Rätsel fuhr nun mit einem Taxi direkt zum Bahnhof, von dort aus ging es im Zug zurück nach Berlin. Während der Zugfahrt studierte sie intensiv die Unterlagen. In Berlin angekommen, fuhr sie aufgeregt direkt in das Büro in Steglitz. Dort verwahrte sie die Akte im Safe. Sie griff zum Handy, um Ritter anzurufen.

Es war bereits fünfzehn Uhr geworden, als sich Ritters Team im Wohnzimmer versammelte. Probst kochte Kaffee und servierte dazu Kuchen. Den hatte sie noch schnell im ›Koog Café‹ besorgt. Ritter fragte in die Runde: »Hat sich denn Frau Rätsel schon gemeldet?« Wagner antwortete: »Noch nicht! Sie sei aber auf eine heiße Spur gestoßen. Sie meldet sich gegen achtzehn Uhr.« »Cool«, sagte Probst dazu. »Folgender Plan: Ich fahre morgen mit Frau Mandy nach Kiel zu Mommsen. Kleiner Überraschungsbesuch. Donnerstag würde ich gerne mit Wagner nach Helgoland. Frau Mandy, bitte buchen Sie uns zwei Tickets für das Schiff von Büsum und eine Übernachtung auf der Insel. Und sagen Sie der Elke Janssen bitte Bescheid, dass wir sie besuchen kommen.« »Geht klar, Chef«, sagte Probst und kratzte sich am Hinterkopf.

»Ich fahre jetzt mal schnell nach Wesselburen und besuche noch einmal die Edeltraud Meier. Ihr seid ja mit der Auswertung der Überwachung und den Reisevorbereitungen beschäftigt.« Ritter stand auf. Wagner tat es ihm gleich. Er bemerkte: »Könnten Sie noch Zwiebeln und Knoblauch mitbringen? Dann gibt es heute Abend was Leckeres zu essen.« »Geht klar.« Dann verließ er das Haus, stieg in den BMW und fuhr los. Immer noch blauer Himmel. Dazu die kahlen Bäume und Sträucher. Es sah etwas unwirklich aus. Die Windräder schienen zu schlafen, sie standen alle still und warteten auf den Wind.

Er klingelte bei Edeltraud Meier, der ehemaligen Chefsekretärin unzähliger Bürgermeister in Wesselburen. Sie öffnete die Tür und freute sich offensichtlich über seinen Besuch. »Herr Kommissar, das ist ja eine Überraschung. Kommen Sie doch bitte herein«, begrüßte sie ihn freundlich, nahm ihm wieder, wie beim ersten Besuch, die Jacke ab, und hängte diese in die kleine Garderobe im Gang. Diesmal führte sie Ritter allerdings in die Küche. »Ich habe noch was auf dem Herd«, sagte sie und ergänzte: »Großer Topf

Gulasch. Morgen kommen meine Tochter und die Enkelkinder zu Besuch. Der Kuchen ist leider noch nicht fertig.« Sie deutete auf den Backofen.

Nun wusste Ritter, warum ihm hier so schnell warm geworden war. Der Mischgeruch aus Gulasch und Schokokuchen mutete seltsam an, aber irgendwie auch gut. Ritter setzte sich, während Frau Meier im großen Topf rührte. Dann setzte sie sich ebenfalls an den Tisch. Sie hatte eine Flasche Wasser und zwei Gläser hingestellt und schenkte ihm ungefragt ein. »Haben Sie den Mörder geschnappt?«, fragte sie und sah ihn erwartungsvoll an.

»Nein. Leider nicht. Es ist eine komplizierte Ermittlung. Und deshalb bräuchte ich eine Einschätzung von Ihnen. Mit Ihrer Lebenserfahrung und Menschenkenntnis können Sie mir bestimmt helfen«, antwortete Ritter.

»Das ehrt mich aber, Herr Kommissar. Ich werde mein Bestes geben«, sagte Frau Meier.

»Gut. Wir sprechen über die Nina Janssen. Ich sage Ihnen etwas über sie, und Sie beurteilen das dann. Alles klar?« »Nicht so ganz, aber legen Sie einfach mal los.« Ritter nahm einen Schluck Wasser und begann: »Nina Janssen geht nicht mehr in die Kirche!« Frau Meier schaute ihm mit festem Blick direkt in die Augen. »Wirklich? Kaum zu glauben. Sie war doch so eine vorbildliche Katholikin und hat hier in Wesselburen niemals die morgendliche Sonntagsmesse verpasst.«

»Nina Janssen lügt!« Nun musste Frau Meier schlucken, bevor sie antwortete: »Ich habe sie immer für aufrecht und ehrlich gehalten. Warum sollte sie denn eine Lügnerin sein? Ist sie etwa verdächtig? Wie damals?« Ritter gab ihr keine Antwort. Stattdessen fuhr er fort: »Nina Janssen fährt einen neuen, schwarzen Porsche, wohnt in einer sündhaft teuren Luxuswohnung und trinkt Champagner.«

Edeltraud Meier schien leicht geschockt zu sein. Sie stand auf, um wieder im großen Gulaschtopf zu rühren. Dann bückte sie sich, um nach dem Kuchen im Ofen zu sehen. Anschließend öffnete sie das Fenster und setzte sich wieder an den Tisch. »Sprechen wir über die gleiche Nina Janssen?« Als Ritter zustimmend nickte, fuhr sie fort: »Es ist so, als wenn Sie mir von einem anderen Menschen erzählen. Vielleicht hat sie das viele Geld nicht verkraftet. Sie wissen ja sicherlich aus Ihrem Berufsleben, wie das Geld so manchen Charakter verändert.«

»Nina Janssen ist arrogant, anmaßend und flirtet mit so ziemlich jedem Mann, der irgendwie gut aussieht oder nach Geld riecht.« Edeltraud Meier schlug ohne Vorwarnung mit ihrem Kochlöffel auf den Tisch. Es knallte heftig. Ritter zuckte zusammen, und sah, dass sich der Gesichtsausdruck von Frau Meier leicht verfinstert hatte. »Wollen Sie mich provozieren, Herr Kommissar?« »Nein. Niemals, Frau Meier. Ich wollte einfach mal Ihre Reaktionen sehen. Tut mir leid. Entschuldigung. Ich will doch nicht, dass Sie sich aufregen. Sagen Sie mir lieber, wie sich ein Mensch so schnell so radikal verändern kann.«

Sie runzelte ihre Stirn und musste nachdenken. Beide nahmen einen Schluck Wasser. Schließlich sagte sie: »Ich kann das alles wirklich kaum glauben. Ist sie jetzt wirklich so geworden, wie Sie sie beschreiben? Sie war doch so eine bezaubernde Person, kümmerte sich so herzlich um die älteren Mitbürger hier. Wenn sie ins Rathaus kam, war sie immer freundlich zu allen und hatte meist kleine Geschenke dabei. Falls sie sich so radikal verändert hat, kann es nur das Geld sein. Ich bin wirklich etwas ratlos.« Frau Meier ließ ihre Schultern hängen, was ihre Gemütslage noch zusätzlich betonte. Ritter gönnte ihr eine kleine Pause.

»Aber dieser Charakterzug, oder ›Das Böse‹, wie wir gerne sagen, muss doch schon früher irgendwie in ihr geschlummert haben. Das kam doch bestimmt nicht von heute auf morgen?« Edeltraud Meier schaute ihn an und sagte: »Wahrscheinlich ja. Vielleicht kam es langsam und sie konnte es sehr lange Zeit, wahrscheinlich sogar viele Jahre, überspielen, so dass es niemand bemerkte. Man kann nun mal nicht in einen Menschen hineinsehen, nicht wahr? Wir haben alle schon erlebt, dass man sich in einem Menschen täuschen kann. Aber glauben mag ich das mit der Nina Janssen nicht so richtig. Ich will wohl die Wahrheit nicht sehen.«

Wieder gönnte ihr Ritter eine kleine Pause. »Kennen Sie eigentlich den Peter Mommsen? Das war ein Freund von Hauke Janssen bei den Grünen.« Frau Meier überlegte kurz und meinte dann: »Nicht so gut. Aber er war öfters bei uns im Rathaus zu Besuch. Er hat nie allzu viel gesprochen. Mehr kann ich zu dieser Person nicht sagen.« »Er scheint jetzt ein Verhältnis mit der Nina Janssen zu haben«, sagte Ritter. »Na ja, sie ist in einem Alter, in dem man sich durchaus noch mal einen Mann suchen kann. Oder etwa nicht?« Ritter musste schmunzeln und sagte: »Doch. Doch. Natürlich. Klar.«

Dann sagte Frau Meier in einem sehr bestimmten Ton: »Sie haben die Nina unter Verdacht. Richtig? Und da sie jetzt ein anderer Mensch zu sein scheint, ja, das macht sie erst recht verdächtig. Richtig?« »Genau. Wären Sie nicht in Rente, würde ich Sie sofort einstellen, Frau Meier.« Nun entspannte sich ihr Gesichtsausdruck wieder und sie lächelte ihn an: »Das freut mich zu hören. Aber ich bin froh, morgens einfach mal im Bett liegen zu bleiben.« »Wenn sich jemand die Rente verdient hat, dann wirklich Sie, Frau Meier. Leider gibt es immer weniger Menschen mit so einem standhaften Charakter, wie Sie ihn haben.« »Ach, Sie kleiner Charmeur. Aber vielen Dank«, freute sich Edeltraud Meier jetzt doch sichtlich. Sie versprach ihm anschließend noch, dass dieses Gespräch der absoluten Geheimhaltung unterlag. Er konnte ihr sicherlich vertrauen.

Ritter verließ das Haus der älteren Dame, schräg gegenüber war der Supermarkt von Ralf. Er lief dorthin und sah sich um. Edeka-Ralf konnte er nicht entdecken. Knoblauch und Zwiebeln besorgte Ritter ebenso wie zwei Flaschen Rotwein und Zigaretten. Dann schlenderte er entspannt zum Wagen und fuhr zurück ins Haus am Deich.

Als Kevin Wagner endlich eine Stunde später das Essen in der Küche servierte, nahmen Ritter und Probst ungeduldig ihren Platz am großen Küchentisch ein. Alle hatten Riesenhunger. Wagner servierte Spaghetti mit gebratenen Shrimps und Knoblauch. Dazu hatte er noch einen frischen Tomatensalat mit Zwiebeln angerichtet. »Wie eine kleine Familie«, sagte Mandy Probst und freute sich des Lebens. Da klingelte Ritters Handy. Er nahm das Telefon und sagte: »Frau Rätsel ruft an. Ich stelle auf Lautsprecher.« Er begrüßte sie herzlich: »Hallo, Frau Rätsel. Wir haben alle schon auf Ihren Anruf gewartet. Ich habe Sie jetzt auf Lautsprecher gestellt und lege das Telefon auf den Tisch. Wir sind gerade beim Abendessen. Erzählen Sie uns alles ganz genau.«

Monika Rätsel begann, von ihren Erlebnissen in Schwerin zu erzählen. Sie dankte Ritter zunächst einmal, dass sie diesen Auftrag bekommen hatte. Es sei ihr erster Einsatz im Außendienst gewesen und gleich so ein Abenteuer. Und das nach fünfundzwanzig Jahren Innendienst. »Wow«, sagte Probst. Ritter schaute etwas entsetzt auf sein Telefon und blickte zu Wagner hinüber. Der zuckte nur mit seinen Schultern. Monika Rätsel kam in Fahrt und schmückte die Geschichte etwas aus, was bei Ritter noch mehr Unbehagen auslöste. Zwischendurch unterbrach Frau Rätsel ihre Erzählungen mit einem längeren Kichern. Nach jedem dritten Satz sagte sie außerdem im typischen Berliner Slang: »Globste nich, wa?«

Probst musste schmunzeln. Als ihre Geschichte bei der spannenden Kellerszene angekommen war, hörten alle drei gebannt zu. Probst gab ein »Oha« von sich. Als die Story erzählt war, übernahm Ritter: »Gut gemacht, Frau Rätsel. Jetzt ist aber erst mal wieder Innendienst angesagt. Und bitte scannen Sie die Akte komplett ein und senden sie diese dann per Mail an uns. Danach leiten Sie die Akte bitte zunächst mal an das BKA in Wiesbaden zu Herrn Kiep, die sollen dann entscheiden, wie es mit Ihrem Fund weitergeht.

Okay?«

»Gut. Mach ick«, sagte Rätsel. Damit beendeten sie das Gespräch.

»Mannomann«, sagte Wagner und begann, abzuräumen. Alle drei hatten längst ihre Nudeln verputzt. Ritter öffnete eine Flasche Rotwein und fragte in die Runde: »Noch jemand ein Gläschen?« Aber Probst und Wagner lehnten beide ab.

Ritter ging gegen dreiundzwanzig Uhr ins Bett, aber er konnte einfach nicht einschlafen. Er wälzte sich hin und her und konnte seinen Kopf nicht ausschalten. Vielleicht hätte er keinen Rotwein trinken sollen. Aber daran lag es nicht.

Gegen Mitternacht stand Ritter wieder auf. Probst und Wagner waren bereits in ihren Zimmern verschwunden. In Schlafshorts und T-Shirt ging er eine Zigarette auf der Terrasse rauchen. Es war allerdings so kalt draußen, dass er bibbernd vor Kälte schnell wieder ins Haus zurückging. Als er erneut im Bett lag, ließ er seine Gedanken fließen. Ritter beschloss, am nächsten Wochenende nach Berlin zurückzufahren. Vielleicht am Samstagmorgen. Nächste Woche würde er dann eine Teamsitzung einberufen. Er musste sein Team besser in den Griff bekommen, vor allem die wilde Frau Rätsel. Und die Ermittlung? Ritter musste sich eingestehen, dass er den Fall eventuell nicht würde lösen können. Das wäre sein erster ungelöster Fall. Und das ausgerechnet in seinem ersten Projekt für das BKA. Er musste weiterkommen. Aber wie nur? Schwierig, Nina Janssen noch diese Woche zu überführen. Und dieser K. H. Dreßen? Ein mieser Typ. Klar. Aber ein Mörder? Eher nicht. Und dieser Mommsen von den Grünen? Morgen würde er hoffentlich mehr wissen. Endlich übermannte ihn der Schlaf.

Dienstag, 18. März 2014

Als Ritter kurz nach neun Uhr aufwachte und in die Küche ging, frühstückten Probst und Wagner bereits am Küchentisch. Ritter nahm sich einen Kaffee und setzte sich zu ihnen. Er nahm eines der frischen Brötchen und belegte es mit Kochschinken.

Wagner sagte: »Frau Rätsel hat mir die komplette Akte bereits gemailt. Ich zieh mir das gleich mal alles rein.« Ritter schaute ihn an und erwiderte: »Sehr gut, Wagner. Und überprüfen Sie weiterhin die Nina Janssen. Rufen Sie uns an, wenn sich etwas ergibt.« Dann blickte er zu Probst. »Und wir beide fahren nun nach Kiel.« »Ja, gerne. Ich habe bereits ein kleines Lunchpaket zusammengestellt.« »Ihr seid echt klasse«, freute sich Ritter.

Fünfzehn Minuten später saßen Probst und Ritter im schwarzen BMW und fuhren los. Jacky Brown gab ihnen mit ihrer leicht synthetischen Stimme ihre Fahrstrecke durch. Ritter hatte sich ans Steuer gesetzt. Sie fuhren die B203 über Rendsburg nach Kiel. Neunzig Minuten Fahrtzeit für knapp hundert Kilometer zeigte das Navi-Display an. Heute war ganz gutes Wetter hier oben. Der blaue Himmel wurde lediglich von ein paar kleinen, schneeweißen Wolken dekoriert. Probst nahm ihr Handy und wischte darauf rum. »Chef, ich habe eine Nachricht vom BKA-Labor. Das Kokain aus unserem Ferienhaus, das Sie gefunden hatten, ist in dieser Zusammensetzung bisher nur in Lübeck aufgetaucht. Reinheitsgehalt bei 80 Prozent, also nicht sonderlich gestreckt. Stellt sich nun die Frage, wer seinen Stoff in Lübeck kauft.«

»Schade, das bringt uns wohl auch nicht so richtig weiter«, sagte Ritter.

»Ja, wahrscheinlich.« Beide schwiegen eine Weile. Die Fahrt verlief schleppend. Zwei große LKW und einige vorsichtige Fahrer waren vor ihnen. Es gab kaum eine Gelegenheit, um zu überholen. Die Strecke hatte zu viele Kurven. Das Handy von Probst klingelte. Sie stellte es auf Lautsprecher, damit auch Ritter mithören konnte. »Ich habe da vielleicht eine wichtige Information für euch. Die Nina Janssen hatte gestern Abend noch Besuch. Es kam ein älterer Herr, so um die sechzig, bei ihr in die Wohnung. Er hat ihr tausend Euro gegeben. Dann sind sie in das sogenannte Gästezimmer gegangen und hatten Sex. Genaueres erspare ich euch jetzt. Aber schön war das nicht anzuschauen. Auf alle Fälle wissen wir jetzt, dass sich die Janssen ab und zu prostituiert.«

»Oha«, bemerkte Probst nur. »Unglaublich«, war Ritters Reaktion auf die Neuigkeit. Wagner verabschiedete sich: »So, und jetzt nehme ich mir mal die Stasiakte da vor. Aloha, bis später.«

»Jetzt haben wir die Schlampe bald am Wickel«, schoss es aus Probst heraus. »Bitte, Frau Mandy, nicht so voreilig. Und verbal nicht ganz so trivial vielleicht.« Probst gab keinen weiteren Kommentar ab. Dafür aber Ritter: »Ist es nicht immer wieder faszinierend, wie manche Menschen jahrelang ein Doppelleben führen? Und niemand bemerkt es. Sie war garantiert früher ebenfalls so unterwegs. Damals war es viel einfacher, als es noch kein Internet gab. Da hat keiner Fotos gemacht und diese gleich ins Netz gestellt. Man konnte ganz unbehelligt agieren.« Es entstand eine kleine Pause, die von Jacky unterbrochen wurde. Sie waren bereits kurz vor Kiel. Dann platzte es aus Probst raus: »Diese Janssen hat erst Kommissar Thys total verarscht. Jetzt versucht sie, uns genauso zu manipulieren. Für die sind wir doch alle Vollidioten. Aber die wird sich noch wundern. Sorry, Chef, aber: Ich hasse die!!!« »Jaja, ist ja gut. Wir kriegen sie schon«, sagte Ritter, der seiner eigenen Aussage allerdings nur wenig Glauben schenkte.

Gegen elf Uhr fünfundvierzig erreichten sie ihr Ziel im Düsternbrooker Weg.

Der Landtag Schleswig-Holsteins dort war in einem dreistöckigen, roten Backsteinbau direkt am Wasser untergebracht. Es war bereits 1888 als Akademie für die kaiserliche Marine erbaut worden. 1950 zog dann der Landtag in das historische Gebäude ein.

Ritter nahm sein Handy und nach ein paar Sekunden meldete sich Peter Mommsen. »Hallo, Herr Ritter. Bin gerade in einer Sitzung, ich kann Sie aber in einer Stunde zurückrufen. Tut mir leid. Bis gleich.« Dann beendete er einfach das Gespräch, ohne noch eine Antwort von Ritter abzuwarten.

»Und?«, fragte Probst. »Er hat keine Zeit. Er ist gerade in einer Sitzung, hat er gesagt. Aber im Hintergrund habe ich Geschirrklappern gehört. Vermute mal, dass er in der Kantine beim Mittagessen sitzt.« Probst grinste ihn frech an. »Na dann los.«

Im Innenhof des Gebäudes, das mit Glas überdacht war, fanden sie das Kantinenrestaurant. Sie entdeckten Peter Mommsen an einem Tisch zusammen mit drei Frauen. Mommsen erschrak kurz, als Ritter plötzlich neben ihm stand. »Mensch, Herr Mommsen. Das ist ja eine unfassbar wichtige Sitzung hier.« »Ja, allerdings. Wir besprechen wichtige Dinge auch mal hier in der Kantine beim Mittagessen«, war dessen schnelle Antwort. Ritter blieb sehr gelassen. »Gut. Trotzdem bitte ich Sie, uns hinauszubegleiten. Wir haben da so einiges zu besprechen.« Mommsen überlegte kurz. Die Situation war offensichtlich peinlich für ihn. »Okay. Gut. Wohin gehen wir?« »Wo sind wir ungestört, vielleicht in Ihrem Büro?« Mommsen nickte und stand auf. Dann ging er los, Probst und Ritter folgten ihm.

Peter Mommsen hatte sein Büro in der zweiten Etage des Gebäudes. Es war schlicht eingerichtet, einzig die große schwarze Ledercouch stach heraus. Probst setzte sich mit Ritter auf das Sofa. Mommsen nahm an seinem Schreibtisch Platz.

»Also. Was kann ich für Sie tun?«, fragte Mommsen nun mit einem leicht genervten Unterton in seiner Stimme. Ritter begann wieder mal mit einer knallharten Ansage: »Ich hoffe doch sehr, dass Sie uns heute die Wahrheit erzählen. Sollten Sie uns hier allerdings den Münchhausen machen und Märchen erzählen, werde ich sauer. Dann lasse ich Sie ab morgen jeden Tag hier mit uniformierten Polizisten abholen. Die Presse wird dann ebenfalls zufällig gerade hier sein. Ist sie ja sowieso immer. Klar?«

Peter Mommsen schluckte schwer und nickte wortlos. Er hatte schon begriffen, dass es jetzt schwierig war, aus dieser Situation wieder schadlos herauszukommen. »Ja. Alles klar, Herr Kommissar«, sagte er daraufhin.

»Gut! Dann würde ich gerne wissen, warum und vor allem wie viel Geld Sie der Nina Janssen für Sex bezahlen?« Mommsen riss die Augen auf und starrte Ritter an. Er überlegte heftig, sein linkes Augenlid zitterte leicht. »Oh, fuck!«, war seine erste Antwort. Der Rest ließ noch etwas auf sich warten. »Warum also? Gut, ich finde sie einfach so fantastisch. Sie hat genau den Körper, den ich begehre. Ich bezahle ihr zweitausend Euro für ein komplettes Wochenende. Da ist alles mit drin. Details auch noch?« »Oha«, sagte Probst. »Nein. Bitte keine Details. Und seit wann geht das so?«, fragte Ritter.

Wieder schluckte Mommsen schwer. »Seit zehn Jahren«, war seine Antwort. Nun war selbst Ritter überrascht. »Also schon lange vor dem Tod von Hauke Janssen? Hatten Sie mir nicht erzählt, dass Sie ganz tolle Freunde waren? Sogar beste Freunde? Vermutlich sind Charakter und Ehre Fremdwörter für Sie. Na da haben die Lobbyisten hier im Landtag bestimmt ihre helle Freude an Ihnen. Und wo hat Ihr sexuelles Verhältnis mit der Janssen begonnen?« Probst bemerkte, wie Ritter sich etwas in Rage redete. Sie legte ihm die flache Hand auf den Rücken, um ihn ein wenig zu beruhigen. Es schien zu wirken.

»Ich habe die Nina vor zehn Jahren in Hamburg kennengelernt. Sie hat einmal im Monat in einem privaten Edelpuff gearbeitet, um ihr Gehalt aufzubessern. Ich war praktisch seit dem ersten Mal ihr Stammgast. Bis heute.« Mommsen drehte seinen Kopf Richtung Fenster und starrte ohne ein Ziel hinaus. Sein Blick war wässrig geworden. »Ich würde alles für sie tun. Alles. Außer Mord.«

Es entstand ein kurzes Schweigen im Raum. Dann legte Ritter wieder los:

»Nach einigen Zeugenaussagen war der Hauke seiner Frau ebenso hörig wie Sie. Er konnte sie allerdings jeden Tag genießen, Sie hingegen nur einmal im Monat. Und Sie mussten dafür bezahlen. Hat Sie das nicht geärgert?«

Peter Mommsen richtete seinen immer noch wässrigen Blick wieder Richtung Ritter und antwortete stockend: »Ich gebe ja zu, dass ich sie gerne jeden Tag für mich gehabt hätte, aber da war natürlich nichts zu machen. Und trotzdem wurden der Hauke und ich schließlich Freunde. Ich hatte wirklich kein schlechtes Gewissen, denn ich war nicht der einzige Kunde der Nina. So beruhigte ich jedenfalls mein Gewissen.«

Mandy Probst griff in das Verhör ein: »Und mit was hat Ihnen die Edelnutte gedroht, falls Sie das alles ihrem Mann erzählen würden? Es durfte ja nichts rauskommen.« Das war vielleicht die wichtigste Frage überhaupt an diesem Tag.

Peter Mommsen zögerte erneut mit seiner Antwort: »Sie hat gesagt, falls Hauke etwas durch einen Fehler erfahren sollte, dann müsste ich sehr, sehr vorsichtig sein. Ich fragte nach, was sie genau mit vorsichtig sein meinte. Sie meinte nur, dass immer etwas passieren kann. Zu Hause, im Auto, beim Essen oder den Kindern meiner Schwester in der Schule.« »Hammer«, schoss es aus Probst raus. »Ich habe es immer gewusst. Aber das die Olle so krass drauf ist, dass hätte ich jetzt nicht gedacht.«

Ritter war noch immer sprachlos. Schließlich sagte er: »Sie belasten die Nina Janssen schwer. Das ist Ihnen schon klar, oder?« »Ja, natürlich. Ich muss heute sowieso endgültig die Wahrheit sagen. Wahrscheinlich ist es gut so, denn es muss sich jetzt endlich etwas ändern. Ich wollte sie damals hassen, es gelang mir aber nicht. Ich war ihr hörig. Damit ich ihr nicht mehr böse war, verwöhnte sie mich zwei Tage lang in Kopenhagen. Sie hat sämtliche Kosten übernommen und ich bekam alles geboten, was sie so im Repertoire hat. Da dachte ich kurz wieder, es könnte was mit uns werden. Vielleicht werden wir doch noch ein Liebespaar.« Wieder drehte Mommsen seinen Kopf und schaute aus dem Fenster.

»Wie kann man nur so naiv sein?«, bemerkte Probst. Ritter musste daran denken, wie die Janssen auch ihn selbst durchaus um den Finger gewickelt hatte. Er schwieg lieber. Dafür fragte Probst: »Trauen Sie der Janssen den Mord an ihrem Mann zu?« Peter Mommsen schien sich diesmal seine Antwort ganz genau zu überlegen und rieb sich nervös an seiner Nase. »Ja. Das tue ich. Aber falls es so war, dann hat sie es garantiert nicht selbst gemacht. Sie hatte durchaus gute Kontakte auf dem Kiez in St. Pauli.«

Ritter sah sich schon in den nächsten Wochen auf dem Hamburger Kiez ermitteln. Das gefiel ihm gar nicht. »Nehmen Sie Kokain?« Das Nein kam recht schnell von Mommsen. »Okay. Würden Sie einen Drogentest machen?«, fragte Ritter. »Ja, sicher«, Mommsen antwortete rasch. Ritter fuhr fort: »Kennen Sie diesen Typen hier?« Er zeigte ihm ein Foto des Öl-Prinzen. Mommsen schaute sich das Bild an und sagte: »Nein, den kenne ich nicht. Ist das auch einer ihrer Kunden oder Liebhaber oder so was?« Ritter gab ihm keine Antwort. Dann stand er auf: »Vielen Dank, Herr Mommsen. Einen schönen Tag noch.« Probst schaute ihn verstört an.

Als sie wieder am Auto waren, holte Probst als Erstes die belegten Brote aus der Tasche. Dazu eine Thermoskanne Kaffee. Sie liefen seitlich am Landtagsgebäude vorbei

Richtung Wasser. Die beiden aßen und tranken auf einer Sitzbank mit Blick auf die Bucht. Inzwischen war es vierzehn Uhr geworden und sie konnten eine Fähre namens ›M/S Color Magic‹ beobachten, die zur Überfahrt nach Oslo auslief. Das Schiff war riesig, höher als ein Haus. »Es ist gerade etwas unwirklich, wie in einer Filmszene«, sagte Probst mit vollem Mund. Sie wirkte glücklich.

»Ach, übrigens, Frau Mandy. Ich wollte mich noch bei Ihnen bedanken. Und von der Heike aus Hannover soll ich ganz liebe Grüße ausrichten.«

Probst grinste ihn an. »Gern geschehen. Ich dachte mir, dass es sie wirklich gibt. Sie hat sich über meinen Anruf sehr gefreut. Obwohl Sie ihr erzählt hatten, Sie seien Lehrer. Echt mal. Lassen Sie das beim nächsten Date. Sie wissen doch selbst, dass Lügen oft nicht funktionieren. Und? Wann treffen Sie die Heike wieder?« »Bestimmt bald mal. Zuerst müssen wir hier endlich den Deckel draufmachen.«

Sie standen auf und gingen zurück zum Wagen. Auf der Rückfahrt schlief Mandy Probst auf dem Beifahrersitz ein. Ritter ließ sich das zurückliegende Gespräch durch den Kopf gehen, er musste an Nina Janssen denken.

Falls Mommsen wirklich die Wahrheit erzählt hatte, dann waren sie ihrem Ziel entscheidend nähergekommen. Aber auf der anderen Seite war es längst nicht klar, ob die Janssen es wirklich gewesen war oder ein Helfer. Peter Mommsen war auf keinen Fall der Mörder. Trotz Hörigkeit. Der war zu sensibel für so einen Mord. Der K. H. Dreßen war es auch nicht. Es blieben also nur die Janssen und eventuelle Komplizen übrig. Aber wie sollte er sie überführen? Die Reise nach Helgoland? War die überhaupt noch nötig? Nicht wirklich, aber Ritter wollte nichts unversucht lassen. Und dieser Öl-Prinz? Offenbar ein Phantom. Hätte sich dieser dämliche Schneider nicht tot gesoffen, hätte er zumindest etwas zum Öl-Prinzen erzählen können. Hatte er überhaupt Edeka-Ralf das Foto gezeigt? Vielleicht kannte der den mysteriösen Unbekannten.

Als sie wieder zurück im Haus waren, ging Ritter auf die Terrasse. Wagner folgte ihm. Sie nahmen das kleine Ritual der Terrassen-Zigarette wieder auf.

Wagner brummte: »Schön hier.« Ritter nickte. In diesem Moment klingelte sein Telefon. Es war Thys. »Hallo, Herr Ritter. Ich wollte fragen, ob ihr in eurer Deichvilla seid. Ich bin nämlich gerade um die Ecke.« Ritters Antwort folgte zügig: »Ja. Alle an Bord hier. Kommen Sie uns besuchen. Wir haben Neuigkeiten und es gibt gleich selbst gemachte Berliner Buletten und frisches Brot zum Abendessen. Sie sind herzlich eingeladen.« »Gut, bis gleich.«

Zehn Minuten später erschien Kommissar Thys. Er schaute sich das Ferienhaus an. Anschließend nahmen sie alle in der großen Küche Platz und genossen Wagners frisch gemachte Buletten. Dazu gab es Bier, Wasser und Limo. Es war ein schöner Moment. Als sie später alle im Wohnzimmer saßen, fragte Thys: »Und? Was gibt es Neues?« Ritter berichtete von ihrem Besuch bei Peter Mommsen in Kiel. Thys spitzte regelrecht die Ohren. »Das ist ja alles unglaublich«, sagte er, nachdem Ritter seinen kleinen Vortrag beendet hatte.

»Jetzt wissen wir endlich, wer es war. Nun müssen wir die Nina Janssen nur noch überführen«, sagte Mandy Probst. Thys schaute zu ihr rüber und sagte: » Es spricht wirklich alles gegen sie. Ich war mir immer sicher, dass sie es war. Dennoch müssen wir in Betracht ziehen, dass der Peter Mommsen ebenso der Täter sein könnte. Und beide haben ein Top Alibi.« Ritter erwiderte: »Falls sie es waren, egal, wer von beiden, hatten sie auf jeden Fall einen Helfer angeheuert.« Probst ergänzte: »Und da hatte die Janssen wohl die besten Beziehungen. Sie kannte doch die Szene in St. Pauli.«

»Stimmt genau«, sagte Thys.

»Müssen wir jetzt etwa auch noch in der Hamburger Bordellszene ermitteln?«, fragte Wagner. Ritter und Thys grinsten ihn an. Wagner wirkte etwas ratlos. Thys klärte ihn auf: »Läuft schon seit Ihrer Neuigkeit von heute Morgen. Hab einige Freunde dort bei der Polizei. Bald wissen wir hoffentlich mehr.« Wagner hatte Thys wissen lassen, dass die Janssen einen Kunden zuhause hatte. Ergänzend dazu hatte Thys von Ritter erfahren, dass Apotheken-Ruland sie einst vor Jahren auf dem Kiez gesehen hatte. Er zählte eins und eins zusammen und hatte sofort reagiert.

Einen kurzen Moment lang sagte niemand etwas, dann meldete sich wieder Ritter zu Wort: »Aber es könnte doch auch einer ihrer Freier gewesen sein. Immerhin waren ihr die Männer sehr schnell hörig. Vielleicht war sie an einen Psychopathen geraten, der sie ganz für sich alleine haben wollte.« »Och nee«, sagte Probst und ergänzte: »Sie müssen die Bordsteinschwalbe endlich mal härter rannehmen. Dauerverhöre und U-Haft. Dann redet die schon.«

Ritter erwiderte: »Wir haben keinerlei Beweise. Selbst wenn der Peter Mommsen seine Aussagen bestätigt, dann hat das überhaupt nichts zu bedeuten. Uns fehlen die Indizien. Ich werde mich morgen mit ihr verabreden. Während ich mit ihr zusammen bin, bauen Sie Ihre Kameras wieder ab. Ich will nämlich nicht, dass sie das herausfindet und uns weitere Steine in den Weg legen kann.«

Nun schaute Probst leicht entsetzt zu Ritter hinüber. Thys sagte: »Ritter hat vollkommen recht. Das kann nach hinten losgehen. Und sollte einer von uns die Janssen doch noch knacken, dann wäre so ein Fehler wirklich fatal. Allerdings muss ich Frau Probst beipflichten. Sie sollten sie in die Enge treiben, Ritter. So ein Dauerverhör wäre doch genau das Richtige.« Probst entspannte sich wieder.

Wagner warf ein: »Ich wette auf den Öl-Prinzen. Bestimmt ebenfalls ein Typ, der ihr hörig ist. Ich habe alle Abrechnungen ihrer Kreditkarten gecheckt, leider nichts. Ich hatte gehofft, dass sie vielleicht öfter mal im gleichen Land oder am selben Ort Urlaub gemacht hat. Dort hätten wir dann vielleicht den Öl-Prinzen finden können.«

»Gut, Wagner. Noch irgendwelche Vorschläge oder Ideen?«, fragte Ritter.

Nun war Probst wieder dran: »Können wir ihr vielleicht eine Falle stellen?«

Es wurde ruhig, alle überlegten angestrengt, doch keinem kam eine zündende Idee. Ritter ging auf die Terrasse und steckte sich eine Kippe an. Wagner kam mit. Als sie so wortlos dastanden, sahen sie in einiger Entfernung einen Radfahrer. Dieser winkte ihnen mit der linken Hand zu. Es war Edeka-Ralf. Ritter erwiderte den Gruß und zeigte ihm mit einigen wilden Armbewegungen an, dass er hier zum Haus rüberkommen sollte. Eine Minute später stellte Ralf sein Fahrrad am Haus ab. »Hallo, Ralf, hast du kurz mal Zeit für uns?«, begrüßte ihn Ritter und gab ihm die Hand. »Ja, klar. Was gibt's?«, fragte Edeka-Ralf. Er schaute überrascht in die Runde und sagte: »Holla, die Polizei-Prominenz aus Heide und das BKA. Große Besprechung?« Die anderen begrüßten ihn herzlich und nickten.

»Ja«, sagte Ritter und zeigte ihm das Foto vom Öl-Prinzen. »Kennst du den Typen da?« Ralf schaute sich das Foto konzentriert an, um dann langsam loszulegen: »Ja. Er hatte Zigaretten gekauft. Glaube ich jedenfalls. Doch, ja. Italiener würde ich sagen. Er sprach dieses Italo-Deutsch. Er war allerdings höchstens zwei-, dreimal mal da. Na ja, vielleicht auch öfter. Wenn du mir das Foto mitgibst, kann ich meine Mitarbeiter fragen. Die sind meist draußen im Laden, ich bin viel im Büro hinten.« »Ich komme morgen früh vorbei, dann befrage ich deine Mitarbeiter. Dauert nicht lange. Und bitte erzähle niemandem davon. Das ist ein wichtiger Teil unserer Ermittlung«, sagte Ritter. »Aber sicher. Total geheim«, sagte Edeka-Ralf. Dann fuhr er mit seinem hellblauen Fahrrad weiter Richtung Wesselburen.

Wagner kam aus der Küche und hatte Bier für sich und für Thys mitgebracht. Probst trank Wasser und Tee, Ritter mixte sich ein Radler. Sie setzten sich alle wieder ins Wohnzimmer. Thys sagte: »Ich fahre wie besprochen morgen nach Hamburg. Vielleicht lässt sich etwas über das frühere Leben der Nina Janssen herausfinden.« Ritter erwiderte: »Super.

Und ich werde mich erneut mit der Nina Janssen treffen. Frau Mandy besucht morgen erst einmal die Pia Stoffel. Die haben wir ganz vernachlässigt. Fragen Sie die Stoffel doch bitte nach weiteren potenziellen Feinden des Mordopfers. Anschließend bauen Sie dann Ihre Kameras bei Frau Janssen ab. Und Wagner besucht morgen mal den SPD-Günther. Fragen Sie den Günther bitte auch nach weiteren Gegnern des Toten. Ich brauche neue Verdächtige.«

Nun schauten Thys, Probst und Wagner alle entsetzt zu Ritter, der frech in die Runde grinste. »Etwas zynisch drauf heute, oder?«, bemerkte Probst. »Ja, etwas. Aber trotzdem müssen wir alle diese Dinge noch abchecken.« Thys nickte. Ritter kam in Fahrt: »Am Donnerstag ist für Wagner und mich Helgoland angesagt. Frau Mandy kann ihren Liebling weiterhin observieren. Am Samstag würde ich gerne zurück nach Berlin. Sonntag und Montag machen wir frei. Dienstag starten wir mit einer Teambesprechung im Büro. Frau Mandy, sagen Sie bitte der Frau Rätsel noch Bescheid. Und Mittwoch kommende Woche fahren wir zurück an die schöne Nordsee. Mit neuer Energie, frischen Ideen und vielleicht sogar neuen, wichtigen Erkenntnissen.«

Bei Probst und Wagner schwand etwas die Hoffnung, diesen ersten Ritter-Fall doch noch zügig lösen zu können. Ritter verkündete: »Wir kriegen den Mörder. Zur Not lasse ich hier so viele Jäger oder Bauern verhaften, bis einer irgendetwas erzählt. Wenn ich damit beginne, ein paar von diesen Typen zu verhaften, Thys, dann brauche ich all Ihre Gefängniszellen.« »Aber gerne doch«, Thys musste schmunzeln. Dann lachten die beiden Kommissare laut los. Galgenhumor. Probst und Wagner sahen sich verwundert an. Sie konnten sich darüber nicht amüsieren. Probst wischte unvermittelt auf ihrem Smartphone herum. Dann sagte sie in die Runde: »Der Drogentest bei Peter Mommsen ergab, dass er sauber ist. Die Kieler Kollegen haben mir gerade das Ergebnis gemailt.« Diese Nachricht war keine Überraschung für die Deich-Villa-Crew.

Ritter lag gegen Mitternacht in seinem Bett und starrte an die Decke. Es war ein schöner Abend gewesen, er fühlte sich wohl. Und er begann, sich langsam heimisch zu fühlen. Wieder einmal wunderte er sich über sich selbst, wie schnell er sich doch anpassen konnte. Ganz abgesehen von seinen jugendlichen Mitarbeitern, waren Thys und Edeka-Ralf echt gute Typen. Dann kam ihm noch eine grandiose Idee für sein Gespräch morgen mit Nina Janssen. So schlief er glücklich ein.

Mittwoch, 19. März 2014

Ritter kam gegen acht Uhr aus seinem Zimmer. Wagner stand bereits mit Kaffee und Zigarette auf der Terrasse. Probst war im Badezimmer. Ritter holte sich einen Kaffee und ging hinaus zu seinem Mitarbeiter. »Morgen, Chef, gut geschlafen?« »Ja. Hervorragend sogar. Sie auch, Wagner?« »Top«, war dessen knappe Antwort.

Es regnete ganz leicht. Kein blauer Himmel mehr zu sehen. Der Wind hatte etwas zugelegt. Als sie wieder ins Haus zurückgingen, saß Probst bereits am Küchentisch. Die beiden Männer setzten sich zu ihr. Wagner begann das Gespräch: »Ich wollte mal was zu der Stasiakte des K. H. Dreßen sagen.« Probst und Ritter sahen ihn an, ehe Ritter erwiderte: »Ich bitte darum und bin sehr gespannt.«

»Der ›richtige‹ Karl-Heinz Dreßen wurde im Mai 1964 in Schwerin geboren. Im Februar 1989 begann er seine Ausbildung bei der Staatssicherheit. Am zwölften September 1989, nur ein paar Monate vor dem Mauerfall, wurde er für tot erklärt. Todesursache war ein Herzinfarkt. Kann vorkommen, ist aber eher sehr selten bei einem jungen Mann im Alter von fünfundzwanzig Jahren. Der Arzt, der den Totenschein damals ausgestellt hatte, ist leider bereits gestorben. Er kann uns nichts mehr dazu sagen. Wir wissen nur eine Sache sicher. Und zwar, dass unser K. H. Dreßen hier an der Nordsee garantiert einen anderen Namen hat.« »Das ist sehr spannend. Wir warten mal noch ab, was die Bekannten von Frau Rätsel in dieser Angelegenheit herausfinden«, sagte Ritter.

Mandy Probst fuhr zu Pia Stoffel, Kevin Wagner besuchte SPD-Günther. Er nahm Ritter mit und setzte ihn bei Edeka ab. Beim Aussteigen erinnerte Ritter Wagner: »Denken Sie

bei Ihrer Befragung bitte daran, dass der SPD-Günther kein Verdächtiger ist. Fragen Sie ihn nach seinem Verhältnis zu Janssen und eventuellen Geschichten der Jäger und so.«
»Okay, Chef.«

Nachdem Ritter allen Mitarbeitern des Supermarktes das Foto des Öl-Prinzen gezeigt hatte, setzte er sich wie so oft an einen der kleinen Tische und trank noch einen Kaffee. Gegen elf Uhr nahm er ein Taxi und ließ sich zurück ins Haus bringen. Dort angekommen ging er über den Deich an den Strand. Es war Ebbe. Ritter zog Schuhe und Strümpfe aus und stellte sie auf die angrenzende Wiese. Er wickelte seine Hosenbeine so hoch wie möglich, bis kurz unters Knie. Entschlossen lief er direkt in den Nordseeschlamm hinein, der eiskalt war. Ritter schüttelte sich kurz, langsam Schritt für Schritt begann er mit seiner ersten, kleinen Wattwanderung. Nach ein paar Minuten wurde ihm warm, ja, er musste sogar schwitzen. Nach zwanzig Minuten waten im Schlamm kehrte er wieder an das Ufer zurück, nahm seine Schuhe und Strümpfe und lief barfuß zurück ins Haus.

Er duschte und machte sich einen frischen Kaffee, setzte sich auf einen der Küchenstühle und machte sich Notizen.

Eine der Angestellten von Ralf, eine blasse Frau namens Kirsten Viete, die vorne an der Tabak- und Lotto-Theke arbeitete, hatte den Unbekannten mehrfach gesehen. Der Öl-Prinz erzählte, dass er aus Italien sei und hier gerne Urlaub mache. Er war mindestens viermal in Dithmarschen gewesen. Und das zu unterschiedlichen Jahreszeiten. Er hatte immer rote Marlboro gekauft, sei um die eins achtundachtzig groß und gut gebaut. Auffällig war, dass er immer seine Sonnenbrille in die Haare geschoben hatte, egal bei welchem Wetter. Typisch italienisch halt. Zwei weitere Angestellte erinnerten sich ebenfalls an ihn. Sie hatten allerdings nicht mit ihm gesprochen, aber konnten sich ebenfalls an die Sonnenbrille im Haar als markantes Zeichen erinnern.

Gegen dreizehn Uhr kehrte Mandy Probst zurück. Sie hatte Krabbenbrötchen mitgebracht. Ritter freute sich, denn gerade in diesem Moment hatte sich deutlich ein Hungergefühl bei ihm bemerkbar gemacht. Während sie aßen, berichtete Probst von ihrem Gespräch mit Pia Stoffel. »Sie hat mir erzählt, dass Hauke Janssen einen ganz besonderen Feind hatte. Und zwar einen gewissen Jens Polle. Ein Landwirt, der seine Karotten mit sieben verschiedenen Pestiziden spritzte und dann einen Teil der Ware als Bio-Karotten kennzeichnete. Und am Ende landete das Zeug dann hier wieder bei uns in den Supermärkten. Daraufhin hatte Hauke Janssen ihn wegen Betrugs angezeigt, das Verfahren wurde allerdings eingestellt. Zusätzlich hatte ihm Janssen mit der Presse und Protestaktionen gedroht. Nun haben Sie endlich einen neuen Verdächtigen.«

Ritter musste diese Neuigkeit zuerst kurz verarbeiten, dann sagte er: »Okay. Besuchen Sie diesen Jens Polle am besten morgen gleich mal, während wir auf Helgoland sind. Und geben Sie Thys Bescheid, wenn Sie bei Polle sind. Oder nehmen ihn am besten gleich mit. Zu zweit ist das etwas sicherer.« »Klar doch. Mache ich gerne. Ach ja, Sie müssen morgen früh nach Cuxhaven fahren. Die ›MS Helgoland‹ fährt von dort aus täglich, in Büsum hingegen startet der Schiffsverkehr nach Helgoland erst ab April. Das Schiff legt morgen früh um neun Uhr dreißig am Fährhafen in Cuxhaven ab. Eure Übernachtung habe ich im ›Hotel Miramar‹ gebucht. Zwei Einzelzimmer mit Blick auf die Nordsee und WLAN, dazu einmal Frühstück. Rückfahrt am Freitag.«

»Vielen Dank, Frau Mandy. Ich treffe die Nina Janssen übrigens heute Abend um zwanzig Uhr in der Reithalle. Gelegenheit für Sie, alles in ihrer Nobelbude abzubauen. Wagner soll Ihnen dabei helfen. Anschließend kommen Sie zu uns in die Reithalle als Überraschungsgast. Wagner kann mit dem Kleinen zurückfahren.«

»Echt? Wollen Sie mich dabeihaben?«, Probst war überrascht. »Ja. Ich denke, dass bringt die Janssen aus dem Konzept. Sie wird erneut versuchen, mich einzuwickeln, und wenn sie sich sicher fühlt, kommen Sie plötzlich dazu. Ihr Auftauchen wird sie verwirren, sie muss dann kurzfristig umdenken. Das bringt unsere Verdächtige hoffentlich aus der Fassung. Vielleicht haben wir Glück und sie macht einen Fehler.« Probst zog ihre linke Augenbraue hoch und schaute Ritter direkt an. Der sagte: »Ich weiß ja, dass die Janssen mit allen Wassern gewaschen ist, aber wir müssen es versuchen. Jeden erdenklichen Trick anwenden, um sie aus der Reserve zu locken.«

Gegen vierzehn Uhr trudelte Kevin Wagner wieder ein. Er hatte gleich noch Lebensmittel mitgebracht. »Und? Was sagt der SPD-Günther denn so?«, wollte Ritter wissen, als Wagner gerade den Kühlschrank einräumte. »Nichts Neues. Alles wie gehabt. Der Hauke Janssen war ein dufter Typ, die letzten zwei, drei Jahre dann etwas verbissen. Sonst wusste er nichts weiter zu berichten. Hat echt wie so ein Politiker gesprochen. Alles total verallgemeinert«, war Wagners Antwort. Mandy Probst stand am Türrahmen angelehnt und bemerkte: »Na ja, wenigstens keine neuen Verdächtigen. Dafür haben wir mit Jens Polle einen neuen Irren am Start.« Sie erzählte Wagner ihre neuesten Erkenntnisse. Und Ritter berichtete, dass der Öl-Prinz mehrfach im Edeka-Markt gesehen worden war, dass er rote Marlboro rauchte und zudem italienisch gefärbtes Deutsch sprach.

»Na also. Wir kommen voran. Sollten wir nicht doch lieber die Kameras bei der Janssen installiert lassen? Falls der Öl-Prinz bei ihr auftaucht.« Wagner hatte nicht ganz unrecht. Ritter überlegte. Dann sagte er: »Nein. Wir bauen ab, besser gesagt, ihr baut ab.« »Okay«, kam leise von Wagner. Probst stieß sich vom Türrahmen ab und ging zurück ins Wohnzimmer an ihren Computer. Die beiden waren nicht begeistert von den Entscheidungen ihres Chefs. Keiner sagte etwas. Wagner holte seinen Computer und setzte sich zu Probst auf die Couch. Ritter stellte sich vor die beiden und sagte: »Wir hören doch noch ihr Telefon ab. Wir werden schon bemerken, wenn der Öl-Prinz auftauchen sollte.« Von Wagner kam lediglich ein Nicken als Reaktion. Probst dagegen schaute reaktionslos weiter auf ihren Bildschirm. Er konnte die beiden wohl nicht überzeugen. Ritter ging auf die Terrasse, um eine Zigarette zu rauchen. Er hoffte, dass seine Mitarbeiter bald wieder gut drauf sein würden. Schließlich war er immer noch der Chef hier. Er musste etwas schmunzeln, noch nie hatte er Probst so trotzig erlebt. Wagner war längst nicht so stur. Dieser ließ sich lenken, behielt aber seine eigene Meinung trotzdem bei. Das war gut. Probst dagegen war etwas störrischer. Auch gut.

Kurz vor zwanzig Uhr stellte Ritter den schwarzen BMW auf dem Parkplatz des Reitvereins ab. Zeitgleich parkten Probst und Wagner mit dem anderen Wagen vor dem Haus von Nina Janssen. Als diese zwanzig Uhr im Restaurant auftauchte, schickte Ritter seine SMS an Probst. Er stand auf, um sie zu begrüßen. Nina Janssen hatte sich diesmal umgezogen. Sie trug eine dunkelblaue Stoffhose, dazu eine schwarze Bluse. Ihre Haare hatte sie offengelassen. Es schimmerte in verschiedenen hellblonden Facetten und fiel ihr weit über die Schultern und ihre großen Brüste.

Als sie Platz nahm, kam die Kellnerin an ihrem Tisch. Ritter bestellte diesmal das panierte Schnitzel mit Pommes. Nina Janssen entschied sich für Riesengarnelen an Salat. Dazu bestellte sie sich einen Grauburgunder aus der Pfalz, Ritter eine Apfelschorle.

»Also, Frau Janssen«, begann Ritter das Gespräch äußerst förmlich und schlug einen sehr ruhigen Ton an. »Wie ich erfahren habe, bessern Sie Ihr Einkommen etwas auf. Seit wann prostituieren Sie sich denn?« Nina Janssen sah ihn mit einem hastigen Lächeln und fragendem Blick an. Es dauerte etwas, bis ihre Antwort kam.

»Schon sehr lange, Herr Kommissar. Wer hat es Ihnen denn erzählt? Bestimmt mein kleiner, dummer Sklave. Der Mommsen ist so ein Versager. Egal. Ja, ich mache das schon sehr lange. Früher in Hamburg auf St. Pauli. Meist freitagabends. Später, als ich den Hauke geheiratet hatte, nur noch privat und eher selten.« Sie legte eine Pause ein. Die Kellnerin kam an den Tisch und brachte die Getränke. Als sie wieder ungestört waren, fuhr sie fort: »Und jetzt haben Sie bestimmt eins und eins zusammengezählt, und denken, der Schwachkopf und ich haben meinen Mann umgebracht.« Sie sah ihn mit ihren großen, blauen Augen an und grinste höhnisch.

»Ich bitte Sie, Herr Ritter. Das wäre doch wirklich völlig sinnlos. Ich habe Mommsen von Anfang an gesagt, dass ich ihn verachte. Und ich glaube, genau das macht ihn scharf. Und soll ich Ihnen mal die Wahrheit sagen?« »Oh ja, das wäre großartig«, sagte Ritter nun etwas lauter.

»Ich habe meinen Mann über alles geliebt. Wir waren glücklich. Und wir hatten beide jeweils ein getrenntes Bankkonto. Ich habe nie Geld von Hauke bekommen. Natürlich, Geschenke. Klar. Er gab sein Geld für den Erhalt der Umwelt aus, und ich hatte nach wie vor nicht sehr viel Einkommen. Daher verdiente ich weiterhin etwas Geld nebenbei. Natürlich hatte ich ein schlechtes Gewissen, aber oft hat es ja Spaß gemacht. Ich habe mir meine Kunden selbst ausgesucht. Der Peter Mommsen ist ein zuverlässiger, regelmäßiger Kunde, der gut bezahlt. Wahrscheinlich passt das nicht zu Ihren Moralvorstellungen, Commissario.« »Nun, da machen Sie sich mal keine Sorgen. Mit alten Moralvorstellungen kommt man in Berlin nicht sehr weit. Ich habe schon alles Mögliche gesehen und erlebt. Ihr Gewissen, und was eventuell andere denken, ist mir völlig gleichgültig«, sagte Ritter. Dann brachte die Kellnerin ihre Bestellungen. Sie wünschten sich gegenseitig einen guten Appetit.

Mandy Probst und Kevin Wagner waren nach der SMS von Ritter in die Wohnung von Nina Janssen gegangen und entfernten in schnellem Tempo alle installierten Kameras und Wanzen. Als sie ihre Arbeit beendet hatten, gingen sie zurück zum Wagen. Wagner brachte Probst zum Reitstall und fuhr dann erneut zum Haus von Nina Janssen. Er musste später noch den Peilsender von ihrem Porsche entfernen.

Als Ritter und Janssen nach dem Essen noch Getränke bestellt hatten, sagte Ritter schließlich: »Frau Janssen, Sie machen es mir nicht wirklich leicht. Prostitution. Dazu mit Mommsen auch noch einen Kunden aus dem engsten Umfeld Ihres ermordeten Mannes. Zwielichtige Geschäfte mit K. H. Dreßen und nicht zu vergessen ihr riesige Erbe. Ich habe gar keine andere Wahl, als Sie für die Hauptverdächtige zu halten. Und ich bin durchaus neutral an diese Geschichte rangegangen. Haben Sie denn außer der Liebe noch andere Argumente für mich, die den Verdacht wieder entkräften könnten?«

»Nein, habe ich nicht. Aber da ich meinen Mann nicht umgebracht habe, ist mir das alles ziemlich egal. Sie können mich ja nicht so ohne weiteres vor Gericht bringen. Es muss also einen anderen Mörder als mich geben. Und Sie sind nun mal nicht in der Lage, ihn zu finden. Ich dachte eigentlich, dass Sie etwas cleverer sind, aber wahrscheinlich hat der tumbe Kommissar Thys einen schlechten Einfluss auf Sie.«

Ritter hatte sich wohl gerade verhört. Oder doch nicht? Das war ein kleiner gemeiner Angriff auf Thys und ihn selbst gewesen. In diesem Moment betrat Mandy Probst das Restaurant. Ritter begrüßte sie herzlich: »Hallo, Frau Mandy. Schon zurück von Ihrer Mission? Gab es Neuigkeiten?« »Allerdings. Erzähle ich Ihnen später.« Sie nahm Platz und bestellte sich den Kinderteller mit Pommes und Fischstäbchen, dazu ein Mineralwasser. Plötzlich sagte Nina Janssen zu Probst: »Tut mir leid, dass ich letztens so arrogant zu Ihnen war.« Probst schaute sie mit festem Blick an und antwortete: »Schon gut. Halb so wild. Vielleicht können Sie mir noch ein paar Sachen beibringen. Das besprechen wir aber unter uns Frauen.« Dabei blinzelte sie mit einem Auge verschwörerisch zu Janssen hinüber.

Ritter war verwirrt, ließ Probst aber gewähren.

Nina Janssen erschien völlig entspannt.

Ritter legte los: »Ich bin mir inzwischen ziemlich sicher, Frau Janssen, dass Sie Ihren Mann umgebracht oder eben jemanden damit beauftragt haben.« Die Antwort kam direkt und ohne Umschweife: »Ist ja wirklich lächerlich. Da ich es nicht sein konnte, habe ich einen Killer beauftragt? Nehmen Sie Drogen, Herr Ritter? Wo soll ich denn einen Killer herzaubern?« Probst antwortete, bevor Ritter es konnte: »Sie kennen doch genügend Kiezgrößen. Wäre doch für Sie absolut kein Problem gewesen.« Probst verspeiste ihr letztes Fischstäbchen und folgte amüsiert dem Dialog. Nina Janssen entgegnete süffisant: »Ich bin mir sicher, dass ihr bereits den ganzen Kiez auf St. Pauli gesprochen habt. Garantiert hört ihr mein Telefon ab. Und trotzdem habt ihr absolut keine Ahnung oder Beweise. Das kommt davon, weil ihr euch nur auf mich konzentriert.«

Für einen kurzen Moment sagte niemand etwas. Dann ergriff Ritter erneut das Wort: »Wir haben noch andere Verdächtige. Aber die haben nicht so ein tolles Motiv wie Sie, Frau Janssen. Die anderen Verdächtigen haben keine gespaltene Persönlichkeit.« Bevor Ritter weitersprechen konnte, unterbrach ihn Nina Janssen: »Gespaltene Persönlichkeit? Weil ich meinen Mann geliebt habe und dazwischen mal andere Männer hatte? Dann besteht fast das ganze Land aus gespaltenen Persönlichkeiten. Tut mir leid, aber ich kann Sie jetzt bald wirklich nicht mehr ernst nehmen.« »Okay, noch eine Frage. Wer zählt denn noch zu Ihren Freiern? Könnten Sie mir da ein paar Namen nennen?«

Nina Janssen lachte nun laut los, zeigte ihm den Vogel und stand auf. Dann ging sie an den Tresen, um zu bezahlen. Ohne sich zu verabschieden, verließ sie das Restaurant.

»Das war ja ein merkwürdiges Verhör«, bemerkte Probst. »Ja, stimmt. Ich bekomme die Janssen einfach nicht in den Griff. Und jetzt ist sie auch noch richtig sauer. Ich könnte mich kneifen, das war eine völlig falsche Gesprächstaktik von mir.« Dann erzählte Ritter ihr noch von dem Gesprächsteil, den Probst verpasst hatte. Überrascht sagte sie: »Sie verhöhnt also Thys und Sie? Krass. Entweder war sie es wirklich nicht, oder sie ist sich zu hundert Prozent sicher, dass wir sie nicht drankriegen. Ich werde die Schlampe morgen beschatten, während Sie mit Kevin auf Helgoland sind.« Sie bezahlten ihre Rechnung und fuhren zurück zur Deichvilla. Wagner war ebenfalls bereits da. Ritter ging mit ihm auf die Raucherterrasse. Dabei erzählte er ihm die Neuigkeiten in Kurzform. »Glauben Sie denn, dass sie es war?«, fragte Wagner. »Ja. Inzwischen unbedingt. Aber wir dürfen die anderen nicht aus dem Blickfeld verlieren.«

Donnerstag, 20. März 2014

Punkt neun Uhr an diesem Morgen erreichten Ritter und Wagner Cuxhaven. Nachdem sie den kleinen Wagen geparkt hatten, betraten sie die ›MS Helgoland‹. Es nieselte leicht und der Wind war etwas stärker geworden. Die beiden gingen in das Bordrestaurant und bestellten sich Kaffee. Gegen neun Uhr dreißig legte das achtzig Meter lange Schiff ab. Es hatte Platz für tausend Passagiere, doch an diesem Morgen verloren sich gerade mal knapp sechzig Menschen an Bord. Nach dreißig Minuten auf See legte der Wind deutlich zu und das Schiff schwankte nun durch die starken Wellen doch erheblich. Wagner wurde bleich im Gesicht. Ritter zog sich seine Regenjacke an, setzte sich seine Mütze auf und ging ins Freie. Er ging nach vorne zum Bug. Das Schiff pflügte sich schwankend, aber sicher und beständig durch die Wellen, die Gischt spritzte nach oben. Schwere, dunkle Wolken fegten über die raue Nordsee. Der Wind war inzwischen eiskalt und Ritter fröstelte. Kleinste Tropfen der Gischt bedeckten nach ein paar Sekunden sein Gesicht. Die Natur hatte kein Mitleid mit ihm. Eigentlich wollte Ritter eine Zigarette rauchen, aber das war hier draußen nicht möglich. Er beschloss, erst wieder auf Helgoland zu rauchen. Nach knapp fünfzehn Minuten im Freien ging er völlig durchgefroren wieder in den Innenraum.

Wagner war verschwunden. Ritter putzte sich seine Brille mit einer Serviette trocken und holte sich an der Theke einen frischen Kaffee. Nach ein paar Minuten kam Wagner wieder zurück. Sein Gesicht hatte inzwischen eine grünliche Farbe angenommen. Ritter sah ihn mitleidig an: »Seekrank?« »Ja«, stammelte Wagner kaum hörbar. »Ich musste mich bereits übergeben.« Nur zwei Minuten später rannte Wagner erneut

Richtung Toiletten. Er wunderte sich über sich selbst, dass ihm bisher nicht schlecht geworden war. Kurz nach elf Uhr legte das Schiff endlich auf Helgoland an. Wagner hatte sich inzwischen viermal übergeben, sein Magen war leer. Ritter stützte ihn etwas, da Wagner stark schwächelte. Er war nicht der Einzige, dem es so ergangen war. Zwei ältere Damen und drei weitere Männer mussten behutsam von Bord geführt werden.

Ritter und Wagner hatten nach knapp zehn Minuten Fußweg bei starkem Gegenwind das ›Hotel Miramar‹ an der Strandpromenade erreicht. Für beide war jeweils ein Einzelzimmer reserviert. Wagner ging sofort auf sein Zimmer und legte sich hin. »Ich besorge Ihnen etwas Wasser und Bananen für später«, rief Ritter ihm nach. Sie waren in der ersten Etage des dreistöckigen Hauses untergebracht und hatten einen tollen Ausblick auf die graue, aufgepeitschte Nordsee.

Ritter ging ins Ortszentrum im Unterland. Nach nur drei Minuten Fußweg entdeckte er einen kleinen Supermarkt und kaufte Bananen, Salzstangen, dazu noch Wasser und Cola. Schnell kehrte er ins Hotel zurück, um Wagner die Sachen zu bringen. Der bedankte sich und schlief ziemlich schnell wieder ein. Ritter ging in sein Zimmer, setzte sich auf sein Bett und schickte Mandy Probst eine SMS. Sie seien gut angekommen, Wagner sei allerdings seekrank.

Inzwischen war es bereits dreizehn Uhr. Den Termin mit Elke Janssen hatten sie erst um siebzehn Uhr vereinbart. Die Schwester des Toten arbeitete in einem Restaurant namens ›Bunte Kuh‹, dort würden sie sich treffen. Ritter beschloss, zwischenzeitlich die Insel ein wenig zu erkunden. Er lief zurück ins Zentrum und nahm den Fahrstuhl ins Oberland. Von dort aus begann er, den drei Kilometer langen Klippenrandweg zu erkunden. Bereits nach wenigen Minuten war er stark beeindruckt von der unglaublichen Sicht auf die

Nordsee. Er konnte die Nachbarinsel Düne sehen. Der Wind blies heftig hier oben. Ritter hatte seine Mütze tief in die Stirn gezogen und eine dicke Regenjacke angezogen. Als er nach knapp zwanzig Minuten die Nordwestspitze der Insel erreicht hatte, konnte er die ›Lange Anna‹ sehen. Diese frei stehende Felsnadel gilt als Wahrzeichen von Helgoland. Er blieb einige Minuten stehen und genoss die eindrucksvolle Aussicht. Der Weg führte wieder zurück Richtung Süden. Hier fiel die Steilküste direkt ab ins Meer. Die Aussicht auf die raue See war hier auf dieser Seite der Insel noch beeindruckender. Die Wellen der aufgepeitschten See krachten beständig und ohne Gnade an die Felswand. Die Gischt stieg einige Meter hoch. Er kam am Lummenfelsen vorbei. Dieser gilt als das kleinste Naturschutzgebiet Deutschlands und zieht Vogelkundler aus der ganzen Welt an, die hier die Aufzucht der Lummen und Basstölpeln im Felsen beobachten können. Es hatte angefangen zu regnen. Der kalte Wind zerrte zunehmend an Ritter. Er genoss es trotzdem, es schien ihm, als würde sein Gehirn durch den Wind frei gepustet.

Mandy Probst trank noch einen Kaffee und überprüfte dann das Haus wieder nach Wanzen. Anschließend stieg sie in den BMW und fuhr los. Ihr Ziel war der Hof von Jens Polle in der Nähe von Lunden. Jacky leitete sie zielsicher durch die karge Landschaft in Dithmarschen. Es war sehr windig geworden, die großen Flügel der Windräder drehten sich jetzt schnell und gleichmäßig. Nach knapp dreißig Minuten hatte sie ihr Ziel erreicht. Sie fuhr direkt auf den Hof, der von drei Gebäuden umringt war, stieg aus und klopfte an die Haustür des Wohngebäudes. Es schien niemand da zu sein. Probst rief laut: »Hallo! Jemand hier? Hallo, Herr Polle!« Keine Reaktion. Sie drehte sich um und lief in Richtung der gegenüberliegenden Scheune. Die riesige Scheunentür stand einen Spalt weit offen. Sie öffnete das Tor ein Stück und ging hinein. Probst musste sich kurz an die veränderten Lichtverhältnisse gewöhnen. Hier war niemand. Als sie sich umdrehte und wieder hinaus gehen wollte, stand plötzlich ein ziemlich großer Mann mit ungepflegtem, blondem Haar am Scheunentor.

»Was wollen Sie hier?«, fragte er. »Sind Sie Jens Polle?«, lautete ihre Gegenfrage. Er antwortete nicht und sah sie feindselig an. Probst versuchte es erneut: »Ich bin Mandy Probst vom BKA und hätte ein paar Fragen, Herr Polle.«

Die Reaktion kam prompt: »Wenn Sie nicht sofort meinen Hof verlassen, werden Sie nie mehr irgendwelche Fragen stellen können.« Probst war überrascht. »Okay. Ich gehe. Aber ich werde wiederkommen.« Jens Polle brach in schallendes Gelächter aus. Probst ging an ihm vorbei und zurück ins Auto. Dann fuhr sie direkt zu Kommissar Thys nach Heide. Dieser reagierte sofort, schickte vier Beamte zu Jens Polle und ließ ihn nach Heide auf die Polizeistation bringen. Eine Stunde später gingen Probst und Thys gemeinsam in den Verhörraum, um Jens Polle zu befragen.

Thys überließ zunächst Probst die Leitung der Befragung. Die legte los: »So, Herr Polle. Ich stelle also doch noch Fragen, trotz Ihrer amüsanten Drohung vorhin.« Polle unterbrach sie prompt: »Hey, Blondie, könnte ich bitte einen Kaffee bekommen?« Thys musste grinsen. Probst sagte: »Natürlich nicht, Herr Polle. Vielleicht später als Belohnung. Ich möchte gerne etwas zu Ihrem damaligen Streit mit Hauke Janssen wissen. Wie lief das genau ab?« Polle hatte die Arme vor der Brust verschränkt und schaute sie wie ein beleidigtes Kind an, das keine Schokolade bekam. Dann sagte er: »Der Penner hat mich ständig bedrängt wegen meiner angeblich vergifteten Karotten. Das Verfahren wurde eingestellt. Er wurde ja glücklicherweise um die Ecke gebracht. Jetzt ist wieder Ruhe.« Dann grinste er die beiden an. Nun ergriff Thys das Wort: »Hören Sie mal gut zu, Herr Polle. Sie stehen ab jetzt unter Mordverdacht. Und das wird nun beileibe nicht mehr lustig für Sie.« Er drehte sich zu dem Beamten um, der an der Tür stand und sagte: »Abführen. In die Zelle. Herr Polle benötigt Zeit, um nachzudenken.«

Nun änderte sich der Gesichtsausdruck von Jens Polle rasant.

Er blickte ziemlich entsetzt zu Kommissar Thys. »Möchten Sie einen Rechtsanwalt hinzuziehen?«, fragte ihn dieser. »Nein«, war die knappe Antwort des Verdächtigen. Thys verlas noch dessen Rechte, dann führten sie ihn ab. Der erfahrene Beamte erhob sich und sprach zu Probst: »Das ist vielleicht ein Arschloch. Den hatten wir damals nicht auf der Liste. Ziemlich arrogant und aggressiv. Er darf jetzt eine Weile in der Zelle schmoren.« Probst und Thys gingen in eine Pizzeria zum Mittagessen.

Als Ritter gegen fünfzehn Uhr wieder im Hotel ankam, gönnte er sich eine heiße Dusche. Durch die Wanderung war er stark durchgefroren. Nach der Dusche fühlte er sich wie neugeboren. Er ging zu Wagner und klopfte an dessen Zimmertür. »Herein, es ist offen.« Als Ritter das Zimmer betrat, saß Wagner mit seinem Laptop auf dem Bett. Er hatte wieder Farbe im Gesicht. »Geht es Ihnen etwas besser?« »Ja, ein wenig. Mir ist noch etwas flau im Magen.« »Freut mich, dass es Ihnen wieder besser geht. Ich habe mir vorhin die Insel angeschaut. Das ist schon sehr einzigartig hier. Im Sommer wäre es vermutlich noch schöner.« Wagner deutete auf seinen Computer und sagte: »Ich informiere mich gerade über Helgoland und da habe ich gelesen, dass Helgoland einer der sonnenreichsten Orte Deutschlands ist. Es herrscht mildes Klima durch den Einfluss des Golfstroms. Tja, da haben wir wohl einen schlechten Tag hier erwischt.« Dann klappte er sein Lieblingsgerät zu und stand auf. »Langsam habe ich aber echt Hunger«, sagte Wagner. »Ja, ich auch. Gut, dann gehen wir jetzt mal los. Ich muss nur noch schnell meine Jacke holen.«

Es hatte aufgehört zu regnen, der Wind hatte allerdings nur unmerklich nachgelassen. Sie liefen die Kurpromenade entlang und kamen an einem Musikpavillon vorbei. Von dort liefen sie am Südstrand weiter Richtung Binnenhafen. Bald schon konnten sie die legendären Hummerbuden sehen. Die meisten der Buden waren allerdings um diese Jahreszeit geschlossen. Eine der Buden pries Knieper im Brötchen an. »Hier gibt es was zu essen«, sagte Ritter. Als sie das kleine Haus erreicht hatten, fragte Ritter die hellblonde, junge Verkäuferin: »Was ist denn Knieper?« Sie lächelte ihn freudig an: »Das sind die Scheren des Taschenkrebses. Eigentlich heißen sie Kneifer, aber bei uns hier nennt man sie eben Knieper. Wir haben das Fleisch der Scheren bereits entnommen und es in die Brötchen gelegt.« »Wieder was gelernt. Zwei Brötchen bitte. Sie doch auch Wagner, oder?« Wagner nickte. Mit den Brötchen in der Hand setzten sie sich auf eine kalte Parkbank. »Superlecker«, sagte Wagner. »Oh ja, allerdings.«

Anschließend liefen sie die Hafenstraße weiter entlang und erreichten einige Minuten später das blau-weiß gestrichene Haus, in dem ihr Ziel, das kleine Restaurant untergebracht war. Es war schön mollig warm im Inneren.

Ritter und Wagner stellten sich an den Tresen. Die blonde, große Frau dahinter musste Elke Jansen sein. Wie ihre Schwester Katja Haller hatte auch sie die Haare kurz geschnitten. Die beiden Schwestern sahen sich zum Verwechseln ähnlich. Sie lächelte freundlich und begrüßte die zwei Männer. »Guten Tag, die Herren. Sie sind wohl meine heutige Verabredung?« Ritter antwortete: »Ja, das sind wir, Frau Janssen. Ich bin Max Ritter und das ist mein Kollege Wagner.« »Ich komme gleich zu ihnen, dann können wir an einem der Tische Platz nehmen. Möchten Sie etwas trinken?« »Ja gerne, für mich eine Apfelschorle«, sagte Ritter. Er schaute aus dem Fenster. Immer und überall war das Meer hier zu sehen. Er überlegte sich, ob er hier in Helgoland leben könnte und verlor sich in seinen Gedanken. »Für mich bitte ein Bier«, sagte Wagner. »Glas oder Flasche?«, fragte Elke Janssen freundlich. »Bitte im Glas, da schmeckt mir das Bier einfach besser«, antwortete Wagner ebenso freundlich. »Ach, wie mein Bruder Hauke. Der trank sein Bier immer im Glas. Niemals aus der Flasche.« Sie drehte sich um und bereitete die Getränke zu.

Wagner gesellte sich zu Ritter. Der wandte sich Wagner zu: »Wie kann man hier nur leben? Ist schon etwas weit weg vom Rest der Welt. Hier ist es wohl egal, was alle da draußen so treiben. Helgoland ist eine Welt für sich.« Bevor Wagner antworten konnte, stand Elke Janssen bei ihnen. »Bitte sehr, die Herren, Ihre Getränke. Einmal Apfelschorle für den Herrn Ritter und ein Bier für den Herrn Wagner. Dann lassen Sie es sich mal schmecken, Prost.« Sie hatte ein Glas Wasser in der Hand und so prosteten sie sich alle zu.

»Frau Janssen. Es tut mir leid, dass wir Sie mit dieser alten Geschichte wieder aufwühlen, aber wir wollen endlich den Mörder Ihres Bruders finden. Vielleicht können Sie uns ein wenig über Hauke erzählen«, begann Ritter das Gespräch. Elke Janssen erzählte, wie bereits ihre Schwester zuvor, dass sie mit ihrem Bruder ein gutes Verhältnis hatte, ihn aber viel zu selten gesehen hatte. Sie sei schon sehr früh damals nach Helgoland gezogen. Sein Tod habe sie natürlich sehr geschockt. Die Beerdigung war nicht einfach. Es sei alles so aufgeplustert gewesen. Nicht einfach und schlicht, wie sie es erwartet hatte. Und wie es Hauke sicher gerne gehabt hätte. »Seine Ehefrau hat damals die Beerdigung fast wie ein Staatsbegräbnis inszeniert«, sagte sie mit einer belegten, traurigen Stimme. »Wie war denn die Ehefrau Ihres Bruders so drauf?«, wollte Ritter wissen. »Ach je. Ich mochte sie nicht sonderlich. Ich habe sie allerdings nur ein paarmal gesehen und kaum mit ihr gesprochen. Sie war so künstlich freundlich. Ich hatte kein gutes Gefühl bei ihr.« Ritter nahm einen Schluck von seiner Apfelschorle und fragte dann: »Wie meinen Sie das?« Elke Janssen runzelte ihre Stirn und sah dadurch nachdenklich aus. Dann sagte sie: »Na ja, ich kann es nicht wirklich beschreiben. Ich mochte sie einfach nicht. Sie wirkte halt nicht echt auf mich. Keine Ahnung. Mein Bruder soll ihr hörig gewesen sein. Das hat mir meine Schwester damals jedenfalls immer erzählt. Das Erbe hat sie sich komplett unter den Nagel gerissen. Wir Schwestern gingen leer aus. Dabei hätten wir durchaus ein wenig Geld gebrauchen können. Na ja, egal.«

»Hat Sie Ihr Bruder eigentlich hier auf Helgoland besucht?«, wollte Wagner wissen. »Ja, er war zweimal ein ganzes Wochenende hier zu Besuch. Allerdings ohne seine Ehefrau. Es war immer sehr schön. Er wirkte glücklich auf mich. Und er erwähnte immer wieder, wie einmalig die Natur hier sei. Es gefiel ihm auf Helgoland.« Kurze Zeit später verabschiedeten sich Ritter und Wagner von Elke Janssen und liefen langsam Richtung Zentrum. Sie nahmen eine kleine, parallel verlaufende Straße im Unterland, um einen anderen Weg zu gehen. Es war hier in dieser Seitengasse völlig windstill. Plötzlich sagte Wagner: »Hier sieht es aus wie in dem Film ›Die Truman Show‹. Alles so klein, aufgeräumt und unecht.« Ritter schaute sich um: »Stimmt. Etwas unwirklich hier. Fast zu schön, um wahr zu sein.« Beide legten schweigend den Rest der Strecke zum Hotel zurück.

Als Mandy Probst und Kommissar Thys wieder zurück in der Polizeistation waren, sagte Probst: »Herr Thys, es wäre besser, wenn Sie das Verhör leiten. Sie sind Profi und ich bin eigentlich in Sachen Überwachung ausgebildet worden.« Thys nickte ihr zu und sagte: »Okay. Klar. Kein Problem. Falls Sie aber Fragen haben sollten, dann stellen Sie diese einfach.« Probst nickte.

Ein paar Minuten später saßen sie erneut mit Jens Polle im Verhörraum. Thys begann das Gespräch mit seiner ruhigen, tiefen Stimme. »Also gut, Herr Polle. Fangen wir mal an. Wo waren Sie am achten November 2011 zwischen achtzehn und neunzehn Uhr?« Polle schaute erstaunt: »Was? Ja, woher soll ich das denn noch wissen?« »Es war der Tag, an dem Hauke Janssen ermordet wurde. Sie haben doch sicherlich am nächsten Tag davon erfahren.« Polle überlegte: »Ja, da war ich auf meinem Hof. Ohne Zeugen. Sicherlich war ich müde von meiner täglichen Arbeit. Ich habe bestimmt ein paar Bier getrunken und bin, wie fast jeden Tag, vor dem Fernseher eingeschlafen.«

Thys sagte für ein paar Sekunden nichts. Probst schaute Polle mit sehr ernster Miene direkt in die Augen. Der senkte daraufhin seinen Blick Richtung Boden.

Dann legte Thys nach: »Das ist aber nicht gut. Kein Alibi und ein Motiv. Sind Sie ein Mörder, Herr Polle?« Der riss plötzlich seine Augen auf und wollte lospoltern, konnte sich aber gerade noch bremsen. »Ich habe ihn nicht umgebracht. Obwohl er mich massiv genervt hat. Der rannte mit seiner Videokamera auf meinem Hof rum und filmte einfach. Daraufhin vertrieb ich ihn. Eigentlich wollte ich ihn damals wegen Hausfriedensbruch anzeigen, aber ich habe es dann doch nicht gemacht. Mein Ruf war sowieso schon ruiniert.« Probst lachte plötzlich und sagte: »Och je, Ihr Ruf war ruiniert. Wer den wohl ruiniert hat? Vielleicht Sie selbst?« Polle schaute sie mit böse funkelnden Augen an.

»Kennen Sie Kollegen, mit denen der Hauke Janssen im Clinch lag?« Polle wendete seinen Blick nun wieder Thys zu. »Nein. Nicht, dass ich wüsste. Aber ich war bestimmt nicht der Einzige.« Wieder legte der Ermittler eine Pause ein. »Wie groß sind Sie, Herr Polle?« »Was? Hä? Äh, eins achtundneunzig. Warum?«

»Sie haben mehrere Vorstrafen wegen Körperverletzung. Waren das alles Wirtshausschlägereien?«, fragte Thys provozierend. Polle sah ihn an und sagte: »Ja. Ich weiß, ich war da früher etwas leicht zu reizen, speziell, wenn ich was getrunken hatte. Aber ich bin schon lange friedlich.« Probst grinste und sagte: »Ja, is' schon klar. Sie waren ja heute superfriedlich, als ich bei Ihnen auf dem Hof war. Vielleicht sind Sie einfach nur bei dem Janssen ausgerastet und habe ihn dann erstochen.« Nun begann Polle doch, nervös zu werden, die Entwicklung des Gesprächs gefiel ihm ganz und gar nicht. »Hören Sie mal, wollen Sie mir hier wirklich einen Mord anhängen? Bloß weil Sie keinen Mörder finden? Das ist doch jetzt nicht Ihr Ernst?«

Thys stand auf, ohne Polle eine Antwort zu geben. »Kommen Sie, Frau Probst. Wir gehen mal einen Kaffee trinken.« Dann verließen sie den Verhörraum und gingen zum Kaffeeautomaten. »Der war es nicht«, sagte Probst. »Ich weiß. Der Täter war laut Autopsie-Bericht zwischen eins zweiundachtzig und eins achtundachtzig groß. Den können wir vergessen«, sagte Thys. »Und jetzt?«, fragte Probst. »Jetzt lassen wir den noch eine Stunde dasitzen und dann kann er gehen.« Probst nickte unmerklich. Wäre ja auch zu einfach gewesen, dachte sie sich. Anschließend nahm sie ihr Telefon, um Ritter anzurufen.

Gerade als Wagner und Ritter wieder im Hotel angekommen waren, klingelte Ritters Handy. Es war Probst. Ritter stellte auf Lautsprecher. Sie erzählte von ihrem aufregenden Tag mit Jens Polle und Thys. Dann berichtete Ritter, dass sie hier nichts Neues rausgefunden hatten. Als sie das Gespräch beendet hatten, fuhr Probst zurück in das Haus am Deich. Ritter und Wagner beschlossen dagegen, noch in einem der Restaurants etwas zu essen. Anschließend gingen die beiden auf ihre Zimmer und versuchten, zu schlafen. Der Wind hatte nachgelassen. Sehr zur Freude von Wagner. Er hatte jetzt schon Angst vor der Rückfahrt auf diesem Schiff.

Mandy Probst klappte ihren Laptop zusammen, stand auf, und ging ins Bad, um sich die Zähne zu putzen. Als sie wieder ins Wohnzimmer kam, sah sie plötzlich irgendwas auf der Terrasse vorbeihuschen. Einen Schatten. Sie war sofort wieder hellwach. Der Wind fegte heftig über das Haus hinweg. Das Dach knirschte immer wieder unregelmäßig. Das Haus gab merkwürdige Geräusche von sich. Da! Da war wieder dieser Schatten. Ganz kurz. Mandy Probst ging in ihr Zimmer und holte ihre Waffe. Als sie wieder ins Wohnzimmer zurückkam, vernahm sie ein Scharren. Dann hörte sie ein metallisches Knallen auf der Terrasse. Sie erschrak heftig. Unter höchster Anspannung öffnete sie die Terrassentür. Einer der Terrassenstühle war offensichtlich von dem starken Wind umgepustet worden. Probst war beruhigt. Sie ging ins Freie und trug die beiden Stühle in die Wohnung hinein. Dann schloss sie die Tür und ließ anschließend die

Jalousien runter. Bisher hatten sie die Rollläden hier noch nie geschlossen. Das Haus ächzte und stöhnte weiter unter dem starken Wind. Unterschiedliche Pfeifgeräusche waren ständig zu hören. Und irgendwas klapperte. Kam wohl vom Nebenhaus. Sie konnte es nicht genau identifizieren. Es war jetzt doch etwas unheimlich. Irgendwie. Waren um diese Jahreszeit überhaupt noch andere Menschen in dieser Urlaubssiedlung? Wieder musste das Haus einen heftigen Windstoß abwehren, erneut knarrten die Wände. Sie setzte sich auf die Wohnzimmercouch und wickelte die Decke fest um sich.

Mandy Probst fühlte sich plötzlich nicht wohl in ihrer Haut. So ganz alleine in dem großen Haus hier. Im Nichts an der Nordsee. Sie bemerkte, wie behütet und schön es doch mit Ritter und Wagner hier war. Heute würde sie auf der Wohnzimmercouch bei laufendem Fernseher schlafen. Das Licht ließ sie ebenfalls an. Probst legte sich hin, ihre Waffe neben sich. Sie schaute sich die Pistole an. Bisher hatte sie die Waffe nur beim Schießtraining benutzt. Wenn das Dach hier wegflog, nützte ihr die Knarre auch nichts. Plötzlich musste sie an Nina Janssen denken. Ob sie wohl … Nach ein paar Sekunden schlief sie ein.

Ritter schlief unruhig. Plötzlich schreckte er auf. Er stand auf und ging barfuß in seinen Shorts zu Wagner und klopfte an dessen Tür. Es dauerte nur kurz, ehe Wagner mit wilden Afrohaaren vor ihm stand und grinste: »Na, Chef, was gibt's denn? Können Sie nicht schlafen? Kommen Sie rein. Ich kann auch nicht pennen.« Wagner setzte sich auf sein Bett und Ritter auf den Stuhl am Zimmertisch. Dann sagte Ritter: »Was hatte die Elke Janssen da heute Nachmittag gesagt? Das mit dem Bier und ihrem Bruder? Ich habe da vorhin nicht so genau zugehört.«

Wagner überlegte kurz und sagte dann: »Scheiße! Klar. Das ist es. Ist mir vorhin nicht aufgefallen. Fuck!« »Ja was denn? Waaas?« »Sie hat gesagt, dass ihr Bruder niemals das Bier aus der Flasche getrunken hat. Immer nur im Glas.«

Dann grinsten sich Ritter und Wagner freudestrahlend an, ehe Ritter sagte: »Damals wurde nur die Bierflasche gefunden. Aber wo war das Glas? Es war nicht da. Da war das Gift drin. Oder ein Betäubungsmittel. Die Nina Janssen hat es gespült, abgetrocknet und zurück in ihren Küchenschrank gestellt. Die musste nicht mal Handschuhe anziehen, schließlich wohnte sie ja im Haus.«

Wagner rieb sich am Kinn und sagte dann: »Logischerweise konnte Kommissar Thys nichts Verdächtiges in der Bierflasche finden. Da war ja nichts drin gewesen. Und jetzt? Nutzt uns diese Information was?« Ritter überlegte. Wagner meinte: »Lassen Sie uns eine rauchen gehen.« Ritter nickte.

Drei Minuten später standen sie angezogen vor dem Hotel. Der Wind war längst nicht mehr so kräftig wie noch am frühen Abend. Als sie ihre Zigaretten angezündet hatten, sagte Ritter: »Fakt ist, wir wissen jetzt, dass das Glas fehlte. Das sind neue Erkenntnisse. In dem Glas war eine giftige Substanz. Diesen Mord hat eine Frau begangen. Da lege ich mich jetzt zu hundert Prozent fest. Aber wir können die Nina Janssen nicht darauf festnageln. Wir können, verdammt noch mal, überhaupt nichts beweisen.«

Ritter stampfte überraschend wütend mit seinem Fuß auf den Boden: »Scheiße.« Wagner erwiderte: »Es könnte natürlich auch ein männlicher Täter gewesen sein, aber welcher Mann denkt denn daran, das Glas abzuspülen? Oder zumindest, es in den Küchenschrank zu räumen. Das war ein gewohnheitsmäßiger Reflex der Janssen. Immer sofort aufräumen. In ihrer Nobelbude sieht es wie geleckt aus. Die war dabei, ganz sicher.« »Stimmt. Wie kriegen wir die bloß dran? Und wer war ihr Gehilfe?« Wagner sagte zögerlich: »Ich glaube ja, dass dieser Öl-Prinz ihr Gehilfe war. Wahrscheinlich einer der Männer, die ihr hörig sind. Wir müssen ihn nur noch finden.«

Ritter lachte kurz leicht hysterisch auf. »Wo sollen wir denn diesen Öl-Heini jemals finden? Der kann doch überall auf diesem Planeten rumhängen. Und falls es so ist, wie Sie sagen, hat sie ihn doch längst vorgewarnt. Vergessen Sie es, Wagner. Oder wollen Sie Nina Janssen die nächsten sechs Monate überwachen, bis der Typ mal auftaucht?« »Natürlich nicht. Wir hören schließlich immer noch ihr Handy ab.« Wagner schaute betreten zu Boden. Ritter sagte nun kleinlaut: »Vielleicht hätten wir die Kameras doch in ihrer Wohnung lassen sollen. Ich glaube, es war ein Fehler von mir, die Dinger wieder entfernen zu lassen. Sorry.« »Schon gut«, sagte Wagner in ruhigem Ton. Dann gingen sie wieder rein ins Hotel. Erst spät in der Nacht fanden die beiden Männer ihren Schlaf.

Freitag, 21. März 2014

Als Mandy Probst kurz vor neun Uhr auf der Wohnzimmercouch aufwachte, erinnerte sie sich wieder an diese merkwürdige Nacht. Sie ließ die Jalousien der Terrassentür hoch und konnte sehen, wie die Wolken nur noch mit langsamer Geschwindigkeit über sie hinwegzogen. Dazwischen lugte immer wieder ein kleiner Fetzen blauer Himmel hervor. Sie stellte die beiden Stühle auf die Terrasse zurück. Probst war froh, dass alles wieder friedlich war und diese Nacht der Vergangenheit angehörte. Während sie Kaffee aufsetzte, überlegte sie sich, was sie heute machen könnte. Ritter und Wagner würden erst am späten Nachmittag wieder aus Helgoland zurückkehren. Ob sie die Nina Janssen mal besuchen sollte? Ja! Unbedingt! Probst war sofort fest überzeugt von ihrer Idee. Ob sie Ritter fragen sollte? Nein! Sie ließ es sein und ging zuerst heiß duschen.

Ritter und Wagner trafen sich um neun Uhr dreißig im Frühstücksraum des Hotels. Draußen schien die Sonne, was Wagner ungemein beruhigte. Vielleicht würde die Rückfahrt bei diesem Wetter etwas ruhiger ablaufen. Ritter hatte mächtig Hunger an diesem Morgen und packte sich seinen Teller mit diversen Leckereien voll. Wagner dagegen aß kaum etwas. Er wollte seinen Magen vor der Schiffsfahrt nicht überfordern. Nach dem Frühstück gingen sie hinaus, die obligatorische Zigarette rauchen. Ritter nahm sein Handy und rief bei Probst an. Er erzählte ihr die neueste Erkenntnis das Bierglas betreffend. Probst freute sich angesichts dieser Neuigkeit. Dann sagte sie Ritter, dass sie jetzt nach Sankt Peter-Ording fahren würde, um die Janssen zu überwachen. Sie erzählte nichts von ihrer kleinen Panikattacke heute Nacht, als sie alleine im Haus gewesen war.

Ebenso wenig sagte sie ihm etwas von ihrer Idee, Nina Janssen einen Besuch abzustatten.

Probst nahm den BMW und fuhr los. Dreißig Minuten später parkte sie den Wagen vor dem Haus von Nina Janssen in Sankt Peter-Ording. Sie blieb noch im Wagen sitzen und überlegte sich, was für einen Grund sie angeben könnte, damit die Janssen entspannt blieb und nicht zickig wurde. Dann stieg sie aus und ging zum Haus, klingelte und kurz danach meldete sich Nina Janssen an der Gegensprechanlage. Probst sagte, dass ihr Chef sie geschickt hätte, da er noch ein paar Fragen hätte. Als sie in der zwölften Etage aus dem Fahrstuhl stieg, stand Nina Janssen bereits an ihrer Wohnungstür. Sie trug einen hellblauen Bademantel. Probst war überrascht, dass Nina Janssen sie so freundlich anlächelte. »Kommen Sie herein, Frau Probst. Sie sehen wieder umwerfend aus«, sagte sie und ging voraus. »Ich mache gerade Kaffee. Möchten Sie auch eine Tasse?« »Oh ja, gerne, danke.« »Gehen Sie ruhig schon mal in mein Wohnzimmer und genießen Sie den Ausblick. Bin gleich wieder da. Ich ziehe mir nur kurz was Ordentliches an.« Dann verschwand sie im Schlafzimmer.

Mandy Probst ging zu dem riesigen Fenster, an dem sie bereits zweimal gestanden war. Damals war es aber immer dunkel gewesen, heute dagegen war die Aussicht der absolute Kracher. Der riesige Strand, die Deiche und ganz Sankt Peter-Ording waren zu sehen. Es war Ebbe und so ließ sich das Wasser am Horizont nur erahnen. Die Wolken legten ein gemächliches Tempo an den Tag. Dann wandte sie ihren Blick ab und schaute sich im Wohnzimmer um. Sie blieb am Bücherregal stehen, denn jetzt war sie neugierig geworden. Sie wollte wissen, was die Janssen las. Dann musste sie plötzlich zweimal hinsehen. Da stand das gleiche Buch, das sie ebenfalls gelesen hatte. Das Buch vom Flohmarkt. Das Buch, in dem die Ehefrau ihrem Ehemann Gift gab und ihn dann mit ihrem Geliebten zusammen erstach. Probst fuhr ein eiskalter Schauer über den Rücken. War dieses Buch tatsächlich die Vorlage für den Mord gewesen? Das wäre zu schräg.

Sie drehte sich um, als sie hörte, wie Nina Janssen aus dem Schlafzimmer kam. Diese hatte jetzt ein langes, bequemes, buntes Hippie-Kleid an. Irgendwie passte es überhaupt nicht zu ihr, dachte sich Probst und sagte: »Ich habe gesehen, dass Sie wie ich ebenfalls gerne Krimis lesen.« Janssen holte den Kaffee aus der Küche und reichte Probst eine Tasse. Die bedankte sich, rührte aber ihren Kaffee nicht an. Könnte ja Gift drin sein. »Im Moment lese ich keine Krimis mehr. Ich spiele gerade im realen Leben selbst in einem mit. Und das macht keinen Spaß. Ich halte das alles kaum noch aus. Wissen Sie, ich war vielleicht nie die moralisch größte Instanz, aber ich habe den Hauke geliebt. Und ich habe ihn nicht umgebracht. Aber alles spricht gegen mich und alle verdächtigen mich. Ich kann diesen Druck kaum noch ertragen. Gehe nur noch selten aus dem Haus. Ich glaube, wenn der Ritter endlich den Mörder findet, wird das wohl der schönste Tag in meinem Leben. Falls ich mich bis dahin nicht umgebracht habe.«

Mit ein paar Schluchzern untermalt, wollte sie ihrer Verzweiflung noch etwas mehr Ausdruck geben.

Mandy Probst war sehr überrascht. Hier saß eine vollständig andere Nina Janssen, als die, die sie bisher erlebt hatte. Aber es konnte natürlich wieder alles gespielt sein. Sie durfte sich jetzt nicht einwickeln lassen.

Dann sagte Probst: »Ich kann Sie zumindest ein wenig beruhigen. Sie sind nur eine von mehreren Verdächtigen auf Ritters Liste. Und er ist nach wie vor nicht wirklich überzeugt davon, dass Sie es waren. Sie müssen noch ein wenig Geduld aufbringen, Ritter und wir finden den Mörder bestimmt.« Janssen schaute mit ihren tiefblauen Augen direkt zu Probst und warf ihr einen Handkuss zu. »Danke, meine Liebste.« Probst war verwirrt. Diese Augen. Die Jansen sieht wirklich richtig gut aus, dachte sie.

Schnell fing Probst sich wieder und sagte: »Ritter wollte wissen, ob Sie Jens Polle kennen. Der hatte massiv Streit mit Ihrem verstorbenen Mann. Und er ist voll aggro.«

Janssen überlegte etwas länger und nahm einen Schluck Kaffee. »Nein, den kenne ich nicht persönlich. Ich erinnere mich aber dunkel, dass Hauke den Namen mehrfach erwähnte. Das war die Phase, als ich nicht mehr so richtig zuhörte. Jeden Tag neue Namen und neue Streitigkeiten. Das war mir dann irgendwann einfach zu viel. Ist er ebenfalls verdächtig?« »Dazu darf ich nichts sagen«, entgegnete Probst. Dann gab sie ihr ein Foto, auf dem der Öl-Prinz zusammen mit ihr zu sehen war. »Und wer ist das hier?«, fragte Probst.

Nun musste Nina Janssen schmunzeln: »Ach, der Toni. Ja, den kenne ich natürlich. Eine Urlaubsbekanntschaft. Ich hatte eine Affäre mit ihm. Nur eine wilde Nacht. Aber es war traumhaft. Leider hat mir der Toni dann am nächsten Tag gesagt, dass er verheiratet sei. Danach habe ich ihn nie mehr gesehen.« Sie schaute verträumt aus dem Fenster und sagte nochmals: »Ach, der Toni.« Soweit Probst wusste, war dieser Toni aber mindestens viermal in Dithmarschen gesehen worden, erwähnte dies aber nicht. »Kennen Sie seinen vollständigen Namen?« »Nein. Das war mir doch egal. Er war halt einfach der Toni. Ein wunderschöner Mann aus Bella Italia.« Sie gab der Ermittlerin das Foto zurück. Probst stand auf und sagte: »Ja, das war es dann auch schon. Vielen Dank für den Kaffee. Ich muss weiter.« Nina Janssen brachte Mandy Probst noch zur Wohnungstür. Sie säuselte: »Ach, grüßen Sie mir mal bitte den Herrn Ritter. Sagen Sie ihm einen ganz großen Dank. Der Dreßen hat mir tatsächlich meine Gewinne aus dem Windpark überwiesen. Es geschehen also noch Wunder.« Sie schloss ihre Wohnungstür.

Probst schwebte förmlich zum Wagen. Ein kurzer Besuch und gleich drei Top News. Das Buch. Der Toni und der Dreßen. Ja, wenn das nichts war. Fröhlich fuhr Probst wieder los. Sie schob ihren Stick ins Radiogerät und hörte bis

Wesselburen in einer höllischen Lautstärke ihre Lieblingsmusik: Techno!

Sie stellte den Wagen auf dem Edeka-Parkplatz ab, betrat den Markt und fragte die junge, bleiche Frau am Lotto-Tresen nach Ralf. Zwei Minuten später stand dieser bereits da. »Moin Moin. Was gibt es denn so Dringendes?« »Wollte nur kurz sagen, wenn dieser Italiener hier wiederauftauchen sollte, dass du uns sofort Bescheid gibst. Bitte gib das auch an deine Mitarbeiter weiter. Aber das ist echt geheim. Bitte sage deinen Angestellten, dass der Ritter ausflippt, falls davon was an die Presse geht.« »Klar doch. Mach ich. Da geht nichts an die Presse. Ist er der Mörder?« Probst schaute ihm direkt und tief in die Augen. »Nein. Aber ein wichtiger Zeuge.«

Mandy Probst fuhr noch einmal zu Jens Polle nach Lunden. Wie schon am Vortag parkte sie auf dem Hof und ging zur Haustür. Polle kam heraus und grinste sie an. »Na, Blondie. Was gibt's?« Dabei zwinkerte er ihr zu. »Selbst Blondie«, sagte Probst. Polle war wie ausgewechselt. »Ich habe gerade eine frische Dithmarscher Weißkohlpfanne gekocht. Mit Speck und Hackfleisch. Möchten Sie auch einen Teller?« Probst knurrte der Magen. Sie hatte längst Hunger bekommen, aber vergessen, etwas zu essen. »Ja, gerne.«

Als Polle ihr den dampfenden Teller auf den riesigen, massiven Küchentisch aus Holz stellte, lächelte sie zufrieden. Probst schaute sich um. Die Küche war noch mit einer Siebzigerjahre Originaleinrichtung ausgestattet. Wie im Museum. Er stellte noch eine Flasche Wasser und zwei Gläser auf den Tisch, dann setzte er sich auch. »Guten Appetit«, sagte er. Nach den ersten Bissen bekannte Probst: »Das schmeckt total lecker. Kenne ich so gar nicht. Ausgezeichnet.« Polle freute sich und grinste sie freundlich an.

Dann sagte er: »Tut mir leid. Wegen gestern und so.« Probst erwiderte mit vollem Mund, kaum verständlich: »Gut. Alles gut.« Polle war sichtlich zufrieden mit dieser

Antwort. Als Probst den Mund wieder leer hatte, sagte sie: »Damals wurden im Haus von Hauke Janssen weder eine Videokamera noch irgendwelche Videotapes gefunden. Können Sie sich an seine Kamera erinnern? Groß? Klein? Marke?«

Polle überlegte und kaute weiter. Er nahm in aller Ruhe einen Schluck Wasser. »Es war eine kleine Kamera. So eine, wie es sie überall in diesen Elektronikmärkten gibt. Die Marke? Kann ich nicht sagen, ich kenne mich mit so Dingern nicht aus.«

Schweigend genossen beide ihre Mahlzeit weiter.

Und plötzlich erzählte Polle unaufgefordert: »Ich hatte damals unglaubliche Geldschwierigkeiten. Aber ich wollte diesen Hof meiner verstorbenen Eltern unter keinen Umständen verlieren. Also habe ich getrickst, habe die Karotten mit Pestiziden gespritzt und sie hier in regionalen, kleinen Bio-Läden als Bio-Ware verkauft. Dann hat es irgendjemand herausgefunden. Und schon stand der Hauke Janssen hier. Der hat mich dann angezeigt. Das Verfahren wurde allerdings glücklicherweise eingestellt.«

»Und wie haben Sie das alles finanziell überlebt? Sie haben den Hof offensichtlich ja nicht verloren.« Polle schob den leeren Teller nun etwas von sich, um sich mit seinem Tabak eine Zigarette zu drehen. »Mein bester Freund hat mir eine halbe Million Euro geliehen. Heute besitze ich zwei Windräder. Der Wind bezahlt meinen Kredit zurück. Und ich mache jetzt wirklich fast Biogemüse. Ich spritze es jedenfalls nicht mehr, denn ich habe verstanden, dass es Gift ist.« Dann zündete er sich seine Zigarette an. »Aber mit den Menschen kommen Sie nicht ganz so gut zurecht, was?«, fragte Probst. Polle blies den Rauch aus und sagte: »Stimmt. Mit den Tieren verstehe ich mich deutlich besser.«

»Ach! Eine letzte Frage noch. Kannten Sie die Frau des Toten?« Die Antwort kam schnell: »Nein.«

Probst bedankte sich bei Polle für das leckere Mittagessen und fuhr wieder los. Sie machte sich auf den Weg nach

Heide. Auf der Fahrt rief sie bei Thys an und sagte ihm Bescheid, dass sie Neuigkeiten habe. Als sie kurz darauf bei Thys im Büro saß, schickte sie noch eine SMS an Wagner. Die beiden Männer sollten doch bitte nach ihrer Ankunft direkt zu Thys ins Büro kommen, es gäbe News. Soeben hatte sie also wirklich zum ersten Mal eine Sitzung einberufen. Ob Ritter wegen ihres Alleingangs verärgert sein würde? Dann riss Thys sie aus ihren Gedanken. »So, Frau Probst, was gibt es denn Neues?«

Sie erzählte ihm die Story mit dem Buch bei der Janssen. Und dem Toni. Und dem Dreßen. Thys schmunzelte vor sich hin. Probst hatte offensichtlich im Alleingang jede Menge neue Dinge herausgefunden. Sie hatte Jagdinstinkt. Das gefiel Thys. Dann sagte er: »Das mit dem Glas ist natürlich auch eine sehr wichtige Erkenntnis. Und das nur, weil der Wagner an der Bar ein Bier bestellt hat. Glück braucht man eben immer wieder bei diesen Ermittlungen. Da war dann wohl tatsächlich das Gift oder ein Betäubungsmittel drin. Hmmmmm. Und Sie sagen, dass es genauso in diesem Krimi beschrieben ist, ja? Können Sie dieses Buch besorgen?« Mandy Probst freute sich, dass Thys sie ernst nahm. »Wir fahren morgen zurück nach Berlin. Dann bringe ich es am Dienstag oder Mittwoch, wenn wir wieder hier sind, einfach mit. Ich habe den Titel nicht im Kopf. Den Autor habe ich vergessen. Ach, ich bringe es mit.«

Am späten Nachmittag trafen Ritter und Wagner endlich ein. Mandy Probst erzählte ihnen alle Neuigkeiten. Als sie ihren Vortrag beendet hatte, fügte sie noch hinzu: »Lieber Chef, es tut mir wirklich leid, dass ich schon wieder alleine gehandelt habe. Ab jetzt kommt das nie wieder vor. Versprochen. Ich hätte euch Bescheid sagen müssen. Dickes Sorry!« Ritter nickte: »Okay. Entschuldigung angenommen. So, und jetzt mal der Reihe nach. Erstens hat Janssen mal wieder gelogen. Ihr Toni hat natürlich einen anderen Namen. Einen, den sie kennt. Er war nicht nur einmal hier an der

Nordsee. Zweitens hat sie das gleiche Buch. Heftiger Zufall. Könnte tatsächlich ihre Vorlage gewesen sein. Die Sache mit dem Glas ist ebenfalls wichtig. Je mehr Fakten wir sammeln, umso besser. Reicht aber noch nicht. Aber irgendwann werden Thys und ich sie uns für achtundvierzig Stunden vornehmen. Wir werden all diese Dinge ansprechen. Vielleicht ja schon nächste Woche. Wer weiß?«

»Leider konnte ich dagegen letzten Mittwoch in Hamburg nichts herausfinden. Aber die Kollegen bleiben dran«, sagte Thys.

Niemand sagte etwas. Dann fuhr Ritter fort: »Also, Thys! Sie und ich stellen jetzt mal über das Wochenende einen Fragenkatalog zusammen. Nächste Woche vergleichen wir unsere Fragen und teilen sie auf. Wenn wir die Nina Janssen verhören wollen, müssen wir absolut perfekt vorbereitet sein. Wir nehmen sie ins Kreuzverhör. Jeder von uns stellt abwechselnd eine Frage. Und in der zweiten Runde tauschen wir. Ich stelle Ihre Fragen und Sie meine. Immer wieder. Sie wird dann schon den einen oder anderen Fehler machen. Ob dies genügt, müssen wir vor Ort sehen. Vielleicht können wir sie weichkochen.«

Thys nickte: »Guter Plan. Wir haben jetzt wirklich schon so einiges gesammelt. Und es freut mich natürlich, dass ich dabei sein kann.«

Ritter grinste Thys zu und sagte: »Es war und ist auch Ihr Fall. Wir haben außerdem zusammen mehr Power. Und diese Power und vor allem unsere Erfahrung werden wir brauchen.«

Wagner unterbrach: »Ihr müsst nur an ihren inneren Kern ran und den dann knacken. Ich glaube, sie ist ab einem gewissen Punkt sehr verletzlich und ihr Schutzpanzer ist zu öffnen. Sie hat trotz aller Härte einen weichen Kern.«

Probst reagierte zuerst: »Kevin hat nicht ganz unrecht. Ich habe das Gefühl, dass sie zu knacken ist. Sie hat mir erzählt, dass sie den Druck kaum noch aushält. Und wenn die beiden Kommissare sie zusammen vernehmen, könnte das funktionieren.«

Nach ein paar Sekunden stand Ritter plötzlich auf und sagte: »Es ist schön, dass ihr alle so optimistisch seid. Dann wollen wir mal los.« Nach knapp vierzig Minuten saßen die Berliner wieder in der Deichvilla und aßen Sushi. Die hatte Probst noch in Heide besorgt. Endlich sind die Jungs zurück, freute sie sich, als sie zusammen in der Küche saßen. Ritter unterbrach die Stille: »Das der K. H. Dreßen doch tatsächlich der Janssen die Gewinne aus dem Windpark Invest überwiesen hat, ist ebenfalls merkwürdig. Der will unbedingt gut dastehen und nicht mehr von uns belästigt werden. Hat die Frau Rätsel hierzu schon Neuigkeiten? Was macht die überhaupt den ganzen Tag?« Wagner musste schelmisch grinsen. Probst zog ihre Schultern hoch und sagte: »Keine Ahnung. Ich ruf sie mal an.« Nach ein paar Sekunden sagte sie: »Nicht erreichbar. Sie hat wohl Feierabend.« Ritter schien unzufrieden mit dieser Antwort. »Frau Mandy, wir verlegen die Teamsitzung auf Montagmorgen um zehn Uhr. Schicken Sie ihr bitte eine SMS, damit sie Bescheid weiß.« Jetzt nickte Probst: »Okay, Chef. Wird erledigt.«

Am Abend saßen sie alle zusammen im Wohnzimmer. Probst und Wagner waren wieder mal mit ihren Computern beschäftigt, Ritter überlegte sich bereits die ersten Fragen für das Verhör mit der Janssen. Er notierte alles in erstaunlicher Schönschrift. Man konnte es diesmal wirklich lesen.

Wagner meldete sich: »Bei mir gibt es eine Planänderung. Die Cyber Abteilung des BKA trifft sich am Sonntag um sechzehn Uhr in Wiesbaden. Es macht also keinen Sinn für mich, nach Berlin zu fahren. Ich fahre am Sonntagmorgen nach Wiesbaden.«

Ritter und Probst schauten ihn beide gleichzeitig an. »Um was geht es denn?«, fragte Ritter nun. »Wir sind kurz davor, einen Pädophilen-Ring zu sprengen. Europol, Spanien, einige südamerikanische Länder und wir arbeiten gemeinsam an dem Fall. Eine schlimme Sache, aber wenn ich helfen kann, dass wir da ein paar dieser perversen Schweine überführen können, mache ich das gerne.«

»Klar doch. Müssen Sie sich da etwa Bilder oder Videos von missbrauchten Kindern ansehen?«, fragte Ritter nun entsetzt. »Nein. Das müssen andere tun. Das würde ich kaum verkraften. Ich entschlüssle IP-Adressen und so.«

Ritter nickte zufrieden. Probst sagte nichts. Wagner tippte wieder auf seinem Computer herum. Der restliche Abend verlief sehr ruhig, es wurde kaum noch gesprochen.

Samstag, 22. März 2014

Max Ritter und Mandy Probst fuhren um zehn Uhr, nach einem gemeinsamen Frühstück mit Kevin Wagner, auf die Autobahn Richtung Hamburg und dann weiter nach Berlin. Ritter übernahm das Steuer. Probst schaute aus dem Fenster und hing ihren Gedanken nach. Sie drehte sich zu Ritter: »Komisch irgendwie. Aber die letzten zwei Wochen an der Nordsee gingen doch ziemlich schnell vorbei. Ich habe Berlin gar nicht vermisst. Zumindest habe ich kaum noch an meine Ex gedacht. Vielleicht war das alles ganz gut so und ich komme schneller über die Trennung hinweg.« Ritter wartete ein paar Sekunden mit seiner Antwort: »Ich weiß, dass es ein blöder Spruch ist, aber die Zeit heilt tatsächlich fast alle Wunden. Glauben Sie mir. Sie werden eines Tages wieder frisch verliebt sein.« Probst blickte wieder zu Ritter rüber, der konzentriert auf die Fahrbahn schaute. »Haben Sie eigentlich mal inzwischen Ihre Heike aus Hannover angerufen?« »Nein, noch nicht. Das wollte ich heute aber noch machen. Wenn wir wieder in Berlin sind.« »Gut. Machen Sie das. Ich denke, sie wartet auf ein Zeichen von Ihnen.«

Die Fahrt verlief ereignislos, das Wetter war gut. Hinter Hamburg kam der blaue Himmel zum Vorschein. Sie erreichten Berlin um fünfzehn Uhr. Ritter brachte Mandy Probst in die Marie-Curie-Allee nach Lichtenberg zu ihrer Wohnung. Er fuhr zurück in den Wedding in seine eigenen vier Wände.

Kevin Wagner wusste nicht so richtig, was er tun sollte. Nachdem er mit seiner Freundin und seiner Mutter telefoniert hatte, um ihnen schonend beizubringen, dass er nicht nach Berlin kommen würde, sondern am Sonntag nach Wiesbaden müsse, beschloss er, nach Wesselburen zu fahren. Er parkte den kleinen Peugeot am Kirchplatz und zog Geld am Bankautomaten der Sparkasse. Auf dem Weg zurück zum Wagen kam ihm plötzlich eine Idee. Ruckartig drehte er um und ging zu Henning Ruland in die Apotheke. Dieser stand hinter seinem Tresen und staunte, als er Wagner hereinkommen sah. »Hallo, Herr Ruland, erinnern Sie sich noch an mich?« »Natürlich. Wie kann ich Ihnen denn helfen?« »Ich wollte mal fragen, ob Sie einen Computer in Ihrer Apotheke haben?« Ruland sagte: »Ja, habe ich. Der steht hinten im Büro. Ich benutze ihn allerdings nie. Aber meine Angestellten bearbeiten damit die Bestellungen für unsere Apotheke.« »Wie lange haben Sie denn den Computer schon?« Ruland musste überlegen. »Hm, so sechs bis acht Jahre ungefähr. Warum fragen Sie das?« Wagner freute sich bereits und sagte: »Hat die Nina Janssen immer an diesem Computer gearbeitet?« »Ja, natürlich. Sie saß da manchmal noch lange abends. Sie bereitete alles für den Steuerberater vor, bearbeitete Bestellungen und noch so einige andere Dinge.«

Kevin Wagner war nun unter Strom: »Ich müsste da mal ran. Könnte allerdings ein paar Stunden dauern. Ist das okay für Sie?« »Ja, klar, machen Sie ruhig. Ich habe noch einen Zweitschlüssel, falls Sie länger brauchen. Ich schließe den Laden nämlich in einer Stunde ab und mache Feierabend. Das Wochenende steht vor der Tür.« »Super. Danke. Ich geh dann mal«, sagte Wagner und deutete Richtung Büro. Ruland nickte. Wagner startete den schon etwas älteren PC, setzte sich in den bequemen Bürostuhl und fing an, verschiedene Dateien zu durchsuchen. Nach wenigen Minuten war er völlig in seinem Element und bemerkte nicht, dass bereits eine Stunde vergangen war. Ruland stand plötzlich im Büro und sagte: »Gut, Herr Wagner. Ich sehe schon, dass dauert wohl etwas länger. Ich gehe dann mal. Ich wünsche Ihnen ein schönes Wochenende.« »Oh, vielen Dank. Ebenso«, war Wagners knappe Antwort. Henning Ruland verließ seine Apotheke, vorher übergab er noch Wagner den Zweitschlüssel.

Wagner war bereits wieder dabei, die Tastatur zu bearbeiten. Nach weiteren dreißig Minuten gönnte er sich eine Pause. Er öffnete die Tür zum Hinterhof. Aus seinem Rucksack holte er sich eine kleine Grastüte und zündete sie an. Jetzt, wo alle weg waren, konnte er es durchaus riskieren. Beim BKA wusste man es sowieso. Da war es egal. Hauptsache, man funktionierte. Aber Ritter und Probst mussten das nun nicht unbedingt wissen. Nach wenigen Sekunden wirkte das THC bereits und als er das kleine Tütchen zu Ende geraucht hatte, ging er zurück an den PC. Er hackte wie in Trance auf der Tastatur herum. Suchte im Verlauf des PC alle Google-Anfragen über Gift und Betäubungsmittel aus den Jahren 2010 und 2011. Bald schon wurde er fündig.

Nina Janssen hatte intensiv nach verschiedenen Giften und Betäubungsmitteln gesucht. Ihre Suche erstreckte sich über mehrere Tage, immer nach Feierabend. Und sie hatte sich immer detailliertere Informationen besorgt. Na gut, dachte sich Wagner. Als Apothekerin kann das schon sein. Er wusste einfach nichts über diese Dinge. Wagner suchte weiter. Und dann fand er das, was er gehofft hatte zu finden. Sie hatte auf einer sehr fragwürdigen Webseite in Indien ein Mittel namens Natriumpentobarbital bestellt. Das geschah auf die Rechnungsadresse der Apotheke. Eiskalt, dachte sich Wagner. Aber klar, der Ruland hatte ihr blind vertraut. Der hätte so etwas in hundert Jahren nicht bemerkt.

Wagner besorgte sich Informationen über dieses Natriumpentobarbital und war sehr überrascht, als er mehr über die Wirkung des Mittels herausfand. Und vor allen Dingen, für was es so alles eingesetzt wurde. Wagner freute sich jetzt diebisch. Er holte einen USB-Stick aus seinem kleinen Rucksack. Alte Angewohnheit aus Berlin. Er hatte immer den Rucksack dabei. In dem befand sich sein eigener Laptop, denn den würde er niemals alleine in irgendeiner Wohnung lassen, geschweige denn im Auto. Als er alle Infos auf seinen Stick gezogen hatte, schaltete er den PC aus. Gut gelaunt verließ er die Apotheke durch den Hintereingang und verschloss die Tür.

Zur Belohnung gönnte er sich eine Pizza in der kleinen Pizzeria, in der er schon einmal mit Ritter essen gewesen war. Dann fuhr er zurück in die Deichvilla und schrieb eine Mail an Probst. Sie enthielt alle Informationen, die Ritter benötigte. Alles, was er in Henning Rulands Apotheken-computer entdeckt hatte.

Sonntag, 23. März 2014

Kevin Wagner fuhr am Morgen zur Autovermietung in Heide und gab den kleinen Peugeot zurück. Anschließend machte er sich mit dem Zug auf den Weg nach Hamburg und dann weiter nach Frankfurt und Wiesbaden. Gegen fünfzehn Uhr dreißig erreichte er die BKA-Zentrale. Ein paar Minuten später war er bereits in die Matrix der weltweiten Internet-kriminalität eingetaucht.

Mandy Probst dagegen war zum Mittagessen bei ihren Eltern eingeladen. Es gab Königsberger Klopse. Nach dem gemeinsamen Essen ging sie zurück in ihre Wohnung. Sie hatte nur fünf Minuten Fußweg. Doch irgendwie wusste sie nichts mit sich anzufangen. Vergangene Nacht war sie noch in einem Techno Club tanzen gewesen war und hatte einige Gin Tonic getrunken. Es ging ihr nicht besonders gut. Die Sehnsucht und der Trennungsschmerz kamen dazu. Probst rollte sich auf ihrem Bett zusammen. Zudem war heute ein richtig grauer, kalter Tag. Und es wurde gar nicht richtig hell. Berlin Blues.

Monika Rätsel lag bis zum späten Nachmittag im Tiefschlaf in ihrem Bett. Sie war zum fünfzigsten Geburtstag ihrer Freundin Petra eingeladen gewesen und hatte gestern mächtig Gas gegeben. Nach einigen verschiedenen Drinks hatte sie auf einem der Tische getanzt und wild, laut und falsch mitgesungen. Die Besitzerin der Bar hatte irgendwann die Faxen dicke und ließ sie rausschmeißen. Rätsel wurde etwas ausfällig und beleidigte die Barfrau. Das handelte ihr auch noch ein Hausverbot ein. Zwei ihrer Freunde setzten sie schließlich in ein Taxi. Gegen sechzehn Uhr wachte sie auf und hatte mächtig Kopfschmerzen. Sie spülte erst einmal eine Schmerztablette mit Wasser hinunter. Der Blick in den Spiegel ließ sie erschaudern. Es gefiel ihr nicht besonders, was sie da zu sehen bekam. Ernüchtert setzte sich auf ihren Wohnzimmersessel und starrte die Wand an. Was war nur gestern passiert? Sie konnte sich nicht erinnern. Sie hätte die Schnäpse weglassen sollen. Außerdem wurde es überhaupt nicht richtig hell heute. Ein wirklich grauenvoller Sonntag. Berlin Blues.

Max Ritter dagegen stand gegen neun Uhr auf. Er war am Samstagabend relativ früh eingeschlafen. Da sein Kühlschrank leer war, ging er in das ›Café Lichtburg‹ zum Frühstücken. Es wurde ihm immer wieder leicht schwindelig. Das musste an der schlechten Luft liegen, er konnte die Abgase deutlich riechen. Nach drei Wochen sauberster Seeluft musste er sich erst wieder an diese Berliner Luft gewöhnen. Und die vielen Menschen. Zudem wurde es gar nicht richtig hell. Sein Lieblingskellner John war heute auch nicht da. Während er frühstückte, versuchte er, Heike aus Hannover anzurufen. Die ging aber nicht ans Telefon. Am Nachmittag sah er dann seine Post durch. Nichts Wichtiges dabei. Ritter starrte seine Wohnzimmerwand an. Berlin Blues.

Gegen siebzehn Uhr beschloss er, sich wieder dem Fall zu widmen. Er wollte sich noch weitere Fragen überlegen, die er Nina Janssen stellen wollte. Es klingelte an seiner Wohnungstür. Er stand auf und öffnete die Tür. Aytin, seine Nachbarin, strahlte ihn an: »Na, Herr Nachbar, wieder hier, zurück von der Nordküste?« Sie sah heute verdammt gut aus. Aytin war vor ein paar Wochen einundfünfzig Jahre alt geworden. Von ihrem Mann hatte sie sich vor Jahren getrennt, und ihr Sohn war bereits ausgezogen. Ein unglaublich leckerer Duft wehte aus ihrer Wohnung zu ihm rüber. »Ja, wieder hier. War anstrengend. Und bei dir? Alles okay?« Aytin grinste ihn an: »Ja, klar. Möchtest du rüberkommen und mit mir essen? Ich habe leckeres Briam im Backofen. Das sind Kartoffeln, Zucchini und Zwiebeln.

Dazu gibt es Berliner Buletten. Ist gleich fertig. Ich würde mich freuen.« Ritter war glücklich über diese Einladung: »Ja, klar. Toll. Danke.« Er steckte seinen Hausschlüssel ein, zog seine Tür zu und ging rüber zu Aytin. Der Küchentisch war für zwei Personen eingedeckt, Ritter und Aytin nahmen Platz. In diesem Moment klingelte Ritters Telefon. Er schaute auf sein Display. Heike aus Hannover. Ausgerechnet jetzt. Er drückte sie weg. »Wichtig?« »Nein. Heute ist mein freier Tag, es war ein Kollege«, log Ritter.

Es wurde ein wirklich schöner Abend und als sich die beiden verabschiedeten, drückten sie sich herzlich. Aytin schaute ihn mit ihren schönen Mandelaugen an. Dann küsste sie ihn plötzlich. Ritter war perplex. »Schlaf gut, mein schöner Nachbar und bis bald«, sagte sie und strahlte ihn an. Ritter gab sich einen Ruck und küsste sie ebenfalls. Es wurde ein sehr langer und intensiver Kuss. Er sah sie an und sagte: »Ja, bis bald. Vielen Dank für diesen schönen Abend. Ich melde mich sofort, wenn ich wieder hier bin. Wir fahren Dienstagmorgen erneut an die Nordsee.« Als er wieder in seiner Wohnung war, bemerkte er, dass er Aytin eigentlich schon immer toll gefunden hatte, aber er hätte sich niemals getraut, sie zu küssen.

Ritter schlief glücklich ein.

Montag, 24. März 2014

Um zehn Uhr erreichte Ritter das Berliner Büro in Steglitz. Es dauerte fast fünfzehn Minuten, bis er endlich einen Parkplatz fand. Immer noch war alles grau und trostlos heute. Als er die Wohnung betrat, roch es bereits lecker nach Kaffee. Mandy Probst stand in der Küche und drehte sich zur Tür, als sie hörte, dass er kam. »Morgen, Chef. Auch einen?« Sie deutete auf die Kanne. »Morgen, Frau Mandy, ja klar, gerne.« Ritter ging in die Büroräume. Monika Rätsel saß an seinem Schreibtisch. Als sie ihn bemerkte, stand sie auf und sagte: »Morgen, Chef. Bin schon weg.« »Morgen, Frau Rätsel. Bleiben Sie ruhig da. Ich sitze da doch sowieso nie. Ist ab jetzt Ihr Tisch.« Sie grinste ihn freundlich an. Sie war sehr klein. Höchstens so um die eins sechzig groß. Dazu sehr dünn. Vielleicht etwas zu dünn. Frau Rätsel trug Sneakers und hatte eine verwaschene Jeans an. Dazu einen dicken, schwarzen Hoodie. Er blickte sie erstaunt an, denn er hatte bisher lediglich ihr Gesicht beim Skypen gesehen. Sie schaute ihn ebenfalls überrascht an. Dann ging sie auf ihn zu und gab ihm die Hand. »Schön, dass wir uns nun mal persönlich kennenlernen. Ick bin die Monika.« Ritter war fasziniert von ihrem markanten Gesicht und ihrer ausdrucksvollen Mimik. »Ja, hallo, Frau Rätsel. Ich bin der Max Ritter. Gehen Sie doch mit mir rüber in die Küche, trinken Sie Kaffee?« Sie nickte, folgte ihm und dann saßen Ritter, Probst und Rätsel am Küchentisch. Nur Wagner fehlte.

Nach dem ersten Schluck Kaffee sagte Ritter: »Erst einmal zu Ihnen, Frau Mandy. Sie haben mir versprochen, dass Sie keine Alleingänge mehr veranstalten. Ich hoffe sehr, dass Sie dieses Versprechen einhalten werden. Bei diesem Jens Polle hätte sonst was passieren können. Ich, oder in diesem

Fall auch Thys, hätten zumindest wissen müssen, wo und wann Sie bei dem Polle oder der Janssen sind. Ich bin schließlich für Ihre Sicherheit verantwortlich.« Er legte eine kleine Pause ein.

Probst nickte und sagte: »Geht absolut klar.«

»Trotzdem bin ich stolz auf Sie, da Sie jede Menge wichtiger Informationen herausgefunden haben. Danke dafür.« Rätsel schaute abwesend aus dem Fenster. »Sind Sie bei uns, Frau Rätsel?« »Äh, ja, musste gerade an etwas denken. Bin wieder da.« Sie sah müde aus. »Na dann mal zu Ihnen. Sie sind hier ab jetzt für das Büro zuständig. Keine Außeneinsätze mehr. Nur wenn ich das anordne. Haben Sie das verstanden?« Rätsel schaute ihn beleidigt an: »Ja, aber Sie haben doch gesagt, dass ich in Schwerin forschen sollte.« Ritter nahm einen weiteren Schluck Kaffee. »Ja, das stimmt. Ich möchte nur, dass ihr beiden versteht, dass ich hier der Chef bin. Und dass ihr meine Anweisungen in Zukunft befolgt. Ist das klar?« Beide nickten wortlos.

»Gut. Dann bin ich beruhigt«, sagte Ritter.

Er zündete sich eine Zigarette an. Probst sagte plötzlich: »Ich habe ziemlich gute Neuigkeiten.« Dabei grinste sie schelmisch zu Ritter hinüber.

»Ich übrigens auch«, ließ Rätsel verlauten. Nun schauten Ritter und Probst gleichzeitig zu Rätsel rüber.

»Gut. Frau Rätsel, dann schießen Sie mal los.« Monika Rätsel stand auf und rannte hektisch zum Schreibtisch. Ritter und Probst sahen sich verwundert an. Aufgeregt rannte sie wieder zurück und setzte sich an den Küchentisch. Während sie den mitgebrachten Ordner öffnete, tippelte sie nervös mit ihren Füßen. Zudem setzte sie sich eine Lesebrille auf. Rätsel blätterte fieberhaft einige Seiten um, bis sie gefunden hatte, was sie offensichtlich gesucht hatte. Dann strahlte sie die beiden an und legte los.

»Hier mal ein paar alte Geschichten aus der DDR. Der Dreßen heißt in Wirklichkeit Harald Krumme. Er war Folterknecht bei der Stasi. Der Vater meines Ex-Schwagers war sein halbes Leben bei diesem Verein in Schwerin. Er hat ihn sofort erkannt. Dreßen muss ein ganz harter Hund gewesen sein. Der war sogar selbst bei den Schlimmsten dort verhasst. Der hatte och keene Freunde. Jedenfalls nich uff Arbeit, wa? Aber nach der Wende hat ihn keiner mehr jesehen in Schwerin, hat ja och niemand nach ihm jesucht, wenn er keene Freunde hatte. Hihi.« Dann blätterte sie eine Seite weiter. »Seine Eltern waren früh verstorben. Er wuchs bei einem Onkel auf. Dieser Onkel war Förster und Jäger. Der Onkel ist ebenfalls bereits jestorben. Ick konnte ihn nicht mehr zu seinem Neffen befragen.« Monika Rätsel legte eine weitere kleine Pause ein und schob sich ihre Lesebrille wieder zurecht. »Was machen wir denn da jetzt mit diesem Typen?«

Ritter überlegte kurz: »Ich kenne mich mit diesem Stasi-Thema nicht ganz so gut aus. Vermutlich ist alles verjährt, selbst seine Urkundenfälschung. Am besten schicken Sie all Ihre neuen Informationen gesammelt zu Kiep vom BKA. Die sollen sich darum kümmern und entscheiden, wie es da weitergeht. Sehr gute Arbeit, Frau Rätsel.«

Monika Rätsel nahm ihre Lesebrille ab, klappte den Ordner wieder zu und strahlte ihn an. »Danke, Chef«.

»So, Frau Mandy, und was haben Sie denn für Neuigkeiten?« Mandy Probst berichtete von Wagners Fund im Computer der Apotheke. Und von diesem Gift, das die Janssen bestellt hatte. Ritter hörte gespannt zu, während Rätsel schon wieder abwesend aus dem Fenster starrte. Nachdem Probst ihren Vortrag beendet hatte, sagte Ritter: »Das sind Supernews. Die Nina Janssen wird zu dieser Sache wieder eine gute Ausrede haben, aber wir lassen jetzt nicht mehr locker.« Probst freute sich. Dann sagte Ritter: »Es verwundert mich aber, dass die Janssen nicht all diese Daten gelöscht hat. Sie war doch sonst so gewissenhaft, um alle Spuren zu verwischen oder erst gar keine entstehen zu lassen. Na ja, zum Glück für uns dieses Mal. Und für was wird dieses Gift denn nun überhaupt eingesetzt?«

Probst wischte jetzt auf ihrem Smartphone herum. »Das Gift heißt Natriumpentobarbital. Es wirkt superschnell. Bei einer Einnahme von fünfzehn Gramm ist man bereits innerhalb von fünf Minuten mausetot. Es schmeckt wohl megabitter. In der Schweiz wird es beispielsweise von einem Arzt zur Sterbehilfe eingesetzt. Sterbehilfe ist in der Schweiz legal. Die dokumentieren das dann per Video für die Behörden.«

Es war bereits dreizehn Uhr, als sie alles besprochen hatten. »Wollen wir etwas Essen gehen bei ›Ali Baba‹?«, fragte Ritter in die Runde. Probst war begeistert: »Oh ja, lecker Dürüm.« Dann stand sie auf. »Vielen Dank, Chef, aber so Zeug da ess ick nicht«, sagte Rätsel. Dann holte sie sich eine größere Plastikdose aus dem Kühlschrank und begann, ihre selbst geschmierten Brote zu verspeisen. »Okay. Kein Problem. Ich gehe dann mal mit Frau Mandy los. Wir machen für den Rest des Tages frei. Ich danke Ihnen. Wir sehen uns hoffentlich bald wieder. Ach ja, und finden Sie mal bitte heraus, ob der K. H. Dreßen eventuell irgendwelche Aktionen unter seinem richtigen Namen da oben an der Nordsee durchgeführt hat. Könnte ja sein.« »Ja, Chef, wird erledigt. War schön, dass wir uns endlich mal jesehen haben. Bis bald. Und passt bitte janz dolle auf euch auf.« »Das machen wir ganz bestimmt, Frau Rätsel«, ließ Ritter verlauten. Monika Rätsel strahlte ihn glücklich an.

Ritter und Probst verließen gemeinsam das Büro. Als sie bei ›Ali Baba‹ saßen und sich genüsslich ihrem Dürüm Döner widmeten, sagte Ritter: »Aus der Monika Rätsel werde ich nicht so richtig schlau. Sie etwa?« Probst kaute erst zu Ende, nahm einen Schluck Wasser und sagte dann: »Nee. Sie ist halt die typisch ältere Ost-Generation. Wie meine Mutter. Die würde niemals bei den Türken essen. Und schon gar keinen Döner. Meine Generation ist damit aufgewachsen. In einem Berlin, in dem es eben keine Mauern gab. Wir hatten Englisch und nicht Russisch in der Schule. Die Rätsel hat aber bestimmt ein großes Herz. Und sie bewundert Sie total. Wie die Sie angeschaut hat.«

Ritter grinste sie an. »Ach, Quatsch. Erfinden Sie nicht immer solche Stories.«

»Ach, Chef, Sie bekommen doch solche Sachen überhaupt nicht mit.« »Ist ja auch egal jetzt. Ich finde sie viel zu dünn. Obwohl sie scheinbar genug isst. Etwas nervös und abwesend scheint sie ebenfalls zu sein.«

»Ja, das ist mir auch aufgefallen«, sagte Probst.

Nachdem Ritter die Rechnung bezahlt hatte, und sie wieder auf der Straße standen, sagte er: »Sie können den Wagen mitnehmen und mich morgen früh abholen, so gegen zehn Uhr bei mir. Dann geht's wieder an die Nordsee.« »Okay, Cheffe. Trifft sich gut. Mein alter Volvo wird gerade von meinem Vater repariert. Bis morgen. Machen Sie sich noch einen schönen Abend.« »Ja, danke, Sie auch.« Er erklärte ihr noch, wo er den Wagen geparkt hatte. Ritter ging zur U-Bahn und fuhr bis zur Haltestelle Osloer Straße. Dort kaufte er sieben rote Rosen. Dann stieg er in die Tram und fuhr bis zur Station Grüntaler Straße, stieg aus und lief nach Hause. Als er ankam, klingelte er an der Tür seiner Nachbarin Aytin. Aber sie öffnete nicht. Sie schien nicht zu Hause zu sein. Er nahm die Blumen mit in seine Wohnung und stellte sie in ein großes Glas Wasser. Eine Blumenvase besaß er keine. Im Laufes des Abends würde er noch einmal versuchen, Aytin zu sehen. Dann setzte er sich an seinen Küchentisch, auf dem jetzt die roten Rosen standen und überlegte sich weitere Fragen und Details zum Janssen Fall. Er schrieb wieder alles fein säuberlich auf.

Sein Handy summte. Eine SMS von Aytin. Sie schrieb: *Lieber Max, mein Vater hatte einen Herzinfarkt. Bin gleich heute Morgen nach Izmir geflogen. Ich melde mich wieder. Es war ein wunderschöner Abend gestern und du kannst toll küssen. Deine Aytin.*

Ritters Herzschlag erhöhte sich etwas. War er etwa dabei, sich zu verlieben? Nun gut, bei Heike aus Hannover war es ja ähnlich. Aytin tat ihm leid. So ein Mist. Er musste an seine Mutter denken. Was wäre, wenn sie jetzt, wie Aytins Vater, plötzlich ebenfalls einen Herzinfarkt bekommen würde? Er rief sie sofort an und erkundigte sich, wie es ihr ging. Es wurde ein langes und gutes Gespräch. Als sie es beendet hatten, war er froh, dass alles in Ordnung war. Allerdings musste er sich eingestehen, dass er seine Mutter einfach viel zu selten zu Gesicht bekam. Und dies wollte er bald ändern, öfter mal in die Heimat fliegen.

Aber jetzt war erst mal wieder die Nordsee dran. Ob es diese Woche endlich zu einem Showdown kommen würde? Ob Nina Janssen diese Woche vielleicht ein Geständnis ablegen würde? Er hatte so seine Zweifel. Aber auf der anderen Seite hatten sie inzwischen wirklich sehr viele Indizien beieinander. Es würde auf jeden Fall jetzt richtig spannend werden. Und er würde dringend die Unterstützung von Kommissar Thys brauchen. Er schickte Thys noch eine SMS, dass sie morgen um fünfzehn Uhr wieder in Heide sein würden.

Anschließend brachte er seine Wohnung auf Vordermann. Er putzte wie wild. Zwei Stunden später war er mit dem Ergebnis recht zufrieden. Am Abend bestellte er sich Sushi bei einem Lieferdienst. Probst hatte ihn auf den Geschmack gebracht.

Dienstag, 25. März 2014

Kurz nach zehn holte Mandy Probst ihren Chef ab. Ritter stieg auf der Beifahrerseite ein und begrüßte sie: »Guten Morgen, Frau Mandy. Fit?« »Morgen, Chef. Ja, topfit. Soll ich fahren?« »Ja, fahren Sie, wir können später tauschen.« Probst brauste los. Es regnete in Strömen. Sie fuhren durch den Wedding über den Kurt-Schumacher-Platz auf die Autobahn. Kurz nach Berlin ließ der Regen wieder etwas nach. »Darf ich Musik hören?«, fragte Probst. »Techno?«, wollte Ritter unsicher wissen. »Nein, wir können auch chillige House Musik hören. Das passt jetzt besser«, sagte Probst. »Okay. Der Fahrer bestimmt die Musik.«

Nach zwei Stunden Fahrzeit legten sie eine Pause ein und holten sich einen Kaffee an der Autobahnraststätte. Dazu gab es Apfelkuchen. Anschließend fuhren sie weiter, Ritter übernahm das Steuer. Probst drehte die Musik leiser und sagte: »Irgendwie komisch. Aber ich freue mich darauf, wieder in unsere Deichvilla zu kommen. Und an die Nordsee.« »Ja, es ist schon merkwürdig. Aber ich freue mich auch auf die gute Luft da oben. Man entschleunigt irgendwie.« »Glauben Sie, dass wir der Nina Janssen diese Woche den Mord nachweisen können?« Ritter ließ ein paar Sekunden verstreichen und antwortete dann: »Es wird sicher nicht einfach, aber ja, es könnte durchaus sein. Wir werden es ja erleben. Haben Sie eigentlich was von Wagner gehört? Ich hatte mal heute Morgen probiert, ihn anzurufen, aber es war nur seine Mailbox dran.« »Ging mir genauso«, sagte Probst.

Durch Hamburg musste ihnen Jacky helfen. Es herrschte sehr viel Verkehr und so dauerte es, bis sie endlich wieder auf die Autobahn Richtung Heide kamen. Ritter gab nun

Vollgas und beschleunigte auf zweihundert, um die Zeit wieder aufzuholen, die sie in Hamburg verloren hatten. Das Wetter wurde zunehmend besser. Hinter Itzehoe kam sogar die Sonne raus und der blaue Himmel war zu sehen. An der Ausfahrt Heide-Süd verließen sie die Autobahn und fuhren direkt ins Zentrum zu Kommissar Thys.

Als sie kurz vor fünfzehn Uhr sein Büro betraten, freute der sich mächtig. »Moin Moin. Schön, euch wiederzusehen. Und wie war es in der Heimat?« »Grau und kalt«, antwortete Probst und Ritter fügte hinzu: »Und viel zu kurz, um sich wieder einzuleben. Aber jetzt sind wir ja wieder hier.«

Ritter erzählte ihm die Neuigkeiten. Dass Wagner die Giftbestellung von Nina Janssen im Januar 2011 herausgefunden hatte und, dass K. H. Dreßen ursprünglich als Harald Krumme geboren worden war. Thys hörte aufmerksam zu. »Das mit dem Gift ist natürlich ein großartiger Fund von Wagner. Die Schlinge wird jetzt enger für die Janssen. Aber was machen wir denn mit dem Dreßen? Oder Krumme?«, fragte Thys. »Am besten zunächst nichts. Alle Unterlagen sind unterwegs zum BKA. Es wäre gut, wenn wir das hier niemandem erzählen würden.« Thys nickte. »Okay. Ja, das ist wohl am besten so. Aber er bleibt doch auf unserer Top-Liste der Verdächtigen, oder nicht?« »Doch, klar. Wir nehmen uns jetzt erst einmal die Janssen vor, und falls wir da nicht weiterkommen, befragen wir den Dreßen oder Krumme oder wie auch immer«, antwortete Ritter auf Thys' Frage. Dann gab Mandy Probst den inzwischen legendären Krimi an Thys mit den Worten: »Hier ist das Buch, das ich bei der Janssen im Regal gesehen habe. Viel Spaß beim Lesen.« »Oh ja, das Buch. Danke. Da werde ich heute Abend gleich mal reinschauen«, sagte Thys.

Nun fragte Probst: »Und wie geht es weiter?« »Wir gehen zu Edeka-Ralf einkaufen und dann fahren wir in unser Haus. Dort überlege ich mir noch weitere Fragen für das Verhör. Haben Sie sich ebenfalls ein paar Fragen notiert, Thys?« »Klar doch.« »Gut, dann treffen wir uns morgen gegen elf

Uhr, wenn dies bei Ihnen passt. Wir stimmen unsere Fragen ab und planen das Verhör«, sagte Ritter. »Prima, so machen wir es«, erwiderte Thys. Probst strahlte über beide Ohren und sagte: »Endlich ist die Janssen mal richtig dran. Ich bin ja so gespannt.«

Sie fuhren Richtung Wesselburen. Es war inzwischen bereits siebzehn Uhr. Probst betrachte die vorbeihuschende Landschaft und meinte: »Die vielen Windräder hier. Immer wieder voll krass. Und es ist grüner geworden. Langsam kommt der Frühling. Ist bestimmt richtig schön hier im Sommer.« Sie schaute verträumt aus dem Fenster in den blauen Himmel. Kein Wölkchen zu sehen. Die Windräder bewegten sich langsam wie in Zeitlupe.

Zurück ihrer Deichvilla, genossen beide, wieder hier zu sein, öffneten die Terrassentür und ließen frische Nordsee-Luft herein. Ritter wollte heute kochen. Etwas aus seiner Heimat. Beide hatten inzwischen einen Riesenhunger, da sie heute kaum etwas gegessen hatten. Zwanzig Minuten später saßen Ritter und Probst auf der Terrasse bei nur vierzehn Grad. Es gab Maultaschen mit Ei überbacken, dazu einen Feldsalat mit Zwiebeln. Sie stürzten sich regelrecht auf ihr Abendessen und ließen keinen Krümel übrig. Als sie alles verspeist hatten, meinte Probst anerkennend: »Hey, Chef, danke. War echt total lecker. Wusste gar nicht, dass Sie so gut kochen können.« »Na ja, geht so«, sagte Ritter bescheiden, freute sich aber sehr über das Kompliment. Rasch gingen sie wieder ins Haus und schlossen die Terrassentür. Die Temperaturen rauschten an diesem frühen Abend und um diese Jahreszeit schnell in den Keller.

Als sie im Wohnzimmer saßen, sagte Ritter: »Bevor wir morgen zu Thys fahren, haben Sie eine Spezialaufgabe.« Probst sah ihn mit großen Augen an. »Und die wäre?« Ritter grinste sie an: »Wir fahren zu Dreßen. Dort können Sie in aller Ruhe Ihre Kameras und Mikros installieren. Ich warte selbstverständlich vor dem Haus im Wagen.« »Echt? Mega! Die Ratte hat es verdient«, freute sie sich. Ritter fuhr fort: »Wenn der selbst bei den schlimmsten Mitarbeitern der Stasi so verhasst war, dann ist der mal ganz locker fähig, einen Mord zu begehen. Der hat mit Sicherheit keine Skrupel. Bei dem haben wir uns ganz schön getäuscht. Wir dachten, er wäre ein … Ja, was eigentlich?«

»Ein Arsch, ein Assi, ein Betrüger, aber kein Mörder. Das dachten wir«, sagte Probst und fuhr fort: »Vielleicht war er einer der Kunden von Nina Janssen. Oder ist es sogar immer noch. Oder sie haben sich gegenseitig erpresst, irgend so was halt.« Ritter überlegte und entgegnete: »Stimmt. Könnte alles Mögliche sein. Und wenn die zwei nun unter einer Decke stecken würden, dann hätten sie uns grandios im Kreis laufen lassen.« Ritter schlug sich mit seiner flachen Hand leicht auf seine Stirn und fuhr fort: »Aber glauben Sie denn wirklich, dass die beiden das mit dem Investment im Windpark alles inszeniert hatten? Hm.« Ritter grübelte, Probst sagte nichts. Dann fuhr er fort: »Auch egal. Aber die Nina Janssen bleibt immer ganz oben auf der Liste. Ob die wirklich noch den vollen Überblick hat? Die taucht beim Öl-Prinzen Toni auf, bei Mommsen und bei Dreßen. Überall ist sie irgendwie dabei. Und wer weiß, bei wem sonst noch. Hoffentlich ist die Liste der Verdächtigen abgeschlossen.«

Ritters Handy klingelte: Wagner! »Hey, Wagner, wie geht es Ihnen? Alles okay?« »Hey, Chef, ja, alles okay. Heftiger Einsatz. Vierzehn bis sechzehn Stunden am Tag. Donnerstag oder Freitag komme ich wieder zu euch an die Nordsee.«

»Okay. Alles klar. Und danke für Ihre tolle Entdeckung. Wie Sie herausgefunden haben, dass die Janssen in Indien Gift bestellt hat, war ganz tolle Arbeit. Echt super!« Wagner freute sich und antwortete: »Danke, Chef. Also dann. Ich muss wieder. Viele Grüße an die Mandy und bis denne.« »Ja, bis dann und Grüße zurück von der Frau Mandy.« Er legte sein Handy auf den Wohnzimmertisch und informierte Probst, dass Wagner bald wieder hier sein würde.

Als Ritter schließlich spätabends im Bett lag, schrieb er noch eine SMS an Aytin: *Hoffe, es geht dir soweit gut. Was macht dein Vater? Ich bin wieder an der Nordsee. Ich freue mich schon darauf, dich bald in Berlin wiedersehen zu können – und dich zu küssen. Es war wunderschön beim letzten Mal. Liebe Grüße, Max.*

Er überlegte kurz, ob das nicht zu übertrieben sei. Oder zu kitschig? Sollte er das wirklich abschicken? Dann drückte Ritter mutig auf ›Senden‹. Er konnte nicht glauben, was er da gerade geschrieben hatte. Und Heike aus Hannover? Die konnte gut küssen und noch viel mehr. Aber die wohnt in Hannover und nicht bei mir im Haus, dachte er sich. Er grübelte noch einige Zeit, ehe er einschlafen konnte.

Mittwoch, 26. März 2014

Ritter hatte unruhig geschlafen und wachte bereits um sieben Uhr auf. Er ging in die Küche und setzte Kaffee auf, goss sich eine Tasse des frischen Kaffees ein und nahm sie mit ins Badezimmer. Nach dem ersten Schluck dachte er: *der erste Schluck ist immer der geilste*. Er begann, sich zu rasieren. Eigentlich schaute er sich nur während einer Rasur im Spiegel an. Sonst nie. Er nahm einen weiteren Schluck Kaffee. Er betrachtete sich nochmal genau im Spiegel, und war nicht unzufrieden. Für fünfzig geht das doch. Er griff sich seine Tasse und ging zurück in die Küche. Er schaute auf sein Handy. Keine Nachricht von Aytin.

Ritter setzte sich an den Küchentisch und notierte weitere Fragen. Es waren schon wieder einige Neuigkeiten und Ideen dazugekommen. Um acht Uhr kam Mandy Probst aus ihrem Zimmer. »Morgen, Chef, bin gleich bei Ihnen«, sagte sie und ging ins Badezimmer. Ritter räumte seine Notizen beiseite und bereitete das Frühstück vor. Fünfzehn Minuten später saß Probst am Küchentisch. Es war ein sehr stilles Frühstück, beide hingen ihren Gedanken nach.

Probst stand auf und ging in ihr Zimmer. Sie kam mit ihrem kleinen Spezialkoffer wieder zurück. Mit einer Höllengeschwindigkeit räumte sie nun das Geschirr in die Spülmaschine und die Lebensmittel in den Kühlschrank. Ritter trank noch seinen letzten Schluck, dann stand er auf: »Danke. Bereit, Frau Mandy?« »Aber sicher. Heute wird ein guter Tag.« Sie schien konzentriert und vor allem motiviert zu sein. Sie fuhren los. Ritter übernahm das Steuer. Der Himmel war strahlend blau und wolkenlos. Ritter spürte den unbändigen Tatendrang in sich. Er schaute kurz rüber zu

Mandy Probst, die aus dem Wagenfenster blickte. Es machte ihm wirklich Spaß, mit ihr zu arbeiten. Und sie gab ihm jede Menge Energie mit ihrer positiven Art und ihrer Anwesenheit. Er musste kurz daran denken, wie einsam er in den zwei Jahren seiner Krankschreibung gewesen war. Das Leben war wieder schön.

Er hatte nun aber keine Gelegenheit mehr, sich weiter in Gedanken zu verlieren. Sie waren beim Haus von Karl-Heinz Dreßen alias Harald Krumme angekommen. Es lag am Ortsrand von Schülpersiel. Ritter hatte bereits gecheckt, dass Dreßen zur Arbeit gefahren war. Zudem stand sein Auto nicht vor seinem Haus.

Er parkte den schwarzen BMW und wandte sich an Probst: »So, Frau Mandy, dann mal los. Viel Erfolg. Ich bleibe im Wagen, falls er doch aus irgendwelchen Gründen hier plötzlich auftauchen sollte.« Probst verließ wortlos das Auto, öffnete innerhalb von zwanzig Sekunden die Haustür und ging hinein. Ritters Handy brummte - eine SMS von Heike aus Hannover. Dafür hatte er nun aber keine Zeit und steckte das Telefon zurück in seine Jackentasche. Ihm war gerade eine Idee gekommen und er musste nachdenken, ob sie gut war oder nicht. Nach knapp zwanzig Minuten kam Probst wieder zurück und stieg in den Wagen. »Alles erledigt. Und jetzt?« »Wir fahren nun zu diesem Elektromarkt. Dort können Sie noch einen Peilsender an seinem Auto anbringen. Könnte nämlich durchaus sein, dass der Dreßen sich aus dem Staube macht, wenn die Sache hier für ihn zu heiß wird.«

Sie fuhren los. In Heide steuerte Ritter plötzlich den riesigen Parkplatz am Markt an. Probst schaute ihn fragend an. »Ich muss noch schnell was besorgen, dauert nur fünf Minuten. Bin gleich zurück.« Dann stieg er aus und lief Richtung Fußgängerzone. Probst blieb im Wagen sitzen. Ritter ging in einen kleinen Laden, der T-Shirts bedruckte. Er gab dem schlaksigen, jugendlichen Verkäufer einen Zettel und fragte ihn, ob er das denn vorne auf das T-Shirt drucken könnte. »Klar kann ich das«, sagte der Verkäufer. Als Ritter wieder ins Auto stieg, waren doch aus den fünf Minuten fünfzehn geworden. »Sorry, hat etwas länger gedauert«, murmelte er. Zehn Minuten später parkten sie den Wagen beim Elektromarkt. Probst stieg aus und lief direkt zu dem Geländewagen, den Dreßen zum Glück etwas abseits des Haupteingangs geparkt hatte. Derweil zog sich Ritter am Auto schnell um. Er streifte sein neues T-Shirt über und zog dann wieder seine Jacke an. Nach wenigen Augenblicken war Probst zurück. »Erledigt«, sagte sie zufrieden. »Sehr gut, Frau Mandy. Wir gehen noch kurz zu Dreßen in die TV-Abteilung. Will ihm einen schönen Tag wünschen.«

Probst sah ihn fragend an, bekam aber keine Antwort von Ritter. Sie lief ihm hinterher. Als sie zu Dreßen kamen, verdrehte dieser die Augen und sagte: »Haben Sie nichts zu tun, oder was?« Ritter erwiderte übertrieben freundlich: »Ach, Herr Dreßen, wir wollten Ihnen doch nur mal einen wunderbaren Tag wünschen.« Der schaute nun ziemlich verwirrt. Probst tat es ihm gleich. »Ganz schön warm hier«, sagte Ritter und zog seine Jacke aus. Auf seinem neuen, weißen T-Shirt stand vorne in großen, schwarzen Buchstaben »Harald Krumme«. K. H. Dreßen alias Harald Krumme fiel die Kinnlade runter. Er stand mit offenem Mund da. Dann schaute er sich hektisch um. Ritter beruhigte ihn: »Herr Dreßen, Denken Sie nicht einmal daran, zu flüchten, dazu sind sie ja viel zu fett. Müssen Sie auch nicht.« Probst konnte sich nicht mehr halten und lachte lauthals los. Sie konnte nicht mehr aufhören damit. Einige Kunden schauten bereits irritiert in ihre Richtung. Dreßen begriff, dass er wohl aufgeflogen war. Ritter sah ihn direkt an und sagte mit einer wohldosierten Schärfe in seiner Stimme: »Sie werden ab jetzt keine Ruhe mehr finden. Ab heute bin ich der Jäger! Und Sie sind die Beute. Ich wünsche Ihnen noch einen herrlichen Tag.«

Ritter drehte sich um und lief mit Probst in Richtung Ausgang. Die lachte immer noch, sie konnte sich überhaupt nicht mehr beruhigen. »Ich bekomme keine Luft mehr«, prustete sie los, begleitet von einem erneuten Lachanfall. Als sie sich wieder beruhigt hatte, sagte sie: »Der Gesichtsausdruck von diesem Wichser war so lustig. Der hatte richtig Schnappatmung. Aber am besten war: ›…dazu sind sie ja viel zu fett.‹ « Sie schüttelte ungläubig ihren Kopf.

Nach dieser Einlage fuhren sie zur Polizeistation. »Also, Chef, wirklich, Sie sind echt immer wieder für eine Überraschung gut.« Ritter schmunzelte zufrieden. Probst besorgte noch drei richtige Kaffee, damit sie nicht wieder diesen schrecklichen Automatenkaffee trinken mussten.

Ritter und Thys setzten sich an dessen Schreibtisch um ihren Plan auszuarbeiten. Damit waren sie fürs Erste beschäftigt. Probst zog den Laptop aus ihrem Rucksack und begann, alles für die Überwachung von Dreßen einzurichten. Anschließend telefonierte sie mit Monika Rätsel. Sie instruierte ihre Kollegin genau. Rätsel übernahm ab jetzt ebenfalls die Überwachung von Berlin aus. »Lassen Sie Ihr Smartphone bitte 24 Stunden angeschaltet. Dreßen kann jederzeit abhauen«, sagte Probst. »Alles klar, ick bleib dran an dem Stasifritzen. Jut, bis denne.« Probst war zufrieden. Der Job machte ihr immer mehr Spaß. Sie hatte wirklich einen tollen Chef bekommen, manchmal war er vielleicht ein bisschen eigenartig. Dafür war er nicht nachtragend. Er hatte ihr die Alleingänge längst verziehen. Das gefiel ihr. Er war ein bisschen wie ein zweiter Vater.

Gegen dreizehn Uhr gingen sie in die gegenüberliegende Fußgängerzone und besorgten sich Backfischbrötchen in einem kleinen Fischladen. Zurück in der Polizeistation gingen sie in den Gemeinschaftsraum, der gerade leer war. Sie setzten sie sich an den großen, quadratischen Tisch und packten ihre Brötchen aus. Ritter trank heute ausnahmsweise Cola, während Probst und Thys sich an Mineralwasser hielten. Ritter sah zu Probst: »Läuft die Überwachung von Dreßen schon?« »Logo. Läuft. Telefonüberwachung und

Ortung ebenso. Frau Rätsel ist ebenfalls dran.«

Ritter runzelte die Stirn. »Kann unsere Frau Rätsel das denn alles? Ich meine, dass mit der Technik und so?«

»Ja. Kann sie. Sie ist für ihr Alter ganz weit vorne in Sachen Technik und Computer«, antwortete Probst. »Woher wissen Sie das denn? Sie kennen sie doch überhaupt nicht.« »Ich habe mich gestern Nachmittag bei Frau Zuske vom BKA über sie erkundigt.« Ritter war überrascht. »Wie jetzt? Das hat Ihnen die Zuske einfach alles erzählt?« Probst grinste ihn an. »Sie hat mich damals ausgebildet. Und sie ist nicht die Sekretärin von Kiep, sondern selbst ganz weit oben beim BKA. Zudem bildet sie auch aus. Wenn wichtiger Besuch kommt, so wie Sie damals, dann spielt sie gerne mal die Sekretärin für den Kiep. Das kommt meistens besser an. Sie erzählte mir, dass die Monika Rätsel unglaublich zäh ist. Wenn es darum geht, wichtige Informationen zu beschaffen, ist sie wohl gnadenlos nervig, die gibt nicht auf. Ruft bei Leuten bis zu fünfzehnmal am Tag an, so lange, bis sie bekommen hat, was sie will.«

Thys grinste breit. Ritter war überrascht. »Hätte ich jetzt nicht gedacht. Aber das hört sich gut an. Nun wissen wir das auch.« Ritter war offensichtlich zufrieden mit diesen neuen Infos. Sie gingen wieder zurück in Thys' Büro. Die Männer feilten weiter an ihrer Verhörtaktik. Gegen sechzehn Uhr rief Probst: »So, der Dreßen fährt jetzt los. Wir bleiben doch bei dem Namen Dreßen, oder lieber Krumme ab jetzt?«

Ritter schaute auf: »Ja, wir bleiben bei Dreßen, sonst kommen wir noch durcheinander.« Thys fügte an: »Wir sind bald so weit. Morgen besprechen wir noch Feinheiten. Dann laden wir die Dame ein ins Präsidium.« »Wann denn?«, wollte Probst aufgeregt wissen. Ritter überlegte. »Von mir aus gerne morgen. Vielleicht starten wir am frühen Nachmittag. Was meinen Sie, Thys?« »Ja, so können wir es machen«, stimmte Thys zu und ergänzte: »Ich lasse sie abholen und herbringen. Dann können wir hoffentlich gegen vierzehn Uhr starten.« »Oha«, sagte Probst. »Gut. So machen wir es«, erwiderte Ritter.

Kurz nach siebzehn Uhr fuhren Ritter und Probst zurück in das Haus am Deich. Probst setzte sich ins Wohnzimmer und klappte ihren Laptop auf. Ritter ging in die Küche und schmierte ein paar Brote, die er dann mitsamt zwei Flaschen Wasser in seinen Rucksack stopfte. Als er wieder ins Wohnzimmer kam, sah Probst zu ihm auf: »Der Dreßen fährt kreuz und quer durch Dithmarschen. Nichts Verdächtiges.« »Okay. Auf, Frau Mandy, wir gehen bei diesem herrlichen Wetter auf den Deich. Ich habe Brote für ein kleines Picknick dabei.« Probst stand ruckartig auf und strahlte ihn an: »Oh, klasse. Ja, das machen wir.«

Oben auf dem Deich angekommen legte Probst eine große Decke auf die Wiese, auf der sie es sich gemütlich machen konnten. Genüsslich aßen sie ihre Brote. Probst schaute zum Horizont: »Wir können heute bestimmt den Sonnenuntergang sehen.« Ritter grinste sie an: »Das war der Plan. Sonnenuntergang ist heute um achtzehn Uhr fünfzig.«

Beide starrten schweigend auf die Nordsee und den blauen Himmel. Die gelb- und orangefarbene Sonne wurde zu einer großen, roten Feuerkugel und senkte sich immer mehr Richtung Horizont. Bald schon verschwand die strahlenlose Glut hinter dem Wasser. Um sie herum war es ganz still geworden. Selbst die vielen Tiere am Deich waren verstummt.

Donnerstag, 27. März 2014

Als Ritter um neun Uhr in die Küche kam, hatte Probst längst frische Brötchen besorgt und den Tisch sehr reichlich gedeckt. Sie empfing ihn mit einem Grinsen: »Morgen, Chef. Heute gibt es ein tolles Frühstück für den großen Tag. Damit Sie gestärkt sind, wenn Sie die Janssen überführen.« Ritter freute sich. »Danke, Frau Mandy. Ich muss zugeben, dass ich ein bisschen nervös bin. Habe schon lange kein richtiges Verhör mehr geführt. Ob ich das noch kann?« »Ach, Chef. Klar doch. Und Sie haben doch Thys dabei. Was soll da schiefgehen? Ich glaube voll an Ihre Verhörkunst.« Nach dem Frühstück ging Ritter in das Badezimmer, um sich frisch zu machen. Um seine Gedanken zu sammeln, machte er noch einen Spaziergang. Es war erneut ein wunderschöner Tag mit blauem Himmel und Sonnenschein. Nach gut einer Stunde kam er schließlich zurück. »Alles okay?«, fragte ihn Probst. »Ja. Alles okay. Lassen Sie uns zu Thys nach Heide fahren.«

Probst setzte sich ans Steuer. Ritter nahm derweil sein Telefon zur Hand. Keine Nachrichten von Aytin. Dafür hatte er noch die Nachricht von Heike. Er las nun die SMS. Sie schrieb, dass sie oft an ihn denken müsse und er könne gerne und jederzeit zu Besuch nach Hannover kommen. Ritter überlegte, was er antworten sollte. Er ließ es sein. Er hatte dafür jetzt einfach keinen Kopf.

Um zwölf Uhr erreichten sie die Polizeistation in Heide. Als sie das Büro von Thys betraten, telefonierte dieser gerade. Nach ein paar Minuten beendete er das Gespräch und begrüßte die beiden. »Moin. Staatsanwalt Heyne hat mir grünes Licht gegeben. Er kommt später hier vorbei.« »Sehr gut«, war Ritters Antwort. »Sind Sie bereit, Thys? Bereit, die Janssen in die Enge zu treiben?« Der Kommissar schaute entschlossen zu Ritter. »Ja, das bin ich. Und ich hoffe sehr, dass wir sie knacken. Aber es wird sicher eine enge Kiste. Wir nähen trotz aller Erkenntnisse eine heiße Nadel.« »Ich weiß«, pflichtete Ritter bei. Probst äußerte sich lieber nicht dazu. Dann sagte Thys: »Ich schlage vor, dass wir sie heute nicht ganz so lange vernehmen. Dann kann sie erst mal ihre Zelle kennenlernen. Morgen ziehen wir das Verhör unnötig in die Länge und stellen permanent die gleichen Fragen und vermischen diese mit neuen Detailfragen. Am Samstag und Sonntag lernt sie ihre Zelle noch besser kennen. Montagmorgen machen wir gleich weiter.« Ritter überlegte: »Sehr guter Plan.« »Und Dienstag knickt sie ein«, fiel Probst ins Gespräch ein und schaute die zwei Kommissare an. Die fingen beide an, zu grinsen. Probst musste einfach mit einstimmen. »Ich hole mal ordentlichen Kaffee«, sagte sie und ging los.

Thys meinte: »Also, Ritter, da haben Sie echt eine klasse Mitarbeiterin. Die ist wirklich gut. Die bringt es mal weit in eurem Verein. Auch der Wagner scheint ein helles Köpfchen und ein guter Typ zu sein. Da haben Sie ein tolles Team.« »Ja, stimmt. Ich bin auch wirklich überglücklich darüber.«

Um vierzehn Uhr betraten die Kommissare Ritter und Thys den Verhörraum in der Polizeistation Heide. Nina Janssen saß bereits auf ihrem Stuhl vor dem Mikrofon. Sie war komplett in Schwarz gekleidet, wie zu einer Beerdigung. Ihre wallenden, blonden Haare trug sie offen. Sie war nur sehr dezent geschminkt.

»Guten Tag, Frau Janssen«, begann Ritter. »Guten Tag, die Herren«, war ihre sachliche Antwort. Als die beiden Kommissare ebenfalls Platz genommen hatten, startete Thys das Aufnahmegerät. Im Raum hinter dem legendären Spiegelfenster beobachtete Mandy Probst die Szenerie.

Nach der üblichen Belehrung ging es los. Ritter begann: »Am besten fangen wir ganz vorne an. Vor knapp zehn

Jahren haben Sie einem Mann namens Harry Rachmann alias Raketen Harry in Hamburg gedroht, Sie würden ihm die Eier wegschießen. Ist das richtig so?«

Nina Janssen verzog keine Miene und sagte: »Ja, das stimmt. Er hatte mich mehrfach angegrapscht und versucht mich anzufassen, da habe ich ihm gedroht.«

Thys: »Hatten Sie denn eine Waffe?«

Janssen: »Ja. So eine Minipistole. Ich wollte unabhängig bleiben, ohne diese ganzen Zuhälter. Und ganz ungefährlich war es ja nicht. Bei den Kunden wusste ich nie, welche Typen das sind.«

Thys: »Haben Sie die Waffe noch?«

Janssen: »Nein. Ich habe sie irgendwo verloren. Das stimmt!«

Ritter: »Sie haben damals in Hamburg den Peter Mommsen kennengelernt. Er kam als Kunde zu Ihnen, wie er uns erzählt hat. Stimmt das so?«

Janssen: »Ja. Er wurde zu einem meiner Stammkunden. Das ist bis heute so geblieben, wie Sie ja bereits wissen.«

Thys: »Wie wurden Mommsen und Ihr Mann damals Freunde?«

Janssen überlegte kurz und sagte dann: »Ich glaube, sie haben sich damals bei den Grünen kennengelernt. Ich habe das erst gar nicht so richtig mitbekommen. Als Hauke mir dann sagte, wir bekommen Besuch von seinem neuen Freund Mommsen, habe ich mir nichts dabei gedacht. Ich kannte den Mommsen nicht mit richtigem Namen. Er hatte sich mir als Kunde mit einem anderen Namen vorgestellt. So kannte ich ihn nur vom Sehen und er mich ebenfalls. Als er dann mit seiner Freundin bei uns erschien, waren er und ich natürlich kurz erschrocken. Aber wir haben uns nichts anmerken lassen. Ich habe den Hauke gebeten, dass er ihn nicht mehr einladen soll. Das hat er akzeptiert.«

Es dauerte einen kurzen Moment, bis Ritter wieder fortfuhr: »Der Mommsen hat uns gesagt, dass Sie ihm damals gedroht haben. Für den Fall, dass er Ihrem Mann etwas über Ihren

Nebenjob erzählen würde. Stimmt das?«

Janssen: »Stimmt. Mein Doppelleben war plötzlich durch diesen dummen Zufall in Gefahr geraten. Und ich wollte unter keinen Umständen, dass der Hauke etwas davon erfährt.«

Thys: »Wir reden aber von Morddrohungen laut seinen Aussagen. Ich zitiere: Sie sagte, dass immer etwas passieren kann. Zu Hause, im Auto, beim Essen oder den Kindern meiner Schwester in der Schule.«

Nina Janssen begann, mit ihrem linken Bein leicht zu wippen. Mit ein paar Sekunden Verzögerung entgegnete sie: »Ich weiß nicht mehr, ob ich das genauso gesagt habe. Kann sein. Habe ich bestimmt aus irgendeinem Film übernommen. Ich wollte ihn nur einschüchtern. Ich bin doch zu solchen Aktionen gar nicht fähig.«

Ritter: »Sie haben das aus irgendeinem Film übernommen? Haben Sie auch schon mal was aus einem Buch übernommen?«

Janssen: »Ich weiß jetzt nicht so genau, was diese Frage soll? In welchem Zusammenhang? Eine Drohung?«

Ritter: »Oder einem Mord?«

Janssen: »Ich bitte Sie! Eine Drohung und ein Mord sind doch wohl zwei sehr unterschiedliche Dinge.«

Bis jetzt hatte sie keinem der beiden Kommissare direkt in die Augen geschaut. Und sie verzichtete bisher komplett auf ihre Schauspielereien. Wieder entstand eine kleine Pause.
Staatsanwalt Heyne betrat das Zimmer hinter der Spiegelscheibe. Mandy Probst und Heyne begrüßten sich und stellten sich gegenseitig vor. Dann fragte Heyne: »Wie läuft es mit der Janssen?« »Alles noch chillig hier. Ich bin gespannt, wie sehr sie sich unter Kontrolle hat und wie es weitergeht.«

Thys: »Wie reagierte Mommsen auf Ihre Drohungen?«

Janssen schaute ihm nun direkt in die Augen. »Er war mächtig sauer und beleidigt. Ich habe ihm ein Wochenende in Kopenhagen spendiert. Mit allen Extras. Danach war er wieder friedlich und glücklich.«

Ritter: »Als sich Ihr Mann mit Mommsen in die Haare bekommen hat, da haben Ihnen sicherlich beide Männer von ihrem Streit erzählt. Berichten Sie doch mal bitte.«

Janssen nach kurzer Pause: »Ich habe jedem der beiden nach kurzer Zeit gesagt, dass ich diese Scheiße nicht hören möchte. Ansonsten ist sexuelle Pause für die Jungs angesagt. Das funktioniert am Ende immer bei den Männern, nicht wahr, die Herren Kommissare?«

Ritter und Thys ließen sich nicht aus dem Konzept bringen. Thys stellte die nächste Frage: »Könnte der Mommsen Ihren Mann aus Eifersucht umgebracht haben?«

Nina Janssen verzog keine Miene und antwortete schnell: »Das Weichei? Das glaube ich nicht. Aber wer weiß, die Männer drehen ja immer gleich durch bei mir. Er hatte außerdem eine Zeit lang eine Freundin. Die hatte es aber wohl nicht drauf. Also kam er weiterhin zu mir. Aber Mord? Ich glaube es nicht.«

Ritter: »Kennen Sie den Namen von Mommsens damaliger Freundin?«

Janssen: »Ich glaube, sie hieß Claudia, ihren Nachnamen kenne ich nicht.«

Thys: »Aber Sie würden sie wiedererkennen, ja?«

»Ja, das würde ich wahrscheinlich.«

Ritter: »Ich muss Sie jetzt noch mal zu Ihren Kunden befragen. Es könnte schließlich auch einer von ihnen gewesen sein. Haben Sie da einen Mann in Ihrer Kundenliste, der Ihnen vielleicht besonders aufgefallen ist? Einen, der Sie bedrängt hat oder irgend so was?«

Nina Janssen überlegte eine Weile: »Nein. Eigentlich nicht. Da ist nichts Außergewöhnliches passiert.«

Staatsanwalt Heyne verabschiedete sich von Mandy Probst. Die hatte eine SMS von Wagner bekommen. *Komme morgen um vierzehn Uhr*. Gebannt richteten sich ihre Blicke wieder in den Verhörraum.

Thys: »Sagen Sie uns doch bitte mal, warum Sie drei Monate vor dem Tod Ihres Mannes ein Bankschließfach gemietet haben?«

»Ich hatte einiges an Bargeld im Haus und man hörte immer öfter von den Leuten, dass in ihre Häuser eingebrochen wurde. Rumänen und Bulgaren. Diebesbanden. Da habe ich kurzerhand mein Geld genommen und es in ein Bankschließfach gelegt.«

Ritter: »Aber diese angeblichen Diebesbanden haben nie einen Menschen getötet. Warum sollten sie das denn ausgerechnet bei Ihrem Mann getan haben?«

»Das habe ich doch nie behauptet. Das hat doch Ihr Kollege hier so ermittelt. Ich habe bis heute keine Ahnung, wer meinen Mann umgebracht hat.«

Thys: »Aber mein Irrtum war doch ein Traum für Sie, oder etwa nicht?«

Ein minimales, kurzes überhebliches Grinsen huschte über ihr Gesicht, dann antwortete sie wieder ganz kühl: »Nein, es war kein Traum für mich. Ich würde gerne dem Mann in die Augen sehen, der meinen Hauke getötet hat.«

Ritter: »Woher wissen Sie denn, dass es ein Mann war?«

Janssen: »Na, eine Frau ist wohl kaum dazu imstande, einen großen Mann wie den Hauke zu erstechen, oder was meinen Sie?«

Thys: »Wie haben Sie eigentlich Hauke Janssen dazu bekommen, dass er eine Lebensversicherung auf Sie abgeschlossen hat?«

»Das war seine Idee. Er wollte das unbedingt. Ich habe da nicht Nein gesagt. Warum auch?«

Ritter: »Und warum hat er sein Testament so geändert, dass seine Schwestern leer ausgehen und Sie alles bekommen?«

»Es war nun mal so, dass er schon immer alles für seine Schwestern getan hatte. Insbesondere in seinen jungen Jahren damals. Und was haben die für ihn gemacht? Das habe ich ihn gefragt. Und er soll sich mal überlegen, was ich alles für ihn gemacht habe. Dann hat er wohl das Testament geändert. Ich wusste es aber nicht, er hatte mir nichts davon erzählt.«

Thys: »Okay. Wir machen mal eine kleine Pause. Möchten Sie etwas trinken oder essen, Frau Janssen?«

»Ja, ein Wasser wäre schön, sonst ist alles gut.«

Ritter, Thys und Probst standen im Raum hinter der Glasscheibe und schwiegen. Janssen saß mit ihrem Glas Wasser weiterhin im Verhörraum. Ritter: »Sie fühlt sich sicher. Das ist gut. Wir fragen jetzt noch ein wenig belangloses Zeug und konfrontieren sie morgen mit den Fragen zum Gift, Bierglas und mehr Details. Was meint ihr?«

Probst sagte nichts, dafür Thys: »Ja, genau. So ist es gut.« Dann schwiegen sie noch ein paar Minuten vor sich hin, bevor Ritter sagte: »Na los, Thys, ab in die zweite Runde.« »Yo«, war Thys' knappe Antwort.

Entschlossen gingen sie wieder in den Verhörraum.

Ritter: »Gut, Frau Janssen, dann machen wir mal weiter. Frau Probst hat mir von Ihrem Toni erzählt. Sie hätten den Toni angeblich nur einmal gesehen. Stimmt das so?«

Sie verdrehte etwas die Augen, so als gerate sie ins Schwärmen. Sie begann dezent mit einer ihrer Schauspieleinlagen um ihren Aussagen mehr Kraft zu verleihen: »Ja, das stimmt. Wir hatten einen schönen Tag und eine noch viel schönere Nacht in Sankt Peter-Ording im Hotel zusammen verbracht.«

Thys: »Der Toni war aber nicht nur einmal hier in der Gegend, sondern laut Zeugen mindestens viermal.«

Janssen: »Das kann schon sein. Ich habe ihn jedenfalls nur an diesem einen Tag gesehen. Und dann leider, leider nie mehr.«

Ritter: »Kennen Sie seinen richtigen Namen?«

»Nein, den kenne ich nicht. Ich weiß nur, dass er aus Italien kam und verheiratet war. Das hat er mir jedenfalls erzählt. Wissen Sie, wir haben weniger gesprochen, wir haben die Zeit anderweitig verbracht. Mehr Details?«

Thys: »Warum haben Sie K. H. Dreßen die fünfzigtausend Euro gegeben?«

Janssen zog jetzt leicht genervt die Augenbrauen zusammen und antwortete: »Das habe ich doch dem Herrn Ritter schon ausführlich erklärt.«

Ritter: »Dann erzählen Sie es eben noch einmal bitte.«

Sie seufzte: »Okay. Ich hatte ihn im Sommer 2013 in der Eisdiele in Wesselburen getroffen. Nach ein wenig Smalltalk hat er mir diesen Deal mit dem Windpark angeboten. Ich dachte, ich sei clever und könnte damit Geld verdienen. Aber der Dreßen hat mich natürlich reingelegt. Allerdings hat er mir ja nun, dank Herrn Ritter, meine Gewinne ausgezahlt. Danke noch mal.«

Thys: »Woher kannten Sie Dreßen denn eigentlich?«

Sie überlegte kurz. »Ich kann mich nicht mehr so genau erinnern. Der Hauke und ich waren auf so vielen Veranstaltungen eingeladen. Und da man bei diesen Events fast immer die gleichen Leute trifft, wurde er mir irgendwo, ich weiß nicht mehr wo, als Vereinsvorsitzender des Jägervereins vorgestellt. Ich mochte ihn von Anfang an nicht. Unsympathischer Typ. Aber irgendwie hat mich dieser Schleimer damals zu diesem Deal überredet. Ich hätte auf meine innere Stimme hören sollen. Na ja, jeder macht so seine Fehler, nicht wahr?«

Nun schaute sie den Kommissaren abwechselnd in die Augen, dann senkte sie ihren Blick beschämt Richtung Fußboden. Wie ein kleines Mädchen, das einen Fehler gemacht hat.

Ritter: »Hatte Ihr Mann Ihnen von seinem Streit mit dem Dreßen erzählt?«

»Ja, bestimmt. Aber ich habe da schon nicht mehr richtig zugehört. Es war mir egal geworden. Hauke hat ihn ein paarmal im Jägerverein besucht. Ich glaube aber, die haben den Hauke nicht ganz ernst genommen.«

Thys: »Trauen Sie dem Dreßen einen Mord zu?«

Janssen überlegte kurz und antwortete dann: »Ich kenne ihn ja kaum. Er ist auf jeden Fall ein Kleinkrimineller und auch sonst ein Arsch. Aber Mord? Keine Ahnung.«

Ritter: »Gehört der Dreßen zu Ihren Kunden?«

Die Antwort kam schnell: »Nein. Noch nicht mal für eine Million würde ich den an mich ranlassen.«

Ritter und Thys stellten weitere dreißig Minuten lang belanglose Fragen. Nina Janssen war am Ende sichtlich genervt. Mürrisch raunzte sie die Kommissare an: »War das alles jetzt? Sind wir durch mit dem Quatsch?«

Ritter: »Ja, für heute sind wir durch. Morgen früh geht es dann weiter. Ruhen Sie sich ein wenig aus.«

Nina Janssen wurde in ihre Zelle gebracht.

Zum Abschluss des ersten Verhörtags gingen Ritter, Probst und Thys in ein Steakhaus am Markt. Sie verabredeten sich für den nächsten Tag um neun Uhr, bevor Ritter und Probst zurück in ihre Deichvilla fuhren. Probst informierte Ritter, dass Wagner morgen gegen vierzehn Uhr wieder in Heide ankommen würde und mit einem Leihwagen direkt zur Polizeistation kommen wollte. Ritter war bereits auf den kommenden Tag fixiert und nickte geistesabwesend.

Freitag, 28. März 2014

Um acht Uhr dreißig verließen Ritter und Probst ihre Unterkunft und stiegen in den Wagen. Probst setzte sich ans Steuer. Es war heute sehr bewölkt und der Wind hatte leicht zugenommen. Die Windräder freuten sich darüber. Ritter schaute aus dem Fenster und blickte auf die Wolken. Die waren in verschiedenen Schichten unterwegs und bewegten sich daher in unterschiedlichen Geschwindigkeiten. Und sie hatten alle eine andere Einfärbung. Plötzlich fiel ihm siedend heiß ein, dass seine Mutter heute Geburtstag hatte. Hastig griff er zum Handy und gratulierte ihr. Probst schaute kurz zu Ritter rüber, als sich dieser mit seiner Mutter unterhielt. Es gefiel ihr, wie er mit ihr sprach. So herzlich. Sie schmunzelte. Nach dem Telefonat schrieb Ritter noch eine SMS an Heike aus Hannover. Er würde sich melden, wenn das alles hier vorbei und beendet sei. Im Moment gehe es nicht und sie würde das ja sicher verstehen. Aytin hatte sich leider nicht gemeldet.

Um neun Uhr betraten die beiden die Polizeistation in Heide und gingen direkt in Thys' Büro. Der empfing sie bereits mit drei Bechern dampfenden Kaffee, sehr zur Freude der beiden. Thys sagte: »Starten wir mit Teil zwei der Befragung. Sind Sie bereit, Ritter?« »Ja, aber so was von!« Sie gingen gemeinsam in den Verhörraum. Mandy Probst blieb wieder im Raum hinter der Spiegelscheibe. Nina Janssen hatte bereits Platz genommen.

Ritter: »Guten Morgen, Frau Janssen. Ich hoffe, Sie haben gut geschlafen.«

Sie sagte nur knapp: »Guten Morgen.«

Thys begann mit einer ersten, etwas belanglosen Frage:

»Warum sind Sie eigentlich aus der Kirche ausgetreten?«

Janssen verdrehte bereits bei dieser ersten Frage genervt die Augen. »Ist das wirklich so wichtig? So sinnlose Fragen? Haben Sie nichts mehr auf der Pfanne?«

Keiner der beiden Kommissare gab eine Antwort. Nach knapp dreißig Sekunden kam dann ihre Erwiderung: »Ich habe nach diesem brutalen Mord an meinem Mann etwas den Glauben an den lieben Gott verloren. Erst hat er mir in jungen Jahren meine Eltern genommen und dann auch noch meinen Mann. Zu meinem neuen Leben gehört dazu, dass ich keine Kirche mehr betreten werde. Können Sie das verstehen?«

»Ja, das tun wir«, sagte Ritter. Er gönnte ihr gleich zu Beginn eine kleine Pause. Dann fuhr er fort: »Nach dem Tod Ihres Mannes haben Sie in einem rasanten Tempo Ihr Leben komplett geändert. Wenn man sich die Reihenfolge Ihrer Transaktionen dazu ansieht, dann sieht es aus, als wenn ein Plan dahinterstecken könnte. Waren Sie trotz Ihrer riesigen Trauer so klar im Kopf, um all diese Geschäfte abzuwickeln? Und das, obwohl Sie mir erzählt hatten, dass Sie sich im Business Life nicht so gut auskennen, siehe Dreßen-Deal.«

Janssen überlegte sich ihre Antwort sehr genau und nahm sich einige Sekunden Zeit. »Ich weiß wirklich nicht mehr, wie ich das alles damals bewältigt habe. Ich war wie in Trance, funktionierte einfach nur. Die Tage sind vorbeigerauscht. Und irgendwie lief alles glatt. Ich hatte wohl großes Glück. Das Haus hatte ich in die Hände der Immobilienabteilung der Sparkasse in Heide gegeben. Die haben mir dann diesen amerikanischen Käufer besorgt. Ich habe sofort verkauft, da ich nicht mehr in diesem Haus leben wollte. Können Sie das nachvollziehen? Einen Monat später habe ich dann das Apartment in Sankt Peter-Ording gekauft. Wieder über die Sparkasse. Ich wollte einfach neu anfangen. Erneut hat alles geklappt, zumal ich in der Zwischenzeit die zwei Millionen Euro aus der Lebensversicherung ausbezahlt bekommen hatte. Ja, und plötzlich war alles neu. Ich fühlte schlagartig, wie es mir wieder etwas besser ging. Die Trauer war aber nicht verschwunden, sie war mein täglicher Begleiter. Und bei dem Dreßen dann ein Jahr später hatte ich mich wohl überschätzt. Ich dachte, es läuft wieder alles so glatt wie damals.«

Mandy Probst saß immer noch alleine hinter der Glasscheibe und klatschte nach dieser Antwort einmal kräftig in die Hände. Dann sagte sie laut zu sich selbst: »Unglaublich perfekte Antwort. Respekt, Frau Janssen!«

Ritter blieb dran, Thys wartete, sie waren jetzt gut eingespielt: »Wo haben Sie denn in der Zeit zwischen Hausverkauf und dem Kauf des Apartments gewohnt?« Die Antwort kam schnell: »Im ›Ambassador Hotel‹ in Sankt Peter-Ording. Mit Blick aufs Meer. Da habe ich spontan beschlossen, dass ich hier in Zukunft leben möchte.«

Mandy Probst schickte sofort eine Nachricht an Monika Rätsel. Sie solle das alles überprüfen. Den Hotelaufenthalt der Janssen. Und ihre beiden Berater der Sparkassen in Heide und Sankt Peter-Ording. Und ob es irgendwelche Auffälligkeiten gab. Sie sollte auch dem Hotel das Foto des Öl-Prinzen zukommen lassen. Und sie musste herausfinden, ob ihn damals vielleicht jemand gesehen hatte.

Wieder hatten Ritter und Thys der Verdächtigen eine kleine Pause gegönnt und ihr etwas zum Trinken angeboten. Sie wollte einen Kaffee. Probst, die gerade die Nachricht an Rätsel abgeschickt hatte, sprintete los. Es sollte schnell weiter gehen.

Thys begann: »Wie wir alle wissen, trank Ihr verstorbener Mann sein Bier nur aus dem Glas.« Die Pupillen von Nina Janssen weiteten sich minimal. Sie war nun zu hundert Prozent konzentriert. Ritter beobachtete sie genau. »Dieses Glas wurde aber nie gefunden. Und nun sind wir da natürlich sehr verwirrt, denn die leere Bierflasche stand ja noch da. Wer räumt das Glas weg, lässt aber die Flasche stehen? Das fragen wir uns jetzt natürlich. Haben Sie vielleicht darauf eine Antwort für uns?«

Probst saß draußen auf dem Tisch und knetete ihre Finger nervös ineinander. Sie wippte hektisch mit ihren Beinen.

Janssen: »Darauf habe ich jetzt keine Antwort. Ich … ich habe das damals nicht bemerkt. Das ist mir nicht aufgefallen. Aber Herrn Thys ist es ebenfalls nicht aufgefallen. Wirklich eine sehr interessante Frage.«

Ritter hakte nach: »Und das hatten Sie damals wirklich nicht bemerkt?«

»Nein«, antwortete sie jetzt resolut.

»Das glaube ich Ihnen nicht, aber gut. Das Glas war nicht in der Spülmaschine. Es war bereits gespült, abgetrocknet und wieder im Schrank. Denn es fehlte ja kein Glas. Das bedeutet also, dass der Mörder das Glas abgespült und dann in den Schrank gestellt hatte. Aber warum sollte der Täter dies tun? Vielleicht, weil Gift im Glas war?«

Janssen: »Ist das jetzt eine Frage oder eine Feststellung? Keine Ahnung.«

Niemand sagte etwas. Dann fuhr Thys fort: »Vielleicht wurde Ihr Mann ja auch vergiftet und erst anschließend erstochen. So wie in einem Roman, der in Ihrem Schrank steht. Der Titel ist ›Die Eiskalten‹ von Bernhard Trommel. Darin vergiftet die Ehefrau ihren Ehemann und anschließend stechen sie und ihr Liebhaber dem Ehemann ein Messer ins Herz und lassen alles wie einen Überfall aussehen. Das sieht für mich aus wie die Vorlage für den Mord an Ihrem Mann?«
Ritter war überrascht. Diese Frage war nicht abgesprochen gewesen. Thys hatte wohl das Buch, das ihm Mandy Probst gegeben hatte, genau gelesen. Ritter ließ ihn gewähren. Er machte das gut.

Nina Janssen lachte plötzlich lautstark auf. Es war eine Mischung aus höhnischem und hysterischem Lachen. Als sie wieder ruhig dasaß, schaute sie die Kommissare skeptisch an. »Na gut, also kann sein, dass ich das Buch irgendwann mal gelesen habe. Aber das weiß ich doch nicht mehr. Das ist sehr weit hergeholt, meine Herren. Und wie kommen Sie überhaupt darauf? Hat einer von Ihnen dieses Werk etwa auch gelesen? Haben Sie alle meine Bücher durchgelesen?« Sie musste erneut lauthals lachen, diesmal über ihre eigene Bemerkung.

Ritter: »Ich sage Ihnen jetzt mal, was ich so glaube. Sie sind eine begeisterte Leserin von Kriminalromanen. Und diese außergewöhnliche Geschichte aus dem besagten Buch in Ihrem Regal hat Sie eines Tages animiert. Sie hatten diese Geschichte noch sehr genau in Erinnerung. Und diese Vorgehensweise war Ihr Masterplan. Wir müssen nur noch Ihren Partner finden.«

Wieder lachte Nina Janssen lautstark los. Als sie sich erneut beruhigt hatte, sagte sie: »Das ist hier echt Kabarett. Das ist so was von lächerlich. Kann ich bald nach Hause bitte, oder kommt noch was Wichtiges?«

Thys: »Es dauert noch etwas. Es mag für Sie lustig sein, wir denken aber, dass Sie das genauso gemacht haben. Wir werden es Ihnen beweisen.«

Ritter zuckte leicht zusammen. Hatte Thys beweisen gesagt? Oje. Das würden sie niemals schaffen, nicht heute und auch nicht morgen. Nina Janssen sagte gar nichts. Probst hörte auf, mit ihren Beinen zu schaukeln und ließ ihre Schultern etwas hängen.

Ritter stürzte sich erneut mutig in die Schlacht, deren Ende und Ergebnis er schon deutlich am Horizont erkennen konnte. Er ahnte bereits, dass sie keinen Schritt weitergekommen waren: »Sie haben im Januar 2011 im Internet das Gift Natriumpentobarbital bestellt. Ist das richtig so?«

Janssen schaute ihn nun überrascht an. Damit hatte sie wohl nicht gerechnet. Doch sie überlegte nur kurz: »Ob es im Januar 2011 war, weiß ich nicht mehr so genau. Aber ja, es stimmt, dass ich das damals bestellt hatte.«

Thys: »Und warum haben Sie das geordert?« »Also gut, ich erzähle es Ihnen. Eine sehr gute Bekannte von mir, die Elsa Maier, lag damals bereits seit Monaten mit höllischen Schmerzen im Krankenhaus. Ich hatte dann davon gelesen, dass es in der Schweiz Sterbehilfe gibt. Erst wollte ich die Elsa in die Schweiz bringen. Aber das ging nicht mehr, sie war bereits zu schwach. Sie tat mir unendlich leid. Sie war so ein großartiger Mensch. Sie hatte mir oft bei persönlichen Problemen geholfen. Und nun musste ich sie täglich so sehr leiden sehen. Ich war so verzweifelt, dass ich dieses Gift auf einer Website in Indien bestellt habe, da man es hier nicht einfach so bekommt. Zwei Tage nach dem das Päckchen aus Indien angekommen war, ist sie gestorben. Ich war unglaublich erleichtert. Und endlos traurig. Beides gleichzeitig.«

Ritter: »Und was haben Sie dann mit Ihrer Bestellung gemacht?«

»Entsorgt, zusammen mit unserem Spezialabfall der Apotheke. Ich brauchte es ja nicht mehr.«

Thys meinte: »Also erneut ein unglaublicher Zufall, oder was?« Seine sonst so tiefe und ruhige Stimme hatte einen leicht aggressiven Unterton bekommen.

»Im Januar 2011 bestellen Sie das Gift und im März 2011 dann stirbt Ihr Mann, der offensichtlich vergiftet wurde. Und diesen Scheiß sollen wir glauben?«

Janssen sah ihn entgeistert an. Dann liefen ihr plötzlich Tränen über ihre Wangen. Sie schluchzte. Thys rieb sich mit seiner rechten Hand am Hinterkopf und sagte dann: »Ihre Antworten sind zwar alle schlüssig, aber auch sehr vage. Ich glaube Ihnen kein Wort.« Ritter und Janssen sagten nichts und so entstand eine weitere Pause.

Da platzte es aus Nina Janssen heraus: »Sie behaupten hier unglaubliche Dinge. Ihr gefährliches Halbwissen basiert auf Vermutungen und Verschwörungstheorien. Deshalb werden Sie auch keinen Mörder finden. Sie konzentrieren sich nur auf mich. Und, Herr Thys, dass Sie schon wieder die gleichen Fehler machen wie damals, bedeutet, dass Sie komplett unfähig sind. Man sollte Sie wieder als Verkehrspolizisten einsetzen.«

Inzwischen war es bereits dreizehn Uhr dreißig. Ritter und Thys standen auf und verließen den Verhörraum. Probst hatte Pizza besorgt, die sie nun nachdenklich und schweigend in Thys' Büro verspeisten. Ritter bemerkte trocken: »Das war es dann wohl. Wir können jetzt zwar weitermachen, aber eigentlich ist klar, dass da nichts mehr kommt. Wir haben es verkackt. Wir waren nicht gut genug vorbereitet. Sie hat recht. Wir haben uns nur noch auf sie konzentriert. Es war ein Fehler, die Wanzen bei uns im Haus abzubauen. Zwei oder drei der Dinger hätten wir abschalten sollen, um zu beobachten, wer da kommt um die Wanzen wieder zu reparieren. Der Spur hätten wir nur noch folgen müssen. Ich bin so ein Vollidiot.« Wieder sagte eine Weile keiner etwas. »Und was ist mit dem Dreßen?«, fragte Probst in die Runde. Ritters Antwort war abzusehen: »Gegen diesen Penner haben wir doch erst recht nichts in der Hand. Überhaupt nichts. Uns hilft eigentlich nur noch ein Wunder.« Thys sagte nur: »Yo.« Wieder lag Stille im Raum. Es war eine verzweifelte und resignierende Stille.

Plötzlich piepsten ihre Handys gleichzeitig. SMS von Wagner: *Bin gerade bei der Autovermietung raus. Und da kam mir der Öl-Prinz entgegen. Kommt bitte schnell. Falls er losfährt, bleibe ich an ihm dran.*

Ritter, Probst und Thys stürzten los und sprangen regelrecht in den schwarzen BMW. Mit Blaulicht raste Ritter mit einer Höllengeschwindigkeit durch Heide zur Autovermietung. Als sie ankamen, gab Ritter eine knappe Anweisung zu Probst: »Sie bleiben im Wagen, falls er uns durch die Lappen geht. Setzen Sie sich ans Steuer und warten Sie bitte ab.« Und dann zu Thys: »Los, auf, wir gehen rein.«

Die beiden Kommissare stürmten los. Der Öl-Prinz kam in diesem Moment gerade aus dem Büro der Autovermietung. Ritter zog sofort seine Waffe und richtete sie auf den großgewachsenen Italiener und rief: »Hände hoch. Sie sind verhaftet.« Öl-Toni hob augenblicklich beide Arme in die Höhe. Anscheinend verstand er Deutsch. Thys tastete ihn am ganzen Körper nach Waffen ab. Dann legte ihm Thys die

Handschellen an, während ihm Ritter seinen Ausweis zeigte und sagte: »Scusi, aber Sie stehen unter Mordverdacht. Sie kommen mit uns mit ins Revier und beantworten uns ein paar wichtige Fragen.« »Aber isch habe nixe gemacht. Musse Verwechselung sein.« Ritter sagte: »Jaja, ist gut. Das werden wir gleich feststellen.« Der Italiener war gut gebaut, wirkte aber trotz seiner wohl teuren, maßgeschneiderten Kleidung ungepflegt. Thys platzierte ihn auf der Rückbank des Wagens und schloss dann die Tür. Sie begrüßten Wagner, der sich über seinen Fang sichtlich freute: »Na also, jetzt haben wir endlich den Öl-Prinzen. Die Legende.« Probst wirkte nun deutlich optimistischer als vor wenigen Minuten: »Jetzt werden wir den Fall knacken.«

Zwanzig Minuten später befand sich Fabio Mortone bereits in dem Verhörraum, in dem noch vor fünf Minuten Nina Janssen gesessen hatte. Sie hatten sie zunächst in ihre Zelle zurückbringen lassen. Wagner ließ die Dokumente des Italieners überprüfen. Ritter und Thys stimmten nochmals ihre Strategie ab, da sie sowieso noch auf die Dolmetscherin warten mussten.

Probst meinte: »Frau Rätsel hat die Angaben der Janssen alle überprüft. Sie hat tatsächlich in dieser Zeit damals im ›Ambassador Hotel‹ gewohnt. Und unser Italiener wurde dort nicht gesehen. Von den Maklern der Sparkassen gibt es leider noch keine brauchbaren Informationen.«

»War klar«, bemerkte Ritter lakonisch.

Nach weiteren zwanzig Minuten saßen Ritter und Thys wieder im Verhörraum, nun zusammen mit dem Öl-Prinzen. Der Legende. Sein richtiger Name lautete Fabio Mortone. Die Dolmetscherin, eine junge Frau namens Claudia Pelle, nahm rechts neben den beiden Kommissaren Platz. Probst saß mit Wagner im Raum hinter dem Spiegelfenster.

Als das ganze Anfangsprozedere endlich überstanden war, begann Ritter ungeduldig: »Herr Mortone, wo haben Sie Nina Janssen kennengelernt?«

Er rutschte unruhig auf seinem Stuhl hin und her, dann legte er los. Zwei Minuten die volle Ladung Italienisch. Frau Pelle startete die Übersetzung mit ihrer kratzigen Stimme: »Er hat gesagt, dass sie sich vor acht Jahren zufällig auf der Insel Elba kennengelernt haben. Beide machten dort Urlaub. Er hatte sie in einer Bar angesprochen, da sie ganz alleine am Tresen saß. Und als sie ihm mit ihren blauen Augen tief in die seinen sah, da sei es bereits nach drei Sekunden um ihn geschehen gewesen. Er habe sofort seinen Verstand verloren und sich unsterblich verliebt. Am liebsten hätte er alle Rosen auf dieser Welt für sie gekauft.«

Ritter rollte mit den Augen. »Sagen Sie ihm bitte, er soll das Ganze nicht so ausschmücken. Sonst sitzen wir hier noch bis Weihnachten. Okay? Und wie ging es dann weiter?«

Wieder kam ein Vortrag von Fabio Mortone, dazu gestikulierte er jetzt wild mit seinen Händen. Frau Pelle übersetzte wieder: »Sie sind noch in der gleichen Nacht zu ihr ins Hotel und haben sich geliebt. Und Nina Janssen sei die beste Frau gewesen, die er je in seinem Leben hatte. Er sei sofort völlig verrückt nach ihr gewesen.«

Jetzt rollte Thys mit seinen Augen: »Fragen Sie ihn doch mal, ob und wie sie sich dann wiedergesehen haben, bitte.«

Mortone ließ wieder einen Wortschwall folgen, den Frau Pelle den beiden Kommissaren wiedergab: »Die Nina Janssen sei noch drei-, viermal nach Italien zu ihm in die Stadt gekommen. Genauer gesagt, nach Verona. Er habe ihr im Hotel ein Zimmer besorgt, in dem sie sich immer heimlich getroffen hätten. Signore Mortone ist verheiratet, seine Ehefrau durfte selbstverständlich nichts davon mitbekommen.«

Thys: »Fragen Sie ihn bitte, in welchem Hotel die Janssen wohnte.«

Pelle antwortet nach kurzer Zeit: »Im ›Hotel Palazzo Victoria‹.«

Ritter stand auf und ging hinaus und rief Wagner zu: »Überprüfen Sie das bitte mal. Aber inoffiziell. Wir haben keine Zeit zu verlieren. Können Sie das regeln?«

Wagner grinste ihn an: »Klaro.« Er holte seinen Computer aus dem Rucksack und bearbeitete die Tastatur. Ritter zu Probst: »Und Sie, Frau Mandy, informieren die Frau Rätsel in Berlin, dass der Feierabend und das Wochenende gestrichen sind. Wir brauchen sie zum Recherchieren. Ich brauche gleich noch die Janssen im anderen Raum. Veranlassen Sie bitte, dass sie wieder hierhergebracht wird.« »Oha! Ja, geht klar«, sagte Probst.

Ritter ging zurück in den Verhörraum. Mandy Probst instruierte Monika Rätsel. Die war nicht sonderlich begeistert, aber ihr blieb keine andere Wahl? Probst gab dem Diensthabenden Bescheid, dass er die Nina Janssen in den Verhörraum zwei bringen solle. Probst rieb ihre Hände vor Vorfreude. Aufgedreht sagte sie zu Wagner: »Das kann hier alles zwar noch eine ganze Weile dauern, aber wir kriegen jetzt die Janssen endlich dran. Dieser Toni Maroni wird alles ausplaudern.« »Abwarten«, war Wagners knappe Antwort.

Thys zu Pelle: »Fragen Sie ihn doch mal bitte, ob er immer noch verheiratet ist?«

Wieder folgte ein lauter, hastig gesprochener Wortschwall des Italieners. Pelle übersetzte: »Ja. Er ist natürlich noch immer verheiratet, obwohl seine Frau vor fünf Jahren plötzlich ohne Ankündigung verschwunden ist und nie mehr aufgetaucht sei.«

Ritter spitzte die Ohren, dann fasste er nach: »Wie verschwunden? Bitte fragen Sie, wo und wie ermittelt wurde. Und ob und wie lange nach ihr gesucht wurde?«

Pelle übersetzte. Wieder legte Mortone los. Es dauerte. Dann endlich sagte sie: »Natürlich wurde damals ermittelt. Er hatte sie nach vierundzwanzig Stunden bei der örtlichen Polizeistation als vermisst gemeldet. Es dauerte allerdings nicht lange, bis ein Comissario ihn verdächtigte, seine Frau umgebracht zu haben. Es war sehr furchtbar für ihn. Dabei habe er sie über alles geliebt. Nach sechs schlimmen Monaten habe der Comissario dann aufgegeben. Die Suche nach ihr wurde nach einem weiteren Monat erfolglos eingestellt.«

Ritter: »Wie hieß seine Ehefrau?«

»Gina Mortone«, antwortete Fabio Mortone selbst, ohne auf die Übersetzung zu warten.

Ritter fragte nun: »An welchem Tag genau ist Gina Mortone verschwunden?«

Nachdem Frau Pelle übersetzt hatte, überlegte Mortone kurz, bevor er antwortete. Pelle: »Am 17. Mai 2009.«

Ritter musste sich sammeln. *Was geht hier denn jetzt ab?* Hatte die Janssen 2009 bereits zum ersten Mal einen Mord begangen? Dann müsste sie zu der Zeit in Verona gewesen sein, in der diese Gina verschwunden ist. Oder waren es die beiden gar zusammen gewesen? Noch in Gedanken sagte Ritter plötzlich laut und deutlich: »Alter Falter.«

Die Anwesenden schauten ihn verstört an. Er meinte nur knapp: »Okay. Kurze Pause.« Ritter und Thys standen auf und verließen den Verhörraum.

Sie versammelten sich im Raum hinter der Spiegelscheibe. Thys, Ritter, Probst und Wagner. Ritter ergriff das Wort. »Kollegen. Dies könnte ein sehr langer Abend werden. Gleich geht hier die Post ab. Als Erstes geben Sie, Frau Mandy, der Frau Rätsel Bescheid, dass sie den Comissario in Verona auftreiben soll. Es geht um den Fall Gina Mortone. Wenn sie ihn aufgespürt hat, soll sie ihn per Skype zuschalten. Wir haben schließlich eine Dolmetscherin hier. Wir müssen ihn unbedingt sprechen, er kann uns sicher weiterhelfen.«

Ritter holte kurz tief Luft und fuhr dann fort: »So, nun zu Ihnen, Thys. Sie bleiben hier in Raum eins mit unserem Öl-Prinzen und Frau Pelle. Frau Mandy bleibt hier hinter der Scheibe. Und Sie, Frau Mandy, schicken mir alle wichtigen, neuen Aussagen per SMS auf mein Handy. Dann kann ich die Nina Janssen in Raum zwei mit neuen, unbequemen Fragen bedrängen. Sie, Wagner, kommen mit mir. Sie bleiben ebenfalls hinter der Scheibe. Schicken Sie alle wichtigen Details unseres Verhörs an Thys. Dann kann Thys den Mortone in die Enge treiben. Rätsel soll alles überprüfen.« Wieder holte Ritter tief Luft. »Alles klar?«, fragte er kampflustig in die Runde. Alle nickten, Ritter konnte das Feuer in ihren Augen brennen sehen. »Yo«, sagte Thys. Es war inzwischen achtzehn Uhr. Alle nahmen ihre Plätze ein.

Raum #2

Nina Janssen saß wie schon gestern und heute Morgen kerzengerade auf ihrem Stuhl. Nur der Raum hatte sich geändert. Er war etwas kleiner. Ritter setzte sich und startete die Aufnahme.

Gerade als er die erste Frage stellen wollte, unterbrach ihn Nina Janssen: »Ganz alleine diesmal? Wo ist denn der Herr Thys? Ist er schon bei der Verkehrspolizei gelandet?«

Ritter musterte sie regungslos. Er schwieg. Nach einer langen Pause antwortete er: »Der Herr Thys ist bei seiner Mutter. Die feiert heute ihren Geburtstag. Das soll uns aber nicht aufhalten. Ich habe da doch noch so ein paar Fragen.«

Sie schaute ihn fast amüsiert an und sagte: »Ach, Herr Ritter. Es wäre so schön, wenn Sie endlich den Mörder meines Mannes finden würden. Dann könnten wir zwei Hübschen mit schöneren Dingen die Zeit verbringen.«

Ritter schaute sie jetzt mit fester, eiskalter Miene an: »Ich glaube kaum, dass Sie an wahrem Glück interessiert sind. Sie haben leider einen kleinen Mann im Kopf, der Ihnen Dinge einflüstert. Und dieser kleine Mann in Ihrem Kopf ist sehr böse. Dieser kleine Mann in Ihrem Kopf möchte gar nicht, dass Sie glücklich werden.« Er legte eine kurze Pause ein und fuhr dann fort: »Als Sie den Männern damals gedroht haben, hatten Sie das alles aus Filmen. Sie hatten sich vorgefertigte Bilder gebaut. Dann lasen Sie das Buch. Und plötzlich hatten Sie Ihre eigenen Bilder im Kopf. Ihre ganz eigenen Bilder. Und der kleine Mann in Ihrem Kopf flüsterte Ihnen zu, lass es uns machen. Lass uns den Hauke eliminieren.«

Nina Janssen schaute ihn entgeistert an. Das Lachen blieb ihr diesmal im Hals stecken. Sie atmete heftiger, ihre Brust bewegte sich leicht. Es dauerte aber nicht sonderlich lange, bis sie sich wieder im Griff hatte. »Wo haben Sie denn diese Kindergarten-Psychologie gelernt? Sie müssen völlig verzweifelt sein. Ein einsamer, verbitterter Mensch. Denn nur solche Menschen können diese gemeinen Dinge sagen.«

Ritters Handy brummte. Eine Nachricht von Wagner. Aufenthaltsdaten der Nina Janssen in Verona im ›Hotel Palazzo Victoria‹. Die Hotelrechnungen hatte sie alle in bar bezahlt. Ritter registrierte freudig die Informationen ohne eine Miene zu verziehen.

»Waren Sie schon einmal in Verona?«, fragte Ritter plötzlich. Nina Janssen schaute ihn überrascht an. Ihre Augenlider bewegten sich etwas schneller auf und ab als bisher. Doch schnell wirkte sie wieder voll konzentriert. Und trotzdem schien sie nicht mehr ganz so cool zu sein wie noch vor Kurzem. Ihr Atemtempo hatte leicht zugelegt.

Sie antwortete: »Ja, ich war schon einmal in Verona. Das muss so 2006 oder 2007 gewesen sein.«

»Ach, wirklich? Waren Sie da öfter?«, wollte Ritter von ihr wissen.

»Nein, ich war nur einmal in Verona«. Sie schaute ihn dabei mit festem Blick an.

»Und wie erklären Sie sich dann, dass das ›Hotel Palazzo Victoria‹ in Verona behauptet, dass Sie im August 2007, April und September 2008 und im Mai 2009 dort übernachtet haben? Und zwar immer für genau sieben Tage. Denken Sie, dass die mich dort angelogen haben?«

Das hatte gesessen. Nina Janssen wurde unruhiger. Sie schwieg.

»Im Mai 2009, um genau zu sein vom vierzehnten bis einundzwanzigsten Mai, hatten Sie also im Hotel eingecheckt. Ist das alles so richtig?«, fragte Ritter. Dann stand er auf, ohne eine Antwort abzuwarten und ging Richtung

Ausgang. An der Tür drehte er sich um: »Am 17. Mai 2009 verschwand Gina Mortone in Verona spurlos. Es wurde vermutet, dass sie ermordet wurde. Sie war die Ehefrau Ihres Geliebten Fabio Mortone. Oder halt dem Toni. Wie Sie wollen. Bis später dann.« Ritter verließ Verhörraum zwei. Nina Janssen saß wie angewurzelt da. Sie ließ sich allerdings nichts anmerken, sie wusste, dass sie durch die Spiegelscheibe genau beobachtet wurde. Ritter war erst einmal zufrieden, endlich hatte er Treffer landen können. Die hatten mit Sicherheit eingeschlagen und würden bald Wirkung zeigen.

Raum #1

Thys nahm wieder Platz, ebenso Frau Pelle. Fabio Mortone wirkte fahrig und müde. Er hatte seine Anzugjacke ausgezogen und über die Stuhllehne gehängt. Thys setzte die Befragung fort: »Fragen Sie ihn bitte, wie seine Vermutung ist, was mit seiner damaligen Ehefrau passiert sein könnte.« Pelle übersetzte wieder. Diesmal sprach Mortone nicht mehr so schnell und gestenreich, er war merklich ruhiger geworden. Dann nickte Frau Pelle und sah wieder zu Thys: »Er meint, er grüble bis heute jeden Tag darüber nach. Und ja, er habe seine Frau mit Nina Janssen betrogen, aber er liebte seine Gina eben über alles. Genauso wie sie ihn. Sie hatten sogar Kinder zusammen geplant. Es war ihr Wunsch und er hatte natürlich freudig ›Si‹ gesagt. Er wollte ebenfalls Kinder mit ihr. Jetzt sei er sich da nicht mehr so sicher. Vielleicht hatte sie ihn doch nicht so innig geliebt, wie er sie und ihn dann einfach Hals über Kopf verlassen. Aber eigentlich glaubt er, dass sie einem Gewaltverbrechen zum Opfer gefallen sei.«

»Es könnte sein, dass ihn seine Ehefrau zusammen mit der Nina Janssen gesehen und einfach nur die Flucht ergriffen hat.«

Fabio Mortone runzelte die Stirn, um nachzudenken, als ihm Pelle übersetzt hatte. Seine Antwort lautete: »Ja, natürlich, es kann schon sein, dass sie uns gesehen hat. Aber es wäre ein großer Zufall nötig gewesen, denn die Nina und er seien immer aus der Stadt rausgefahren. Er habe ihr sehr schöne oder einsame Plätze und Orte gezeigt.«

Thys machte sich Notizen. »War die Nina Janssen eifersüchtig auf seine Ehefrau?«

Nach kurzer Zeit kam wieder Pelles Übersetzung: »Das könne er nicht genau sagen. Sie hätte sich zumindest nichts anmerken lassen. Wollte immer zu ihm nach Italien kommen und mit ihm zusammenleben. Er habe ihr gesagt, dass das nicht ginge, da er eben verheiratet sei. Das fand die Janssen nicht besonders erfreulich. Und bei ihrem letzten Besuch hatte sie ihm dann gesagt, dass sie nicht mehr zu ihm nach Italien kommen würde. Wenn er sie sehen wolle, müsse er schon zu ihr an die Nordsee kommen.«

Das Handy von Thys brummte. Eine Nachricht von Wagner. Aufenthaltsdaten der Nina Janssen in Verona im ›Hotel Palazzo Victoria‹.

»Okay, Herr Mortone, der letzte Besuch von Nina Janssen in Verona war vom vierzehnten bis einundzwanzigsten Mai 2009. Am siebzehnten Mai ist Ihre Frau verschwunden. Halten Sie es für möglich, dass die Frau Janssen etwas mit dem Verschwinden Ihrer Ehefrau zu tun hat?«

Als Claudia Pelle übersetzt hatte, riss er die Augen auf und gestikulierte wild. »Nein. Niemals. Das glaube ich nicht. Sie wusste doch überhaupt nicht, wo wir wohnen. Oder wie meine Frau aussieht. Und wie hätte sie es denn machen sollen? Nein. Niemals.«

Thys fragte weiter: »Wollten Sie Ihre Ehefrau verlassen und mit Nina Janssen zusammenleben?«

Mortone, der kurz aufrecht gesessen hatte, sank wieder zurück in seinen Stuhl. »Ich weiß es nicht genau. Ja, ich hatte darüber nachgedacht. Aber sie war ebenfalls verheiratet, also war es fast unmöglich, dass dies jemals funktionieren würde. Und so verwarf ich diese Ideen.« So hatte es Pelle für Thys übersetzt.

Dann stand Thys auf und sagte zu Frau Pelle: »Kommen Sie mit nach draußen, bitte.«

Thys und Pelle gingen zusammen mit Probst in den Aufenthaltsraum. Sie tranken alle erst einmal eine heiße Tasse Kräutertee. Ritter und Wagner kamen fünf Minuten später ebenfalls dazu. Alle schwiegen. Es war inzwischen zweiundzwanzig Uhr geworden.

Plötzlich sagte Ritter: »Wir machen morgen weiter. Ich denke, es ist der optimale Zeitpunkt, um die beiden zurück in die Zelle zu bringen. Sie werden wohl kaum schlafen können, ihre Gedanken werden sie nicht zur Ruhe kommen lassen. Die spüren beide, dass es nun tatsächlich eng für sie werden könnte.«

Probst meldete sich: »Chef, in fünf Minuten können Sie mit Comissario Bento aus Verona sprechen. Frau Rätsel hat ihn gefunden. Er meldet sich gleich über Skype.«

Ritter wandte sich an Frau Pelle: »Sorry, aber wir brauchen Sie noch dringend für dieses Gespräch. Ich weiß, es ist schon spät, aber anschließend können Sie Feierabend machen. Wir machen dann morgen früh gegen zehn Uhr weiter. Ist das okay für Sie?« Sie nickte wortlos.

Zur gleichen Zeit wurden Nina Janssen und Fabio Mortone getrennt voneinander zurück in ihre Zellen gebracht.

Ein paar Minuten später war Comissario Bento auf dem Computer-Monitor zu sehen. Seine schwarzen Haare hatte er streng nach hinten gekämmt, deutliche Geheimratsecken waren zu erkennen. Auf seiner Oberlippe thronte ein mächtiger, schwarzer Schnauzbart. Sein rundes Gesicht und sein Lächeln verliehen ihm sofort Sympathien bei den Anwesenden. Ritter erklärte ihm ausgiebig die aktuelle Situation.

Nun erzählte Bento: »Es war ein großer Zufall, dass ich überhaupt ermittelt habe. Die Vermisstenanzeige lag auf dem Tisch eines Kollegen. Ich las sie erst oberflächlich durch. Der Name Gina Mortone kam mir bekannt vor. Ich wusste aber erst nicht, warum und vor allem, woher. Schließlich fiel es mir wieder ein. Meine Frau hatte sich erst drei Monate vor ihrem Verschwinden mit ihr angefreundet. Ich befragte erst einmal meine Ehefrau. Die erzählte mir von den großen Plänen der Gina Mortone. Sie wollte Kinder bekommen und eine richtige Familie mit Fabio gründen. Die Mortones waren bereits ein paar Jahre verheiratet.«

Frau Pelle ermahnte ihn, eine kurze Pause einzulegen, damit sie mit dem Übersetzen nachkommen könne. Dann nahm Comissario Bento wieder den Faden auf.

»Das Ganze gefiel mir überhaupt nicht. Ich begann, zu forschen. Drei Tage nach ihrem Verschwinden, am zwanzigsten Mai 2009, hatte ich einen Einsatz außerhalb Veronas. Diesen Fabio Mortone konnte ich nicht erreichen, sein Handy war ausgeschaltet. Ich hatte ihm mindestens dreimal auf seiner Mailbox hinterlassen, dass er sich umgehend bei mir melden solle. Ich fuhr zu meinem Einsatz in einen Ort namens Brenzone am Gardasee. Und dort sah ich den Fabio Mortone zusammen mit dieser blonden, deutschen Frau in einem Restaurant am Wasser sitzen. Welch ein Zufall!«

Wieder übersetzte Frau Pelle, bevor er fortfuhr. »Ich setzte mich dann einfach dazu und sprach mit den beiden. Zumindest mit Mortone. Die blonde Frau verstand weder Italienisch noch Englisch. Er übersetzte für sie immer irgendetwas ins Deutsche. Er wirkte sehr nervös auf mich. Sie dagegen war eiskalt. Sie schien alles im Griff zu haben. Ich verdächtigte die beiden sofort, nahm die Personalien auf und bin dann wieder los. Ich hatte noch etwas Dringendes in Brenzone zu erledigen. Als ich zwei Tage später den Fabio Mortone ins Revier bestellte, war Nina Janssen bereits abgereist. Den Mortone drehte ich in den nächsten fünf oder sechs Monate mehrfach durch die Mangel. Aber er blieb bei seiner Version. Nichts zu machen. Ich habe frustriert aufgegeben. Aber ich bin mir bis heute sicher, dass es einer der beiden war. Oder vielleicht sogar beide zusammen.« Frau Pelle übersetzte für die deutschen Kollegen.

Nun ergriff Ritter das Wort: »Vielen, vielen Dank, Signore Bento. Das sind wirklich wertvolle Informationen für uns. Vielleicht haben es die beiden hier nochmal genauso durchgezogen, nachdem es in Verona so gut funktioniert hatte. Hier wurde 2011 der Ehemann der Nina Janssen umgebracht. Der Fall wurde nie geklärt. Bis heute. Aber wir werden ihn aufklären, da bin ich mir sicher. Und wer weiß, vielleicht kommen wir auch in der Verona-Geschichte weiter. Ich melde mich bei Ihnen. Schönen Abend noch.« Nachdem Frau Pelle alles in Italienisch weitergegeben hatte, verschwand Comissario Bento aus Verona vom Bildschirm.

Claudia Pelle nahm ihre Handtasche und verließ die Runde. Es war dreiundzwanzig Uhr geworden. »Hunger?«, fragte Thys in die Runde. Alle nickten und Probst sagte gar: »Unbedingt. Ich falle gleich vom Stuhl.« Dann grinste sie frech in die Runde. Thys nahm sein Telefon, sprach kurz mit jemandem und meinte dann: »Mein Freund Herbert macht uns noch frische Bratkartoffeln. Und er hat noch eingelegten Hering. Sein kleines, feines Restaurant ist bei mir zu Hause um die Ecke. Los geht's.«

Kurz darauf saßen Ritter, Thys, Probst und Wagner an einem der rustikalen Tische in dem kleinen Restaurant. Es waren keine anderen Gäste mehr anwesend. Niemand von ihnen sprach, alle waren mit ihrer Mahlzeit beschäftigt. Gedankenverloren versuchte jeder von ihnen, Folgerungen aus den Geschehnissen heute zu ziehen.

Thys unterbrach die Stille: »Wenn ihr wollt, könnt ihr alle bei mir übernachten. Ich wohne hier in der Nähe ganz alleine in einem Einfamilienhaus. Ich habe genug Platz. Meine Frau hat mich vor Jahren verlassen, und meine beiden Töchter studieren im Ausland.« Er schaute erwartungsvoll in die Runde.

Probst sagte: »Ich würde lieber zurück ins Deichhaus, Klamotten wechseln und frisch machen.« Wagner wollte auch lieber in ihrem nun so vertrauten Heim nächtigen: »Ich komme mit Mandy mit, aber vielen Dank, Herr Thys.«

Thys schaute zu Ritter, der meinte: »Ich bleibe bei Thys hier. Morgen treffen wir uns um zehn im Revier.«

Wagner und Probst fuhren zurück in das Haus am Deich im Wesselburener Koog. Ritter und Thys blieben noch ein wenig im Restaurant sitzen und bestellten noch ein Bier für Thys und ein Alster für Ritter.

Thys kratzte sich am Kinn: »Was für ein Tag. Unglaublich.«

»Ja. Allerdings. Morgen wird es bestimmt genauso irre.« Ritter grinste ihn breit an. Thys erwiderte es.

Samstag, 29. März 2014

Gegen ein Uhr nachts nahmen Thys und Ritter auf der riesigen, blauen Couch in Thys' Wohnzimmer Platz. Sie öffneten sich ein weiteres Bier. Ritter trank nun ebenfalls Bier. Nach ein paar Minuten fingen sie an, zu diskutieren. Thys fragte: »Glauben Sie, dass die beiden ihre Ehepartner gemeinschaftlich ums Eck gebracht haben?« Ritter nahm einen Schluck Bier, verzog kurz sein Gesicht und meinte: »Es sieht alles danach aus. Ich habe das Gefühl, dass nun alle Fäden zusammenlaufen. Wir sind nicht mehr allzu weit von unserem Ziel entfernt. Einer der beiden ist ein Mörder.« »Ja, glaube ich auch«, antwortete Thys. Sie sprachen noch sehr lange über die vielen neuen Erkenntnisse des vergangenen Tages, bevor sie gegen drei morgens endlich den Weg in ihr Bett fanden.

Mandy Probst und Kevin Wagner saßen nach Mitternacht noch beide zusammen am Küchentisch der Deichvilla. Wagner hatte sich noch ein Bier eingeschenkt, Probst trank Wasser. Zunächst schwiegen sie, doch dann sagte Probst: »Echt spannend, so ein Mordfall. Ich habe so was noch nie komplett mitbekommen. Ich glaube, dass wir morgen von einem der beiden ein Geständnis bekommen werden.« Wagner sah zu ihr rüber und sagte: »Für mich ist das auch das erste Mal. Es ist echt spannend, wie du sagst. Ich glaube, der Öl-Prinz knickt als Erstes ein.« Probst erwiderte: »Den Toni Maroni hat aber der Bento aus Verona in sechs Monaten nicht geknackt. So einfach wird das nicht. Dafür glaube ich, dass die Janssen schon bedenklich schwankt.«

Wieder entstand eine kleine Pause, ehe Wagner bemerkte: »Jetzt sind wir schon ganze vier Wochen an dem Fall dran. Unsere ersten vier Wochen mit Ritter. Wie findest du eigentlich unseren Chef so?« Probst überlegte kurz und antwortete dann auf Wagners Frage: »Ich find ihn mega. Der ist zwar etwas old school, aber er hat ein großes Herz und er ist nicht nachtragend. Er kann verzeihen und ist manchmal ganz schön witzig, aber er ist auch einsam. Ich glaube, eine Frau an seiner Seite würde ihm guttun.« Wagner trank den letzten Schluck Bier aus seinem Glas: »Ich finde ihn auch cool. Obwohl er echt altmodisch rüberkommt, ist er doch irgendwie jung. Und offen für neue Dinge. Er bekommt auf jeden Fall eine Menge Input von uns beiden. Er ist sehr clever, auch wenn er zwischendurch stark an sich selbst gezweifelt hat.« Um ein Uhr dreißig gingen Wagner und Probst in ihre Zimmer, um zu schlafen.

Kurz nach acht Uhr wachte Ritter durch frischen Kaffeeduft in seiner Nase auf. Er hatte auf der Wohnzimmercouch geschlafen. Der Kommissar setzte sich auf und nahm die Tasse, die ihm Thys entgegenstreckte. »Danke«, sagte Ritter und nahm einen ersten Schluck. Er hatte Kopfweh. Er hätte niemals noch drei Flaschen Bier trinken sollen. Dann gingen sie zusammen in die Küche. Thys hatte frisches Brot geschnitten und zusammen mit Wurst und Käse auf den Küchentisch gestellt. Er gab Ritter noch eine Tablette gegen seine Kopfschmerzen. Beide sprachen kein einziges Wort während des Frühstücks.

Es war ein grauer Samstagmorgen und es regnete in Strömen. Um zehn Uhr waren alle wieder im Revier versammelt. Frau Pelle, Wagner und Probst, Thys und Ritter. Sie saßen im Gemeinschaftsraum und tranken Kaffee. Die beiden Verdächtigen warteten bereits in den zwei Verhörräumen. Probst grinste Ritter an: »Sie sehen heute etwas zerknirscht aus, Cheffe. Alles okay?« Ritter musste lachen, meinte dann: »Ja, alles okay. Habe bereits ne Aspirin genommen. Bier ist wohl nichts für mich.« Dann wandte er sich zu Thys: »Also, Kollege, wie machen wir weiter?« Der überlegte einen Augenblick und fragte: »Sollen wir tauschen? Sie den Mortone und ich die Janssen?« Ritter grübelte: »Nein, ich glaube, es ist besser, wenn wir es so machen wie gestern schon.« »Okay. Dann los!«, sagte Thys und ging in den Verhörraum Nummer eins. Claudia Pelle folgte ihm. Ritter sagte noch zu Probst: »Okay, alles wie bisher. Ist Frau Rätsel ebenfalls am Start?« »Ja, ist sie«, war ihre knappe Antwort. »Okay, sie soll bitte so viel wie möglich über Gina Mortone in Erfahrung bringen. Und sie soll Herrn Kiep über den aktuellen Stand unterrichten.« Probst nickte.

Ritter und Wagner gingen los in Richtung Verhörraum Nummer zwei. Bevor Ritter den Raum betrat, sagte er zu Wagner: »Versuchen Sie herauszufinden, wo der Mortone damals in Dithmarschen übernachtet hat. Und wie oft und wie lange. Falls das geht.« Wagner grinste ihn an: »Ich gebe mein Bestes, Chef.« Seine wilden, schwarzen Locken standen in alle Richtungen ab.

Raum #2

Als Ritter den Verhörraum betrat, saß Nina Janssen, wie schon die Tage zuvor, kerzengerade auf ihrem Stuhl. Sie hatte sich heute nicht geschminkt.

Trotzdem hatte sie diese unglaubliche Aura. Sie sah allerdings müde aus. Vermutlich hatte sie kaum oder nicht geschlafen. Ritter hoffte, dass heute ihre Konzentration und ihre Selbstbeherrschung darunter leiden würden.

»Guten Morgen, Frau Janssen. Dann wollen wir mal weitermachen.«

Ihre erste Reaktion kam schnell: »Wie lange soll das eigentlich noch so weitergehen?«

Ritter grinste sie frech an: »Solange, bis ich die Wahrheit von Ihnen erfahre. Und da sind wir ja noch Lichtjahre davon entfernt, nicht wahr?«

Unbeeindruckt fragte sie weiter: »Wie haben Sie denn eigentlich den Fabio gefunden?«

Wieder grinste Ritter sie frech an: »Er ist uns hier in Heide einfach in die Arme gelaufen. Wir mussten ihn gar nicht suchen. Und er erzählt und erzählt und erzählt.«

Nina Janssen schluckte nun schwer. Das schien ihr überhaupt nicht zu behagen. Jetzt war es endgültig mit ihren kontrollierten Antworten vorbei. Nun musste sie improvisieren und hoffen, dass sie irgendwie aus der Nummer noch rauskam.

»Und Ihr Fabio hat uns auch erzählt, dass Sie ihm 2009 gesagt haben, Sie würden nicht mehr nach Verona kommen, um ihn zu besuchen. Wenn er Sie sehen wolle, dann müsse er in Zukunft an die Nordsee kommen. Warum?«

Janssen sah ihn nun entspannt an und antwortete: »Ich bin dem Fabio wie so ein verliebter Teenager hinterhergerannt. So verknallt war ich noch nie in meinem Leben. Er machte mich verrückt. All die Jahre hat er mir versprochen, mit mir ein neues Leben zu beginnen. Und ich hätte es gemacht. Ja, ich hätte mich scheiden lassen und wäre zu ihm nach Italien gezogen. Aber er hat sich nicht von seiner Frau getrennt und wollte es wohl auch nicht. Als ich das langsam nach und nach kapierte, habe ich das so beschlossen. Ich wollte ihn nicht mehr sehen, um ihn zu vergessen.«

Ritter überlegte kurz, ehe er dann fragte: »Wo hat denn der Fabio Mortone gewohnt, als er hier zu Besuch war?«

»Das war so ein kleines Hotel am Bahnhof in Heide. Ich habe den Namen vergessen.«

Wagner saß wieder hinter der Spiegelscheibe und horchte auf. Sofort begann er, auf seinem Laptop nach dem Hotel zu suchen um dort anzurufen.

Ritter sagte zu Nina Janssen: »Also gut. Noch mal zurück nach Verona. Was haben Sie gedacht, als der Fabio Ihnen erzählt hatte, dass seine Frau verschwunden sei? Sie waren ja sicherlich nur zufällig gerade in dieser Woche bei ihm?«

Janssen runzelte die Stirn: »Er hat es mir erst gar nicht erzählt. Aber ich bemerkte, dass ihn etwas bedrückte. Er war nicht so unterhaltsam und lustig wie sonst. Als wir eines Tages am Gardasee saßen, kam plötzlich ein Commissario und hat dem Fabio viele Fragen gestellt. Ich habe nichts verstanden, aber der Fabio hat mir anschließend alles erzählt. Ich habe ihn beruhigt und ihm gesagt, dass sie bestimmt wiederauftauchen würde. Ich habe niemals daran gedacht, dass er vielleicht seine eigene Frau umgebracht haben könnte. Niemals.«

Das hatte sie sehr raffiniert formuliert. Schon mal den Verdacht in die Richtung des Italieners gelenkt. Ritter musste höllisch aufpassen.

»War Fabio Mortone zu dem Zeitpunkt in Dithmarschen, als Ihr Mann umgebracht wurde?«

» Ich weiß es nicht wirklich, aber wenn er hier gewesen wäre, hätte er sich sicherlich gemeldet.« Und wieder eine kluge Antwort. Ritter begann erneut zu zweifeln.

»War er eifersüchtig auf Ihren Ehemann?«

Die Antwort kam wie aus der Pistole geschossen: »Oh ja, und wie. Es hat ihn immer ganz verrückt gemacht, dass ich nachts nicht bei ihm im Hotel bleiben konnte, sondern bei meinem Mann in unserem Ehebett geschlafen habe. Das konnte er nicht ertragen.«

Es war genau die Antwort, die Ritter erwartet hatte. »Könnte Fabio Mortone Ihren Ehemann erstochen haben?«

»Das herauszufinden ist doch Ihre Aufgabe. Ich spekuliere hier nicht wild rum, so wie Sie das schon seit Tagen machen. Und nein. Ich traue ihm das nicht zu. Er ist nicht ganz so hell im Kopf. Auch wenn man das erst nach einer gewissen Zeit herausfindet. Ich glaube kaum, dass er in der Lage wäre, so etwas zu planen.«

Ritter war bewußt, dass er die Janssen so nicht knacken konnte. Er musste sich mit Thys zusammen etwas einfallen lassen.

»Und Sie, Frau Janssen? Waren Sie denn eifersüchtig auf Gina Mortone?«

Sie schmunzelte nun und sah ihn mit ihren tiefblauen Augen an: »Na ja klar, ein wenig schon. Aber ich wusste ja, dass er sie sowieso nicht verlassen würde. Da hielt sich das dann in Grenzen. Ich genoss einfach die Stunden, die ich zusammen mit ihm verbringen konnte.« Sie grinste ihn an und fügte hinzu: »Denn Fabio hat mich verwöhnt wie noch kein Mann zuvor in meinem Leben.«

Ritters Handy brummte. Er schaute nach. Eine SMS von Aytin, seiner Nachbarin in Berlin. Er wollte sein Telefon bereits wieder weglegen, doch die Neugier war stärker.

Sie schrieb: *Lieber Max, ich bin heute in Berlin und hole noch ein paar Sachen. Ich werde in den nächsten Wochen bei meinem Vater in der Türkei bleiben, um ihn wieder fit zu bekommen. Er hat niemanden sonst dort. Ich vermisse dich und denke immer an dich. Dicker Knutscha, deine Aytin.*

Ritter wollte gerade antworten, als Nina Janssen sagte: »Na, mit den Frauen läuft es wohl nicht so glatt, was?«

Ritter sah sie ausdruckslos an.

»Kegeln Sie eigentlich noch? Das war doch eines Ihrer großen Hobbys.«

Janssen schaute ihn nun wieder eher amüsiert an und antwortete: »Fallen Ihnen keine Fragen mehr ein? Nein, ich gehe nicht mehr zum Kegeln, ich reite jetzt, wie Sie ja bereits mitbekommen haben.«

Ritter fragte: »Sprechen Sie eigentlich Englisch?«

»Aber natürlich«, gab sie zur Antwort.

Er drückte die Stopptaste des Aufnahmegerätes, stand auf und verlies wortlos den Verhörraum. Er setzte sich zu Wagner hinter die Spiegelscheibe, wirkte etwas desillusioniert. Das Bier gestern Nacht – er hätte kein Bier trinken sollen. Wagner sah ihn an: »Ganz schön schwieriger Brocken, die Nina Janssen. Und der Fabio Mortone war zwar immer im Hotel am Bahnhof, wenn er hier war, aber nicht 2011. Er war hier je zweimal pro Jahr in den Jahren 2009 und 2010.«

»Gut, Wagner. Hat Thys diese Information auch schon?«

»Na klar.« Wagner grinste breit.

Dann gingen beide eiligen Schrittes hinüber zu Mandy Probst in den Verhörraum eins.

Frau Pelle und Kommissar Thys setzten sich auf ihre Stühle, Thys startete das Aufnahmegerät. Fabio Mortone sah nach nur einer Nacht in seiner Zelle bereits etwas gezeichnet aus. Und er hatte zwischenzeitlich einen Dreitagesbart. Und das nach nur einer Nacht! Es dauerte etwas, ehe Thys loslegte. Er wusste nicht so genau, wie er starten sollte. Doch dann hatte er eine Inspiration: »So, Herr Mortone, dann machen wir mal weiter. Was haben Sie an dem Tag, an dem Ihre Frau verschwand, denn gemacht? Das wissen Sie ja sicherlich noch genau.«

Pelle übersetzte Mortones Antwort: »Er habe gearbeitet. Er sei Finanzbeamter bei der Steuerbehörde in Verona. Nach der Arbeit war er noch mit einem Kollegen unterwegs, sie besprachen einen komplizierten Fall. Als er spätabends nach Hause kam, war sie nicht da. Das war ungewöhnlich. Er war aber so müde, dass er schlafen ging. Am nächsten Morgen sei er zur Polizei und habe sie als vermisst gemeldet.«

Thys: » Commissario Bento hat dreimal auf ihre Mailbox gesprochen. Sie hatten sich aber nicht zurückgemeldet. Da frage ich mich schon, warum? Er hätte schließlich gute Nachrichten für Sie haben können. Aber Sie hat es überhaupt nicht interessiert. Das müssen Sie mir erklären.«

Nun begann er wieder, wild zu gestikulieren, während er sprach. Es dauerte. Dann wendete Frau Pelle erneut ihren Blick Thys zu: »Er sagt, dass damals Nina Janssen gerade zu Besuch war, und er eben für längere Zeit sein Handy ausgeschaltet habe. Er sei mit ihr an den Gardasee gefahren. Und er wollte nicht gestört werden.«

Thys runzelte die Stirn und sagte schnell: »Nicht gestört werden? Selbst wenn man Ihre Frau gefunden hätte, wollten Sie nicht gestört werden? Das hört sich für mich ein bisschen so an, als seien Sie sich sicher gewesen, dass man sie sowieso nicht findet.«

Pelle wandte sich wieder Mortone zu und sprach mit ihm. Der wurde etwas unruhiger. Seine Antwort war dieses Mal knapp und kurz: »Wollen Sie mir irgendetwas unterstellen? Etwa einen Mord? Sie sind ja genauso verrückt wie Commissario Bento.«

Das Handy von Thys brummte. SMS von Wagner. Die Aufenthaltsdaten von Mortone im Hotel am Bahnhof in Heide. Er notierte sich die Daten, dann legte er sein Telefon wieder auf den Tisch.

Thys fuhr mit dem Verhör fort: »Sie haben in den Jahren 2009 und 2010 immer im Hotel am Bahnhof übernachtet. Wo haben Sie denn 2011 dann geschlafen?«

Pelle übersetzte einmal mehr. Es kam eine sehr knappe Antwort: »Herr Mortone verweigert ab jetzt die Aussage.«

»Gut. Das darf er. Kommen Sie mit, Frau Pelle.«

Beide standen auf und verließen den Verhörraum. Hinter der Spiegelscheibe saßen bereits Ritter, Wagner und Probst. Sie beschlossen, eine kleine Pause einzulegen um Sushi essen zu gehen. Ritter meinte zu Frau Pelle: »Sie sind selbstverständlich eingeladen.« Die überaus sympathische Frau Pelle grinste breit, sie hatte wohl schon mächtig Hunger. Dann gingen sie los.

Es waren nur noch zwei kleine Tische in dem winzigen Sushi-Restaurant frei und so setzten sich Thys und Ritter an den einen Tisch, die jungen Leute an den anderen.

Als sie bestellt hatten, sagte Ritter zu seinem Gegenüber: »Und was glauben Sie, Thys? Kommen wir mit den zwei Verdächtigen weiter?«

Thys musste nicht lange überlegen: »Nein. Glaube ich nicht. Ich denke, wir müssen einen der beiden reinlegen. Eine Falle stellen. Sonst wird das nichts mehr.«

Ritter schmunzelte und sagte: »Das wollte ich hören. Genau so sehe ich das inzwischen auch. Okay. Wem und wie stellen wir die Falle?«

Die Bestellungen wurden serviert. Ritter und Thys steckten ihre Köpfe zusammen und sprachen nun sehr leise miteinander, damit die anderen nicht mithören konnten. Vor allem Claudia Pelle sollte davon nichts hören. Sie kannten sie schließlich nicht und wollten daher vorsichtig sein.

Ritter flüsterte Thys zu: »Wir könnten dem Mortone sagen, dass die Janssen behauptet hätte, er wäre ihr damals mit dem Auto entgegengekommen, als sie gerade auf dem Weg zum Kegeln gewesen sei. Sie habe sich noch gewundert. Den ganzen Abend sei sie sehr nervös gewesen und habe ein schlechtes Gefühl gehabt. Als sie dann nach Hause gekommen war, hatte sich ihr schlechtes Gefühl bestätigt. Sie hätte damals sofort gewusst, dass er es gewesen sei. Dass Fabio Mortone ihren Mann Hauke Janssen ermordet hat.« Thys blickte nun Ritter direkt in die Augen. »Ziemlich dreist. Er verweigert die Aussage seit Neuestem. Aber vielleicht wird ihm dann klar, dass es besser wäre, mit uns zu reden.«

Beide grübelten nach, welche Möglichkeiten sie noch hatten, um die beiden zum Sprechen zu bringen. Ihre Gehirne spielten alle Optionen durch. Dann fragte Thys: »Glauben Sie, er war es?« »Ich denke, er hat seine Frau in Italien tatsächlich auf dem Gewissen. Aber hier bei uns liegt der Fall anders. Vielleicht lief etwas nicht nach Plan. Oder aus dem Ruder. Aber seine Größe spricht für ihn. Er könnte durchaus ein Doppelmörder sein. Aber wer weiß? Also, was machen wir?« Wieder flüsterten sie minutenlang. Beide suchten fieberhaft nach dem perfekten Plan.

Wagner und Probst schauten immer wieder mal rüber zu den beiden Kommissaren, doch sie bekamen keine Reaktion. Frau Pelle aß unbeeindruckt von allem ihr Sushi weiter.

Ritter stand plötzlich auf: »Okay, let's go!« Und Thys bestätigte mit seinem ewigen: »Yo!« und erhob sich ebenfalls. Abflug. Zurück ins Revier. Probst und Wagner beeilten sich, den beiden hinterher zu kommen, Frau Pelle bewegte sich behäbig hinterher.

Im Revier angekommen sagte Ritter zu Frau Pelle, sie möge bitte im Gemeinschaftsraum warten, bis sie gerufen werde. Sie nickte und ging los.

Dann sagte er zu Probst und Wagner: »Thys und ich gehen jetzt zusammen zu Nina Janssen. Ihr beiden könnt wieder hinten mithören.« Probst und Wagner nickten wortlos, sie spürten, dass es jetzt heiß werden würde.

Ritter und Thys gingen in Verhörraum Nummer zwei. Nina Janssen schaute überrascht auf. Als sich die beiden gerade hinsetzten, meinte sie: »Mein Freund, der Herr Thys, ist ja auch wieder da. Guten Tag. Wie war es denn gestern beim Geburtstag Ihrer Mutter?« Thys gab ihr keine Antwort und drückte stattdessen den Aufnahmebutton.

Beide schauten sie fast eine Minute an, ohne irgendetwas zu sagen oder zu fragen.

Dafür sagte Nina Janssen: »Uh. Eine neue Taktik. Bin beeindruckt.«

Ritter: »Nun, Frau Janssen, Herr Mortone behauptet, Sie hätten Ihren Mann vergiftet. Das passt dann mit dem verschwundenen Bierglas wunderbar zusammen.«

Sie riss ihre Augen auf und kreischte leicht hysterisch: »Was denn für ein dämliches Bierglas? Woher will der Scheiß Itaker denn überhaupt wissen, dass ich das getan haben soll?«

Ritter: »Er behauptete, sie hätten es ihm erzählt. Deshalb lasse ich den Hauke Janssen morgen, am heiligen Sonntag, ausbuddeln. Das Erdreich um den Sarg gleich mit. Der Leichnam wird obduziert, wir finden das Gift. Damit bekomme ich Sie wegen Mordes dran. So läuft das ab jetzt. Wir müssen der Aussage Ihres Liebhabers, dem Toni, nachgehen.«

»Er heißt nicht Toniiiii!« Sie wurde noch hysterischer. Dann senkte sie die Stimme erheblich und sagte fast flehend: »Sie dürfen den Hauke nicht ausbuddeln. Das können Sie mir nicht antun. Das halte ich nicht aus. Das dürfen Sie wirklich nicht machen. Ich bin eine gläubige Katholikin.« Sie wimmerte sogar leicht am Ende ihres Satzes.

Ritter ließ ihr jetzt keine Atempause.

»Sie waren früher einmal eine gläubige Katholikin. Und doch, ich mache das. Er wird gleich morgen früh um neun

Uhr, noch während der Messe, ausgebuddelt. Ich habe bereits eine Sondergenehmigung vom BKA und sogar vom Innenministerium hier in Schleswig. Ich kann Sie wirklich nicht schonen, Frau Janssen. Sie könnten schließlich seine Mörderin sein. Damit ich das ausschließen kann, lasse ich Ihren geliebten Mann ausbuddeln. Ohne Wenn und Aber.«

Sie schrie plötzlich laut, markerschütternd, fast wie ein Tier: »Neeeeiiiiin!«

Dann sackte sie in sich zusammen. Nach einem kurzen Moment, in dem sie zusammengekauert auf dem Stuhl saß, richtete sie sich wieder auf.

Plötzlich sprudelten die Worte nur so aus ihrem Mund. Dabei blickte sie durch die Kommissare hindurch, ihre Stimme klang beinahe mechanisch, sie hörte sich ein wenig an wie Jacky Brown aus dem Navi. »Fabio und ich hatten uns um siebzehn Uhr fünfundvierzig bei mir im Haus verabredet. Ich hatte Hauke genau fünf Minuten zuvor das Bier mit dem Gift gegeben. Er merkte es sofort, da es ziemlich bitter schmeckte. Hauke nahm all seine verbliebene Kraft zusammen, stand auf und wankte auf mich zu. In diesem Moment kam Fabio in die Wohnung. Fabio drehte sich um, rannte in die Küche und kam mit einem Küchenmesser in der Hand zurück. Er stellte sich zwischen uns und rammte Hauke das Messer in die Brust. Hauke sackte leblos auf die Couch. Da saß er, genauso wie die Polizei ihn letztendlich gefunden hat.« Sie musste eine kurze Pause einlegen.

Ritter und Thys schwiegen. Probst und Wagner saßen mit offenem Mund hinter der Spiegelscheibe. Probst wippte nervös mit ihren Beinen. Wagner saß regungslos da. Ihre Computer hatten sie beide längst beiseitegelegt.

»Dann habe ich das Glas gespült, in den Schrank gestellt, und bin zum Kegeln gerast. Ich war pünktlich zwei Minuten vor achtzehn Uhr dort. Wir hatten besprochen, dass Fabio es wie einen Einbruch aussehen lässt, allerdings hatte er es fehlerhaft inszeniert. Aber die Bullen hier in Heide, besonders Kollege Thys, haben diesen Schwachsinn geglaubt. Nach drei Monaten war ich aus der Schusslinie. Und den Fabio kannte hier im Norden sowieso niemand.«

Sie blickte Thys eiskalt in die Augen. Der ließ sich nicht provozieren. Er blickte genauso starr zurück.

Aber Ritter war nun gnadenlos. Er stieg gar nicht erst darauf ein, dass Fabio Mortone der Mörder sei. Stattdessen sagte er: »Gratuliere, Frau Janssen. Genialer Plan. Überragend. Und wie haben Sie beide es in Verona gemacht? Das interessiert mich natürlich brennend. Ich sitze selten so intelligenten Menschen wie Ihnen gegenüber.«

Sie blickte Ritter mit einem höhnischen Gesichtsausdruck an. Janssen wechselte die Stimmlage etwas und betonte nun noch mehr die einzelnen Wörter. Ihre Arroganz war zurückgekehrt. »Die Gina habe ich vergiftet, als wir zu dritt zu einem Abendessen wollten. Er stellte mich als Investorin aus Deutschland vor. Wir sind dann zu ›Fabio's Bootshaus‹ am Gardasee gefahren. Dort haben wir alle einen Vino Bianco getrunken. Gina hat mit dem ersten Schluck das halbe Glas mit dem Gift ausgetrunken. Drei Minuten später war sie mausetot.«

Sie grinste Ritter nun an. Ritter wurde es leicht schwindelig. Allerdings nicht wegen ihrer blauen Augen, sondern weil ihm beim Anblick dieser eiskalten Mörderin speiübel wurde. Thys ließ sich nichts anmerken. Ritter hatte plötzlich einen staubtrockenen Mund.

Er sagte leicht krächzend: »Und dann? Wie haben Sie die Leiche entsorgt?«

Wieder grinste sie ihn arrogant an: »Wir haben sie in einen Sack gesteckt, auf sein Boot geschleppt und auf den See rausgefahren. Fabio kannte sich bestens auf dem Gardasee aus. Irgendwo hat er dann den Anker gesetzt. Wir haben ihr Ketten an die Füße angelegt und mit zwei schweren Steinbrocken beschwert. Wir warfen sie einfach über Bord und fuhren wieder zurück.«

Ritter war sprachlos, Thys ebenso. Dann meinte sie mit einem beinahe triumphierenden Unterton: »Na, Herr Super-Ritter, das hätten Sie wohl nicht gedacht. Und wäre dieser dumme Italiener nicht nach Heide gekommen, so wie ich es ihm gesagt hatte, würden Sie noch bis an Ihr Lebensende hier dämlich rumsitzen und Ihre Hirne verkrampfen.« Dann lachte sie laut und höhnisch los.

Ritter und Thys standen wie auf Kommando beide gleichzeitig auf. Ritter nahm das Aufnahmegerät mit. Sie verließen den Raum. Probst und Wagner waren ebenfalls sprachlos. Thys ging in den Toilettenbereich und wusch sich sein Gesicht mit eiskaltem Wasser. Das emotionslose Geständnis und die brutalen Morde musste er erst verdauen. Er hatte schon einiges erlebt, aber so was war noch nicht dabei. Er trocknete er sich sein Gesicht und schaute sich im Spiegel an. Er hatte Augenringe in den letzten Tagen bekommen.

Ritter saß wie hypnotisiert neben Probst und schaute durch die Scheibe. Er hatte in seiner ganzen Polizeilaufbahn noch niemals eine so eiskalte Frau und Mörderin erlebt. Sie schaute in seine Richtung. Ritter fragte sich, wie und wann der kleine Mann in ihrem Kopf gewonnen hatte. Und vor allem, warum? Er würde es wohl nie erfahren. Eigentlich wollte er es auch überhaupt nicht wissen.

Er erwachte wieder aus seinem Trancezustand und sagte zu Probst: »Frau Mandy, bitte holen Sie Frau Pelle. Wir müssen jetzt mit Mortone sprechen.« Er ließ Nina Janssen in ihre Zelle abführen. Nach wie vor fassungslos sah er ihr hinterher. Er sollte sie nie mehr wiedersehen.

Wagner meldete sich: »Wir haben ein Geständnis. Krass. Und zwei Morde statt einem. Und vielleicht gleich noch ein zweites Geständnis. Wahnsinn.« Ritter grinste ihn an, klopfte ihm leicht auf die Schulter und sagte: »Ja, Wagner. Wir haben es geschafft. Endlich. Ich habe schon fast nicht mehr daran geglaubt. Aber das Ende ist meistens nie schön, wie Sie ja gerade gehört haben.« Wagner nickte wortlos.

Ritter sprach vor sich hin: »Nina Janssen ermordet die Gina Mortone, der Fabio Mortone ermordet den Hauke Janssen. Der Partner jeweils als Mordhelfer. Das ist mal ein echter Hammer.«

Probst erschien mit Frau Pelle im Verhörraum eins. Thys kam gerade von seinem Toilettenbesuch zurück. Es konnte weiter gehen. Inzwischen war es fünfzehn Uhr geworden. Ritter meinte zu Probst: »Geben Sie bitte Frau Rätsel in Berlin Bescheid, dass sie in ihr Wochenende starten kann. Und richten Sie ihr aus, dass ich mich für ihre geopferte Freizeit ganz herzlich bedanke.« Probst sagte: »Aber klar doch, Chef.« Sie sah in bewundernd an. Dann sagte Ritter zu Thys: »Also los, Partner, ab zum zweiten Geständnis.« Der Kommissar grinste ihn breit an und sagte: »Dürfte ja nicht mehr lange dauern.« Frau Pelle ging natürlich erneut mit hinein, um zu übersetzen.

Fabio Mortone sah erstaunt auf, als die drei den Verhörraum betraten. Thys drückte den Aufnahmebutton. Dann sagte er zu Frau Pelle: »Teilen Sie ihm mit, dass es für uns okay sei, wenn er uns nichts mehr erzählen möchte. Dafür würden wir ihm jetzt etwas erzählen.«

Claudia Pelle hatte ab jetzt mächtig zu tun, besser gesagt, zu sprechen. Nach und nach übersetzte sie ihm das Geständnis der Nina Janssen. Zwei Minuten später vergrub Fabio Mortone bereits den Kopf in seinen großen Händen. Claudia Pelle wurde es etwas mulmig zumute, sie rutschte unmerklich mit ihrem Stuhl von Mortone weg in Richtung Thys. Von dem kam nur noch ein jämmerliches »Sì, sì« und noch mal »Sì, sì«. So ging es knapp fünfzehn Minuten. Dann fragte Thys: »Stimmt alles so ganz genau, Herr Mortone?« Der fing an, wie ein Kind zu schluchzen und stammelte in gebrochenem Deutsch: »Sì, sì, so war exacto. Tutti korrekt.« Er vergrub wieder sein Gesicht in den Händen und schluchzte weiter. »Haben Sie, Herr Mortone, den Hauke Janssen getötet?« » Sì!« Frau Pelle war inzwischen fast schon bei Thys auf dem Schoß gelandet. Dieser drückte die Stopptaste des Aufnahmegerätes. Dann verließen sie zu dritt den Verhörraum Nummer eins. Ritter hatte die ganze Zeit schweigend daneben gesessen. Fabio Mortone wurde in seine Zelle abgeführt.

Als sie draußen im Gang der Polizeistation waren, bedankten sie sich bei Frau Pelle, die immer noch ein wenig zitterte. Sie verließ schnellen Schrittes das Revier.

Wagner fragte etwas ratlos: »Wie? Das war es jetzt?« Alle blickten zu ihm. Dann meinte Ritter: »Ja, Wagner, das war es. Morgen geht's zurück nach Berlin.«

So langsam fiel bei allen die Anspannung ab. Allmählich begriffen sie, dass es wirklich vorbei war. »Ich schlage vor, wir essen noch einmal alle gemeinsam zum Abschied. Bei Herbert gibt es heute gebratene Scholle, dazu Bratkartoffeln und Gurkensalat. Was meint ihr?« Thys grinste in die Runde. »Oh ja, das machen wir. Ich fahr nur mal schnell noch in den Elektromarkt und zu Dreßen nach Hause, die Wanzen und Kameras abbauen. Kommst du mit, Kevin?« Der nickte und schon waren die beiden verschwunden. Ritter und Thys machten sich auf den Weg zum kleinen Restaurant von Herbert.

Ritter bestellte eine Apfelschorle, Thys belohnte sich mit einem Bier. Breit grinsend bemerkte Ritter anerkennend zu Thys: »Ihr Trick mit dem Ausbuddeln war genial, Thys. Ich hätte nie gedacht, dass die Janssen so die Kontrolle verliert. Na ja, das mit dem strengen Glauben kann in so einem Fall auch nach hinten losgehen.« Thys schmunzelte: »Ja, und Sie haben sie pausenlos bearbeitet und sie dazu gebracht, dass sie auspackt.« Ritter kratzte sich verlegen an der Stirn und meinte: »Wäre eigentlich Stoff für Hollywood, dieses Mörderpaar. Ich hätte einiges erwartet, aber so ein Ende dann nicht unbedingt.« »Jo«, pflichtete Thys bei.

Dann schwiegen sie eine Weile, ehe Thys sagte: »Hey, Ritter, wenn Sie mal wieder an die Nordsee kommen wollen,

Sie sind herzlich eingeladen. Meine Couch kennen Sie ja bereits.« Ritter freute sich: »Vielen Dank, Thys. Könnte durchaus sein. Es hat mir hier an der Nordsee wirklich sehr gut gefallen. Diese weite Sicht auf dem Deich hatte eine äußerst beruhigende Wirkung. Ich mag den Menschenschlag hier oben und Sie sind ebenfalls ein guter Typ.« Dann hob Thys freudestrahlend sein Glas und sagte: »Prost. Auf unseren Erfolg. Und auf unsere neue Freundschaft.« Ritter prostete zurück. Thys fragte: »Und wie geht es bei Ihnen weiter? Wohin führt Sie Ihr nächster Fall?« »Das weiß ich noch nicht, das werden wir noch auslosen.« »Auslosen?« »Yes.«

Dann bemerkte Thys: »Wir haben noch nicht herausgefunden, wer Ihr Haus verwanzt hatte.« »Stimmt. Ich denke, es war der Dreßen.« Thys nickte unmerklich und fragte dann: »Was wohl mit Dreßen noch passiert?« Ritter entgegnete: »Vermutlich nichts. Bei dem ist alles längst verjährt. Er wird hier weiter sein Unwesen treiben. Behalten Sie ihn im Auge, Thys.«

Gegen achtzehn Uhr trudelten Wagner und Probst ein. Als sie alle ihre Fischgerichte vor sich auf dem Tisch hatten, sagte Wagner: »Interessiert es euch eigentlich gar nicht, wo sie zum Beispiel das Gift beim ersten Mord gekauft hat? Und welches Gift? Und die psychologische Komponente?« Ritter und Thys sahen gleichzeitig zu Wagner, während Probst mit den Gräten ihrer Scholle kämpfte. Ritter antwortete fix: »Nein. Absolut nicht. Ich habe damit abgeschlossen. Mit diesen Fragen können sich nun andere beschäftigen.« Thys ergänzte: »Wissen Sie, Wagner, manchmal ist es besser, nicht alles zu wissen. Besser für das eigene Gemüt.«

Wagner gab sich zufrieden, dafür fing Probst nun an: »Es wäre schon spannend, zu erfahren, wie so ein kleiner, böser Mann im Kopf gewinnen konnte. Und ob sie wirklich mit Mortone glücklich werden und ihren kleinen Mann im Kopf besiegen wollte.« Alle sahen Probst an. Wieder antwortete

Ritter: »Auch das ist mir so etwas von egal. Ich will es nicht wissen.« Thys nickte zustimmend.

Gegen neunzehn Uhr verließen sie Herberts Lokal. Thys nahm jeden der Berliner einzeln an seine Brust, drückte sie herzlich und zerquetschte jedem beinahe die Hand. Dann fuhren sie ein letztes Mal Richtung Deichvilla. Probst und Wagner nahmen den BMW, denn Ritter wollte noch kurz Edeltraud Meier einen Besuch abstatten.

Ritter klingelte, einen kurzen Augenblick später öffnete ihm Edeltraud Meier die Tür. Sie bat ihn, wie immer, freundlich herein. Sie gingen in die Küche. »Guten Tag, Frau Meier. Setzen Sie sich bitte, ich habe gute Neuigkeiten im Mordfall Hauke Janssen. Wir haben den Mörder gefasst.« Er erzählte ihr ausführlich die Geschehnisse der letzten Tage. Sie saß sprachlos da, mit aufgesperrtem Mund. Nun war es aber Zeit, Abschied zu nehmen: »Ich wünsche Ihnen noch ein langes und gesundes Leben, Frau Meier. Auf Wiedersehen.« Als er vor das Haus trat, sah er auf der gegenüberliegenden Seite Edeka-Ralf vor seinem Laden stehen. Auch zu ihm ging Ritter und erzählte ihm eine kurze Version der Ereignisse. Schließlich verabschiedeten sie sich herzlich voneinander. Ritter stieg in den kleinen Peugeot und fuhr los.

Die Berliner Crew ging noch ein letztes Mal auf den Deich. Der strömende Regen schien keinem der drei etwas auszumachen. Da standen sie nun und schauten alle noch mal auf die sehr dunkelgraue Nordsee. Die dunklen Wolken zogen langsam über ihnen hinweg. Plötzlich sagte Wagner: »Heute Nacht werden übrigens die Uhren wieder auf Sommerzeit umgestellt.« Ritter und Probst mussten plötzlich laut loslachen. Wagner sah sie etwas verstört an.

Sonntag, 30. März 2014

Gegen elf Uhr hatten sie ihre kleine Villa am Deich gereinigt und die Schlüssel abgegeben In Heide gaben sie den kleinen Peugeot zurück. Weiter ging es auf die Autobahn nach Hamburg. Bis Hamburg schwiegen alle drei und hingen ihren Gedanken nach. Es lief keine Musik im Auto. Wagner wollte das so und Ritter hatte gesagt, der Fahrer bestimme. Als sie knapp eine Stunde vor Berlin waren, fragte Mandy Probst: »Wie geht es jetzt eigentlich mit uns weiter?« Ritter sagte: »Wir nehmen uns jetzt alle mal eine Woche frei, dann wartet der nächste Fall darauf, von uns gelöst zu werden. Bin schon gespannt, wo es uns hinführt.« Wagner meinte: »Vielleicht ja in Ihre Heimat im Schwarzwald.« Ritter brummte: »Ja, der tote Polizist. Mal schauen. Wir treffen uns am Montag, dem siebten April, in unserem Büro in Steglitz. Wir losen, wo wir weitermachen werden. Ist das okay für euch?« Zustimmendes Nicken bei den Mitreisenden. Dann sagte Wagner: »Meine Mutter würde euch alle so gerne mal kennenlernen und unseren Erfolg mit uns feiern. Hättet ihr denn morgen Abend Zeit? Dann könnten wir bei uns in Dahlem lecker essen und trinken und unseren ersten gelösten Fall etwas feiern.« Ritter und Probst fanden die Idee gut. Sie beschlossen, sich am kommenden Tag zu treffen.

Als Ritter am frühen Abend seine Wohnung betrat, fühlte er sich merkwürdig alleine. Aytin, seine Nachbarin, war nicht hier und die Rosen, die er letztes Wochenende für sie gekauft hatte, lagen vertrocknet auf seinem Küchentisch. Er griff zu seinem Handy und schrieb: *Liebe Aytin, es ist schön, dass du dich um deinen Vater kümmerst. Lass dir Zeit. Ich warte auf dich, dicker Kuss, dein Max.* Dann drückte er dieses Mal ohne Bedenken auf ›Senden‹.

Montag, 31. März 2014

Wie bei der Rückreise besprochen trafen alle gegen neunzehn Uhr in der Fabeckstraße in Dahlem bei den Wagners ein. Mandy Probst, Monika Rätsel und Max Ritter. Elisabeth, Wagners Mutter, begrüßte sie alle herzlich. Ihr Gipsbein war sie schon ein paar Tage los, dafür hatte sie noch eine Plastikschiene und Krücken. In dem riesigen Wohnzimmer mit Blick auf den Garten stand in der Ecke ein großer Esstisch aus Holz. Dort machten sie es sich alle gemütlich. Kevin Wagner servierte eine unbeschreiblich leckere Lasagne. Dazu einen gemischten Salat. Er konnte reichlich Lob für seine Kochkünste einheimsen.

Elisabeth Wagner setzte sich neben Ritter und fragte: »Hat sich mein Kevin auch gut benommen?« Kevin Wagner verdrehte genervt die Augen, Probst und Rätsel mussten schmunzeln. »Oh ja, natürlich, er ist ein hervorragender Mitarbeiter. Er hat sehr viel zur Aufklärung beigetragen. Wie alle anderen übrigens auch. Und er hat uns oft bekocht und versorgt. Einen wirklich guten Jungen haben Sie da, Frau Wagner. Sie können stolz sein.« Elisabeth Wagner strahlte und prostete allen zu: »Auf euren Erfolg wollen wir jetzt mal anstoßen.« Alle erhoben ihr Glas und stießen auf ihren vollen Erfolg an. Monika Rätsel hielt sich heute deutlich mit dem Alkoholgenuss zurück und nahm nur ganz kleine Schlucke.

Später am Abend erzählte ihnen Monika Rätsel noch, dass sie angeordnet habe, alle Stasiakten aus dem Keller des Schweriner Standesamts nach Berlin zu überführen. Ritter lobte sie mehrfach an diesem Abend, und so strahlte Frau Rätsel ihn einige Male bewundernd an. Probst zog nur ihre linke Augenbraue hoch und sagte mal wieder: »Oha.«

Dienstag, 1. April 2014

Ritter setzte sich nach dem Frühstück in der ›Lichtburg‹ in den BMW und lenkte ihn auf die A2 Richtung Hannover. Er wollte Heike überraschen. Die dreispurige Autobahn war fast leer. Gelegenheit, um mal wieder richtig Vollgas zu geben. Und so schoss Ritter mit zweihundertzwanzig über die Fahrbahn. Er überlegte, wo ihn sein nächster Fall wohl hinführen würde. In den Schwarzwald? Oder zum Nazi-Fall im Thüringer Wald? Oder nach Köln zu dem ermordeten Banker? Die Morde an den afghanischen Flüchtlingen in Rostock waren mittlerweile aufgeklärt worden. Damit war klar, dass Rostock nicht infrage kommen würde. Nun, Frau Mandy würde wieder ein Los ziehen, sie würden erneut den Zufall entscheiden lassen.

Er musste an Aytin denken. Was sollte er überhaupt an einem Dienstag in Hannover? Kurz vor Magdeburg nahm er die Ausfahrt um gleich wieder auf die Gegenseite einzubiegen. Er wusste nun, wohin er wollte. Endlich mal alleine im Wagen. Er fingerte im Handschuhfach nach einer CD, schob sie in den schmalen Schlitz des Autoradios und drehte den Lautstärkeknopf weit nach rechts: *Helmet!* – Sofort war er wieder eingefangen von dem metallischen Sound dieser Band. Er fühlte sich gut. Er gab Vollgas und fuhr zurück.

Zurück nach Hause. Zurück nach Berlin.

#

Danke …

… Elfriede Stöhr, für deinen Wegweiser in frühen Jahren, der mir jetzt so sehr hilft und mich in neue Welten führt.

… Silke Boger, für dein Vertrauen in mich, und dass du meinen ersten Roman veröffentlichst. Sonst könntet Ihr ja jetzt auch keine Danksagung hier lesen.

… Gabriele Morgenstern, dass du mich so angetrieben hast, jeden Tag zu schreiben, und mir mit deinen tollen Cover-Ideen zusätzlich Motivation gegeben hast. Du hast immer an mich geglaubt.

… Nicola Coculeanu, Heike Pricken, Elisa Jankwitz und Sven Hartmann! Ihr seid tolle Testleser. Eure Meinung und auch Kritik haben mir sehr geholfen, und mich zudem sehr motiviert, nicht aufzugeben.

… Robbie Wilhelm. Das Cover-Foto ist einfach super geworden.

… Sabrina Furrer und Patrick Franke für die grandiose Covergestaltung.

… an die Lektorin Sabine Wagner.

… an Carola Stoiber für deine Geduld, wertvollen Tipps und harte Kritik.

… an alle, die ich vergessen habe. Sorry.

Max

Der **Pinguin**.
Sympathischer Bewohner der Südhalbkugel.
Unser Maskottchen.

[ˈpɪŋgu]

pínguletta

[lɛˈta]

La **lettera**.
Italienisch für Buchstabe/Schreiben.
Unsere Leidenschaft.